红楼大梦

HONGLOU DA MENG

元明清三代的历史隐喻
千年中华文明的升级哲学

吾明 著

漓江出版社

图书在版编目（CIP）数据

红楼大梦 / 吾明著 . —桂林 : 漓江出版社，2019.11
ISBN 978-7-5407-8757-8

Ⅰ . ①红… Ⅱ . ①吾… Ⅲ . ①《红楼梦》研究 Ⅳ . ① I207.411

中国版本图书馆 CIP 数据核字（2019）第 225149 号

红楼大梦
HONGLOU DA MENG

作　　者　吾　明

出 版 人　刘迪才
责任编辑　霍　丽
助理编辑　李　慧
装帧设计　璞　闾
责任校对　王林秀
责任监印　张　璐

出版发行　漓江出版社有限公司
社　　址　广西桂林市南环路 22 号
邮　　编　541002
发行电话　010-85893190　0773-2583322
传　　真　010-85890870-814　0773-2582200
邮购热线　0773-2583322
电子信箱　ljcbs@163.com
微信公众号　lijiangpress

印　　制　广西民族印刷包装集团有限公司
开　　本　880 mm × 1192 mm　1/16
印　　张　25
字　　数　330 千
版　　次　2019 年 11 月第 1 版
印　　次　2019 年 11 月第 1 次印刷
书　　号　ISBN 978-7-5407-8757-8
定　　价　168.00 元

ISBN 978-7-5407-8757-8
9 787540 787578 >

◎序言：美宝记，红楼解梦

某日晚为女儿美宝做葱白芹菜汤面，治感冒。我忽然意识到：水芹白绿，就是“黛玉”之色，就是雪白之芹——“雪芹”。水芹别名水英、香芹、野芫荽，茎白叶绿，散落江湖之野，生于淤泥与杂草间，清清白白，散发缕缕芹香。“雪底芹芽”是苏东坡被贬黄州时发明的草根美味，“芹芽烩，杂鸠肉为之”。苏东坡在贫困潦倒之际，不失士人境界，落难江湖依旧淡然、优雅、达观，类似他同期同地发明的“东坡肉”：黄州好猪肉，价钱如粪土，少着水，慢着火，火候足时味自美。苏东坡为“雪底芹芽”赋诗“泥芹有宿根，一寸嗟独在。雪芹何时动，春鸠行可烩”。泥芹宿根，一寸嗟独，用来形容明末清初那些坚守的士子十分形象生动：污于泥潭，清清白白，把老根留住；慎独渺小，忧叹天下，不食“嗟，来食”。这也是“曹雪芹”和《红楼梦》的底色。

从《红楼梦》中，有心人可以清晰地发现“自由平等”“反礼教反专制”甚至“民族、民主、民生”三民主义的思想启蒙。因为她紧紧扣住了中华文明千年转型的系统“大脉”，因此，从清末到辛亥革命，从五四到北伐，从抗战到解放，各个主要的政治组织领袖，各个社会意见大咖都不约而同地聚焦于“红楼阵地”，笔墨官司与刀光剑影交相辉映。王国维、梁启超开创了近代红学，一个讲社会大转型的大悲剧，一个强调奇书的社会传播；光复会领袖蔡元培、章太炎重视《红楼梦》，一个开创了政治革命红学，一个结合政局比对评议；同盟会汪精卫在法国研究《红楼梦》，开创了社会细胞“家庭”流派，蜕化出胡适的家史学派与张爱玲的鸳鸯蝴蝶旧梦；共产党人陈独秀、李大钊重视《红楼梦》，毛主席亦特别重视《红楼梦》，真正继承、发展、实践了政治革命与转型哲学的红学学派。没有深刻的哲学思想、高度的历史格局，很容易把《红楼梦》读成鸡毛蒜皮或三角四角之恋或野史套路。明末是中华向何处去，东西方文明向何处去的大十字路口，笔者因偶然机缘理解了明末精英群体的血泪斗争与才智哲学，由衷感佩！终于明白为何毛主席说《红楼梦》是中华为世界贡献的三宝之一。他晚年收集了20种版本红楼对比研究，可惜没有形成文稿传世。

笔者原本在做《易经》《圣经》的对比融合研究，以分析五千年全球文明史，在此过程中受到启发突然理解了《红楼梦》的“千年”文明课题。既已明了，不写清则有愧于方以智、冒辟疆、顾炎武、黄宗羲、王夫之等先贤。为示尊敬，特别仿照《红楼梦》原著的阴阳轮回、十二钗“九连环”结构（详见本书结语），解构24篇，加首尾呼应。五四前后，蔡元培、章太炎、胡适包括毛泽东共同把北大红楼推动成为红学的主阵地，而清华四大导师中的三位——王国维、陈寅恪、梁启超都专门研究过《红楼梦》。王国维是近代可知的“红学”研究第一人（1904年在日本撰写了《红楼梦评论》），他的关注点是“悲剧”与“解脱”哲学。陈寅恪博学中西，一生心血汇集于《柳如是别传》，他的侧重点是“独立之精神，自由之思想”，其开篇之“缘起”即受《红楼梦》叙述方式之影响。梁启超则从小说的政治性角度，提出“熏、浸、刺、提”四力，作用于大众思想普及与教育，而且评价《红楼梦》在小说中“只立千古，余皆无足齿数”。后来钱锺书先生也多次从文史角度详细地论及《红楼梦》，金岳霖更是明确建议学生读《红楼梦》学习哲学。多位清华前辈对“红学”的开创与专注，对我也是巨大的指引与鼓舞。当然，我本人既不是专业的文学家，也不是专业的历史学家，更不是专业的哲学家，只是在清华期间古今中外的书读了不少，又幸运地处在伟大新时代的一线，有很多机会实践思考“千年升级”的课题。作为中华文明千年升级思考的一个成果，我特别希望本书的出版激发各家的思考，权当抛砖引玉。而《红楼梦》的思想博大精深，要完全看懂讲清并不容易，本书也许只是个开头而已，特别期望各家从历史、思想、哲学上给予补充。

因二女儿美宝感冒而引发的红楼解梦，在她一周后感冒痊愈的时候，刚好完成第一稿，序言就叫《美宝记：红楼解梦》吧。

目录

序言：美宝记，红楼解梦

开篇 1

壹 复社四公子之冒辟疆与董小宛 17

贰 《红楼梦》与心学泰州学派 25

叁 《红楼梦》诗社与明末书院学社 35

肆 复社四公子之方以智：甄士隐、情僧、跛足道人 53

伍 复社四公子之侯方域与李香君 67

陆 『贾雨村』吴梅村的假话胡诌：陈圆圆、董鄂妃、王熙凤等 73

柒 『晴雯』柳如是与『宝玉知己』陈子龙、『畸笏叟』钱谦益 89

捌 冷且酷的顾炎武：冷子兴与晴雯、李纨 103

玖 高级丫鬟与明清高官：鸳鸯、金钏儿、彩云与范文程、李士淳 111

拾 《红楼梦》批语第一人梁棠村与福临 121

拾壹 荣、宁两府的故事原型：元末大梦归与句容郡王 131

拾贰 『三春』即南明三政权，元妃省亲与南北太子 151

拾叁 『三香』与三副药：天香、冷香、幽香 159

拾肆 『叔嫂』政治谋杀：天花、清露、蠲、镇魔法 173

拾伍 洪门前后五祖：柳湘莲与柳五儿，麻将与十四 187

拾陆 『太子』香菱与宝玉葬花：荷香、稻香、佛香与桂香 207

拾柒 『红梅』薛宝琴与郑成功及李定国政权 227

拾捌 贾蓉、贾芸、贾蔷与『三变』李成栋、『导演』阮大铖 241

拾玖 宝玉被打及《红楼梦》四大案 259

贰拾 秦可卿、尤三姐的翻案：李自成与历史轮回 273

廿壹 《葬花吟》的赏析与升华：唐伯虎与西乡隆盛 285

廿贰 《红楼梦》与《周易》的对比分析 297

廿叁 莎士比亚与《红楼梦》：炼金术、塔罗牌、好莱坞 321

廿肆 《红楼梦》是五四运动的先声 343

结语：推测《红楼梦》80回后故事及作者的野心 360

开篇

◆
◆
◇

笔者认为，曹雪芹如“莎士比亚”一样，都是托名进行创作的集体写作班子。如同“梁效”实是清华、北大两校合组的写作班子，如果百年后找到梁启超、梁实秋、梁漱溟等头上，岂不可笑（古代写小说没有版权收入，一般纯粹为了宣传理想情操或者表达愤怒，因此隐名）。

关于“莎士比亚”，有学者认为是培根发起的“智慧女神社”。Shakespeare 就是 Shaker of the Spear，“挥动长矛的希腊智慧女神雅典娜”，她用权杖打击无知之蛇。培根年轻时就十分崇拜这位女神，并为此建立秘密文学社团。莎剧中大量魔幻场景源于“蔷薇十字”炼金术传统（“蔷薇十字”是产生于德国、发展到英国等国家的神秘主义炼金修行秘密团体）。正是这个文学社团在现代英语完善前，创作了一系列辉煌作品，奠定了英语文化基石与科学求知思想。“莎士比亚”的四大悲剧、四大喜剧主要内容是男女多角之情结合现实中功名利禄的争斗，作品的现实主义美学精神引领了歌德、雨果、巴尔扎克、普希金等人。马克思终身热爱“莎士比亚”，在其伟大著作中，信手拈来，引用达数百处。

可以说《红楼梦》类似于更丰富、更隐晦、更有整体性融合的“莎士比亚”全集。“曹雪芹”或代表一群明末才子（或有才女），其感怀痛伤朱明亡国血泪，曲笔兴亡历史与文明反思。《红楼梦》文笔之细腻精致乃至琐碎，对女性心理的细微把握，与《三国演义》《西游记》等完全不同，类似《源氏物语》，应有女性参与。“脂砚斋”，有脂粉有书斋者，秦淮。秦淮右岸是江南贡院、夫子庙、王谢旧居，左岸是一系列取名“媚楼”“香斋”的官妓家姬居所，所谓“昌明隆盛之邦，诗礼簪缨之族，花柳繁华地，温柔富贵乡”。“畸笏叟”，应是心灵扭曲压抑的被迫于清廷持笏的亡明遗臣，如洪承畴、钱谦益、吴伟业、梁棠村等，前朝已污成罪人，新朝无信列贰臣。“情僧”空空，正是南北奔波不成一事，又无才补天绝望而士隐于空门的反清复明才俊，如回归金陵天界寺出家的弘智（方以智），如隐居晋祠云陶洞开票号并研究妇科病的傅山（傅青主），如国亡埋身阳羡山十年不出，以致老友们要时不时去看他到底死没死的陈贞慧，等等。以上内容将在后文中专门论述。大事无成，枯灯哭忆旧梦，梦回风流与理想的起点，繁华金陵荟萃秦淮，石头城下石头记，风月宝鉴情僧录。“曹雪芹”，不做官不入空门，虽落魄但达观，曾居庙堂已落江湖，或如苏轼、朝云煮肉炒芹，或如范蠡、西施“鱼公鱼婆”，或如唐寅画图葬花。可比者如扬州如皋望族冒辟疆，携董白小宛流落十年，冒写字为生，董妙手为厨极简为雅，也如黛玉般葬花填词；也有立志先贤者，如十四次“哭陵”的顾炎武，四海为家、处处置业、处处养美人，但孑然不娶。顾家是昆山豪族，两次官司变故，也搬到金陵明孝陵下作石头人“蒋山佣”。顾炎武后期与傅青主还联手开创了山西票号与镖局体系，这就是闲棋冷子，退而结网，阴谋布局，待机再兴。江南出才子，江东多才俊。范蠡、西施、勾践隐忍复国，周瑜、小乔、孙策卷土重来，梁武帝、陶弘景书生革命建国，“一局输赢料不真，香消茶尽尚逡巡。欲知目下兴衰兆，须问旁观冷眼人”。

这些人物，“四公子”之类，既是流连秦淮的风流才子，也是在眉楼建立“复社”的抗清才俊，顾炎武、傅青主、方以智、王夫之、黄宗羲，还都是反清复明秘社“汉留”“洪门”的创始人。痛朱明之亡，风流扫地仔细回味；思恢复冷子，文明天下何日再兴；反礼教争自由，启蒙平等思想；结暗社写密语，阴图“洪楼”大梦！回顾我国近代革命史，八大胡同的陈独秀、光复会会长蔡元培、东京风流的蒋介石，等等，似曾相识燕归来。大清从始到终，洪门斗争近 300 年，最终清王朝被持续的起义革命推翻。洪秀全建都金陵，孙中山拜祭洪武，即使袁世凯也建朝洪宪。岂不正是：一局输赢料不真，冷子翻覆洪业成。

综合各方资料，《红楼梦》成书或可分五个阶段：

（一）故事初步成形的《石头记》阶段。《红楼梦》的雏形很可能是某位复社公子或秦淮歌女原创自传体家事与情史。作者方面，冒辟疆、董小宛最有条件与可能，钱谦益、柳如是也有很小可能，吴伟业则更有可能是篡改者及被反面批判者。另一位与冒辟疆非常类似的明末才子张岱的立场经历与才学也可能写出类似故事，他比冒辟疆等复社公子还要长十几岁，差着辈分。张岱写了很多短文，是“小品圣手”，文风简约空灵，与《红楼梦》絮絮长篇不吻合，如果他参与，更适合提供多类参考资料与素材。冒、董是秦淮才子佳人领袖，冒是扬州府如皋望族，曾随史可法扬州抗清。落魄十年，生活与时间吻合写回忆录的各要素。董小宛也吻合林黛玉原型。第一版《石头记》主要内容是石头城秦淮香艳生活回忆录（宝玉庆生及梦游警幻仙境喝酒场景就是秦淮“花酒”），有怀旧与自恋倾向，是家史与情史。类似冒写董小宛、吴扣扣，侯方域写李香君，陈寅恪写《柳如是别传》，《红楼梦》第一稿写宝玉等公子与金陵十二钗的故事而已。赛珍珠翻译《水浒》，如果书名译为“几个女人与多少个男人的故事”，那就只是张爱玲琼瑶格调，达不到诺贝尔文学奖水平；而意译为《四海之内皆兄弟》，境界提高八度。张爱玲痴迷《红楼梦》，自称一生所有皆源于《红楼梦》，但境界仅限于此。

（二）修改、调整阶段。《石头记》成稿后，涉及复社各位公子佳人。原作者如冒辟疆，会请其他健在者考证，避免把这些人写歪了。比较近的，是在南京天界寺出家的方以智，在宜兴阳羡山埋身隐居的陈贞慧，这两位加上了“僧”的视角与沉痛反思，特别是对“色”“淫”的反思，而终成《风月宝鉴》《情僧录》。冒辟疆、侯方域、方以智、陈贞慧就是当年“四公子”。此时，红楼故事已基本成型。方以智，法名弘智，通“智通寺”（智通天界），也就是跛足的“空空道人”。另外方以智也是“四公子”中唯一的医家“杏斋”（法名药地，吴石公），如果妇科专家傅山（傅青主）加入，也可能是“杏斋”（傅与冒、顾等皆是密友），《红楼梦》中医生有好几位，写医药很专业。特别是写了大量“假药”“假方”，实际都是另有所指的“假作真”。如果读者或研究者对中医药缺乏必要知识，看到书中这些“假药”“假方”，会很不敏感地略过，自然不能看懂作者的“别有用心”，更不可能升级到哲学高度，理解“药地大师”方以智们为中华文明集采古今中外的药石，在贾府这个大炼丹炉中熬制“风月宝鉴”与“通灵宝玉”的苦心。

（三）升华、完善阶段。伴随着大清政权的稳定和反清复明的挫折，秦淮其他同伴及战友，如顾炎武、黄宗羲、朱舜水、王夫之等或参与修订了《红楼梦》。黛玉“潇湘妃子”、史湘云、柳湘莲，这三湘在金陵、苏州、扬州繁华地富贵乡出现略显特殊，表明有重要的湘人参与，应该是方以智的亲密战友王夫之。修订过程中，作者群对主题的认识更加丰富深刻。另外，一些人物的形象也随着时间做了修正，典型如秦可卿、尤三姐，“淫”的成份减少，悲剧更深。这一人群生于各地望族，多出身于东林或复社，都有军事斗争经验，军事失败后，都通过对明清更替的反思及实践总结成为一代新思想大师。顾、黄、王都是近代民主、民族、民生思想的启蒙者。朱舜水去日本借兵失败，留在水户讲学，形成了“水户学”，启蒙了日本维新（黄也曾去，但没留下）。顾炎武的“天下论”已突破一般爱国爱君思想，上升到文明标准的“天下”高度。黄宗羲的君主立宪学说与方案启蒙了康有为和梁启超。尤其可贵的是，顾、黄、王、傅等人并非消极流泪，他们在南明三个政权相继覆灭后，已经开始布局“洪门”，以票号、镖局、药店、船帮、石匠等为掩护，建立地下革命网络，真正地痛定思痛、退而结网（这个网络也可以协助红楼作者们交流）。《红楼梦》中，出现大量反礼教、求自由的精神，大量对旧哲学、四书五经、八股科举的鞭挞，大量对封建压迫、官场黑暗的揭露，大量对封建王朝死而不僵的冷静深刻透视，等等，使得原书思想境界高度升华。可以说，此时的《红楼梦》已经升级为生动的革命思想教材，类似《西游记》《牡丹亭》是哲学书与宣传书。黄宗羲讲学留种的浙江绍兴宁波，王夫之讲学遗风的湖南，顾炎武李因笃讲学结社的渭南，李士淳讲学的梅州南洋系，特别是方以智讲学悟道的吉安井冈山，都成为近现代中国革命的热点区域。蔡元培“索隐”《红楼梦》讲学的北大红楼，则直接成为遥望300年前复社运动的五四运动发源地。

（四）定稿并出版。由《石头记》到《风月宝鉴》再到《红楼梦》，一部伟大作品终于诞生了。其才学的密集度和集成度远超所谓第一才子书《三国演义》，借鉴了《三国》和《水浒》，拿元末明初故事版本讲明末清初。在全球范围内，也可以说是孤篇盖过同期的全部莎士比亚、浮士德、塞万提斯的作品。然而在文字狱严酷的清朝，几乎不可能出版，甚至会被乾隆、纪晓岚收集毁灭（编《四库全书》的过程中，十数万册汉书消失了），文字狱及收编四库的历史作用类似“宗教裁判所”。洪门各会以及热血后辈也不可能拿着这一本著作等着暴露被抓。在这个阶段，作者们应该想到了向在朝的“畸笏叟”“东鲁孔梅溪”们求助。“畸笏叟”应该就是大学士梁清标或者进退维谷、反复无常的钱谦益（号牧斋，晚号蒙叟），“东鲁孔梅溪”是孔子后人《桃花扇》作者、国子监博士孔尚任。梁清标就是书评的“棠村”，是当世第一孤本收藏家。因此，“畸笏叟”“东鲁孔梅溪”等修订后的《红楼梦》一是保留了共同的悼红情感、国变之恨；二是更加隐晦、更加哀而不怨；三是加进了对明珠父子的刻画与讥讽，比如看贾珠、贾兰父子的取名，暗寓“明珠”父子是假珍珠，纳兰兄弟是草包，更以王熙凤、贾雨村等攻击明珠弄权迫害真的英莲，等等，以致误导官方认为此书就是明珠家事，一箭双雕。明代文人腹黑刀笔登峰造极，如兰陵笑笑生创作《金瓶梅》，延续《嘉靖以来首辅传》《鸣凤记》《一捧雪》的路子，讥讽严嵩、张居正“贪”“淫”。至此，包装精致的80回《红楼梦》定稿，并得以出版。甲申后是中华及世界文明史极其重要的转折节点，必有思想巨人及巨著出现。如同《周易》是中华上古文明在历史转折期的集大成者，比照《易经》，比易经更丰满丰富的《红楼梦》是整个明代小说、诗歌、哲学的集大成之作。作者们甚至有野心成为当代“姬子”（详见后文）。

（五）续貂与修正。高鹗续貂后40回，乾隆翻覆再修正。乾隆是一位天资极高、手腕极老的皇帝。下江南、编《四库全书》，打着汉旗篡改汉文明。以他的段位，明珠家事之说只能暂时蒙混过关。相信他很快醒悟、至少狐疑。三代包衣奴才文人高鹗以及曹寅家的曹雪芹也就出场了。所谓的那个“曹雪芹”年纪都对不上《红楼梦》的时间，曹家落难进京时曹寅孙子还是个小孩子，能靠儿时回忆写那么细致的富贵繁华、美女环绕？即使纳兰性德这样的才子，也不具备或够不上《红楼梦》的思想性，清代权贵公子更没任何理由在文字狱最严酷的时代冒着杀头抄家风险替汉人写书，“曹雪芹”家因为贪污亏空被抓也谈不上“字字血泪”。胡适们的“考证”“管窥蠡测”，无法令人信服。倒是多才多艺的曹寅本人确实受命主持了《长生殿》的审改，不排除他也参与了《石头记》的官方审改，因此加进了一些曹家的关联。乾隆五十六年（1791）至五十七年（1792），高鹗等编辑、整理、出版《红楼梦》程甲本、程乙本，把原著后28回删去，续后40回——实际上如《四库全书》

手法一样，这是清廷的官方修正版。曾国藩幕僚赵烈文记载的和珅献书乾隆批阅的场景，就是当时《四库全书》最后一任总编官和珅按照乾隆要求上报全国收集“禁书”“疑书”的标准程序。程伟元和高鹗的程乙本“红楼梦引言”中说：“是书前八十回，藏书家抄录传阅几三十年矣。”因为民间手抄本已经流传难以禁毁，他俩商定的处理办法是改前 80 回，毁掉后 28 回及手稿，重写后 40 回。广泛印发甲乙本，以假替真，还是标准的“四库”手法。程甲本刊印完成两个多月后又刊印了程乙本，又做了更大的删改，更加远离本来面目。据日本红学家伊藤漱平统计，程乙本 120 回比程甲本改动了 25104 个字。有意思的是，高鹗一直考不上进士，编完《红楼梦》立刻就考上了，主考官正是和珅。《红楼梦》原著 108 回，和易经 64 回结构一样，基于阴阳。108 等于 12 乘以 3 再乘以 3，而 120 并不符合这个结构。红学研究的诸多矛盾谜团，正如被阉割篡改修正的二十四史一样，不再自然，不全符合逻辑与真相。欲亡其国，先亡其史。尤其与女真密切相关的明史、元史、宋史，谜团太多。正如顾炎武说，唐朝修的隋史特别是隋炀帝虚假到需要重写。嘉靖据说死于“红丸”淫荡，明熹宗据说只爱当木匠，岂能尽信书？《红楼梦》本身曲笔写明清两朝更替的历史，基本立场是站在朱明与汉人角度，太子、“三春”、郑成功、李自成张献忠及其余部，用绝妙比喻影像法进行全景描述，格局宏大。红楼作者在边创作边修改中修正了秦可卿的“淫”、贾蓉的“变”，对象征魏忠贤的王熙凤也没有采用东林党与清廷的标准，而是更加客观丰富（多处与吴梅村针锋相对）。同时也把清初孝庄、福临、多尔衮、范文程、洪承畴、汤若望、吴三桂等各方惊心动魄的博弈写得“有声有色”。20 年是是非非，明清双方“风流人物”几乎一个不落。

从延续了 20 年的南明灭亡后，大约在 1661 年后开始创作，到 1791 年、1792 年刊印本程甲本、程乙本出版，经过 130 年，五版红楼，五个阶段五类作者，五种笔法，五层境界。其中，第一类作者属于才子佳人，清高雅致，风流自赏；第二类作者看空风月，绝望避世，显得高深通灵；第五类狗尾续貂，满街喊打。以上历代学者都已研透说尽。唯有第三类的最最精华，恰如鲁迅所谓黑屋中的光明，真的勇士，却被掩盖忽视了。蔡元培本已打开了一扇窗，又被胡适们给关上了。蔡、胡争论，蔡作为革命前辈更重实际而非学术地位。蔡作为校长，不惜替胡适伪造博士学历引进北大，更重包容人才，鼓励学术自由，而不看重争论结果（后文论述蔡是有意扶持胡适来反对自己开创的政治革命红学）。经蔡提携的鲁迅对红楼的评论纯属回避，看似全面其实等于没说。胡适之后红学本身建立在推测与主观之上，耗费精力去考证秘事，把目光局限在历史长河中不过一粒细沙的某个家族，既埋没自己，也辜负先贤。第四类作者是明末知识精英中软弱的妥协者，也是委曲求全的受难者。人性是阴暗与光辉的结合体，"畸笏叟"们的内心有着同样的伤痛，同样的血泪，因大节有亏，却往往是沉默的多数。然曲意逢迎，曲笔维护，使得一代知识群英的血泪之作得以保存流传并激发后世有心人，又何尝不是羞愧者光明的补救。

书中第五回，明确主要人物是"金陵十二钗"（正、副、又副）三册，都在"薄命司""群芳髓""千红一窟""万艳同杯"。宝玉随警幻仙姑来至后面的"光摇朱户金铺地，雪照琼窗玉作宫"。又听警幻笑道："你们快来迎接贵客。"一言未了，只见房中走出几个仙子来，荷袂蹁跹，羽衣飘舞，娇若春花，媚如秋月。这一场景，及后面宝玉被教会初试云雨等，与"秦淮"的场景确实相似。

开辟鸿蒙，警幻介绍《红楼梦》："此曲不比尘世中所填传奇之曲，必有生旦净末之则，又有南北九宫之调。此或咏叹一人，或感怀一事，偶成一曲，即可谱入管弦。若非个中人，不知其中之妙。料尔亦未必深明此调，若不先阅其稿，后听其曲，反成嚼蜡矣。"明确她介绍的"曲"就是《红楼梦》主题（后文详述，采用的开篇结构是《周易》上下篇各以"乾卦""咸卦"开篇明义）。

曲分两段：第一段“红楼梦引子”——开辟鸿蒙，谁为情种？都只为风月情浓。奈何天，伤怀日，寂寥时，试遣愚衷。因此上演这出悲金悼玉的“红楼梦”（明确以“情”“观”天下）。第一段也包括“终身误”“枉凝眉”——却说宝玉听了此曲，散漫无稽，未见得好处；但其声韵凄婉，竟能销魂醉魄。这是《石头记》秦淮艳史阶段，也是对此书创作原有宗旨的暗示。第二大段中“恨无常”“分骨肉”“乐中悲”“喜冤家”，主要是《风月宝鉴》《情僧录》部分，强调了“悲剧”主题。其后加入明末清初国事的“虚花悟”“聪明累”“留余庆”“晚韶华”“好事终”“飞鸟各投林”，曲名十分用心精准，恰是复社才子们在明末清初各个阶段的状态。到此，《红楼梦》基本成型了。

警幻说道：“尘世中多少富贵之家，那些绿窗风月，绣阁烟霞，皆被那些淫污纨绔与流荡女子玷辱了。更可恨者，自古来多少轻薄浪子，皆以‘好色不淫’为解，又以‘情而不淫’作案，此皆饰非掩丑之语耳。好色即淫，知情更淫。吾所爱汝者，乃天下古今第一淫人也！”宝玉说还不知“淫”为何事，警幻道：“‘意淫’二字，可心会而不可口传。”宝玉云雨（梦遗）秦可卿后，来到“荆榛遍地，狼虎同行，迎面一道黑溪阻路，并无桥梁可通”的“迷津”，只有一个木筏摆渡有缘人，“乃木居士掌柁，灰侍者撑篙”。宝玉在19回对袭人说他有一日会“化成了灰，灰还有形有迹”。从南明遗史的角度看《红楼梦》或许就能穿过迷津，真相大白。脂砚斋曾说南明史可不留，《红楼梦》必须留下。官方《明史》写得很清晰，但“假”；民间《红楼梦》写得很“迷津”，但“真”。“天下古今第一淫人”的第一“意淫”，这就是“风月宝鉴”与“通灵宝玉”的目标与追求：采花于古今中外，阴阳双修为天下炼药。仙姝寂寞，金钗雪埋，旷世第一奇才，不能为家国展其才申其志，梦中风暴纸上谈兵为“意淫”，是为天下“第一奇书”。

《红楼梦》是以复社及“汉留”为代表的明末青年精英的集体血泪与反思。作者们既是旧朝嫡系继承人，作者是整个封建社会向资本主义近代社会过渡转型的最后一代精英，他们的人生正处于甲申国难与社会转型的双重十字路口。

作者的表现首先是哭，哭己哭家哭国。“千红一窟、万艳同杯”是“千红一哭、万艳同悲”。崖山亡宋的张洪范写诗“磨剑剑石石鼎裂，饮马长江江水竭。我军百万战袍红，尽是江南儿女血”。“江南儿女血”的意味，就如史可法“万点梅花，尽是孤臣血泪”。哭完之后呢？明清更替不是一般的改朝换代，是野蛮统治文明，旧读书人没太多选项，只有装，遁，变，冷。装者装清高效苏轼，而实际上清与元不同。忽必烈靠华北世侯汉军击败侄子的纯蒙古军夺下蒙古汗位，也是靠华北汉军主力类似南北朝统一方式统一南宋，加上忽必烈本人宽厚，元朝国策经济重视贸易税，大大降低农业税，培植了一批沈万三式的江南大户，对汉族文人写个词弄个曲放任自由，所以朱元璋与多尔衮都反思，认为元亡于“宽”。因此，多尔衮、康熙、雍正、乾隆骨子里坚定走严酷路线，执行的都是剃发令、逼仕策、文字狱。读书人偶尔发个牢骚，玩个不高级的双关，必被文字狱伺候。那个世道，真是天下之大，装无可装。因此主流选择还是“变”：为新朝服务忍了作奴才。无论理学还是心学，旧知识、旧哲学只教会了一群百无一用只会当“官”的旧仕。“畸笏叟”于异族之朝，稍有良心不忍过于加害旧朝者，如平定江南西南的洪承畴，只因不积极进军缅甸抓永历，便被弃之如敝屣，封个三等爵位羞辱。民族自尊、个体自尊强烈者，只有“遁”，看似看透看破通灵，实际是只有“空门”可躲。只是如方以智，即使遁入空门，仍被旧案逮捕，押至惶恐滩想起文天祥，跳河殉国。或者遁入东洋，如朱舜水到日本开创“水户学”，传播阳明学。或者遁入南洋，如郑氏后人，之后仍是南洋贸易线的重要力量，他们的政治倾向是反西班牙反荷兰，但老盟友英国人来了，便支持带路，客观帮助英国建立了东方霸权。当然，当时一定有大量人才财富学识遁入西洋。

《红楼梦》第57回“慧紫鹃情辞试莽玉　慈姨妈爱语慰痴颦”：“一时，

宝玉又看见什锦格子上陈设的一只金西洋自行船，便指着乱叫：‘那不是接他们来的船来了，湾在那里呢’。”第63回“寿怡红群芳开夜宴　死金丹独艳理亲丧”：“湘云笑指那自行船给黛玉看，又说：‘快坐上那船家去罢，别多说了！’众人都笑了。”这两回里都提到了西洋“自行船”（如自行车，不能望字生义理解为蒸汽船），而且都是接黛玉。故事背景分别是黛玉、史湘云生病及贾敬吞金丹死于玄真观，讲的是国破家亡之际，中华文明的一脉被“西洋船”接走。日本史家曾说“德川二百余年太平之治”始于舜水。朱舜水七次东渡日本，两次赴安南（越南），又赴暹罗（泰国），借兵筹饷。后因借兵流亡日本长达24年到死。朱在日本被尊为国师“日本孔子”，成为日本“维新致强最有力的导师”，这是“‘西洋船’接走”线路之一。“西洋自行船”故事也指明了另一条化烟流散线路，即郑氏台湾政权覆灭后，有一批火种随着郑氏—英国联盟的贸易线流向英国。传说郑成功之父郑芝龙曾在荷兰东印度公司任职，会西班牙语、犹太语，入天主教，教名“一官”，他与日本幕府联盟，与英联盟，打败荷兰、西班牙，成为东方海权与贸易霸主。

明亡后，特别是三藩覆灭后，清政府统治终于牢固。此时，英法突然兴起“中国热”与启蒙运动。大科学家方以智心心念念的《大百科全书》不久在英国、法国出版。宋应星的《天工开物》传到法国，被称为“技术百科全书”，而在国内被压制失传，到近代才找回。正如马克龙拿着《论语》告诉习主席，伏尔泰是“孔粉”。明末时的中国启蒙了法国的“启蒙运动”，正如英国在西方第一个引进了“士大夫”中国科举制度，将之改造为“staff”文官制度，莱布尼茨、康德、黑格尔引进了易经与老子，dialouge辩证法就是“道”，等等（在《红楼梦》之前，英、法、德只有口语，书面文字是罗马时代的拉丁文）。大清政权对中华文明的伤害，并不是闭关锁国，实际上顺治至康熙朝，相继与英、法、葡萄牙、荷兰等国建立贸易关系。特别是1685年废止海禁，清朝与西方国家的海外贸易逐渐发展起来。马尔葛尼访问乾隆的背景是清朝刚刚在新疆击败俄国势力，在西藏击败英国势力，在台湾镇压了有海外背景的洪门起义，乾隆对英国使团的态度不是封闭，而是防范戒备。清朝的历史倒车主要是内政：康熙、雍正通过“摊丁入亩”及理学收紧强化了旧经济、旧制度、旧思想；同时对纺织业收重税（一机一年 50 两）、禁止开矿等反动政策刚好扼杀了以纺织业及矿业为特征的第一次工业革命；乾隆在编《四库全书》时集中销毁了大量工业科技资料，如《天工开物》（自我阉割了新兴产业，当然也就不需要新兴科技，因为“科学革命”的基础是产业）；删除、销毁、限制了大量进步思想，如姜子牙、孟子、王阳明等（姜子牙《阴符经》中有“天下为天下人之天下，非一姓之天下”的名言；孟子有“民重君轻”思想；（王阳明追溯孟子讲平等自由）。

中华文明发展十字路口清朝倒退，东西方十字路口英法崛起。对人类文明十字路口的认知，对封建社会向资本主义社会转型的认知，使得《红楼梦》作者群中那些不在少数的“少数人”，痛定思痛，超越了个人家族以至朝代种族的兴衰，从文明升级角度，冷静地思考旧模式、旧制度、旧哲学的最后“繁华”之破碎，行胜于言地布局面向百年后未来的冷子。他们选择了“冷”，冷子兴的冷。看似冷漠，实则冷静；看似配角，实际上是独立冷眼旁观明清一类的封建王朝。他们选择做一位“商人”，而且是要把老古董卖掉的“古董商”。以他们的思想与安排，整部《红楼梦》，荣宁二府从头到尾，就没有一个新生儿（除了假孕的秦可卿，死胎的尤二姐，甚至没有一个怀孕的），毫无新生命，毫无未来，各个在嘻嘻哈哈地等死，都是历史转折期的“祭品”。这样的思想与笔法，是否比以冷刻著称的鲁迅更冷！

《红楼梦》一反大团圆传统，写了个最冷最冷的小说结局《飞鸟各投林》：

为官的，家业凋零；富贵的，金银散尽；有因的，死里逃生；无情的，分明报应。欠命的，命已还；欠泪的，泪已尽。冤冤相报实非轻，分离聚合皆前定。欲知命短问前生，老来富贵也真侥幸。看破的，遁入空门；痴迷的，枉送了性命。好一似食尽鸟投林，落了片白茫茫大地真干净。

从李贽开始，顾炎武、黄宗羲、王夫之都非常重视工商业。顾炎武在“乙酉四论”之《田功论》就提出了“必疾耕，必通商”，农商并重。而《钱法论》就是讨论财政和货币流通的专题论文。黄宗羲提出“工商皆本”：“世儒不察，以工商为末，妄议抑之，夫工固圣王之所欲来，商又使其愿出于途者，盖皆本也。”王夫之赞扬商业“大贾富民者，国之司命也”。

以他们的思想与安排，红楼家族最小的后代，唯一的未来希望“巧儿”，却是下层刘姥姥起的名字（“奇技淫巧”的“巧”），又是刘姥姥救回并与板儿结婚。刘姥姥哪儿来的银子？书中伏笔当然是找故旧周瑞冷子兴家，冷子兴冷面热心帮助旧恩王熙凤。王熙凤帮冷子兴的官司，就是冷子兴被人告发“来历不明”，贾府管家女婿“来历不明”，就是指间谍地下党之类。冷子兴、巧儿与板儿的组合体现了顾炎武的思想。顾的原话是：“余出游四方，尝本其说以告今之人，谓生子不能读书，宁为商贾百工技艺食力之流，而不可求仕。犹之生女不得嫁名门旧族，宁为卖菜佣妇，而不可为目挑心招，不择老少之伦。”

刘姥姥与巧儿、贾惜春、妙玉、贾母太君的安排是《红楼梦》中极其出彩的环节。老祖宗在贾府覆灭前专门认真要求贾惜春画《大观园图》（应是平面结构工笔图）交给刘姥姥，是将文明典册托付刘姥姥的意思，贾母的字谜“世家传”作了解释。这和王熙凤向刘姥姥托孤是一个意思，和秦可卿向王熙凤托梦大办学校办教育也是一个意思（汉留骨干顾、黄、王、朱等确实后来都办学校搞教育）。

板儿、巧儿代表的是华夏未来。“汉留”救华夏，刘姥姥说了一句与农妇身份不匹配的诸葛亮式语言：“谋事在人，成事在天。咱们谋到了，看菩萨的保佑，有些机会，也未可知。”

与贾宝玉梦入幻境及贾瑞迷入风月宝镜对应，作者在第 41 回写了一半文字，讲刘姥姥用“木”碗喝大酒醉后，也误入西洋镜，在宝玉的床上睡了一大觉。再对比妙玉对刘姥姥喝梅雪茶的嫌弃，只能理解作者一定是要暗示什么：老百姓睡龙床？或许是鲁迅笔下阿Q造反的来源。贾府没有新生命，终将灭亡。如果结局只是贾宝玉遁入空门了事，显然只是逃避，并没有解决问题。方以智这个和尚和姚广孝这个和尚以及梅州太子和尚都是“造反”的。因此《红楼梦》真正的结局，要么贾宝玉是革命的和尚；要么刘姥姥、冷子兴、二丫头、板儿、巧儿、小红、贾芸、李贵会“造反”，“反清复明”。

《大观园图》如同《清明上河图》，都是华夏文明的体现。史太君高度重视，贾惜春不惜工力。画的当然不是普通风景，而是几千年融合建设积累的气象万千、蔚为大观——《易》《阴符经》的“观”是“观天下”。史太君特别交代把薛宝琴与红梅花认真当主角画上，寓意太深。薛宝琴与宝玉同日生，贾母一见钟情（与宝玉对黛玉完全不同）。宝琴在《红楼梦》中还有三大特殊之处：一是见多识广，特别是与西方外国金发人有交往；二是写的诗歌代表是十首怀古诗（主要是怀汉唐故事）；三是白雪中超凡脱俗的“红梅”（唯一的冬天红花），嫁给梅翰林，写梅花诗，红梅赏雪等。

宝琴在众芳中仍超然一等，她是“白茫茫大地真干净”之后幸存的耐住了满清冬雪的一剪梅，是没被风刀霜剑斩尽杀绝的“华”花，没被“黛玉”即朝代更替埋入一抔净土掩住风流（黛玉是清玉代红玉的朝代更替，“代玉”葬花葬的是华夏文明之花，《葬花吟》吟的是“红花会”意境的红花）。伏羲作琴、瑟，对应箫笛。宝琴们即郑成功政权代表的“汉留”“洪门”后人们，既是中华文明精英，又熟悉西方，注重对外开放交流。大明灭亡，他们既感慨“三春事业付东风，明月梅花一梦”，还要有历史感地“关心”满清政权治下汉人、汉文明的命运与未来，即“汉南春历历”（来自真真国女孩子所做的诗）。薛宝琴的明末对应人物应该是郑成功政权及李定国政权（见后文）。当然，中华几千年化夷归流，老祖宗没那么狭隘，薛（雪）家美眉，也有对归流大汉的女真未来精英的期待，这正是老祖宗对大华夏后代精英的钟爱与憧憬。

冷子兴是贾雨村的旧交，“雨村最赞这冷子兴是个有作为大本领的人，这子兴又借雨村斯文之名，故二人说话投机，最相契合”。冷子兴贾雨村是“奇遇”“奇缘”，聊的是“一局输赢料不真，香消茶尽尚逡巡。欲知目下兴衰兆，须问旁观冷眼人”。智通寺，冷眼人，贾雨村，不妨当是洪门首领顾炎武在方以智庙中与吴梅村、洪承畴以至吴三桂之流纵论天下。贾雨村就是吴梅村（详见后文）。复社诸位公子，只有顾炎武在金陵“稍稍去鬓毛，改容作商贾”。同期，当年“凌云久动江湖气，杖剑时成风雨声。海内只今信寥落，龙眠山下有狂生”的方以智和尚正闭关于金陵天界寺，天界寺本来就是遗老遗少集中地。顾炎武被称为“顾怪”，在百年理学心学斗争、几十年东林党争中，顾也是极少的全面辩证批判的。“有亡国，有亡天下。亡国与亡天下奚辨？曰：易姓改号，谓之亡国；仁义充塞，而至于率兽食人，人将相食，谓之亡天下。是故知保天下，然后知保其国。保国者，其君其臣肉食者谋之；保天下者，匹夫之贱与有责焉耳矣。”顾炎武天下兴亡、匹夫有责的本义是文明高于国家民族，不是狭义爱国，更不是忠君保家。这应该是“人类命运共同体”的思想基础。顾作为革命家，四处活动，四处置业，养女人生孩子，却不娶且孩子不姓顾。与妻妾成群的其他“多情”公子对比，在那个时代，他的行为思想感情都“冷”。顾批判理学，也批判阳明后人言空而不行，强调行胜于言。与黄宗羲、王夫之、朱舜水败军后余生讲学不同，顾自己则从金陵到山东章丘到太原，再到陕西、渭南，一生谋篇布局华北“汉留”，与南方系“红花会”“三合会”以及郑成功金台山系南洋后人逐步合流，200 年后革命成功。

壹

复社四公子之冒辟疆与董小宛

◆
◆
◇

冒辟疆与董小宛，是最像，也最有可能、最有条件的第一版《石头记》原创者。

毛主席曾说，“明末四公子中，真正具有民族气节的要算冒辟疆，清兵入关后他就隐居山林，不事清朝，全节而终”。青年冒辟疆与桐城方以智、宜兴陈贞慧、商丘侯方域等官二代，并称复社“四公子”。“四公子”中除了侯方域外，都是全节而终。冒襄（1611~1693），字辟疆，号巢民，一号朴庵，又号朴巢。巢民，谐音草民，朝明，不朝清，巢或为“曹”的来历（曹，更可能来自曹洞宗）。冒辟疆的祖先是蒙古族，明代迁居扬州府如皋（类似姓金或那，蔑尔乞部改姓冒，蒙古贵族出身对作者借用元末大梦归故事版本很重要，详见后文“句容郡王”）。冒出身望族，14岁出诗集《香俪园偶存》，董其昌把他比作王勃，期望他“点缀盛明一代诗文之景运”（有足够才气写《红楼梦》）。冒襄的《影梅庵忆语》是我国忆语体文字鼻祖，写了四千多字（在古文传记中算巨著了），回忆和董小宛旖旎的爱情生活，有详细回忆才子佳人的案例。冒襄有才但不善科举，六次乡试，六次落第。与马士英、阮大铖斗争失利后，据冒传记描述，家有园池亭馆之胜，归益喜客，招致无虚日，家自此中落，怡然不悔也（确是风流快活、败家“活宝”）。实际上“水绘园”是当时江南遗民的中心（北方是顾炎武、傅山、戴廷栻的丹枫阁）。可以看出，冒的豪门出身，有才气但不善科考，与秦淮八艳的艳史，好清议不擅经济，还爱写董小宛，等等，这都是十足的贾宝玉画像。

贾雨村与冷子兴评判宝玉用了一大段文字：“情痴情种”“逸士高人”“奇优名娼”。如陶渊明、柳永、唐伯虎同类同级，曹寅家孙子至少要考证半天的，能是如此人物？那个时代，够得上“逸士高人”的只有方以智、王夫之、傅青主、黄宗羲、冒辟疆、朱舜水、李士淳、李颙，还有张岱等，又可称“情痴情种”的只有冒辟疆。“奇优名娼”就是“秦淮八艳”。为伊消得人憔悴，众里寻他千百度，以客观平常之心“上红楼”，作者其实已经把《红楼梦》朋友圈提示得明明白白。

崇祯九年（1636），冒辟疆和张明弼等人在歌姬顾眉的眉楼结盟，参加复社。当时秦淮河畔最出风头的就是侯方域和冒辟疆。侯方域风流倜傥，侑酒必以红裙；冒辟疆慷慨好士，桃叶渡大会群雄。因为“公揭事件”等恩怨，福王权臣阮大铖、马士英打击报复复社诸子时，冒逃往扬州史可法处。传史可法派冒辟疆去北京拉拢吴三桂（吴拒绝了蓟州伯的册封，但表示不与南明为敌），冒回时，扬州已遭屠城。还有传冒辟疆曾在吴三桂叛乱时前去联络助力（汉留陈近南确实组织义军配合吴三桂攻武昌）。史可法号道陵，扬州称广陵，《红楼梦》中扬州是除金陵外最重要的地标。

“复社”之名，源于张溥主张“兴复古学，务为有用”，由全国十几个社团联合而成。清兵入关前后，复社发生分化。一部分投降大顺，如周钟还为李自成起草登基诏书等；而方以智等以死拒降。清兵南下时，多数人成为江南抗清力量的骨干。夏允彝在松江起兵，黄淳耀、侯岐曾领导嘉定抗清，顾炎武、归庄死守昆山，陈子龙成为南明军事要员，等等，他们失败后大部分都不屈而死，成为英雄（宝玉在“龙抬头”节日专门祭奠的知己就是陈子龙）。

当然，也有不少人降清，如辜负天恩背弃友德，为清廷曲笔搞宣传的吴梅村。明亡以后，顾炎武、黄宗羲等总结明亡教训，专心著述；杨廷枢，方以智、陈贞慧、归庄等则“玉带林中挂”削发为僧；冒辟疆等“金簪雪里埋”遁迹山林。他们都拒绝仕清。顺治九年（1652）复社被清政府取缔。方以智、顾炎武、王夫之等人发起了“汉留”组织，后并入洪门。复社公子们与《红楼梦》有千丝万缕的瓜葛，把他们搞清楚，《红楼梦》就能理清一大半。开辟鸿蒙，警幻介绍《红楼梦》:“此或咏叹一人，或感怀一事，偶成一曲，即可谱入管弦。若非个中人，不知其中之妙。”欲解红楼，先需无我，入此局中，入其内心。古今中外，大家彼此，此证彼证，异曲同工。

冒襄暮年生活穷困潦倒，只能靠卖字度日。“献岁八十，十年来火焚刃接，惨极古今！墓田丙舍，豪豪尽踞，以致四世一家，不能团聚。两子罄竭，亦不能供犬马之养；乃鬻宅移居，陋巷独处，仍手不释卷，笑傲自娱。每夜灯下写蝇头小楷数千，朝易米酒。”此处可验证红楼作者自述：“虽今日之茅椽蓬牖，瓦灶绳床，其晨夕风露，阶柳庭花，亦未有妨我之襟怀笔墨者。”此处冒辟疆“每夜灯下写蝇头小楷数千，朝易米酒”有重大疑点。如果真是卖文为生，为何“小楷数千”，而不是“大字几幅”？每夜几千小楷，一年就是百万字，就是《石头记》吧。（笔者专门询问了一位有学问的如皋籍朋友，他说《红楼梦》中确实有大量如皋方言。）

与冒襄一同发起复社的金坛人张明弼在《冒姬董小宛传》中说冒氏“所居凡女子见之，有不乐为贵人妇，愿为夫子妾者无数”（类似“怡红公子”贾宝玉）。其中董小宛、李湘真像林黛玉，陈圆圆、吴蕊仙像妙玉，吴扣扣很像史湘云。陈圆圆一生传奇曲折（秦淮八艳中活得最久，1695年74岁死），与冒襄有过一段情缘。崇祯十四年（1642），冒襄在苏州两会陈圆圆，时陈圆圆刚从豪家脱身，有嫁冒襄之意，并拜见冒母。二人盟誓相约来年迎娶，结果陈圆圆再被周皇后父亲买去。周欲将陈圆圆献给崇祯争田妃之宠而未果，崇祯将陈圆圆赏给吴三桂。李自成进京，刘宗敏又将陈圆圆掠去。最后归于吴三桂。陈圆圆晚年入道门，法名寂静，字玉庵，卒于云南。书中描写妙玉：可叹这，青灯古殿人将老，辜负了，红粉朱楼春色阑。到头来，依旧是风尘肮脏违心愿。好一似，无瑕白玉遭泥陷，又何须，王孙公子叹无缘。陈圆圆与冒辟疆的未了情，吴梅村清楚却刻意掩饰，恶意编排出《圆圆曲》，将亡国责任推到陈圆圆头上，而且影响深广，这件事可能是冒辟疆创作《石头记》的触发点。与陈圆圆齐名的卞玉京也是妙玉原型之一，对吴梅村钟情却被吴辜负（一见钟情如贾雨村娇杏），也被吴梅村编排诗歌意淫。另外还有一位吴蕊仙，也似妙玉或者妙玉的好友邢岫烟。吴蕊仙名琪，别字佛眉，吴的丈夫管勋是冒的复社好友，反清遇难。吴在夫亡后投靠冒氏（类似投靠贾府的邢岫烟），安置在深翠山房（栊翠庵）。她给冒写诗"自许空门降虎豹"，"绮罗自谢花前影，笠钵聊为云中人"，遁入空门（岫烟就是山中云）。

秦淮名妓董小宛，名白，生于苏州，是陈圆圆的"姊妹"，能诗善画，尤擅抚琴，还擅长煮茶与烹饪（吻合红楼作者优雅脱俗精致美食家特点）。董既是林黛玉的第一原型，也很可能是协助冒辟疆写书的"脂砚斋"（董死于1651年，后期不可能参与，只能是之一）。据《影梅庵忆语》称冒董乱世相伴9年，期间冒主要居家写作，有充分时间与素材回忆秦淮艳史。书中"脂砚斋"未必是男人也未必是书斋，秦淮名妓的寓所也很风雅，比如冒氏另一红颜知己李湘真的寓所就叫"寒秀斋"。"脂砚斋"与作者关系紧密如情人，同恨同哭为知己，大概率就是秦淮相伴的知己，因此很可能董小宛就是第一版"脂砚斋"。《红楼梦》细腻极致的笔锋，浓浓淡淡的脂粉气，以哭为主要表达方式，尤其对女性心理行为细节的把握，等等，都显示女作者参与的特征，很类似紫式部《源氏物语》的风格。如果公子佳人都集体创作，那么，"脂砚斋"就是"秦淮八艳"，就是“金陵十二钗”（董是陈圆圆的“妹妹”，柳如是李香君是卞玉京的好姐妹，吴梅村一下歪曲了两位并列花魁的陈圆圆和卞玉京，姐妹们也应当有同声同气的创作动力）。冒的另一个红颜知己李湘真，字雪衣。冒氏在她的“寒秀斋”淹留最久。当年文坛佳话是冒、李每日风流外，还能每夜写一文章。此事至少可以验证，冒辟疆有女才子佐笔甚至代笔的创作习惯或技巧。冒氏当年常住桃叶渡，晚年作品《桃叶渡口感怀》就已有《红楼梦》语境：“寒秀斋深远黛楼，十年酣卧此芳游。媚行烟视花难想，艳坐香熏月亦愁。朱雀销魂迷岁祀，青溪绝代尽荒丘。名嬴薄幸忘前梦，何处从君说起头。”

冒襄与小宛苏州相遇，她对冒一见倾心，连称：“异人！异人！”（红楼读者很容易联想到宝黛初会的场景）。在陈圆圆归吴三桂后（冒的第一人选是陈，董是其次，这段姐妹三角情史也为冒、董驳斥吴梅村《圆圆曲》留下伏笔），柳如是、钱谦益出资给小宛赎身，送到如皋冒家（钱董也是旧相好）。钱谦益与吴梅村都是领袖级江南才子，东林党代表。扬州城破，清兵直下金陵，柳如是邀请以爱国道德标榜的东林领袖钱谦益跳秦淮殉国，钱说水太冷。钱谦益剃发，说“头皮痒”。《红楼梦》作者正是用贾雨村来讽刺东林党文人虽然才高八斗，但都是文足以饰非、满口仁义道德的“假话，胡诌，愚蠢”。

在《影梅庵忆语》中，冒辟疆还记录了与小宛的很多场景，都能在《红楼梦》中对应找到。比如，书中记载董小宛海量善饮酒，曾在太湖洞庭山醉卧时与冒相会于曲栏花下，“薄醉未消，懒慢不发一言”，非常传神，类似于史湘云酒后之态。又如，董小宛随钱谦益游黄山归来患病，闭门不出。冒辟疆赶到时，小宛支撑起身，牵着他的手说：“我十八天来昏沉沉如在梦中。今天一见到君，便觉神怡气旺。”可以读出宝玉探病黛玉晴雯吧，等等。董小宛善厨，花样繁多，所制秋海棠露、火肉等妙不可言。虎皮肉（“董肉”）

就是她的发明，和“东坡肉”可比。在秦淮时，小宛制作的“董糖”也是驰名佳品。（“曹雪芹”的意境之一就是苏东坡发明的“雪底芹芽”）。小宛爱花，他俩住海盐水绘阁时，董小宛曾感叹江河破碎，一家流离，泪葬残花（与黛玉葬花近似），同时也和黛玉一样将书稿付之一炬。顾炎武、朱舜水都拒绝科举功名，但国破家亡之际，都在为鲁王效力。当时冒辟疆也曾想出山为鲁王做官，董小宛葬花时写“一个西湖看不够，郎休别处慕虚名”的诗来劝夫，与林黛玉厌恶仕途经济相通。当时董小宛的义妹张惜梅，嫁给鲁王，兵败后投井而死，或是投井自杀的“北静王妃”原型（柳如是的男神陈子龙也是投水自杀，他们都是宝玉井口祭奠的知己）。

《终身误》：都道是金玉良缘，俺只念木石前盟。空对着，山中高士晶莹雪；终不忘世外仙姝寂寞林。叹人间美中不足今方信；纵然是齐眉举案，到底意难平。

对应后文，这应是世外仙姝冒辟疆与董小宛、吴扣扣齐眉举案时，想到在青原山双木一石前再度联手盟约的“山中高士、雪里金钗”方以智，到底意难平。对于“金钗”“宝玉”这样的复社才子，功名仕途终身已误，满腔不平之气，绝世高学化作《红楼梦》。

董小宛死后，冒辟疆写下《金人捧露盘》词，后人分析似是对应方以智的“金盘捧雪”禅揭，主旨就是“幻即空，空即色，幻灭全灵”的警幻旧梦：“梦幻尘缘，伤心情动，莺莺远去，盼盼楼空。倩女离魂，萍踪莫问。扬钩海畔，谁证前盟；把臂林边，难忘往事。金莲舞后，玉树歌余，桃对无踪，柳枝何处？嗟嗟，萍随水，水随风，萍枯水尽；幻即空，空即色，幻灭全灵。能所双忘，色空并遣；长歌寄意，缺月难圆。”

江南才子，风流佳人。吴梅村太酸，钱谦益太老，侯方域太功名，方以智太智，顾炎武太怪，陈贞慧太悲，陈子龙太烈，只有冒辟疆是个真“活宝”。

贰

《红楼梦》与心学泰州学派

◆
◆
◇

《红楼梦》的思想与文学笔法受心学泰州学派影响很大。泰州学派是中国历史上第一个真正意义的思想启蒙学派。泰州的阳明思想与写故事讲故事传统，都深刻影响了红楼创作。泰州学派第三、第四代著名人物包括汤显祖、吴承恩、李贽等。李贽与汤显祖是同门。《红楼梦》中能清晰看到汤显祖的《玉茗堂四梦》，也能看到石头悟空的另一种命运（一个石头西游大荒磨难取经；一个石头东下繁华奢靡悟空），贾宝玉的语言观点特别是否定理学礼教、科举功名，情本女本思想等都仿佛是李贽的代言人。

天不拘兮地不羁，心头无喜亦无悲。
却因锻炼通灵后，便向人间觅是非。
粉渍脂迹污宝光，依栊昼夜困鸳鸯。
沉酣一梦终须醒，冤孽偿清好散场。

《石头记》中咏石的诗反而很少。宝玉死而复生的癞头和尚诗采用的就是王阳明的“四句教”。宝玉本来就是一块“无善无恶心之体”的石头，被一僧一道携入“有善有恶”的“昌明隆盛之邦，诗礼簪缨之族，花柳繁华地，温柔富贵乡”，“便向人间觅是非”自然“意之动”，于是心为情欲所蒙蔽“粉渍脂迹污宝光，依栊昼夜困鸳鸯”。“沉酣一梦终须醒”，“知善知恶是良知”，“为善去恶”，“格”了“情”之后，最终“冤孽偿清好散场”回归良知。

泰州学派创始人王艮（1483—1541），本名“王银”，其父为泰州盐商。王银找王阳明舌战，被王阳明降服，成了王门弟子。王阳明为王银更名，改“银”为“艮”，并取字“汝止”。王艮的特点一是狂二是野三是走下层路线。有记载他曾梦见天塌下来，他奋臂托天而起，并将日月星辰整理归位。醒来大汗淋漓，顿觉心体同彻，万物一体。为向天下宣示真理，他效仿孔子周游列国，自制“蒲轮”古车，车身写“天下一体，万物一体”，穿古衣冠，招摇讲学。王阳明改“银”为“艮”，极其有意味。“艮”首先是易经卦名，彖曰：“艮，止也。时止则止，时行则行。动静不失其时。其道光明。”其次读“gěn”时，形容耿直粗俗；读“yín”，则为“银”异体字，寓意有钱商人；读“mín”，又是“民”之异体字，吻合泰州学派“有教无类”的社会下层群众路线。“汝止”是期望他及后代学人知道在“狂狷”的道路上适可而止。阳明确实神奇，像是预见了泰州学派的未来。

泰州学派的思想，是阳明心学最革命的左派，对后世影响至为广泛。王艮把“百姓”和“圣人”放于平等地位，他说：“圣人之道，无异于百姓日用，凡有异者，皆谓之异端”（“百姓日用”是检验真理的唯一标准）。他还说：“满街都是圣人”，“人人君子”，“尧舜与途人一，圣人与凡人一”，“圣人不曾高，众人不曾低”，“庶人非下，侯王非高”（劳动人民最尊贵；六亿神州皆尧舜）。关于如何获得真知良知，他创立了自己的“格物说”，他强调“知之为知之”“僮仆之往来，视听持行，泛应动作，不假安排”，此乃“即事是学，即事是道”（实事求是）。“本治而末治，正己而物正”，明确指出“正人必先正己”。王艮出身平民，“七岁受书乡塾，贫不能竟学”，十一岁时家贫辍学，随父兄经商，书读得确实不多。黄宗羲因此说他是“淮南格物”，不读书而得道（实践出真知）。此与红楼“世事洞明皆学问，人情练达即文章”

莫不相似；以及《红楼梦》第 19 回，袭人所说的宝玉“混话”语录：“凡读书上进的人，你就起个名字叫作‘禄蠹’；又说只除‘明明德’外无书”。“明明德”出自“大学之道，在明明德，在亲民，在止于至善”。阳明为此专门写了《大学问》。他的看法和宝玉一样，就是“除明明德外无书”。他认为“明德”是内圣，“根于天命之性”，就是做到“吾心即是宇宙”；“亲民”是外王，“老吾老以及人之老，幼吾幼以及人之幼”，做到自然就是“明德”了；“至善”是“明德”和“亲民”的极致。当然，阳明、王艮都是实践丰富“事上磨炼”而且悟性极高，如果一味强调“不读书”指望“顿悟”或者由心“任性”，也绝不是阳明本意，所以要“汝止”。关于读书，阳明给出的标准答案是“只要晓得，如何要记得”。“晓得”与“记得”是不同境界，指的是要多读书，活学活用，不要死记硬背。王阳明曾拿平叛宁王举例说，平时“读书纯笃”，战时才能“此心不动，随机而动”。

冒辟疆世居扬、泰，必受泰学熏陶（如皋在稻河流域，元朝属于泰州路，明朝属于扬州府）。金陵风流在秦淮，泰州文脉是“稻河”。除了阳明学泰州学派，前明稻河还流淌出了《水浒传》作者施耐庵。《水浒传》是“书林隐处，俊逸儒流”，借江湖好汉，“裁冰及剪雪，谈笑看吴钩。评议前王并后帝，分真伪、占据中州，七雄扰扰乱春秋”。张士诚与施耐庵都是泰州兴化白驹场人。泰州也是张士诚的崛起之地。张士诚的历史形象就是胸无大志、轻财重义、视死如归的“绿林好汉”，而且厚待读书人。这是《水浒传》作者的价值观。

清朝泰州稻河流域还有一位特别人物，即冒辟疆的挚友柳敬亭（1587—1670）。柳敬亭，原名曹永昌，号逢春。中学课文中《柳敬亭》的作者是黄宗羲（复社骨干，反清义士，与阳明同乡同门，《明儒学案》对王艮多景仰）。“敬亭既在军中久，其豪猾大侠、杀人亡命、流离遇合、破家失国之事，无不身亲见之，且五方土音，乡俗好尚，习见习闻，每发一声，使人闻之，或如刀剑铁骑，飒然浮空，或如风号雨泣，鸟悲兽骇，亡国之恨顿生，檀板之声无色，有非莫生之言可尽者矣。”柳在明末的角色并不仅仅是著名说书人，他是左良玉军团的军师（日夕谈《三国》《水浒》），还是左与南京政府谈判的代表。左死后，大军崩溃，柳流落江湖，以说书为生并宣讲亡明故事。左良玉的儿子左梦庚率 20 万大军降清，实力与战略地位更远胜于 1 万 ~3 万人的吴三桂。南朝历代以武昌、金陵为两大支柱，南明两支柱内斗，结果是两支柱军队全完，全都投降清朝，失去划江而治再图北伐的可能。柳参谋长未随军投降，可见气节，可知其恨。其反清悼明情怀与冒辟疆们一致。冒辟疆《赠柳敬亭》:“忆昔孤军鄂渚秋，武昌城外战云愁。如今衰白谁相问，独对西风哭故侯。”这样的柳敬亭才值得黄宗羲、吴梅村都专门为他立传（黄、顾、王、方、冒一派，与吴梅村一派辨是非的又一案例）。《红楼梦》中刘姥姥讲段子时，大家说她比“说书”先生讲得好。可惜这位说书人没了下文。据说有人找出了一些 80 回后片段，其中有这样一段文字:（宝钗与宝玉）两个赶往贾府来，路经乡间岔路，见那边柳树边亭子里坐着一个麻子，围着一堆人拭泪听他说着什么。走向前来，原来是个说书人，口中念叨:“杀，杀，杀，痛睹国亡十有八，戮男淫女屠全城，孺子老弱尸枝趴。哭，哭，哭，千里弥望人烟绝，贼寇残绝吃孺妇，惨苦万状尽殃害，瓦屋楼阁尽毁诛……”

柳敬亭在其演艺生涯中与复社才子、秦淮名妓等多有交往（《桃花扇》有描写）。柳敬亭晚年回到泰州，与冒辟疆重逢多交往。柳敬亭所说评话，整理成《柳下说书》八册，这本奇书，“篇中字句多方密之、冒辟疆、钱牧斋、吴梅村、吴次尾集中常用之口吻。因而知此书必经当代文人过目，润色涂改而成”。《柳下说书》的悼明主题、泰州创作地、复社人脉、集体创作润色手法，都可以为寻找《红楼梦》作者提供另一版参考。

康熙二十二年（1683），孔尚任 36 岁时，康熙第一次南巡祭祀孔庙。孔尚任御前讲经，又导游孔林。康熙破格升他为国子监博士，他受宠若惊。康熙二十五年（1686）淮扬大水，孔尚任来泰州治水并留守四年，“去之不得，呻吟病卧”于此。后遇官场变故，一家十数口僦居东门破庙。据其自己说：除夕，合家人在破庵，只有“豆豉一味，共梅花嚼之”。孔尚任与冒辟疆等遗老名士唱和，感慨前朝兴亡。“箫管吹开月倍明，灯桥踏遍漏三更。今宵又见桃花扇，引起扬州杜牧情”。康熙二十九年（1690），孔尚任回京，当了10年京官，官至户部主事。康熙三十九年（1700）三月，写成《桃花扇》。一时洛阳纸贵，观者涕泪俱下。次年三月，孔尚任被免职，“命薄忍遭文字憎，缄口金人受诽谤”。孔尚任的泰州经历、写作主题、与冒辟疆交往等，也完全吻合“东鲁孔梅溪”。

泰州学派另外一位弟子李贽，以孔孟儒学的“异端”自居，“非圣无法”。对封建社会的男尊女卑、重农抑商、假道学、社会腐败、贪官污吏，大加痛斥批判，主张“革故鼎新”，反对思想禁锢。李贽的一生充满着对传统和历史的重新审视，这也是明朝后期社会思想变革的聚焦。《红楼梦》中显然采纳了大量李贽的新锐思想。李贽老家是国际港泉州，有阿拉伯血统，原姓“林”。李贽批判重农抑商，扬商贾功绩，他也是最早反对儒家“填鸭式”科举应试教育，试图颠覆理学正统的启蒙思想家。他想人所不敢想，说人所不敢说，为人所不敢为。李贽特别的一点是唯情主义，包括男女之情与知己友情，他把“情”上升到本体论的高度。“若无此一点情，便是禽兽”，“细组化物，天下亦只是一个情”，“情者天地万物之真机”。李贽从周易“天地夫妇”提出“乾为夫，坤为妇”，把男女提到“太和之道”，天人合一地从“天伦”到“人伦”。李提出“言夫妇则五常可知”的“首伦”，彻底颠覆了传统伦常秩序（李贽也热爱《易经》，其观点往往追溯“姬子”本源）。李贽主张婚姻自由，热情歌颂卓文君、司马相如的恋爱故事。李贽还是华文世界第一位“女权主义者”——“大道不分男女”，“余窃谓欲论见之长短者当如此，不可止以妇人之见为见短也。设使女人其身而男子其见，乐闻正论而知俗语之不足听，乐学出世而知浮世之不足恋，则恐当世男子视之，皆当羞愧流汗，不敢出声矣”。这些话是不是在《红楼梦》开篇就有？李贽还要以女性为主角重写《史记》，包括孟母、赵娥、王昭君、蔡文姬、孙夫人、武则天等（类似《红楼梦》开篇为女子立传）。李贽广收女学生，这比蔡元培在中法大学开招女生早了300年。李贽在明清广受歪曲谩骂，他利用入狱的机会，自杀“殉学”，用剃刀割脖子，流血2日死，自称“不疼，老翁无所念”。贾宝玉有时活脱脱就是李贽的代言人，而且“哪管世人诽谤”。

《红楼梦》的“脂评”本最有影响，实际绝不只有“脂评”。脂砚斋提及的为数不多的作家和批评家中赫然就有金圣叹。鲁迅说“小说的批，第一自然要算金圣叹”。实际上小说评论的创始是李贽，“评论”也是泰州学派与思想性小说创作联璧的阐述点题方法，是深加工与再创作手法。明清最著名的小说评论家王世贞、李贽、钟惺，包括金圣叹都是心学传人。李贽与金圣叹最爱点评的都是《水浒传》和《西厢记》。“好汉思想家”或“思想之侠”李贽视《西厢记》为“豪杰”之作，以为臻“化工”，指的就是类似汤显祖这样的豪杰，将心学哲学能“化”成通俗戏剧。李贽是中国古代第一位对“侠文学”系统评论的思想家，从《史记》中的《刺客列传》《游侠列传》，到花30年时间评点《水浒传》，目的也是黄宗羲说的以“侠”论“狂禅”。黄在《泰州学案》中清晰发现点明了泰州学派“行不掩言”的“狂者胸次”实为“侠者”。“游侠”可以说是泰州王学代代相传的“家法”。李贽认为侠不以“术”胜而以“义”称，认为“剑术侠”非侠，像荆轲那样践义履道者才是“真侠”，推而广之，“自古忠臣孝子，义夫节妇”皆可称之为侠，就是“忠臣侠忠”“志士侠义”。这就是《红楼梦》“枕霞旧友”的思想来历。

金圣叹（1608—1661），苏州吴县人，原姓张，名采，字若采，自称泐庵法师。顺治皇帝赞他“此是古文高手，莫以时文眼看他”。他随即“感而泣下，因向北叩首”，估计因此改名“金圣叹”。1661年金圣叹被罗织进“哭庙案”（学习东林抗税），以叛逆罪冤死。实际上应该是因他提倡《水浒传》

和《西厢记》，"惑乱人心"，官府借题发挥，应该是死于"文字狱"。金圣叹因此被清末革命党尊为抗清先烈，从宣传革命思想角度似乎不冤。金圣叹在著述中反复强调他批诗、批小说、批戏曲用的是"一副手眼"，诸如"忠恕说""有不善，未尝不知""好善恶不善""在于文意，不在于事也"等就是源于泰州学派的心性论，包括他评《水浒》人物"独恶宋江"（虚伪），赞赏武松、李逵"天人"和"先天之民"。金圣叹批《西厢记》提出好色即是淫，但此种淫有莺莺天性"矜尚"的节度，绝不是欲望泛滥。"矜尚"指的是人天性中的约束力，它不同于礼法。这个思想与《红楼梦》警幻的开篇警示以及后篇的反礼教至情是完全一致的。"狂禅"金圣叹的主要职业是为人"扶乩降灵"，钱谦益验证金能以"降灵"说中事主的心思。从思想评论家的角度，金圣叹曾预言"一二百年后，世间必得平添无限妙文"，果然《红楼梦》出世。

汤显祖的《玉茗堂四梦》的思想主题与故事场景，就是初始版的红楼小梦，可视为家国文明版红楼大梦的先声。《牡丹亭》(《还魂记》)、《紫钗记》的故事全是书生与才女的情爱梦幻，霍小玉，也是"玉"，也是流落妓院的官宦之后。杜丽娘被礼教害得"赏花""思春"而死（葬在梅花下），又勇敢地打破所有礼教束缚自由而活，结局美满。《红楼梦》中的林小红很正面，原是宝玉丫鬟，自主跳槽王熙凤，原叫林红玉（避讳改小红），丢手帕与贾芸自由恋爱，结局美好。这是贾、林爱情的另一种可能。霍小玉的情人公子李益不敢违背家长社会舆论等礼教势力的束缚，退却了，放弃了，小玉含恨而死，李益后来生不如死。这是贾、林爱情的礼教压迫悲剧线。《南柯记》和《邯郸记》讲的都是科举功名富贵的梦幻，也被《红楼梦》完全继承。

阳明弟子中还有一人，太仓人王世贞。其父王忬，曾任浙闽总督，任用俞大猷、戚继光等大破倭寇，后任大同蓟辽总督，被严嵩下狱杀害。王世贞自己因举报张居正小舅子，被张指使手下弹劾夺俸免职。传说他就是《金瓶梅》的作者。他通过野史、小说和戏剧攻击严嵩与张居正，特别是张居正。

通过女色攻击政敌，既为红楼提供了创作手法，也为红楼打下了文学基础。王世贞的戏剧作品《鸣凤记》（鸣的凤，歌颂何心隐们）直接描写言官们前赴后继弹劾扳倒了严嵩。《一捧雪》讲严嵩弄权豪夺古董茶杯“一捧雪”，元妃省亲点的第一出戏就是《一捧雪》的“盛宴”。《金瓶梅》中西门庆有一点严世蕃（字东楼，小名庆）的影子。姓西门的名人极少，似乎只有魏国改革家“西门豹”。李俚西门豹变法是魏国成为战国第一雄的基础，商鞅是他们的弟子，张居正的政治角色就是西门豹。《金瓶梅》影射张居正上位搞改革，是靠“西宫”李太后暧昧支持。虽然作者在书中把李瓶儿（暗指李太后）角色描述得最好，但为了骂张居正扯上皇太后，那也是死罪，王世贞自然会努力隐藏并散布严世蕃之说。泰州学派另外一位弟子“鸣凤”何心隐既组织过类似复社运动扳倒严嵩（配合心学弟子徐阶），又被张居正授意手下因言迫害惨死。可想而知，西门庆会是什么丑恶形象。王世贞在《嘉靖以来首辅传》批评他:“器满而骄，群小激之，虎负不可下，鱼烂不复顾”，“没身之后，名秽家灭”。

王阳明以及他的半个学生张居正，都是特立独行敢于担当不畏人言的“狂狷”志士，是“痴人”（理想主义者）。他俩在奏书中，都提出了大明中期的“病症”。张居正在《论时政疏》中初次陈述自己的政见，指出“宗室骄恣”“庶官瘝旷”“吏治因循”“边治因循”“边备未修”“财用大匮”五种积弊的根源在于“血气壅閼”。王阳明以哲人的睿智洞悉到封建末世“天下波颓风靡”、“何异于病革临绝”的危机，但他俩都没把到“封建专制制度本身”这一脉。治病的思想方法至少是治表不治本不系统的。张居正开出“人参养荣丸”，发展商品经济但同时关闭书院清议制衡，结果“水亏木旺”成了灰。王阳明开出“天王补心丹”“冷香丸”，修炼了个体，虚化实体。因此，尽管阳明本人武功赫赫，“内圣”“外王”，但并不能为“病革临绝”的明王朝提供灵丹妙药。《风月宝鉴》《通灵宝玉》在阳明学基础上，结合曹学、姬学、洋学，“一除邪祟，二疗冤疾，三知祸福”就是此意。《红楼梦》的作者是要采药炼丹、破石出玉，系统医治沉疴已久的中华文明。

可以说《红楼梦》无论在文学上，还是思想上，都是心学泰州学派的产物，是《一捧雪》《金瓶梅》《西游记》《四梦》《柳下说书》《桃花扇》《长生殿》，以及《水浒》《三国》等的集大成者（以上都在《红楼梦》中或直接或间接多次出现）。实际上《水浒传》《三国演义》是联璧之作，《西游记》《红楼梦》是姊妹之篇。与泰州学派高度关联的这两组对书被“公认”为“四大名著”，是 1949 年以后的事，之前并没有这一说法。1951 年，人民文学出版社建社，出版“中国古典文学名著”系列。这四本书印量最大，反响最大，渐有“四大著作”之称。

叁

《红楼梦》诗社与明末书院学社

◆
◆
◇

《红楼梦》中办诗社，是在宝玉被打之后，在贾政外出之后，其反礼教议改革的用意十分明显。改革者探春在给宝玉的“花笺”时写得非常明白:“今因伏几处默，忽思历来古人，处名攻利夺之场，犹置些山滴水之区，远招近揖，投辖攀辕。务结二三同志盘桓于其中，或竖词坛，或开吟社，虽一时之偶兴，遂成千古之佳谈。”“同志”结社，“成千古之佳谈”。读者很容易联想到东林党与复社。探春这封重要信件还可能揭示了两件事：一是提到“鲜荔并真卿墨迹见赐”（荔枝 + 墨 = 脂砚，即复社秦淮诗会）；二是暗示了同志集会地点“帘杏溪桃”（稻香村的杏斋）。二三同志也很容易联想到顾炎武、归庄的“惊隐社”，顾炎武、傅山、戴廷栻的“丹枫社”，顾炎武、李因笃的“华阴社”，李士淳、李文古的“松江社”等反清秘密基地。

“早知日后争闲气，岂肯今朝错读书”，第八回“起嫌疑顽童闹学堂”讲的就是复社公子们与朝廷里的马士英、阮大铖的斗争闹剧，包括分派，包括“倒念了些流言混语在肚子里，学了些精致的淘气”，包括以贾珍、贾蔷来暗指马阮的关系既是“弟兄亲厚，长相共处”，又因“口声”贾珍令贾蔷“自去立门户”，等等。贾蔷、阮大铖都是戏班子名导演。

公元六世纪，隋文帝首创了三省六部制、科举制度、义仓制、专业府兵制。唐太宗将之进一步完善，开创大唐盛世。中国文人结社的“朋党”也随之在唐末出现。“结社”逐步走向成熟，始于宋朝“书院”朱熹、陆九渊理学、心学两派，司马光、王安石两党；盛于明朝，阳明弟子广开书院，张居正关闭打压，明末东林复社势力壮大，与阉党水火不容。明朝学社的兴盛是资本主义经济要求打破专制、倡导自由平等的结果。中国实际上从唐末宋初即公元1000年左右，就已经发生了资本主义革新，唐末黄巢起义开始要求平等（之前起义都是要求改朝换代），唐末杨炎的变法是王安石、张居正的先声。宋代资本主义已具备雏形。宋仁宗、范仲淹发起“庆历新政”是王安石变法的预演，特别是丈量土地用资产税替代人头税，被王安石直接继承。儒家以王道仁政为标准，狸猫换太子的宋仁宗是我国历史上唯一被尊“仁”的皇帝，在位41年，用经济手段宏观调控内外矛盾，天下太平。宋代繁华的基础是手工业与海外贸易，沈括、毕昇们钻研技术，成为早期科学家。仁宗时出现了官方发行的信用纸币“交子”，运用积极财政政策扩军就业（罗斯福、希特勒、凯恩斯的鼻祖），运用货币与贸易政策控制外邻（控制外贸挣钱再返还岁币，大宋无公主和亲）。王安石门人蔡京（兄弟蔡卞是王的女婿）在俾斯麦前600年就建立了比较齐全的社会保障救济机构，等等。因此，宋朝也是我国历史上唯一不是被起义推翻的朝代。

2019年上半年很火的电视剧《长安十二时辰》高度还原了长安的繁华。观众可以留意到唐代长安108坊的严格条块分割，严格的限区，限时击鼓开市，闭市，以皇宫花萼楼为中心中轴线对称等等。长安是中央集权时代首都规划建设管理的巅峰，整齐划一、巍峨壮观、气势恢宏，白居易形容“百千家似围棋局，十二街如种菜畦”。在大宋东京汴梁却是另一种版本的繁华。帝都不再高高在上，不再是传统的规规矩矩的四方城。皇宫也不位于城市中心，而是偏于一隅。街道没有中轴线对称。千年的坊市制与宵禁令瓦解。清明河上，市民临街临河开市；“灯火阑珊处”，夜市喧嚣“不夜城”。“杨柳岸晓风残月”，花花世界通宵达旦。按照现代语言，汴梁叫“商业都会”，平等娱乐“市民城市”。

宋代建立了我国最早的“书院”，“士大夫”（staff）文官成为政府主流，在中央政府也相应地出现了内阁制的雏形。文官制度以考试选拔人才，起始于隋唐，完善于北宋，之前是贵族（门阀）制度为主。唐末“朋党”开端，宋朝已经基本形成了不以人品才学而以政治路线划分的政党斗争。范仲淹、王安石与司马光、苏东坡在政治上恶斗，但个人互相尊重，但是这个风范被张居正破坏了，被魏忠贤东林党互相恶搞到了极致。文官制度也是资本主义的标配，西方文官制度由英国率先从中国引进。孙中山曾说，“现在各国的考试制度，差不多都是学英国的。穷源溯流，英国的考试制度原来还是从我们中国学过去的”。在两次鸦片战争期间，英国开始在东印度公司试行这项制度，1870 年后推行到英国本土及大英帝国全境。1881 年，一名抱怨“求职不公”的美国人刺杀了美国总统加菲尔德。1883 年美国国会批准有关引进中国文官制度及考试制度的提案上写道，“在世界上，我们这个最年轻的国家，采取最古老国家的久经考验的先进制度”。

明代共建书院近 1600 所，万历七年（1579）正月，张居正断然拟旨，诏毁天下书院，在全国范围内掀起了一场大规模的禁止私人讲学运动，而且查收书院的田产、房舍，使之失去生存基础。在执行的过程中，一些地方官为了取媚于他，根据己意，肆意捕杀，造成矫枉过正，使其树敌更多。张去世后，讲学之风复炽，言官们聚势群起而攻之，最终招致剖棺戮尸身毁家破，十年改革之功几乎荡然无存。司马光下野时，皇帝问王安石对司马光的看法，王安石称司马光为“国之栋梁”，对他的人品、能力、文学造诣都给了很高的评价。正因为如此，司马光得以从容地“退江湖之远”，吟诗作赋，锦衣玉食。风水轮流转，司马光为相也没有落井下石，反而告诉皇帝：王安石嫉恶如仇，胸怀坦荡，忠心耿耿。皇帝说：卿等皆君子也！

北宋亡于金，有不少偶然性，北宋先打压了西夏又灭了辽而亡；南宋先灭了金，对抗了蒙古几十年而未亡。南宋亡于汉化的忽必烈（而不是成吉思汗们），更类似南北朝的统一。到了明代，明朝灭亡既是偶然也是必然，是党争的结果（猫狗打架，虎兕相逢）。《红楼梦》的作者们既是党争中“东林”“复社”的骨干，也是反思后“汉留”“洪门”的精英。红楼诗社是本书极为出彩的亮色，记录了历史。

明代资本主义经济获得更大发展，与之对应的，政党政治趋于成型。东林结社虽然最有名，但复社在人数、地域、政治能力，以至串联更换首辅等方面，都超过东林社，俨然现代政党。复社创始人张溥（1602—1641），生于太仓，他幼时洒血书壁，日夜苦读，对经典书籍七抄七焚直到流利背诵，“七录斋”由此产生。天启四年（1624），23岁的张溥在苏州创立应社，人员有张采、杨廷枢、杨彝、顾梦麟、朱隗、吴昌时等11人，后来又发展夏允彝、陈子龙、吴应箕等加入，以文会友，兼议朝政。张溥27岁入太学，与北京文人结成燕台社，作檄文揭发阉党；28岁又召集尹山大会，倡导南北文人社团联合为复社，关心国家政事和民族兴亡。崇祯六年（1633），32岁的张溥主盟召开著名的虎丘大会。各地会员数千人，朝野震惊。复社成员遍及国内，共三千零二十三人，著名文人陈子龙、夏允彝、侯岐曾、杨廷枢、顾炎武、归庄、陆世仪、瞿式耜、文震孟等都是社内中坚，成为新型的政治力量。张溥通过复社串联推动周延儒重新当上了首辅，免掉了温体仁（温组织编排《绿牡丹传奇》攻击复社）。周是张的老师，但私德有限，利用复社上位，却不愿意为复社所制。不想张溥突然死了，死得实在离奇，年仅四十（《红楼梦》中王子腾一样一剂而死，也有点像宋教仁）。“张西铭（即张溥）讣音至，延儒惊起曰：‘天如奈何遽死！’既而曰：‘天如死，吾方好做官。’客曰：‘庶常（指张溥）吾道干城，公何出此言？’延儒乃出一册示客曰：‘此者天如所欲杀之人也，我如何能杀尽？’”张溥将复社党政治路线寄托在周延儒身上，而周延儒则庆幸张溥暴死。张溥死后，复社失去领袖而衰落。

与《红楼梦》直接相关的古代学院是著名的“泮宫”。《诗·鲁颂·泮水》：“思乐泮水，薄采其芹……思乐泮水，薄采其藻。”苏辙《燕贡士》诗：“泮水生芹藻，干旄在俊城。”甚至现存的孔门官府菜也有“泮水采芹”。这些与“芹”直接相关的历史故事就是鲁僖公修鲁国的学院“泮宫”，《诗·鲁颂·泮水》中的“芹溪”水就是泮宫之水。《泮水》篇是为颂美僖公既作泮宫，淮夷攸服之作。诗中有在泮宫献馘、献囚、献功等句。人们在泮水采芹、采藻，欢庆胜利。鲁僖公，公元前659年—前627年在位，在位33年。他的父亲鲁桓公（前711—前694年在位）因为王后文姜和大舅齐襄公私通而被害于齐国，应该是国耻。公元前659年，叔牙、公子般、闵公、庆父先后身死，鲁僖公继位。在霸主齐国、楚国及宋襄公时期，天下“无伯”，形势莫测，小国生存环境严酷。鲁僖公大办教育延揽人才，一度几乎使鲁国发生质的飞跃，是位了不起的国君。因此《诗经》花了近千字歌颂他的主要政绩。春秋200多年，诸侯急攻战而缓教化，官学见于史传记载的只有两件事而已，一是鲁僖公修泮宫，一是郑国的子产不毁乡校。

从北宋开始，地方官学孔庙开始兴建泮池，完全是源自鲁国泮宫和泮水。《礼记·王制》载：“天子命之教，然后为学。小学在公宫南之左，大学在郊。天子曰辟雍，诸侯曰泮宫。”明代泮池普及并规范化，明人王圻《三才图会·宫室》中有诸侯泮宫的规制图示。泮池按平面形状基本为标准半圆形，只有两处特别，一是苏州府文庙矩形；二是南京秦淮夫子庙，以棂星门前秦淮河为池。天下仅此一例，而且格局宏大。“学院”的“泮池”规制也是“芹溪”“芹”源于秦淮的重要依据。秦淮夫子庙是天下第一“学院”。

文人结社是因打压与改革而起。贾政痛打贾宝玉，源于宝玉爱读《西厢记》，搞自由恋爱破坏了礼教规矩。贾政一外出放松管制，改革者探春立刻发起了“海棠诗社”，李纨副社长通过与王熙凤斗智斗勇支持探春。这讲的就是东林党与魏忠贤之争，此处崇祯就是贾探春。《红楼梦》中共有5次诗社活动，场景取材于当年“复社”轮流主盟的诗会。第一次集会是在探春所居之秋爽斋，取名来自秦淮的“春香楼”之类。开局选题“十三元”中“盆”与“门”，宝玉道：“这‘盆’‘门’两个字不大好作呢！”“十三元”是书生们必修诗文之韵，创制于萧衍，很雅很难，已经破题点出结社是儒学精英的“门派”与“朋党”。写诗是表达政治，就是“国事天下事”。

5次诗社活动也根据书中章节的背景，写诗反映了南明各个阶段复社公子们活动的不同主题。海棠社，探春；菊花社，湘云；赏雪社，李纨；桃花社，黛玉；柳絮社，薛宝钗。“海棠”“桃花”“菊”“雪”都是风花雪月的正常选题，也寓意了痛感政权更替等。比较特别的是“螃蟹”与“柳絮”。

第38回“林潇湘魁夺菊花诗　薛蘅芜讽和螃蟹咏”，本来才女们歌咏菊花以雅，每次诗社垫底的宝玉突然要“今日持螯赏桂，亦不可无诗”。对照清初历史，此处似可看作对“鳌拜”“吴三桂”的讥讽。鳌拜在攻夺皮岛、松锦会战、追击李自成三大战役中军功赫赫，号称“满洲第一勇士”。宝玉写道：“持螯更喜桂阴凉，泼醋擂姜兴欲狂。饕餮王孙应有酒，横行公子却无肠。脐间积冷馋忘忌，指上沾腥洗尚香。原为世人美口腹，坡仙曾笑一生忙。”幸灾乐祸加讽刺挖苦。黛玉补充了“铁甲长戈死未忘”，点明是两位军阀。宝钗所作“桂霭桐阴坐举觞，长安涎口盼重阳。眼前道路无经纬，皮里春秋空黑黄”，更多是站在康熙角度批判鳌拜、吴三桂，并无喜悦。“众人看毕，都说这是食螃蟹绝唱，这些小题目，原要寓大意才算是大才，只是讽刺世人太毒了些”。当日，诗社咏“菊”，以及刘姥姥带了一头菊花，寓意是“待到秋来九月八，我花开后百花杀。冲天香阵透长安，满城尽带黄金甲”。

第70回“林黛玉重建桃花社　史湘云偶填柳絮词”，湘云无聊，因见柳花飘舞，便偶成一小词，调寄《如梦令》。探春写半首《南柯子》。黛玉的

《唐多令》：粉堕百花洲，香残燕子楼，一团团逐队成球。漂泊亦如人命薄，空缱绻，说风流。草木也知愁，韶华竟白头，叹今生谁舍谁收。嫁与东风春不管，凭尔去，忍淹留？宝琴的《西江月》：汉苑零星有限，隋堤点缀无穷。三春事业付东风，明月梨花一梦。几处落红庭院，谁家香雪帘栊？江南江北一般同，偏是离人恨重。众人都笑说："到底是他的声调悲壮。'几处''谁家'两句最妙。"（南明汉家江山只剩几处几家。）宝钗笑道："总不免过于丧败。我想柳絮原是一件轻薄无根的东西，依我的主意，偏要把他说好了，才不落套。所以我诌了一首来，未必合你们的意思。"宝钗《临江仙》道：白玉堂前春解舞，东风卷得均匀。万缕千丝终不改，任他随聚随分。韶华休笑本无根，好风凭借力，送我上青云。众人拍案叫绝。"东风"被反复提起，恰恰是因为陈子龙发动起义被飓风毁灭，郑成功北伐被飓风狙击，郑成功南征又被飓风挫败，"东风不与周郎便，铜雀春深锁二乔"啊。

我自小爱好文学，记忆中如此集中咏叹"柳絮"是孤例。这也正是作者的良苦用心。之前先写了黛玉《桃花行》是前戏，满篇感痛亡国之泪，宝玉看了也只是流泪，没人和诗也不需要和诗。随后探春、湘云感慨《南柯》《如梦》；黛玉用《唐多令》叹"粉堕百花洲，香残燕子楼"是指金陵百花洲、燕京楼台都残破的哀伤。本次雅集特别之处是《临江仙》，宝钗认为不用"过于丧败"，正好解释了清王朝正是因为策略得当手法高明"东风卷得均匀"，才能把握格局与机遇，"好风凭借力，送我上青云"。政治立场完全不同，但见解确实高过黛玉、探春（宝钗在《红楼梦》中通篇的诗作都很独特，都缺乏"悼红"之心，她确是清人）。

"柳絮"是书中最后一次诗社雅集，不久便发生绣春囊事件，风波迭起，死丧破败相继。东林复社"同志"们的"千古佳谈"，因为"绣春囊"而如"柳絮"风流云散，从此三春也败尽。书中绣春囊是裸体男女春宫图，傻大姐在大观园捡到，碰到邢夫人，把她吓得"连忙死紧攥住"，警告傻大姐不许将此事告诉他人。邢夫人与王夫人素来不睦，园内住的除宝玉外，不是守寡的就是年轻的小姐，绣春囊就关系到她们的名节与贾府的声誉。邢夫人就差王善保家的给王夫人送去处理，于是便有了抄检大观园等。看过《绣春刀》的人就能明白，“绣春囊”（锦衣卫）、“邢夫人”（刑部昭狱）、“抄检大观园”（抄家）、逼死晴雯（迫害复社东林党），等等，这不就是魏忠贤东厂锦衣卫打击东林党以及阮大铖打击复社的各种冤案历史吗？王熙凤婆婆邢夫人无子女（贾琏非亲生），娘家妹妹也独身，暗示她代表西厂“太监”（邢可能是宫刑的意思）；“绣春囊”代表锦衣卫，当然属于魏忠贤、王熙凤、阮大铖。作者通过“傻大姐”说是“两口子打架”“两个妖精打架”，就是说明末两派势力窝里斗，斗得赤裸裸，斯文扫地，都是“妖精”乱臣贼子（比警幻梦前后的猫狗打架升级）。贾探春在高潮戏《抄检大观园》中打了王善保家一巴掌，并评论：“你们别忙，自然连你们抄的日子有呢！你们今日早起不曾议论甄家，自己家里好好的抄家，果然今日真抄了。咱们也渐渐的来了。可知这样大族人家，若从外头杀来，一时是杀不死的，这是古人曾说的‘百足之虫，死而不僵’，必须先从家里自杀自灭起来，才能一败涂地！”说着，“不觉流下泪来”。

如何解决文人结社与党争？明末复社反思后演变为“汉留”组织，他们在本书中留下了解决方案，但只有开头秦可卿托梦王熙凤的只言片语，更多的内容应该在后28回原文中被刻意删改了。秦可卿本人托梦贾府“首相”王熙凤是红楼大梦的第一梦，意义非常。内容主要是三段论：一是贾府必然周期性败落；二是早做准备；三是两项措施。秦可卿的两项措施概括起来是两点：发展经济和办书院。

贾府必然败落，就是毛主席与黄炎培对话的周期律（黄宗羲定律）。毛泽东回答黄炎培说：“我们已经找到新路，我们能跳出这周期率。这条新路，就是民主。只有让人民来监督政府，政府才不敢松懈。”封建王朝更替经济基础是土地兼并，兼并后因为收不上广大穷人人头税又缺乏富人资产税技术，必然官逼民反从头再来均田。从唐末宋初，理学的解决方案是用户口保甲加强人身控制税源。对比西方罗马帝国的产业与制度历史，东西方课题与解题思路都一样。

罗马戴克里先（Diocletianus）在公元 284 至公元 305 年任罗马皇帝的各项改革中，影响最为深远的莫过于税制变革。3 世纪匈奴人横扫欧洲，罗马的经济衰落，城市商业、手工业大大萎缩。戴克里先新税法从间接税转向以直接税为主，在农村征收以实物为主的人头税和土地税，在城市征收以货币为主的人头税。法令规定农民和隶农不得迁徙，商人、手工业者不得改行（户口制度是人头税配套）。这些措施使罗马帝国经济得到发展。后续君士坦丁也是一个套路，明确引进东方制度，并学习汉武帝独尊天主教。

君士坦丁一世在位时间为公元 306 年至公元 337 年，他在《影响世界的 100 帝王排行榜》书中名列榜首。他的主要成就就是三件事：一是重新统一罗马；二是迁都拜占庭，更名君士坦丁堡；三是学习 500 年前的汉武帝搞中央集权的制度改革，同时“独尊基督教”。君士坦丁年轻时在东方服役，广泛接触了基督徒。公元 306 年，袭父位担任不列颠军团的奥古斯都。在合纵连横加欺骗击败李锡尼、马克森提乌斯、马克西米安·达扎 3 位奥古斯后君士坦丁在 325 年成为罗马唯一皇帝。君士坦丁继承完善了戴克里先的专制君主制度（多米那特制）。一方面，农民被束缚于土地（332 年法令），手工业者被束缚于城市，元老被固定在元老院（类似于户口制度，目的是征收土地税和人头税）；另一方面引进类似汉武帝的东方官僚制度与礼仪，强化中央集权专制。鉴于帝国经济文化重心东移，330 年迁都拜占庭，改名君士坦丁堡，从此埋下了类似南北朝的东西罗马分裂伏笔。与晋朝的“野蛮人”在北面不一样，罗马的“胡人”在西面，主要是日耳曼人与凯尔特人，他们乱了罗马后建立了德法英。与戴克里先宗教政策不同，他支持基督教，而且在重要战斗中利用基督徒的信仰实现以少胜多。313 年他颁布“米兰敕令”，承认基督教合法。324 年，当君士坦丁成为唯一罗马皇帝后，更大力扶植基督教，基督教成为罗马国教。

在这位皇帝之前的 300 年间，罗马政权一直镇压迫害基督徒，基督徒却越杀越多。君士坦丁改变了策略，变镇压为诱降，利用宗教为政治服务。教会被“招安”投靠了罗马皇帝，成为皇帝政府内阁的一部分。尼西亚会议是历史上第一次全天主教主教会议，却由君士坦丁皇帝（当时不是基督徒）召集，按罗马元老院的形式组织，在君士坦丁现场监督下开会。此会议确立了现今大部分天主教教义，影响极其深远（可以理解为类似汉武帝对儒学的改造）。君士坦丁一世邀请了所有的 1800 名教会的主教，只有 250~320 人左右与会。尼西亚信经是皇帝举起的一面招降纳叛的旗帜，凡是不到此旗下投降者都会被冠以异端迫害。罗马帝国虽然被匈奴人、伊斯兰人冲击垮台了，但原来的野蛮人日耳曼人建立了神圣罗马，政治上很分裂，有点像春秋时代，思想上却完整地继承了罗马天主教，一直到马丁·路德宗教改革。

中华在南北朝后能够再度大一统，建立大唐，经济基础是隋炀帝的大运河。东西罗马缺乏发达的农业基础设施与稳固的边境线，最终没能完成中央集权的大一统。罗马帝国的崩溃给了罗马教皇反客为主夺取世俗控制权的机会。罗马教廷在 750 年至 850 年间大胆伪造了一份被称为《君士坦丁献土》的文献。该文献说，君士坦丁在西尔维斯特二世通过祈祷为其治好麻风病后接受了洗礼（马道婆为宝玉治病），并在受洗后的第四天决定将罗马捐赠给教会，自己则在拜占庭营建新都。该文献还断言，君士坦丁不仅捐赠了意大利中部，而且还捐献了整个罗马帝国的西半部领土，并授予教皇及其后任者世俗统治的权力。教皇为欧洲大首脑，皇帝及各国国王被视为他的扈从。法国国王丕平要“献土”，德国国王亨利被“卡诺莎之辱”，欧洲各国直到英国亨利八世为了“婚姻自由”发动宗教改革才逐步摆脱教皇控制，走上近代化之路。之前德国、捷克闹过贵族“骑士暴动”和平民“门采尔矿工起义”，法国闹过扣押教皇“挟天子令诸侯”，都没有成功转型。与东方的区别是，西方的资本主义革命的主要对象是天主教专制（中亚伊斯兰世界的资本主义革命也一样以反抗宗教专制的“世俗化”为特征）。西班牙、葡萄牙则是坚定的保皇派，宗教裁判所和清朝文字狱一样令人闻风丧胆，把问题拖到了二战后。与明末同期的三十年宗教战争最终打倒了欧洲整体的教皇专制，也同时导致神圣罗马帝国大分裂成上百个小国。战后法国天主教势力一直压着新教“雨格诺”派，导致不断地“大革命”。俄国“斯托雷平改革”失败，久拖不决等来了列宁革命。全世界没有一个主要国家与朝代能够脱离产业革命的规律。如果能改革，怎么会革命。天主教封建势力最后的三个据点是西班牙、法国、俄罗斯，和中华一样，旧思想、旧制度、旧势力坚决不退场，挡住了工业革命的路，只能进行政治与军事革命。《红楼梦》是大转型时代集大成之作，除了资本主义革命，还多一项民族主义革命。

理学的思路与罗马教皇一致，而且更加严密老到。经济上强调重农抑商，从人头税向资产税转型。从详细精准丈量土地成册入手实行“摊丁入亩”（王安石、朱元璋的主要改革基础都是量地），同时在思想上哲学上配套强化理学礼教进行思想控制（朱元璋反孟子，清朝打压心学）。朱熹在漳州知府任上的主要改革就是摊丁入亩但不成功，最后是雍正完成。心学的解决方案是倡导自由平等，增加新税源，同时改造政治体制。张居正努力搞“一条鞭法”刺激经济与税收，但他片面强调“实干”，极端强调“行一令”，关闭心学同门的书院，为避免改革杂音，开除了很多不同政见者，甚至迫害何心隐致死（何反对张集权，张迫害；李贽支持张，张保护李，说明他不计同门，只看站队）。“一条鞭法”与“心学书院”“政治民主”本应是经济基础与上层建筑的表里关系，而张居正却南辕北辙，导致人亡政息。“书院”主要是评议政治，是制衡措施，是“议会”特别是“下议院”的前身（顾炎武、黄宗羲的方案）。黄宗羲的名言是："是非绝于学校"，"学校之盛衰，关系天下之盛衰也"，"自古圣贤，盛德大业，未有不由学而成者也"。阳明弟子中最有影响的革命左派泰州学派，没有做到"汝止"，而狂于政见，虚名讲学，最终没落。朱舜水的传人如西乡隆盛、大久保利通等务实自律、勇于牺牲小我私利，与泰州学派的虚狂及东林党的自私自利完全不同，因此日本才能用心学指导维新。朱熹的改革虽然把历史往回拉，但其身体力行，反而能给出具体可行方案。赶上清朝比张居正和魏忠贤不知残暴多少倍，江南地主财主们在扬州、嘉定、江阴也杀得差不多了，无法再形成反对收资产税的气候，雍正成功了。但雍正这个勤政皇帝仍是被骂最多，这是因为摊丁入亩动了官绅利益。

1618 年是世界史特别是东西方文明史上的节点时刻。努尔哈赤发动萨尔浒之战，迁都沈阳，之后席卷辽东，建立后金。同年欧洲新教改革与天主教矛盾积累，一场大战决定未来。从天主教教皇势力最薄弱的东西两端——英国与捷克发起的新教运动，经过马丁·路德的宣传和加尔文的完善，经过英国的来回绞杀，再经过法国新教内战，经过天主教在西班牙的灿烂余辉，最终欧洲第一次大战爆发，也就是"30 年宗教战争"。起因还是捷克新教徒被西班牙等哈布斯堡天主教压迫，英国、法国、瑞典、丹麦、荷兰与西班牙等全部参战，甚至奥斯曼也来搅局，主战场德意志被打残。法国红衣大主教权相黎塞留纵横捭阖（就是《三个火枪手》那个主教），打垮了哈布斯堡霸权，法国英国取代西班牙成为欧洲霸主，新教国家荷兰从西班牙独立，建立了人类历史上第一个资产阶级民主政权（后来 1688 年又接管了英国）。1648 年宗教战争结束时，大明 1644 年甲申之乱还正在乱战，"你方唱罢我登场"。对应中国的理学与心学，西方是天主教保守派与新教资本主义革新派（包括远渡美国的新教激进派清教徒）。新教思想类似王阳明，不是从教皇主教那接受上帝，而是自己读《圣经》，直接与上帝对话，找到自己内心中的上帝。

新教教会组织选举领导，不是教皇集权。东西方在十字路口，大战之后，前后错位。中华700年的资本主义改革与实践，文明的成果两次被打断，特别是被清朝彻底打断，流落西洋东洋，真是“白茫茫大地真干净！”“为他人作嫁衣裳”。

在此真正的大历史时期，东方兴起了书院书社，德国也产生了“蔷薇十字运动”，也是以炼金术为形式的“求知”秘密结社（刚开始类似道教修仙派，神秘兮兮）。牛顿、培根都是英国蔷薇十字会员。培根发起了“莎士比亚”求知学社。法国也出现了“七星诗社”等。张居正、魏忠贤与书社学院的对立，顾炎武提出“清议”反腐；黄宗羲总结历史，提出了“君主立宪”“三权分立”的解决方案。他明确设计，建立官方支持引导的书院联合会议，定期请君主立宪的皇帝与首相参与评议（知识分子精英监督）。面对思想洪流，张居正、魏忠贤们一味镇压。魏忠贤死后7年，1635年，黎塞留一边组织打击天主教哈布斯堡王朝的宗教战争，一边创立了法兰西学院。该院是法国有史以来第一个官方文化机构，吸纳法国文学和思想界泰斗，弘扬法兰西文化。这座文化殿堂一直只保留40把椅子，即40位终身院士，只有院士辞世方能补选，入选院士称为“不朽者”。法国文学艺术大师拉辛、拉封丹、孟德斯鸠、夏多布里昂、雨果、拉马丁、梅里美、小仲马等先后成为“不朽者”。随着时代的进步，法兰西学院已逐渐发展成超越政治制度和时代局限的法国最高荣誉机构。1660年，永历逃缅，福临驾崩，同年英国皇家学会（Royal Society）成立（此时克伦威尔已经将天主教势力扫荡殆尽，不会再把科学家当异端烧死），英女皇是学会的保护人。1703年至1727年牛顿是会长。和秦可卿托梦异曲同工，意大利文艺复兴为了摆脱天主教教会对教育的控制，也是建立新的学校。其中最著名是维多里诺1423年创办欢乐之家，以及瓜里诺主持的费拉拉宫廷学校。这两所学校对人文主义产生很大影响。外国学生回去后，遂将意大利的人文主义广为传播。尼德兰是最早接受文艺复兴影响的国家。从 14 世纪开始，尼德兰的教育就比较发达，其中最有成绩的是“平民生活兄弟会”主办的学校。15 世纪末，文艺复兴才逐步在法国传开。G. 比德大力宣传人文主义教育思想。在他的倡议下，黎塞留建立了法兰西学院。16 世纪的法国，不仅出现了 F. 拉伯雷和蒙田等杰出的人文主义教育家，而且成为西欧文艺复兴运动的中心。

与《红楼梦》出现的时间同期，17 世纪初在巴黎涌现的一个个“沙龙”，也是一种资本主义早期的“学社”，也都由才貌双全的贵妇人主持。“沙龙”就是大客厅，和 20 世纪 30 年代林徽因主持的“太太的客厅”都是一个格调。再往前追溯还可以找到大唐时代，唐朝的公主们如玉真公主及名妓们如薛涛等的“客厅”，也网罗李白、王维、元稹、白居易、刘禹锡、杜牧等才子。著名学者哈贝马斯在他的代表作《公共领域的结构转型》中对沙龙的启蒙意义评价很高，他认为沙龙是一种公共文化。在女主人的客厅里，在形式上平等的讨论中培养了公民的平等、独立和自由意识。被华伦夫人“包养”的卢梭就曾经谈到：“和一群哲学家讨论道德问题不如和一个巴黎的美妇人讨论。”伏尔泰也是各种沙龙的座上常客。当启蒙思想家们从文学艺术转向政治，文学沙龙就变成了政治思想和运动的摇篮。大革命期间，“罗兰夫人第二沙龙”成为吉伦特派的集聚地。大革命后，文学沙龙在法国完成使命逐渐式微。后文所述陈寅恪《柳如是别传》，正是向往怀念这一种“自由之思想，独立之精神”的格调。

回顾以上“大历史”，再看《红楼梦》第一梦之秦可卿托梦。秦氏冷笑道：“婶娘好痴也！‘否极泰来’，荣辱自古周而复始，岂人力所能常保的？但如今能于荣时筹画下将来衰时的世业，亦可以长远保全了。即如今日诸事俱妥，只有两件未妥，若把此事如此一行，则后日可保无患了。”“趁今日富贵，将祖茔附近多置田庄、房舍、地亩，以备祭祀供给之费，并将家塾亦设于此”。她提出发展经济和发展教育两项措施，避免周期律，是否令人惊叹。

顾炎武、方以智、王夫之们的思想之源都是《周易》，当我本人通透易经之后，才终于理解他们为中华5000年文明揭示的千年大梦。对先贤的惊叹，使我像是被一种隐形力量指点推动，必须把他们写出来、写明白。

以“复社”为代表的学社、学运传统在300年后的五四运动中大放光芒。共产党因五四而生，国民党因五四而改。五四前后，特别是蔡元培、陈独秀、李大钊、毛泽东都鼓励发起或参加了多个“学社”。国民党之祖是革命党同盟会；而同盟会之始也是香港“辅仁文社”（兴中会）、浙东“光复会”、湖广“华兴会”等，主要基地是日本、中国香港及南洋（可以看出方以智、黄宗羲、王夫之、朱舜水的学脉影响）。1892年3月13日，出身洪门的杨衢云与谢赞泰在香港成立辅仁文社，主张“尽心爱国”“开启民智”。1894年11月24日，孙文在檀香山（夏威夷）成立兴中会，主张“驱除鞑虏，恢复中华”。1895年2月18日，辅仁文社加入兴中会，但因为辅仁文社人多，兴中会主力仍是辅仁文社的人。10月10日，选举第一位“伯理玺天德”（总统），孙文竞选失败，杨衢云当选，兴中会会长为杨衢云，而孙文是秘书。杨衢云认同共和，认为非民主共和不能福民。杨衢云任反清总指挥，起事失利，1900年卸任，专事教育。1901年，被清政府派出的陈林所刺。从此孙文当选兴中会会长。1905年8月20日，兴中会与光复会（蔡元培、陶成章、徐锡麟、秋瑾、章太炎等，主张“光复汉族，还我山河，以身许国，功成身退”）、华兴会（黄兴、宋教仁、陈天华、刘揆一、章士钊等，主张“驱除鞑虏，恢复中华”）合并成立中国同盟会。孙文为总理，黄兴任庶务（协理）。1912年8月，宋教仁将同盟会与统一共和党（蔡锷等）、国民公党（名誉总理岑春煊、伍廷芳、程德全，总理王人文等）、国民共进会（伍廷芳、王宠惠等）等改组成国民党。1914年7月8日，孙中山在日本东京建中华革命党。五四运动给了孙中山巨大鼓舞，他不仅高度评价，而且随后即开始宣传新民主革命，并开始与苏共联系，随后提出三大政策。1919年10月10日，经过五四催化的新的中国国民党成立。

毛泽东不仅在北大期间积极参加了李大钊指导的“新闻社”“哲学会”等（五四前夕），而且在五四之后，他还把五四的学运方式、学社组织，包括现代“公揭”《湘江评论》《新湖南》等直接带到了湖南（五四后下半年），如恢复湖南学生联合会，组织长沙 20 多所学校举行总罢课（毛当时任湖南省立第一师范附属小学主事）。暑假组织学生分赴各地城乡，开展爱国宣传活动。也如复社“公揭事件”一样召集新民学会会员和学联干部，通过政治宣传与学运串联驱逐湖南督军兼省长张敬尧（张先是封了《湘江评论》，后又武力阻止长沙抵制日货运动）。毛泽东还非常特别地组织各界驱张代表团，分赴北京、上海、广州、衡阳、郴州、常德等地开展请愿和宣传活动。1920 年 6 月 11 日，张敬尧被赶出湖南。当天，毛泽东在上海《时事新报》发表《湖南人再进一步》，提出湖南人应废除督军制，实行民治。驱张胜利后，毛泽东在从上海回长沙途经武汉时，与恽代英等商讨创办“文化书社及利群书社”。笔者曾看过该社的研究问题清单，多达数十类，系统缜密完备，可不只是“螃蟹、柳絮”。毛泽东他们研究学习的这些题目可归纳为三个特征：一是详细覆盖国内外的几十类“实事”；二是注重知行合一；三是重视哲学学习指导。1920 年 9 月 9 日，文化书社在李大钊的资助下正式营业。9 月 16 日，毛泽东与姜济寰、易培基、方维夏、何叔衡等人筹备的俄罗斯研究会成立，他当选为书记干事。当年年底又与陈独秀联系筹建长沙共青团组织，并与何叔衡等在长沙建立共产主义小组。一个个学社书社，一次次学运，一篇篇战斗檄文，毛泽东终于成长为中国共产党的创始人之一。

肆

复社四公子之方以智：甄士隐、情僧、跛足道人

◆
◆
◇

方以智，桐城人，号龙眠愚者，法号弘智、药地、大智等（方以智晚年有许多名号）。方是复社四公子之一，也是冒辟疆、董小宛相会的做局者。与冒辟疆们不同，他不是假的宝玉，恰恰是脱胎于传统东林党及复社旧知识分子群的新一代的知识精英，是著名思想家、哲学家，还是顶级的科学家。方氏是桐城地区主要世族，曾祖父方学渐、祖父方大镇、外祖父吴应宾都是《易》学大家。方、黄、顾、王的学问，以至王阳明，都是追源《周易》。鲁迅说在《红楼梦》中能看到易经，不是没依据，但要追到思想层面。父亲方孔照，崇祯朝官至湖广巡抚（率军与张献忠博弈，类似侯方域父亲侯恂），通医学、地理、军事，并且较早地接触西学，主张研习经世致用的知识，著有《周易时论》等（与王阳明体系刘宗周、黄道周、黄宗羲易理学相近）。方孔照战事失利被上司杨嗣昌弹劾下狱，方以智怀血疏讼冤哭于宫门之外两年得释，传为佳话。（王夫之刺脸救父，傅山组织学运游行救师，黄宗羲也杀狱卒报父，都是“枕霞”——“真侠”）《周易时论》对方以智影响很大，方一生经常提到它。除了家学，方还曾受学于心学泰州学派的耿定理，另一位老师傅海峰还是名医。方以智博采众长融会贯通自成体系，哲学思想主张中西合璧，儒、释、道三教归一（癞头和尚、跛足道人、儒门甄士隐三合一）。方以智自小被誉为神童，9岁中秋赏月与姑姑方维仪对联："菱角双尖，铁裹一团白玉；石榴独蒂，锦包万粒明珠。"（元妃判词榴花与香菱白玉的来源）

《红楼梦》癞头和尚、跛足道人、儒门甄士隐三合一开篇明义三学合一。三学合一的基础是回到"姬学"的代表《周易》。方以智三代易学的素养及百科式的科学积累，一定直接或间接影响了《红楼梦》创作。方以智的名字本身就来自《易》。《红楼梦》故事纪年只有"十九年"（弘光、隆武、鲁王和绍武政权，前后共十九年），按古历法"十九年置七闰，阴阳复归于初"，这样只需"十九年"就可以通过循环数演绎几千年中华史（类似推背图原理）。《推背图》中"卦"与"六十花甲"对应。找到密文与明文的符号对应，就能用"六十花甲"循环演绎几千年。当然邵雍术数推演只是易学一支。儒学道学法家也都是源于对《周易》的理解角度不同。作者本人恐怕就是"极精演先天神数"的妙玉师傅。后文论及妙玉就是太子或避世的王子。复社诸人曾担任皇子师的只有方以智和吴梅村，若论及《红楼梦》精密的易学术数，则只有方以智。

方以智20岁后遍访学友，学友中有传教士毕方济与汤若望，并阅西洋之书（此时已经有了莎士比亚）。"凡天人，礼乐，律数，声音，文字，书画，医药，下逮琴剑技勇，无不析其旨趣"。一生著述400余万言，多有散佚（估计不少在《四库全书》编辑过程中被销毁，方的身份与思想倾向都属于乾隆高度警惕的禁毁之列），存世作品内容广博，文、史、哲、地、医药、物理，无所不包。主要作品有《东西均》《物理小识》《切韵声原》《医学会通》《删补本草》。方以智酷爱自然科学，曾谓"不肖以智，有穷理极物之僻"。方以智在哲学和科学两方面都取得了很大成就。在哲学方面，《东西均》早于黑格尔百年，已系统完备地阐述了辩证法与对立统一，而且以"∴"为代表的"太极＋阴＋阳"三螺旋升级转换思想，即是从《易经》《老子》等进行朴素辩证升级，从现代发展看，比黑格尔哲学更超前、更深邃（∴这个符号1827年被剑桥大学引用为数学符号）。在科学方面，他对于光的反射和折射，对于声音的发生、传播、反射、隔音效应，对于色散，对于炼焦、比重、磁效应等诸多问题的记述，都领先于同时代。其中，光学实验比西方早100多年。大量关于动物生态学和植物栽培的知识，为后来日本等国学者撰写生物学典籍提供了参考。17世纪末，《物理小识》传入日本，日本学者认为是“牛顿之前，中国诚可自豪的著作”，桑木或雄根据此书，把“物理”翻译为英文Physics，后再传到中国，又翻译回“物理”。方以智的儿子孙子数学家方中通、方正珠所著的《数度衍》与《乘除新法》为清代“摊丁入亩”的赋税改革解决了数学测量技术。

方以智把整个科学技术按其对象，区分为“质测”（自然科学）、“宰理”（社会科学）和“道几”（哲学）三大类。他还立志邀集专家编译综合百科全书（比乾隆、纪晓岚们搞的《四库全书》境界高太多）。近现代百科全书的奠基者是法国学者D.狄德罗，以他为首的法国百科全书派于1751年至1772年编纂出版了《百科全书，或科学、艺术和手工艺分类字典》，比方以智晚了100年。方以智对比中西学，认为西学强在“质测”，而弱在“道几”。

方以智祖辈都同东林党有关系。崇祯初年，方以智在自家泽园成立“泽社”，后与张溥、陈子龙、吴伟业、陈贞慧、吴应箕、侯方域等主盟复社，关心国事，决心以天下为己任。方以智父子抱负非凡，儿子要“挹东海之泽、洗天下之垢”；父亲在武夷山题字要对儒学“重洗仙颜”。这都是要从哲学上推翻礼教，寻求“通灵宝玉”的志向。

崇祯七年（1634），方以智举家移居南京，结交名士黄宗羲、吴应箕、陈贞慧、冒襄、侯方域等人。方以智离开家乡避居金陵的直接原因，是桐城民变，黄文鼎、汪国华等为首杀富济贫，烧毁富家房屋。方父孔照因父丧回乡在家设计诱杀了黄、汪等人（与方父联手的是方家世交阮大铖）。方避乱避仇，同时也启发了《红楼梦》中甄士隐家里被烧移民，与贾雨村交往，后来成为跛足空空道人的经历。但他流寓南京的六年，无非是跃马饮酒，流连青楼。“往往酒酣，夜入深山，或歌市中，旁若无人。”陈子龙：“密之名家，盛年多才负气，又当乱世，不能为人主建一奇，立一策，故不禁其言之颓激而恢荡也。”他妹夫“飞将军”孙临能开五石弓，善左右射，一到南京，被他带进秦淮，结识名妓王月、葛嫩，“此温柔乡也，吾老是乡矣”。他规劝众公子：“孙郎才致绝人，而溺志于此，终不能有为矣。”这些末世的纸醉金迷，醉生梦死，都是他将来成为“情僧”的背景。

方以智父亲本身是湖广明军统帅，方以智与方其义兄弟两个都是文武全才（类似郑成功）。方氏兄弟在南京曾与陈子龙、夏允彝等发起“武”版复社兄弟党“云龙社”。云龙社骨干后来几乎全部参加了抗清武装斗争，大部分牺牲。“云龙社”可能是洪门天地会祖师“万云龙”和尚化名的由来。

崇祯十三年（1640），方以智中进士，崇祯召对，方以智“语中机要，上抚几称善”。后任工部观政、翰林院检讨、皇子定王和永王的讲官。崇祯自缢，方以智灵前痛哭，被李自成军俘获，拷打“两髁骨见”不降。可以推测方以智脚髁被打残废，所以甄士隐，名“废”，跛足道人，出家时拄着拐杖。李自成败，方以智侥幸乘乱南逃，大难不死，友人皆把他比拟文天祥（方后来果然在惶恐滩殉国）。方以智投奔南明弘光政权，又被旧敌阮大铖追捕（“公揭事件”导致世交反目成仇。阮质问方为何不在北京殉国），情迫之下只得变道人服装亡命江湖（跛足道人）。改名吴石公（方母姓吴）岭南两广卖药行医，四处奔走游说，组织抗清，先后参与拥戴四个南明政权。湘赣桂粤地区，是心学理学主要创始人周敦颐、陆九渊、朱熹、王阳明活动的主要地区。方在此秘密组织反清复明，是“汉留”创始人之一及后来洪门前五祖之一。

永历四年（1650），方以智及其子方中履被捕。清镇台马蛟麟（平定楚地粤西者）爱才，在左边放官服，右边放屠刀，方奔右宁死不降。马欣赏他的气节，放他为僧。方改名弘智，号大智、药地、愚者大师等。在江西庐陵青原山净居寺修行（青埂）。这个庙的所在地吉安是当年王阳明一生建功成圣的起点，庙里有最早期的阳明书院，特别是庙前恰好有两棵半死的高大古松。（方以智的名画“木石”图的真实场景，方的画作，不同于一般士大夫画的雅趣，有“印象派”特征，包含强烈的哲学精神。）这一阶段是方一生转折点，从贵公子到苦行僧，政治抱负无从实现，转入著书立说。这一时期写成《物理小识》（初稿）和《切韵声原》《医学会通》《删补本草》等科学著作，也可能开始秘密写作或参与《风月宝鉴》（后文与冒辟疆的和诗能解释得通）。《红楼梦》书中写道：后来，又不知过了几世几劫，因有个空空道人访道求仙（好了歌讲求仙），忽从这大荒山无稽崖青埂峰下经过。看来，青原山净居寺的方以智和尚，就是青埂山跛足空空道人，就是“女娲炼石已荒唐，又向荒唐演大荒”的“情僧”。《山海经》中记载：“大荒之中有山，名不咸，在肃慎之国。”肃慎是东北少数民族，是女真的前辈。女娲氏炼石补天之时，于大荒山无稽崖炼成三万六千五百零一块补天石，女娲只用了三万六千五百块，只单单剩了一块未用，便弃在青埂峰下。“青埂”谐音“情根”。青埂峰顽石竭：无才可去补苍天，枉入红尘若许年；此系身前身后事，倩谁记去作奇传（《西游记》也是源于方以智家乡附近匡山的石刻）。脂砚斋批云：“妙，自谓落堕情根，故无补天之用。”抗清战场仅以身免的空空道人方以智，在青原山，一方面追忆已去补天牺牲的万千义军战友，另一方面痛感自己屡战屡败，已经是无力再组义军补天的孤石。方诗《独往》：同伴都分手，麻鞋独入林。一年三变姓，十字九椎心。听惯干戈信，愁因风雨深。死生容易事，所痛为知音！

青原山净居寺位于江西吉安，是我国一处儒道佛三合一的风水宝地。从儒学角度，公元1000年时期宋仁宗“庆历新政”的关键人物“欧阳修”是吉安人，“先天下之忧而忧，后天下之乐而乐”。他的寡母贫寒守节“画荻教子”也是李纨贾兰的形象（“亮节失青春，叹离莺苦唱，别鹄凄吟，五夜怆神深渗澹”）；特别是《朋党论》（“小人之党、君子之党”）更是红楼主题；《灵乌赋》强调“宁鸣而死，不默而生”，就是“鸣凤”大节，被胡适用来类比，美国开国 Patric Henry 的名言“不自由，毋宁死”（Give me liberty，or give me death）。南宋与辛弃疾齐名的杨万里“正心诚意”启发了王阳明；《千虑策》与《美芹十论》媲美。宋元之际的文天祥更是当年方以智的偶像。朱棣曾说“天下不可一日无我，我则不可一日少解缙”。解缙也是吉安人。当后来方以智在赣江惶恐滩殉国时，应该想到了在附近“青龙铺”去世的阳明，也一定想到了文天祥。青原山名字本身就来自唐朝曹宗始祖青原。青原山也处在道教“葛皂山”附近，葛皂宗是我国原创道教三宗之一，而且是“药”宗。源自汉末茅山上清宗葛玄（葛洪的叔叔），因此山下的“樟树”成为古代最大的药材集散地。

方以智《印章考》记载，秦代玺文为“疢疾除，永康休，万寿宁”，这跟第 8 回通灵玉背面的文字“一除邪祟，二疗冤疾，三知祸福”几乎一致。女娲“补天石”能联系到李荃阐述《阴符经》，再联系到辛弃疾仿阴符六韬的《美芹十论》，以及辛弃疾《归朝欢・题赵晋臣敷文积翠岩》中的补天石。“我笑共工缘底怒，触断峨峨天一柱。补天又笑女娲忙，却将此石投闲处。野烟荒草路。先生柱杖来看汝。倚苍苔，摩挲试问，千古几风雨。长被儿童敲火苦。时有牛羊磨角去。霍然千丈翠岩屏，锵然一滴甘泉乳。结亭三四五。会相暖热携歌舞。细思量，古来寒士，不遇有时遇。”辛弃疾把“积翠岩”视为被女娲遗弃的补天石，谓友人虽具擎天之材，终无补天之用。辛弃疾另一首词《满江红》里“袖里珍奇光五色，他年要补天西北”，也是自喻补国难之石。对应方以智是补甲申之变“天塌地陷”的补天石。方以智的复社知音陈子龙（贾宝玉专门拜祭的洛神）抗清中写下《九日登一览楼》：“危楼樽酒赋蒹葭，南望潇湘水一涯。云麓半含青海雾，岸枫遥映赤城崖。双飞日月驱神骏，半缺河山待女娲。学得屠龙空缩手，剑锋腾踏绕霜花。”

补天石“高经十二丈”“方经二十四丈”处，甲戌本侧批：“总应十二钗”“照应副十二钗”。十二钗，子丑寅卯辰巳午未申酉戌亥十二属相，意即普天下的人都来补天，“天下兴亡，匹夫有责”。秦可卿葬礼，东南西北四王、八公十二属相的人都到齐了（太极）。“三万六千五百块补天石”“合周天之数”（完全对应骊山老母与李荃情节）。大周天，即三百六十五天。女娲补天如果一天用一块补天石，一百年大约要用三万六千五百块。这一百年救世时间，大约就是《红楼梦》的成书周期（顺治元年 1644 年到乾隆九年 1744 年）。因此方以智、冒辟疆等只是第一第二代作者。后续的补充更改应该是有“组织”的行为，个人作品上升为“组织”文献，只能是“汉留”“洪门”往下传。

另一方面，方以智也初步反思诸位复社精英，在秦淮荒唐中滥情太多，沉于酒色“甜香”“富贵坠”，荒废了身体，荒废了救世补天的真才实学，在真刀真枪实战中才知书到用时方恨少（尤其是《六韬》《阴符经》等“姬子”书读得不够，谋略战法学得不够）。曾经志比天高，也曾有翻盘机会，无奈才具不足，命比纸薄。这就是情僧所录《风月宝鉴》的思想阶段。“浮生着甚苦奔忙，盛席华筵终散场。悲喜千般同幻渺，古今一梦尽荒唐。谩言红袖啼痕重，更有情痴抱恨长。字字看来皆是血，十年辛苦不寻常。”顺治十年（1653），方再回金陵。所谓“十年辛苦不寻常”，指方 1644 年至 1652 年在岭南抗清，1653 年回到南京。

方回金陵后，在天界寺觉浪法师处“闭关”写作。觉浪是曹洞宗大家，与方父有旧，曾因文字下狱。他原姓张（为秦可卿看病的张友士原型），主持的寺庙是当时明遗们“玉带林中挂”的集中地，他与方以智等师徒主要“以儒说谈宗”“为国说法”“欲集大成”等，完全吻合《红楼梦》的思想宗旨。

觉浪死后，方以智继承衣钵。青原山净居寺以及南京天界寺都属于“曹洞禅宗”，曹雪芹的曹可能来自曹洞宗，芹溪可能就是曹溪美芹。雪，既可以指绝世大才“金钗”埋于雪中，也完全可能指曹洞禅宗另外一处名山：雪窦山。这里是方以智、冒辟疆的另外两位战友黄宗羲、朱舜水的活动中心区。雪窦寺也是日本禅宗的祖廷（也是曹洞）。黄宗羲既是复社同门，而且因“公揭事件”被阮大铖逮捕下狱，靠清军占领南京侥幸逃回家，积极参加鲁王及张名振军队抗清，主力失败后与朱舜水、王翊残部入四明山、雪窦山游击。黄也曾去日本借兵，后回家乡在浙东讲学，也是汉留及洪门创始人。他与方以智、顾炎武们的小分歧只有一件事，即他曾派其子黄百家及弟子万斯同参与清朝修明史，略有小瑕，但大节不亏。像秦可卿一样明确突出办教育办学校理论的就是他，明确提出君主立宪与议会民主的还是他。和王夫之对湖南的作用类似，清末浙东革命人才济济，正是黄学遗风。黄宗羲至少积极参与了《红楼梦》的思想体系。与方以智、顾炎武、冒辟疆的决绝不同，宝玉关于“守节”的宏论，可以视为他的辩护词。

南京这个天界寺大有来历，特别是元明更替时期。天界寺原来是元文宗作南京藩王的王府，他当皇帝后改为寺庙（类似雍和宫），为天下各庙之首。元文宗久居江南，热爱汉文明，他毒死哥哥“元明宗”上位，临死后悔，最后明宗的长子“元顺帝”得以继位。元顺帝又被明太祖朱元璋代替。明代元后，朱元璋常来天界寺怀旧，后来特地安排李善长、宋濂在这里修《元史》。朱元璋的名字也有些奇怪，“元璋”就是元的“宝玉”，还字“国瑞”，那时的国是元不是明。朱元璋生于 1328 年 10 月，而元文宗生于 1304 年，刚好是 1328 年 10 月登基，当时内斗激烈，1332 年死。朱家号称赤贫，朱据说被寺庙收养教育，为何只养他？有野史说他是家在南京东郊句容的元贵族之后，避祸隐姓埋名于寺庙，类似“赵氏孤儿”。无论真假，都在寺中。方以智在此会回顾元明清的更替，作为易经大家与高僧会想到《石头记》开场说的神瑛与绛珠因缘纠缠轮回。荣国府宁国府的故事结构原型就是元末代玉历史以及重大关联的江宁与句容（详见后文句容郡王篇）。

方以智后期主要活动于青原山净居寺与南京天界寺（东侧是“琉璃世界”大报恩寺琉璃塔，北边是秦淮旧地），他的良苦用心是要成为“黑衣宰相”姚广孝。姚广孝号称出家，却苦学奇门术数兵法谋略，不安静禅定，却导演了永乐和建文大戏，除了规划北京城，教出郑和，他还留下两本奇书。一是《道余录》，专诋程朱理学，在当时被人们误解，以致他亲姐姐骂他，访问老友王宾时，王宾不见，说：“和尚误矣，和尚误矣。”另一本奇书是类似《阴符经》的《三悟真诠》，由星悟、穴悟、心悟三篇组成，卷首说是道士席应真所传，“顾瞻天下，又卒无可授者，乃取其大意而增损之，又以平生阅历军中决胜之机附之于内，合成此书，名曰《三悟》，藏之名山，以俟后人。有能得此书者，须细玩之，可为帝者师，但未可轻以示庸人耳”。

王阳明之（跋）云：“余少游金陵，偶遇僧人浚井，得石函焉，启而视之，乃《三悟》也。携归阅之，乃知永乐初国师姚广孝所著。赞勋靖难之师，为春秋所不取，然其书包揽三才，为勘乱致治之金针。夫子所谓不以人废言也。余后平江右之乱，深入岭南，所向克捷，滨海而止，顾以军国之重，此书实有赖焉。”王阳明自称受教于姚广孝，顾炎武认为纵观大明唯有此二人。

道教的集大成者陶弘景是协助梁武帝“书生革命”的“山中宰相”（梁字即他所取），类似于《琅琊榜》中的梅长苏；佛学界也出了个方以智的偶像“黑衣宰相”姚广孝；三教合一的方以智自己要做“江湖宰相”，天地立心，反清复明。康熙十年（1671），方以智再次在江西被捕，解往广东（推测为广东天地会案），途经江西万安惶恐滩头，想起文天祥，自沉殉国（方被称为当代文天祥）。至1671年被捕殉国，方在青原山及金陵至少有18年写作时间。冒辟疆活得更长，到1691年。四公子中此二人最可能是《红楼梦》第一第二版的最主要作者，也可能互为曹雪芹与脂砚斋（四公子中侯、陈去世早）。甄士隐、跛足道人、空空道长如果就是方以智，那么被他带到秦淮的石头贾宝玉就是冒辟疆。方以智死后，顾炎武等特别是黄宗羲、王夫之、梁清标会参与修改，冒辟疆负责整理。即第一版原稿作者为冒辟疆、董小宛；第二版修改《情僧录》，作者为方以智、冒辟疆；第三版修改中，顾、黄、王、梁参与。

《好了歌》为跛足道人所做，甄士隐彻悟后又写了一版。"真""士""隐"于"空门"，就是"空空道长"。癞头和尚与跛足道人，因为有"风月宝鉴"，所以"有那人口不利，家宅颠倾，或逢凶险，或中邪祟者，我们善能医治"（就是觉浪、道盛等在天界寺主旨）。他们要治的不是身体，是国体，是亡国后研究的新学。癞头和尚与跛足道人总一齐出现，表示不能头痛医头脚痛医脚，要系统改造。

跛足道人《好了歌》应该是民间原版，主要讲"好了"即是神仙，意境不高。"空空"方以智的版本，就分明是国破家亡了：

陋室空堂，当年笏满床（南明旧朝）。衰草枯杨，曾为歌舞场（秦淮）。蛛（朱）丝儿结满雕梁，绿（清）纱今又糊在蓬窗上。说甚么脂正浓、粉正香，如何两鬓又成霜？昨日黄土陇头送白骨，今宵红灯帐底卧鸳鸯。金满箱，银满箱，展眼乞丐人皆谤。正叹他人命不长，那知自己归来丧！训有方，保不定日后作强梁。择膏粱，谁承望流落在烟花巷！因嫌纱帽小，致使锁枷杠，昨怜破袄寒，今嫌紫蟒长。乱哄哄你方唱罢我登场，反认他乡是故乡（杭州作汴州）。甚荒唐，到头来都是为他人作嫁衣裳（内斗助了清）。

方以智生于 1611 年，辛亥革命刚好爆发于他诞辰 300 周年之际。

附记　方以智的战友湘人王夫之与史湘云

王夫之（1619—1692），衡阳人，与顾炎武、黄宗羲并称明清之际三大思想家。王夫之的经历，包括出身官宦、明末组织学社（21 岁仿复社组"匡社”，匡国济民）、清初坚持义军转战、老年与顾等组织秘密抗清组织并反思写作等，与顾炎武极为相似。晚年王夫之隐居于石船山。与方以智类似，王夫之学识极其渊博，天文、历数、医理、兵法乃至卜筮、星象等，亦旁涉兼通，且留心“西学”。“船山学”也开启了从曾国藩到毛泽东的一脉湘风，在我国近代举足轻重。王的名言“论天下者，必循天下之公。学易而好难，行易而力难，耻易而知难。力行而后知之真”也是孙中山“天下为公，知难行易”的出处。顺治五年（1648）王夫之南岳起义战败后，至肇庆结识方以智等。方、王等义军领导都是缺乏军事才能的书生。与方以智等南方游击失败后，王归隐做学问。顺治十二年（1655）王夫之流亡至梅州兴宁，也当过和尚，并在此完成第一部理论著作《老子衍》（推衍归谬法批判老子，败后愤言）。王夫之在梅州的经历必然联系到梅州灵光寺基地的李士淳与朱慈烺等人，成为湘云与李纨、香菱关系的真人真事源头。1656年冬，王返回衡阳并一直隐居讲学，其间吴三桂衡阳称帝，王拒绝写劝进表。其后终身拒绝清廷拉拢。石船山草堂题他写的对联“芷香沅水三闾国，羌绿湘西一草堂”（芷香，茜香？）。崇祯十六年（1643），张献忠军拘王夫之的父亲王朝聘为人质，王夫之刺脸救父（类似方以智）。康熙十一年（1672），王夫之听闻方以智殉国，作《闻极丸翁凶讯，不禁狂哭，痛定辄吟二章》：“长夜悠悠二十年，流萤死焰烛高天。春浮梦里半归鹤，败叶云中哭杜鹃。”长夜悠悠的二十年，就是甲申到南明三春彻底灭亡的二十年，也是《红楼梦》要“大辨是非”的二十年；流萤死焰寓意他们战友在各地转战抗清，虽“死焰”亦“烛高天”照亮长空。春浮梦空，杜鹃啼血，就是黛玉的杜鹃。

《红楼梦》中“湘云”，可与王夫之相对应。史性格直率，有口音（对照湖南人），住蘅芜苑（元妃改前原名就是“蘅芷清芬”，衡山芷香沅水）。黛玉笑她荆轲聂政（侠义），她因“枕霞阁”撞破鬓角（刺脸救父），雅号“枕霞旧友”。“寒塘渡鹤影，冷月葬花魂”，正册判词中所写的“几缕飞云，一湾逝水。展眼吊斜晖，湘江水逝楚云飞。云散高唐，水涸湘江”，等等，都是王夫之在湘西孤独隐居的写照。按照《红楼梦》隐喻国事的笔法，史湘云也可能指李定国和吴三桂。明末清初在湖南衡阳发生的大事件有两件：一个是李定国衡州战役，破清军 15 万，斩杀两王孔有德、尼堪，“露布告捷”。“襁褓中，父母叹双亡。纵居那绮罗丛，谁知娇养？幸生来，英豪阔大宽宏量，从未将儿女私情，略萦心上。好一似，霁月风光耀玉堂”，壮志饥餐胡虏肉“啖肉食腥膻”，十分吻合李定国孤儿盖世英雄形象。第二就是吴三桂打着反清复明大旗抗清，并建都衡阳。王夫之、冒辟疆等支持吴反清复明，但反对吴建立大周，因此王夫之坚决拒绝上劝进表。从书中看，《红楼梦》作者并不彻底否定吴三桂。湘江水涸，三桂木死；衡阳大周，“洪化”为几缕飞云（洪化是衡阳大周最后年号）。总之，无论王夫之、李定国、吴三桂还是史湘云，他们就是“湘江风云史”。

伍

复社四公子之侯方域与李香君

◆
◆
◇

侯方域（1618 年 4 月—1655 年 1 月），明末清初散文三大家之一、复社领袖，明户部尚书侯恂之子（侯恂曾是昌平总督，破格提拔了左良玉），祖父及父辈都是东林党人，与陈贞慧交情尤深。明亡后，其兄侯方夏成为清朝第一科的进士，而侯方域本决心做明朝遗民，无奈被迫入清参加科举，时人讥："两朝应举侯公子，忍对桃花说李香。"侯方域为此十分懊悔。孔尚任据此写了《桃花扇》，不过情节参考了吴梅村、钱谦益、柳如是等故事，不全是侯李原版。这也体现了同时期《红楼梦》等作品所寓人物，不是简单个体脸谱化，而是大时代背景下一类人、多个人、多面性的提炼总结艺术化。

与金陵十二钗对应，梨香院十二官应该代表的是复社的公子们。元妃省亲后被王夫人解散（抄检大观园），指的是福王政权对他们的打压。元妃点戏"龄官"没按贾蔷（阮大铖）要求唱《游园惊梦》，而是唱《相约相骂》，说明复社和老东林党是一个立场，与阮大铖对立。"芳官"是十二官之首，原型就是侯方域。侯方域们搞了"公揭"事件（发传单办报纸）骂阮大铖。晴雯因说道："这是芳官不省事，不知狂的什么。也不过是会两出戏，倒像杀了贼王，擒过反叛来的！"袭人道"'一个巴掌拍不响'，老的也太不公些，小的也太可恶些”，说的就是“公揭事件”及打压复社。芳官顶撞：“‘梅香拜把子——都是奴才’罢咧！这是何苦来呢！”挨了赵姨娘的耳刮子，芳官便撞头打滚哭闹。侯方域被父亲的老部下阮大铖派锦衣卫捉拿逃命（黄宗羲、陈贞慧都被捕入狱），后参与联络父亲的门生左良玉出兵报复。芳官草头，在明清摇摆，所以贾宝玉称身边人芳官是“耶律雄奴”。芳官最后削发为尼，做了水月庵尼姑智通的徒弟。梨香院原是“当日荣公暮年养静之所”，宝钗初入贾府也住在梨香院。建成大观园以后，“薛姨妈将梨香院腾挪修理，就令教习在此教演女戏”。梨香院就是江南贡院、夫子庙。

侯方域曾在扬州史可法的大营，替史可法拟复多尔衮书。在多尔衮摄政期间，汉人在朝者形成南北之争，北则冯铨，南则陈名夏（方以智的儿女亲家）。陈名夏是溧阳人，明朝翰林，原东林及复社成员，因献言多尔衮篡位得其赏识，时任吏部尚书，他力促吴梅村复出。吴梅村是江南士林魁首。吴在压力与纠结中半推半就，在顺治十年（1653）进京。“我本淮南旧鸡犬，不随仙去落人间”，自称被迫做了国子监祭酒。《红楼梦》作者认为这类人“假”，是“既要做婊子又要立牌坊”，与卞玉京、柳如是、李香君们对比，才是“真婊子”。吴复出时，侯方域曾致书规劝，论其“不可出者有三，而当世之不必其出者有二”。吴梅村复书，慷慨自示“必不负良友”，结果是“假话”（贾化），终于复出。事实上侯方域亦被迫应试，其《年谱》载：“顺治八年辛卯，公三十四岁。当事欲案治公，以及于司徒公者，有司趋应省试方解。”这就是假作真时真亦假，“甄应嘉”。

吴梅村创造“梅村体”，以女人描述明末历史，包括将明亡责任归于帝党、阉党，美化东林党，甚至以著名的“冲冠一怒为红颜”将大清入关责任扣在陈圆圆头上，确是胡诌假话（湖州贾化），也与《红楼梦》主题完全相悖。贾雨村就是吴梅村，资助贾雨村赶考的甄士隐就是在金陵帮助吴梅村的复社公子方以智，也代表复社的创始人大哥、吴的太仓同乡张溥。张是明末最出名的“学生运动领袖”，干过组织抗税暴乱、纵火烧城之类的事（也写进火烧苏州葫芦庙）。推荐贾雨村的贾政就是陈名夏，陈也曾经鼓动冒辟疆出仕，但被坚拒。

李香君，号“香扇坠”，苏州人。她与董小宛、陈圆圆、柳如是等被称为“秦淮八艳”，特别擅长弹唱《琵琶记》。其父是东林党，被魏忠贤治罪后家道败落落入娼门，因此痛恨阮大铖等阉党，欣赏东林复社青年侯方域。福王政权建立前，钱谦益、史可法等东林党及复社公子们与马士英、阮大铖等阉党斗争激烈，马、阮得势后杀了不少东林党硬骨头，钱谦益投降马、阮当了礼部尚书。阮曾出李香君嫁妆钱收买拉拢侯方域等被拒（之前也与方以智结仇）。为打击报复，阮大铖将李香君先强行配给田仰，香君血溅桃花扇；一计不成，阮又以皇帝名义将她征入宫中充当歌姬，竭力拆散才子佳人。江湖流传董小宛与顺治的故事应是借鉴了李香君入福王宫与陈圆圆入崇祯宫。1644年（清顺治元年），清兵攻破扬州，直下南京，钱谦益与赵之龙带头开城迎降多铎，不攻自破。李香君从宫中逃出。1644年甲申国难，同时期，另一复社公子方以智正被李自成部酷刑逼降，受伤露骨。清军破北京，方也得以趁乱逃出。清军制造了国难，也意外救了方以智、李香君（包括被阮大铖逮捕的黄宗羲、陈贞慧），后来他们创作《红楼梦》时，敌与友，害与救，真是“荒唐荒唐”。顺治二年（1645），李香君躲进栖霞山葆真庵，与秦淮姐妹卞玉京相伴为尼。当年秋，侯方域在栖霞山寻到李香君，二人携手渡江北上商丘。李香君隐瞒歌伎身份住进侯家，八年幸福美满。歌伎身份暴露后，被侯父母赶到侯氏外园，终日郁郁寡欢，患上肺痨而死，享年30岁（类似晴雯被逐而亡）。李香君与董小宛都是约30岁死，乱世佳人多苦命。冒辟疆、侯方域都为爱姬作传，李香君的病也与黛玉同病相怜。也可以说，黛玉身上有众姐妹的影子。

李香君搬到荒凉的侯氏柴草园——打鸡园时，已怀有身孕。侯方域多次在父亲面前力争，均遭训斥。1653 年春，李香君在打鸡园生下一子，只能随自己姓李。孩子生下不到几个月，李香君便含恨离开了人间。侯方域立碑撰联：卿含恨而死，夫惭愧终生。碑前一圆形石墩，上刻“愧石墩”。在李香君去世仅一年后，年仅 37 岁的侯方域，也在愧悔中去世。“壮悔堂”与“愧石墩”对应。侯方域对李香君之愧以石墩铭之记之，可见侯方域愧悔之深。也许《石头记》的“石”也是复社四公子与秦淮八艳之间的某种典故。侯方域对李香君，对“梅香拜把子”的复社“石头”兄弟们，特别是对矢志不渝衔“石”填海的顾炎武，确实有愧有悔。

林语堂《为香君题诗》:“香君一个娘子，血染桃花扇子，气义照耀千古，羞杀须眉汉子。香君一个娘子，性格是个蛮子，悬在斋中壁上，教我知所管制。如今天下男子，谁复是个蛮子，大家朝秦暮楚，成个什么样子。当今这个天下，都是骗子贩子，我思古代美人，不至出甚乱子。”

李香君《桃花扇》的形象深入人心，颇具才气、心高命薄、被侯父母因名节赶出家门、在外面受不了风言风语而死，特别是戏中“撕扇子”，不就是“晴雯”？《红楼梦》中王夫人因为名节赶走了两个人，除晴雯外还有一位，就是宝玉也很喜爱的“金钏儿”。金钏儿受不了委屈，比晴雯更直接，跳井自杀了。“金钏儿”“晴雯”是同病相怜的同类。“金钏儿”就是“侯方域”，是富贵公子侯“恂”的“儿”。也是因为名节“壮悔”英年早逝。《红楼梦》主要作者群不会漏了他们俩。绣春囊事件也可以看作是为他们平反。他们的死都是王夫人代表的“礼教”杀人所致。邢夫人、王善保家，是搬弄是非制造冤狱的黑手。王善保家出于妒忌，在制造晴雯冤狱时用了许多笔墨，看似有理有据，实际是无中生有，搬弄是非，定向打击异己。清代修官方《明史》，第一人选顾炎武拒绝，“以死自誓”。黄宗羲虽然拒绝，但派了得意弟子万斯同以及儿子黄百家协助张廷玉，自己亲自指导（和仕清已无区别，装而已）。为此，吕留良与之绝交。《红楼梦》主题之一就是南明史，作者对《明史》高度敏感。古语言“黄”“王”同音，“善保家”就是善于明哲保身，还善于明哲保“名节”。可以说，《红楼梦》作者对不善保家的侯方域、晴雯、金钏儿是同情平反，对善保家的黄宗羲是轻微批评，对非常善保家的吴梅村是痛骂。

孔尚任借《桃花扇》与洪昇《长生殿》号称“南洪北孔”。这两部经典戏与《红楼梦》均有不解之缘。“可怜一曲《长生殿》，断送功名到白头”。康熙四十三年（1704），曹寅（可能是官方《红楼梦》审改者，所谓的曹雪芹的爷爷）在南京恢复排演经他修订后的《长生殿》，洪昇应邀观赏，在返回途中“酒醉落水”而死，死得也很简易。“传奇最爱《桃花扇》，谁唱温家《绿牡丹》”。明朝党争，文人惯用伎俩就是通过编书打击对手，复社张溥串联推出周延儒当上了首辅，温体仁罢官。温视复社为眼中钉，他授意其弟温育仁、弟子吴炳等作了《绿牡丹传奇》，编南宋杭州文人龌龊故事讥诮复社。要看懂《红楼梦》，必须了解他们这群文人的时代特点（顾炎武表示坚决不堕落成“文人”）。

陆

『贾雨村』吴梅村的假话胡诌：陈圆圆、董鄂妃、王熙凤等

◆
◆
◇

吴梅村不可能是《红楼梦》原作者，倒是可能参与篡改。与冒辟疆等四公子对比，吴出身没落官员家庭，少时贫寒，与卞玉京的故事毫无风流潇洒做派，绝难写出红楼的贵公子气。吴是苏州人，科举高中、“皇恩浩荡”更像甄宝玉，为学为官等则更像“贾雨村”：吴出仕清朝，答复侯方域的正义凛然之言就是假话“贾化”；出仕后又反悔，致仕回家拿母亲去世为借口，是欺骗清皇的“贾化”；早期不清不楚，辜负秦淮第一美人卞玉京的话还是“贾化”。生时辜负美人，卞玉京死后，又写传写得情深意切，此情还是虚情假意。他的诗歌中描写与卞玉京重逢，又是“掌中腰轻”，又是“轻解罗裙”之类，香艳露骨，恐怕还是意淫的“贾化”。

吴的文章站在东林党立场讲明亡史仍是编造“胡诌”（湖州）的“贾化”。四公子等对他的态度是鄙视：“愚蠢”的贾雨村！贾雨村靠甄家资助考学一节指的是复社创始人张溥（也是四公子的复社兄长）爱才收留吴为弟子。贾雨村靠贾政、王子腾推荐任官，指的就是降清的复社成员陈名夏（方以智亲家）力荐吴梅村。陈也“特荐”冒辟疆但被拒绝。与太仓吴梅村最“有旧”的第一可能就是昆山顾炎武，他们既是同乡，又同为东林后人，正如冷子兴与贾雨村“奇遇奇缘”，在方以智庙里论道的冷子兴就是顾炎武（这个庙是明末遗民反思国事的根据地，“智通天界”）。

吴梅村个人私德有亏，既当婊子又立牌坊，在出入仕之间说假话。在王朝兴衰的历史回顾上，吴更是恶意胡诌。作为东林党人，他的至少六大历史胡诌误人无数。其中关于明亡责任三大胡诌分别是：胡诌崇祯与田妃，美化周后；胡诌陈圆圆，丑化吴三桂；胡诌魏忠贤以及所有宦官。总之，吴将明亡的责任分别推到崇祯、田妃、吴三桂、陈圆圆及魏忠贤头上，为东林投降派及新朝统治者找依据（我之罪固不免，因我之不肖，“自护己短”，即此意）。吴梅村还有著名的三大胡诌后文论述：福临因董鄂妃五台山出家；李自成被老农民打死；张献忠四川杀人上亿等。前四个都是为清廷当曲笔宣传官，类似胡兰成。胡诌李自成、张献忠既是出于仇恨，也是宣传清王朝得天下的合理性，《红楼梦》都做了针锋相对的回应，后文论述。

吴梅村科举得意，被怀疑作弊。崇祯特批“正大博雅，足式诡靡”八个字，物议平息，并使吴声名鹊起（对比唐伯虎解元同样案情，天壤之别）。对绝大部分人都苛刻的崇祯偏偏对吴梅村有知遇之恩。不久，崇祯又赐吴假归娶亲，光宗耀祖。在崇祯关爱下，吴在仕途上步步上升。吴梅村作为皇子师，对崇祯旧事很清楚；作为江南才子，对陈圆圆事也非常清楚。但他在自己两首著名的诗中分别对崇祯与田妃及皇五子事，以及吴三桂、陈圆圆事，刻意歪曲丑化——《永和宫词》《圆圆曲》都很长，这两首长篇叙事歌为吴梅村赢得了巨大声誉，“梅村体”由此确立，但吴梅村肆意歪曲消费了田妃、周后、陈圆圆、卞玉京们。他的创作态度、目的、大是大非的认知都与《红楼梦》的作者群针锋相对。认为吴梅村是《红楼梦》的作者的观点的确十分荒谬。如果世间确有吴梅村版《红楼梦》的手抄本，那只说明两点：一是说明《红楼梦》在1672年吴梅村死之前已经完成基本版本；二是吴当然会努力篡改再修正，留下吴删改版。另外，与高鹗联手篡改《红楼梦》的程伟元，卖力搜罗手抄本。现今的资料只知道他是苏州人，才子，不知道是否与吴有渊源。

从某种意义上讲，正是吴梅村对田妃、陈圆圆、卞玉京们猛泼脏水，激发了一群才子佳人的创作动机。他们也以其人之道还治其人之身，创造了第一主线人物“贾雨村”来影射吴梅村。

重阅《红楼梦》开头第一段：

此开卷第一回也。作者自云：因曾历过一番梦幻之后，故将真事隐去，而借“通灵”之说，撰此《石头记》一书也。故曰“甄士隐”云云。但书中所记何事何人？自又云：“今风尘碌碌，一事无成，忽念及当日所有之女子，一一细考较去，觉其行止见识，皆出于我之上。何我堂堂须眉，诚不若彼裙钗哉？实愧则有余，悔又无益，大无可如何之日也！当此，则自欲将已往所赖天恩祖德，锦衣纨绔之时，饫甘餍肥之日，背父兄教育之恩，负师友规谈之德，以至今日一技无成，半生潦倒之罪，编述一集，以告天下人：我之罪固不免，然闺阁中本自历历有人，万不可因我之不肖，自护己短，一并使其泯灭也。虽今日之茅椽蓬牖，瓦灶绳床，其晨夕风露，阶柳庭花，亦未有妨我之襟怀笔墨者。虽我未学，下笔无文，又何妨用假语村言，敷演出一段故事来，以悦人之耳目哉。”破人故曰“风尘怀闺秀”，乃是第一回提纲正义也。开卷即云“风尘怀闺秀”，则知作者本意原为记述当日闺友闺情，并非怨世骂时之书矣；虽一时有涉于世态，然亦不得不叙者，但非其本旨尔。阅者切记之。

此段首语，结合吴梅村的丑陋言行，可以清晰发现以下信息：

1. 说真话，不说“贾化”，不胡诌。假语村言，既指贾化，也指愚蠢，“村言”意味是老土不入流。讥讽吴出身贫寒，没有条件与机会也不具备欣赏能力去理解、享受当年的风流佳话，过于看重得失算计。

2. “当日所有之女子，细考较去，觉其行止见识，皆出于我之上。”体现在书中的女子们的行为见识出于吴梅村之上。卞玉京对比吴梅村就是《桃花扇》。《红楼梦》作者群的思想行为如冒辟疆、顾炎武、方以智、王夫之，岂是吴梅村能比。

3. “天恩祖德，锦衣纨绔之时，饫甘餍肥之日”：天恩者，崇祯对吴梅村特例的知遇提携之恩。“天上一轮才捧出，人间万姓仰头看”，直接批判他忘恩负义。借贾雨村批判吴梅村“贪酷之弊，且又恃才侮上”，污蔑天恩崇祯。

4. “背父兄教育之恩，负师友规谈之德”：吴梅村的恩师张溥是复社的创始人，性格刚烈，岂能容他仕清？吴的友人侯方域他们又如何会不规劝他（侯方域写信力劝吴梅村几个不可出仕，吴回信大义凛然，表态绝不仕清）？代表张溥的甄士隐当场赠送他五十两银子和两套冬衣赶考，贾雨村不过“略谢一语，并不介意，仍是吃酒谈笑”，之后不辞而别。后乱判葫芦案，媚胡掳，对恩人之后甄英莲无情无义。张溥死的时候，倒是马士英“走千里一月，为经纪其后事”，吴等不问。

5. “今日一技无成，半生潦倒之罪，编述一集，以告天下人”：吴梅村老来潦倒恐惧，遗言——吾一生遭际万事忧危，无一刻不历艰险，无一境不尝艰辛，实为天下大苦人。吾死后，敛以僧袭，葬吾于邓尉灵岩相近，墓前立一圆石，曰：诗人吴伟业之墓。

6. “闺阁中人，万不可因我之不肖，自护己短，一并使其泯灭也”：借作者之口指出吴不肖，为了自护己短，而“贾化”胡诌。《红楼梦》一书就是要恢复事实、赎罪。

在《红楼梦》中，贾雨村是全书的牵线人物。

关于贾雨村的来历，如此描写：“这士隐正在痴想，忽见隔壁葫芦庙内寄居的一个穷儒，姓贾名化、表字时飞、别号雨村的走来。这贾雨村原系湖州人氏，也是诗书仕宦之族。”“湖州”人氏是说他胡诌。“葫芦庙”，胡虏庙，是寓意他出仕清朝。“贾化”，假话；“雨村”讽刺愚蠢粗俗老土。对于贾雨村的长相，描写如下：“那甄家丫鬟撷了花儿方欲走时，猛抬头见窗内有人：敝巾旧服，虽是贫窘，然生得腰圆背厚，面阔口方，更兼剑眉星眼，直鼻方腮。这丫鬟忙转身回避，心下自想：‘这人生得这样雄壮，却又这样褴褛，我家并无这样贫窘亲友。想他定是主人常说的什么贾雨村了。’”刻画得有趣。吴伟业，穷书生，心是小人，身材“伟”岸。而且从寒儒到显贵，从书生到政客，以才作价（出卖），待时（投机）而飞，以功名为“伟业”孜孜以求。贾雨村以穷儒入仕，靠科举发达，然后依附权贵宦海浮沉，典型的封建社会读书人。他不甘平庸，渴望飞黄腾达。“玉在椟中求善价，钗于奁内待时飞”，“时飞”是雨村的字，也可以寓意吴梅村的投机。他以穷儒入仕，寒窗苦读，在名士甄士隐资助下进京考中进士，选入外班，派为知县，进而升为知府。“不上一年，便被上司寻了个空隙，作成一本”，参他“生性狡猾，擅篡礼仪，且沽清正之名，而暗结虎狼之属”，于是，“龙颜大怒，即批革职”。在贾府失势之时，他落井下石，终使宁、荣两府查抄，而后因婪索被定罪，最后遇大赦递籍为民。在明亡失势之时，吴梅村忘恩负义，攻击旧主，乱判葫芦案，最后失官为民至死。

贾雨村的红颜知己是娇杏，初次相见，她回头了两次看了三次，贾雨村因为落魄寂寞，特别需要同情友情，更何况爱情。装清高傲气，实际脆弱自卑，所以他认为娇杏是“巨眼英雄，风尘中的知己”。贾雨村升为知府，马上派人去找，先接来当妾，夫人死后扶正。“娇杏”一体两面，一面是卞玉京，作为花魁，初次秦淮相会，看上了穷书生吴梅村。吴先是自卑忸怩不敢接又舍不得放。仕清上位后，通过钱谦益帮忙去找去接（卞玉京冷拒，见《桃花扇》)。“娇杏”的另外一面，是指因为卞玉京瞧不上仕清的吴梅村，而“侥幸”上位的备胎。

吴梅村写《永和宫词》胡诌田妃。吴在诗中先是赞美田妃美貌，“丰容盛鬋固无双，蹴鞠弹棋复第一。上林花鸟写生绡，禁本钟王点素毫。杨柳风微春试马，梧桐露冷暮吹箫。贵妃明慧独承恩，宜笑宜愁慰至尊”。然后捏造田妃想让五皇子取代周后太子，甚至用曹操弑杀伏皇后来抹黑对他恩重如山的崇祯。崇祯朝的锦衣卫指挥王世德写的《崇祯遗录》对吴梅村肆意捏造歪曲事实激愤不已，写道：“后江南吴伟业制《永和宫词》，比上于陈后主、唐明皇。呜呼，定哀之际多微词，即上果有失德，亦应为尊者讳，况恭勤如上、寡欲如上，而忍于造谤诬蔑。是可忍，孰不可忍。世无仲尼，《春秋》不作，乱臣贼子横行无忌，天理绝矣。此人又作《琵琶行》，中有驾幸御熙官之句。御熙宫，伶人作处，非离官也。即娱情声色，何必亲幸御熙而后为乐耶。宫禁之制不详视，而敢于讪上，其谁欺，欺天乎？”

再看吴梅村嫁祸佳人的《圆圆曲》：

鼎湖当日弃人间，破敌收京下玉关。恸哭六军俱缟素，冲冠一怒为红颜。红颜流落非吾恋，逆贼天亡自荒宴。电扫黄巾定黑山，哭罢君亲再相见。相见初经田窦家，侯门歌舞出如花。许将戚里箜篌伎，等取将军油壁车。家本姑苏浣花里，圆圆小字娇罗绮。梦向夫差苑里游，宫娥拥入君王起。前身合是采莲人，门前一片横塘水。横塘双桨去如飞，何处豪家强载归。此际岂知非薄命，此时唯有泪沾衣。薰天意气连宫掖，明眸皓齿无人惜。夺归永巷闭良家，教就新声倾坐客。坐客飞觞红日暮，一曲哀弦向谁诉？白皙通侯最少年，拣取花枝屡回顾。早携娇鸟出樊笼，待得银河几时渡？恨杀军书抵死催，苦留后约将人误。相约恩深相见难，一朝蚁贼满长安。可怜思妇楼头柳，认作天边粉絮看。遍索绿珠围内第，强呼绛树出雕阑。若非壮士全师胜，争得蛾眉匹马还？蛾眉马上传呼进，云鬟不整惊魂定。蜡炬迎来在战场，啼妆满面残红印。专征萧鼓向秦川，金牛道上车千乘。斜谷云深起画楼，散关月落开妆镜。传来消息满江乡，乌桕红经十度霜。教曲伎师怜尚在，浣纱女伴忆同行。旧巢共是衔泥燕，飞上枝头变凤凰。长向尊前悲老大，有人夫婿擅侯王。当时只受声名累，贵戚名豪竞延致。一斛明珠万斛愁，关山漂泊腰肢细。

错怨狂风飏落花，无边春色来天地。尝闻倾国与倾城，翻使周郎受重名。妻子岂应关大计，英雄无奈是多情。全家白骨成灰土，一代红妆照汗青。君不见，馆娃初起鸳鸯宿，越女如花看不足。香径尘生乌自啼，屧廊人去苔空绿。换羽移宫万里愁，珠歌翠舞古梁州。为君别唱吴宫曲，汉水东南日夜流！

陈圆圆本来最想嫁的是冒辟疆（有情无缘），而不是“白皙通侯最少年，拣取花枝屡回顾”的吴三桂。因此可以想象冒辟疆看到《圆圆曲》的心情。吴歪曲“相见初经田窦家，侯门歌舞出如花”，田窦就是西汉时外戚田蚡、窦婴。这里借指崇祯宠妃田氏之父田弘遇。“许将戚里箜篌伎”，戚里是皇帝亲戚的住所，指田府。民间传说崇祯十五年（1642）春，为了能让田妃失宠，周皇后之父周奎前往苏州买得陈圆圆献给崇祯，却被崇祯送给吴三桂。吴梅村不但迎合流言，还颠倒是非，将买陈圆圆事反扣田家，还是因为当年福王、潞王之争，吴只为东林私利肆意消费陈圆圆等。“尝闻倾国与倾城，翻使周郎受重名。妻子岂应关大计，英雄无奈是多情。全家白骨成灰土，一代红妆照汗青”，此几句总结，明确说明亡于吴三桂，因为女人是祸水。吴写此曲时，与卞玉京最要好的陈圆圆及董小宛、冒辟疆等尚在，此恨可知。

另一位秦淮名妓顾眉也与冒辟疆有旧，冒辟疆就是在顾眉的“眉楼”与复社诸公子结盟。顾眉嫁给了与吴梅村、钱谦益并称“江左三大家”的龚鼎孳。此人“闯来降闯，满来降满”，借口是“生平以横波（顾眉小字）为性命”，“其不死委之小妾”，真是与吴、钱可并称贪生怕死、好名虚伪、失节赖女人的“三绝”。

民间流传的顺治为董小宛出家五台山，也来自吴梅村的胡诌。详见《古意》六首和《清凉山赞佛诗》。梁羽生《七剑下天山》第一回对此曾有提及：

这时又听得旁边有两个秀才模样的人谈论道：“不知何故当今皇上对五台山特别有兴趣，登位不久，就接连来了几次，这次开光大典却又不来。喂，听说大诗人吴梅村有一首诗就是咏皇上来五台山进香的，你记得么？”他的同伴说："我从京中来，怎会不知道。京中传遍这首诗，只是大家都解不通，觉得很奇怪。那首诗道：'双成明靓影徘徊，玉作屏风壁作台。薤露凋残千里草，清凉山下六龙来。'双成是古神话中西王母的侍女，这首诗咏进香，不知怎的会拉扯到美丽的仙女上去？不过吴梅村是先帝最宠爱的文学侍从之臣，这诗大约会有点道理。"

实际上，董小宛比顺治大 14 岁。而且吴只是于顺治十年（1653）至十三年（1656）任职国子监，对后来的董鄂妃事并不真正知情，有关描述纯属胡诌，"贾化"遮天蔽日。

吴诗《清凉山赞佛诗》第一首的"王母携双成，绿盖云中来"被解读为"董"姓。第二首"可怜千里草，萎落无颜色"一句中，"千里草"被认为明指"董"字，"萎落无颜色"被指"董"已故去。以上多为揣测之意。

《红楼梦》第 22 回有一个有意思的情节。宝钗生日点戏点了《西游记》《鲁智深醉闹五台山》，讲解《点绛唇》《寄生草》时说："漫揾英雄泪，相离处士家。谢慈悲剃度在莲台下。没缘法转眼分离乍。赤条条来去无牵挂。那里讨烟蓑雨笠卷单行？一任俺芒鞋破钵随缘化！"然后，贾母关注鲁智深的"小丑"演员，大家很奇怪地说"倒像林妹妹的模样儿"（男女、美丑能像？），黛玉因此很生气，对宝玉发脾气。书中林黛玉冷笑道："我原是给你们取笑的，——拿我比戏子取笑。"为此，袭人劝解宝玉笑道："他们既随和，你也随和，岂不大家彼此有趣。"宝玉道："什么是'大家彼此'！他们有'大家彼此'，我是'赤条条来去无牵挂'。"谈及此句，不觉泪下。宝玉立占一偈：

你证我证，心证意证。

是无有证，斯可云证。

无可云证，是立足境。

复社在明末清初分化成几个圈子，吴梅村、钱谦益、龚鼎孳是"大家彼此"的奴才圈子；黄宗羲、朱舜水是浙东圈；冒辟疆与方以智、陈子龙、顾炎武、傅山、王夫之、李士淳、李因笃等是斗争圈；顾炎武、傅山、朱舜水是真正的抛家别口的“赤条条来去无牵挂”。对吴梅村、钱谦益的胡诌假话，斗争圈要“你证我证，心证意证。是无有证，斯可云证”。哪怕“无可云证”扯不清，也要天地可鉴“是立足境”。

吴梅村、贾雨村这类妙笔生毒花，又工于贼心计的功利投机文人，他们不顾事实与旧恩旧情，故意抹黑的目的与用意是什么？一是通过利用陈圆圆丑化吴三桂，包装自己的假忠假义。二是揣度讨好当权的清朝政权。吴三桂后来打着“反清复明”的旗号反康熙，如果把他包装宣传成或者突出强化成翻覆小人、乱臣贼子岂不正合康熙心意？如果将陈圆圆情史改版成只爱吴三桂，才能将吴三桂定义为重色轻国。说到底，陈圆圆是一位妓女，吴、冒等多个男人对陈都是在消费“色艺”而已，吴三桂的盘算怎么会只是一个名妓。如此深情，陈会晚年失宠出家？

贾家败落，冷子兴、贾宝玉、贾探春都提到“百足之虫，死而不僵”。冷子兴说是两大原因：缺“谋划”之人；一代不如一代。贾宝玉认为是文武无能无德。贾探春认为是内斗。《红楼梦》作者将亡国首先归因于“猫狗打架”“妖精打架”“虎兕相逢”的内斗。在内斗降清的将领中，洪承畴的运筹帷幄为大清立下第一功（三春灭其二：隆武，永历）；左梦庚的实力与作用远大于吴三桂（献降地盘包括武昌、江西、皖南等）；孔有德、耿精忠是大明唯一西式枪炮部队（破城利器），他们也都是与吴三桂并列的清初二王，实力绝不亚于吴三桂。吴梅村要讥讽吴三桂因女人误国，还不如写写孝庄秘史。吴三桂与其他各王的最主要的区别是在后来“三藩之乱”又反清复汉时他最早、最强、最有影响。另外，当时与多尔衮联络借兵的首先是蓟辽总督王永吉（高邮人，东林党人），吴三桂只是他的副手。王永吉、吴三桂都属“老鼠”，还真的是猫去和狗打架了，让鼠辈挖墙偷柱，让外贼有机可乘。王永吉后来自己跑了，把骂名留给吴三桂，之后仕清也被列入

"贰臣"。

吴梅村《清忠谱序》骂魏忠贤阉党乱国："先朝有国二百八十余年，其间被寺人祸者凡三：王振、刘瑾专恣于前，魏忠贤擅窃于后，驯致流毒天下，而国家遂亡……至魏忠贤之擅则不然，上自宰辅禁近，下暨省会重臣，非阉私人莫参要选。时倾险之士思逞志于正直者，亦愿为之爪牙，供其走噬，甚至自负阿父、养子而不惜，而东林之难作矣。故自辛酉至丁卯七年之中，在朝诸贤无不遭其坑戮，而国家之气以不振……甲申之变，留都立君，国是未定，顾乃先朋党、后朝廷，而东南之祸亦至。噫！彼为阉党漏网之孽，固无足怪，谁为老成，丧心耄及，更可痛也！"

《红楼梦》专门塑造了王熙凤、平儿寓意魏忠贤、王承恩们。书中也特别通过王熙凤向探春让权的对话，澄清了一些事实。也通过宝玉对"文死谏、武死战"的批判，回应了亡国的主要责任。

王熙凤的正册判词是一片冰山，上面有一只雌凤。凡鸟偏从末世来，都知爱慕此生才。一从二令三人木，哭向金陵事更哀。

"王熙凤"魏忠贤的临终感慨是《聪明累》："机关算尽太聪明，反算了卿卿性命。生前心已碎，死后性空灵。家富人宁，终有个家亡人散各奔腾。枉费了，意悬悬半世心，好一似，荡悠悠三更梦。"魏忠贤之死，意味着"忽喇喇似大厦倾，昏惨惨似灯将尽"。前文已述，吴梅村等东林党既将明亡责任推到崇祯、陈圆圆身上，也特别推到魏忠贤等为皇帝效力的阉党身上。《红楼梦》的作者群显然认为吴等东林党说的是"贾化"胡诌。他们专门客观地塑造了真实丰富的王熙凤寓意魏忠贤们。既深刻揭批了魏忠贤三大恶，也描述了魏忠贤的三大好，后期回顾历史后整体不乏同情。

第一恶描述揭露其不男不女的苛刻阴毒，"毒设相思局""逼死尤二姐"以及害死张金哥等，都反映了魏忠贤"悍妒"式排斥打击陷害整死政敌的阴狠。第二恶也讥讽其俗人不通、不学无术甚至泼皮无赖。第三恶详细刻画了他欺上瞒下、弄权敛财的典型权奸手段。正如朱由检批“魏忠贤擅窃国柄，奸盗内帑，诬陷忠良，草菅多命，狠如狼虎”。朱长祚说他“形质丰伟，言辞佞利。不识文字，人多以傻子称之。亦担当能断，顾猜很自用，喜事尚谀，是其短也”。

第一好，冷子兴代表的顾炎武们评价王熙凤是个“男人万不及一”的管家婆，“协理宁国府”，不到一个月，就把原来“都忒不像了”的宁府，整治得“众人不敢偷闲。自此兢兢业业”。崇祯时期朝廷正如贾府一样：“头一件是人口混杂，遗失东西；二件，事无专管，临期推诿；三件，需用过费，滥支冒领；四件，任无大小，苦乐不均；五件，家人豪纵，有脸者不能服钤束，无脸者不能上进。此五件实是宁府中风俗”。王熙凤像曹操，“骂凤姐，恨凤姐，不见凤姐想凤姐”，源于“骂曹操、恨曹操，不见曹操想曹操”。魏忠贤一死，再无人能用严酷手段制衡东林党，再无人能苛刻敛财支付辽东军饷。

第二好，王熙凤掌权贾府的第一要务就是哄贾母开心，并维持住贾府的金玉其外、败絮其中的架子。阉党的共同特征是忠君不爱国，东林党们则是假爱国不忠君，如钱谦益、吴梅村。

第三好，对底层人民如刘姥姥、周瑞家女婿冷子兴格外关照，并且不求回报。魏忠贤与东林党关于税收的争论斗争，核心是辽东军费是摊派给江南财主还是华北农民。魏忠贤死后，江南财主抗税成功，华北农民税负加重，揭竿而起，崇祯终于内外交困，被“亡国之臣”们害死还被他们拿刀笔污蔑。

《红楼梦》说的“二十年来辨是非”，首先就是这个大是大非。

难能可贵的是，书中也特别通过王熙凤向探春让权的对话，澄清了一些事实。

探春改革，王熙凤和平儿议论道：

我这几年生了多少省俭的法子，一家子也没个不背地里恨我的，我如今是骑上老虎了。虽然看破些，无奈一时也难宽放；二则家里出去的多，进来的少，凡百大小事仍是照着老祖宗手里的规矩，却一年进的产业又不及先时。多省俭了，外人又笑话，老太太、太太也受委屈，家下人也抱怨刻薄；若不趁早儿料理省俭之计，再几年就都赔尽了。”（东厂理财）平儿道：“可不是这话！将来还有三四位姑娘，还有两三个小爷，一位老太太，这几件大事未完呢。”凤姐儿笑道：“宝玉和林妹妹他两个一娶一嫁，可以使不着官中的钱，老太太自有体己拿出来。二姑娘是大老爷那边的，也不算。剩了三四个，满破着每人花上一万银子。环哥娶亲有限，花上三千两银子，不拘哪里省一抿子也就够了。老太太事出来，一应都是全了的，不过零星杂项，便费也满破三五千两。如今再俭省些，陆续也就够了。只怕如今平空又生出一两件事来，可就了不得了。——咱们且别虑后事，你且吃了饭，快听他商议什么。这正碰了我的机会，我正愁没个膀臂。虽有个宝玉，他又不是这里头的货，纵收伏了他也不中用。大奶奶是个佛爷，也不中用。二姑娘更不中用，亦且不是这屋里的人。四姑娘小呢。兰小子更小。环儿更是个燎毛的小冻猫子，只等有热灶火坑让他钻去罢。真真一个娘肚子里跑出这个天悬地隔的两个人来，我想到这里就不服。再者林丫头和宝姑娘他两个倒好，偏又都是亲戚，又不好管咱家务事。况且一个是美人灯儿，风吹吹就坏了；一个是拿定了主意，‘不干己事不张口，一问摇头三不知’，也难十分去问他。倒只剩了三姑娘一个，心里嘴里都也来的。又是咱家的正人，太太又疼他，虽然面上淡淡的，皆因是赵姨娘那老东西闹的，心里却是和宝玉一样呢。比不得环儿，实在令人难疼，要依我的性早撵出去了。如今他既有这主意，正该和他协同，大家做个膀臂，我也不孤不独了。按正理，天理良心上论，咱们有他这个人帮着，咱们也省些心，于太太的事也有益。若按私心藏奸上论，我也太行毒了，也该抽头退步。回头看了看，再要穷追苦克，人恨极了，暗地里笑里藏刀，咱们两个才四个眼睛，两个心，一时不防，倒弄坏了。趁着紧溜之中，他出头一料理，众人就把往日咱们的恨暂可解了。还有一件，我虽知你极明白，恐怕你心里挽不过来，如今嘱咐你：他虽是姑娘家，心里却事事明白，不过是言语谨慎；他又比我知书识字，更利害一层了。如今俗语‘擒贼必先擒王’，他如今要作法开端，一定是先拿我开端。倘或他要驳我的事，你可别分辩，你只越恭敬，越说驳的是才好。千万别想着怕我没脸，和他一犟，就不好了。

真心佩服作者们对王熙凤执政与面对贾探春改革的心理清晰深刻的刻画。同时，也证明作者群中绝不都是才子佳人，必有经过事的掌权高官。如理财的精细，对朝中各色人物的分析，对老太太的忠心、用心，对自己当家三年“狗也嫌”骑虎难下的认知，对崇祯革新必拿自己开刀的预判，内心出于忠诚对有才能者崇祯革新的欢迎支持，甚至已经与同党讲清对崇祯修理自己的态度等等。王熙凤在第55回对平儿夸探春：“好，好，好，好个三姑娘！”

王熙凤的同党平儿，对应的是接替魏忠贤成为崇祯心腹的太监王承恩（王熙凤死后，贾琏把平儿扶正）。金文的“平”在“乎”的三点之上，加一条水平直线—的指事符号，表示号音悠长、稳定，无起伏，以此号音代表部落安全无事，众民安定。《素问·平人气象》：平人者，不病也。《诗·小雅·伐木》：终和且平。《易·乾》：云行雨施，天下平也。“平”即代表王熙凤、平儿等阉党执政时期，基本是天下平而未乱。平儿是王熙凤最得力的心腹助手，聪慧、干练、心地善良，又善于处世应变。平儿是聪明、极清俊的女孩儿，但“俏也不争春”，不弄权。帮凤姐料理事务，但常背着王熙凤做些好事。以上基本就是早期王承恩的写照。探春改革弊端，平儿总是最先表示支持，又说出一番早就该改而竟未改的道理，这也是王承恩力挺崇祯革新的写照。但平儿深知，“水至清则无鱼，人至察则无徒”，希望息事宁人，维持太平。书中贾府败亡后，是平儿陪巧姐逃出大观园。历史上李自成攻破北京后，也只有王承恩陪着崇祯逃出皇宫，到安定门出不去，又陪着崇祯在景山上吊。王熙凤忠奸合体，平儿则是忠贞得体。

《红楼梦》十二钗中很正面、很吻合理学礼教标准的李纨，代表了一群东林党“三好学生”。“纨”为洁白高贵之丝，但是“理、礼”还是“完”了。李纨是国子监祭酒李守忠（忠贞守礼）的女儿，贾珠遗孀，守节教子如“兰”。李纨是如兰的“完人”。她策划并支持探春办诗社、搞改革，不惜多次讥讽骂王熙凤“无赖泥腿市侩”“下作贫嘴恶舌”“黄汤灌狗肚”“狗长尾巴尖”“泼皮破落户”，体现了东林党与魏忠贤斗智斗勇。正册判词：画着一盆茂兰，旁有一位凤冠霞帔的美人：桃李春风结子完，到头谁似一盆兰。如冰水好空相妒，枉与他人作笑谈。判词认为祸到临头，国亡何以为兰，有洁癖好内斗的结果，替人做嫁衣还被人耻笑。作者从正面完人角度下结论：理学礼教亡国，洁癖恶斗魏忠贤亡国：“理”“完”。

《红楼梦》第54回“史太君破陈腐旧套　王熙凤效戏彩斑衣”，贾府元宵节，贾母看戏《西楼记》（公子歌姬的故事），《八义》（宋代8个江湖古惑仔的故事），《观灯》（类似唐伯虎做奴拐走大小姐）。贾母提出《掰谎记》，主要针对《西楼记》（同样的才子与歌妓题材，与《红楼梦》对应的吴梅村们的版本），而且就针对“本朝本地本年本月本日本时”。众人也都笑赞道：“老太太这一说，是谎都批出来了。”贾母的“掰谎记”原文：

这些书都是一个套子，左不过是些佳人才子，最没趣儿。把人家女儿说得那样坏，还说是佳人，编得连影儿也没有了。开口都是书香门第，父亲不是尚书就是宰相，生一个小姐必是爱如珍宝。这小姐必是通文知礼，无所不晓，竟是个绝代佳人。只一见了一个清俊的男人，不管是亲是友，便想起终身大事来，父母也忘了，书礼也忘了，鬼不成鬼，贼不成贼，那一点儿是佳人？便是满腹文章，做出这些事来，也算不得是佳人了。比如男人满腹文章去作贼，难道那王法就说他是才子，就不入贼情一案不成？可知那编书的是自己塞了自己的嘴。再者，既说是世宦书香大家小姐都知礼读书，连夫人都知书识礼，便是告老还家，自然这样大家人口不少，奶母丫鬟伏侍小姐的人也不少，怎么这些书上，凡有这样的事，就只小姐和紧跟的一个丫鬟？你们白想想，那些人都是管什么的，可是前言不答后语？

老太君首先对吴梅村们的“诗史”作品归纳出了套路：拿女人说事。“这些书都是一个套子，左不过是些佳人才子，最没趣儿。”

老太君分三条对吴等进行批驳：

1. 崇祯、顺治、吴三桂们出身教育都很好，“小姐必是通文知礼，无所不晓，竟是个绝代佳人”，至于那么没见过世面？田妃、董小宛、陈圆圆一出场，就亡国亡身投降倒了？真是匹夫村言。

2. “男人满腹文章去作贼，难道那王法就说他是才子，就不入贼情一案不成？”明确批判吴梅村、钱谦益们虽然“满腹文章”是“才子”，也是“贼”。

3. “大家人口不少”说明贾母已经意识到是利益集团，而不是“只小姐和紧跟的一个丫鬟”的简单个人行为。崇祯时代有阉党与东林党两大利益集团，顺治时代有皇党、后党与多尔衮党。吴三桂上有王永吉，下有关宁铁骑家儿老小，生死关头的决策更多是团体行为。

对于吴梅村之类巧舌如簧的“才子”，贾母拿王熙凤开涮讲了一个故事，结论是：吴梅村们喝了“猴子尿”，满腹骚气，一张口就臭不可闻。

吴梅村“前言不答后语”歪曲崇祯，歪曲陈圆圆，歪曲卞玉京，歪曲柳敬亭，歪曲魏忠贤等阉党等等，“你们白想想，那些人都是管什么的”：一是为东林党自吹自擂，二是为清朝“明君贤臣”找到替代大明“君昏臣奸”的合理性。同时也为自己“弃暗投明”的罪与不肖“自护己短”。详见后文。

《红楼梦》第1回：（士隐）自携了雨村来至书房中，小童献茶。方谈得三五句，忽家人飞报“严老爷来拜”。第4回：雨村犹未看完，忽闻传点，人报“王老爷来拜”。把此二段连起，作者似说“阎王来拜”。而且两次两个“忽”字，被拜者吴梅村、贾雨村一类人物在劫难逃。

柒

『晴雯』柳如是与『宝玉知己』陈子龙、『畸笏叟』钱谦益

◆
◆
◇

钱谦益与吴梅村同属东林，同样降清，同样不被清廷信任，同样晚年又后悔降清。他们的信仰只有“护官符”，他们的才华除了写作就只有争权夺利、精于算计。宝玉道:“什么是‘大家彼此’！他们有‘大家彼此’，我是‘赤条条来去无牵挂’。”“大家彼此”就是指钱谦益与吴梅村们。顾炎武坚决不愿意和钱谦益“大家彼此”，他和傅青主无家无口，四海为家，才真是“赤条条来去无牵挂”。

陈寅恪《柳如是别传》翻案说钱谦益曲线救国与郑成功合作反清复明。虽然陈寅恪先生是可敬的清华前辈，但我本人绝不认同他为钱翻案。试想，历史上南京易守难攻，郑成功围城，清军背水一战都能以少胜多。可想而知，钱谦益与赵之龙带头献城主动放弃重要据点，系卖国无疑。钱所谓与反清力量联系，是在已经被清廷贬斥甚至下狱（柳如是奔走相救，托了江南总督洪承畴和兵部尚书梁清标的老母亲）的背景下，相当于顶着汉奸帽子，偷鸡不成反而蚀了把米，当然后悔，后悔的是投机政客做了大亏本买卖！他写诗自称反清时已经80多岁快死了，但与真正的抗清英雄方、顾、傅、王、朱相比，这还是低成本的装，目的是身后之名而已。钱谦益号“牧斋”，晚号“蒙叟”，蒙叟就是老糊涂。“自知大节已亏，欲借此以湔释耻辱，此所谓欲盖弥彰，忏悔何益？”吴晗评价他：“人品实在差得很，年轻时是个浪子，中年是热中的政客，晚年是投清的汉奸，居乡时是土豪劣绅，在朝是贪官污吏。一生翻翻覆覆没有立场，没有民族气节，除了想做官以外，从没有想到别的。”总之，除了当官，钱谦益对东林、南明、大清及反清复明组织都反反复复。典型的“畸笏叟”角色。

钱谦益的政治敌人马士英，被东林党人写的历史糟蹋成一无是处的罪人。但实际是，当钱谦益献城投降时，马士英不降，且拥送太后入浙江。与浙党争权失败后，最后入太湖投长兴伯、吴日生军中继续抗战，失败被俘殉国（吕留良弟弟吕宣忠也在此战殉国）。一说，1646 年 6 月浙东兵败，马士英逃入四明山削发为僧，后因叛徒出卖，被清廷抓获，最终不屈就义，清兵剥其皮，实之以草，极为惨烈，却被东林党人称为“马瑶草 生怀瑶 死怀草”。《明史》谓马士英“为人贪鄙无远略，复引用大铖，日事报复，招权罔利，以迄于亡”。马士英的主要罪过是重用阮大铖以及调度江北四镇对抗左良玉。马为人重情义重报恩，但主要是私情，他就因为当年阮大铖让官之恩（正在服刑）而报恩启用阮。他也曾千里奔波为张溥操办葬礼。书中“司棋”隐喻马士英下的是“私棋”“死棋”，固然有罪，但抗清到死，至少也类似更加惨烈的陆秀夫，把他列入《明史·奸臣传》是颠倒是非，把他称为“阉祸”更是无中生有、指鹿为马。联系到马与浙党的权力斗争，再联系马、阮当年与复社的斗争，联系到逮捕黄宗羲，马逃到四明山黄的势力范围，恐怕选错了地方。黄宗羲的儿子及弟子编写的《明史》，当然不可能为他说好话。冤有头债有主，正是“加减乘除”。

柳如是本姓杨，名云娟，出身“瘦马”（“养瘦马”是中国明清时期的一种畸形行业。先出资把贫苦家庭中面貌姣好的女孩买回调习，教她们歌舞、琴棋、书画，长成后卖与富人作妾或入秦楼楚馆，从中牟利）。十二岁被罢职宰相周道登买去做妾，改名为朝云（学“雪芹”苏东坡），朝云与“晴雯”意思相同。十四岁又被周家卖到苏州妓院。《红楼梦》中晴雯只有一门亲戚，姑舅哥哥多浑虫家。多浑虫家颇似妓院。作为“秦淮八艳”之一，柳朝云也和晴雯一样心气极高，立志嫁一个“博学好古，旷代逸才”的男人。晴雯可看作柳如是、李香君的影子，与晴雯相对的“袭人”就可以从南明史解密了。柳如是第一心上人是复社公子陈子龙，她主动追求陈。陈诗“独起凭栏对晓风，满溪春水小桥东。始知昨夜红楼梦，身在桃花万树中”回忆的就是他俩在松江“小红楼”的生活。这首诗也是最早出现“红楼梦”的古诗。

陈子龙（1608—1647），字卧子，号大樽，松江人。文武兼备，学识超群，胸怀大志，慷慨激昂，在福王政权任兵科给事中，是柳如是的第一情人。与柳如是第二情人钱谦益不同，陈子龙看到小朝廷昏庸腐朽、党争激烈，当年就辞职回家，在嘉兴的水月庵为僧，暗中反清复明，被隆武政权封为兵部尚书，节制七省漕运，总督江南义军。顺治四年（1647），陈子龙与顾炎武等人策动苏松提督吴胜兆起义，结果因为接应的张名振舰队在崇明遇上飓风而毁，没能接应上，起义被洪承畴镇压失败，吴被杀。陈子龙是此次起义的主谋，他从松江逃往昆山顾咸正、顾天逵父子家（顾炎武已离家出亡），被清军捕获。5月13日用船押解途经娄县吕冈泾时，陈子龙借口出恭，跳河殉国。

在这次起义中，顾炎武失去了两位亲人和一位知己，也留下了经典桥段。洪承畴审问顾咸正：“汝知史可法在乎？”咸正答曰：“汝知洪承畴死乎、不死乎？”承畴默然。顾炎武名句“几事一不中，反覆天地黑”说的就是这次失败于飓风的起义（多次飓风天地黑，大明国运已尽）。

《红楼梦》第15回“原来这馒头庵就是水月庵，因他庙里做的馒头好，就起了这个诨号，离铁槛寺不远”（鲁迅“人血馒头”的出处）。第77回写“芳官勾引上藕官、蕊官”各自出家，芳官跟了水月庵的“智通”。前面贾雨村徇私被革职，郊游破庙也叫“智通寺”。寺内有一既聋又昏、齿落舌钝的老僧在煮粥。门旁有副破对联:“身后有余忘缩手,眼前无路想回头。”“智通”就是水月庵老僧“之龙”,馒头庵就是“坟头”,指陈子龙殉国(还有几个复社的“藕官、蕊官”,如夏之旭、杨廷枢,都是殉国莲花)。“煮粥”对应当年的“烈火烹油”。对联是对钱谦益及“芳官”侯方域们的晚年后悔的人生总结。似乎也暗示告发陈子龙、把水月庵抗清基地搞成烈士陵园馒头庵的“老尼姑净虚”,是不是“虚干净”、“实肮脏”的钱谦益?第 15 回净虚“因‘胡’老爷府里产了公子”,胡太太“送十两银子”,便没时间理会贾府了?这合逻辑吗?而且她忙着念三日《血盆经》,这是什么经?当然是勾结胡人的告密的血盆大口经。

第 43 回“闲取乐偶攒金庆寿　不了情暂撮土为香”也是很奇怪,其实就是宝玉秘密祭奠陈子龙。贾母发闲,趁“社日”及凤姐生日,找点儿乐子。偶攒金,偶然想到用大伙凑钱的妙法。这“闲取乐”和“不了情”的两种人生对比,一把辛酸泪啊。“社日”是大日子,表示祭祀土地,如与谷神合祀,就是“社稷”江山。这个日子还有个名字“龙抬头”,是“龙”节。贾宝玉如此正式地暗自外出“水仙庵”(水月庵),“遍体白素”,在井水边上香,胡乱吃几口斋饭(吃不下),如此重要人物的“不了情”,偏偏作者不说是谁。柳如是专门写过《男洛神赋》赞颂陈子龙“人间有一,天上无双”。“翩若惊鸿,婉若游龙,荷出绿波,日映朝霞”,那是宝玉的“知己”。

笔者在 30 年前写过一首小诗《水仙》,送给“水仙庵”的宝玉知己吧:

月光淡淡,洒在静静的小舟,
夜风缓缓,掠过断航的船头。
沙滩上,一只白鸥飞过,
夜风里,含泪的水仙婆娑。

柳如是的另一个重要男人是钱谦益。顾苓的《河东君小传》描述柳如是访钱场景,说她“幅巾弓鞋,著男子服,口便给,神情洒落,有林下风”。

迎娶之前，钱谦益为她改姓柳，名是，字如是（如是我闻），号河东君。与梁清标一样，钱谦益也是当时著名的藏书家，与柳婚后，他盖了藏书楼，取名“绛云楼”（也是红楼朝云）。钱在这里写了《明史稿》（手稿被烧）。钱柳也有可能是《石头记》的初始作者之一，“绛云楼”可能就是脂砚斋。但钱的角色心理更接近“畸笏叟”。福王政权时钱谦益向“阉党”妥协，被封为礼部尚书。清军兵临城下时，福王逃跑，柳如是便做了好酒菜，举杯恭劝丈夫殉国。钱谦益不肯，柳如是便跳湖，但被打捞上来，欲死不能。

钱谦益死后月余，柳如是悬梁自尽。《红楼梦》中晴雯之死与柳如是被钱家人赶出家门而死极为相似。晴雯病得“四五日水米不曾沾牙”，却被贾府主人王夫人从炕上拉下来，硬给撵了出去，死于哥哥家。宝玉作《芙蓉女儿诔》祭奠晴雯，其中有“花原自怯，岂奈狂飙；柳本多愁，何禁骤雨！”柳花骤雨狂飙，也隐含花柳美女遭受骤雨狂飙之类的屈辱。《红楼梦》中有关晴雯的场景主要有“撕扇子作千金一笑”“勇晴雯病补雀金裘”，以及抄检大观园，晴雯“挽著头发闯进来，‘豁啷’一声将箱子掀开，两手捉着底子，朝天往地下尽情一倒，将所有之物尽都倒出”，当众把狗仗人势的王善保家的痛骂一顿。晴雯的“勇”对应柳如是的“勇”（勇于跳河殉国，勇于奔走救情郎）。勇于面对抄检大观园，可以联想到钱家人在钱谦益死后到“绛云楼”逼债抢藏品赶人并逼死柳如是的一幕。当时柳从容写下遗书，是理性的不得不死。与钱谦益对比，柳如是出身花柳，反而更重名节。柳如是的死，“家难”只是导火索。陈子龙自杀殉国时，她就产生过为她的“男洛神”殉死的念头。

“老学士闲征姽婳词　痴公子杜撰芙蓉诔”寓意深远。《芙蓉诔》是与《葬花吟》同级的两篇绝顶佳作。黛玉夸《芙蓉诔》如《曹娥碑》，典故是蔡邕题八字于碑：“黄绢幼妇，外孙齑臼”。曹操、杨修解读是“绝妙好辞”。林黛玉与晴雯互为主副，如果林是董小宛，晴雯便是勇敢的柳如是。冒辟疆、钱谦益、董小宛、柳如是本来就是四角关系，互为主副。陈子龙、钱谦益、柳如是又是三角关系。“痴公子”是冒辟疆，“真宝玉”是陈子龙，“老学士”是钱谦益。“姽婳词”引用了美女将军“林四娘”的故事，书中贾政说的是礼部管的礼制事。既显示“勇晴雯”“勇如是”的勇，也告诉读者“姽婳”就是“鬼话”，已成死鬼的老学士、两朝礼部尚书钱谦益说的话，是骗人的“鬼话”，对应吴梅村的“假话”（因冒、钱、董、柳交情，写的更为死者讳）。

陈寅恪出身世家，四处游学，挺像冒辟疆等明末复社才子，他晚年在眼盲腿折的残“废”状态下，集一生所学专门著述《柳如是别传》，实际也可叫《通过柳如是考证红楼梦》。他提出柳如是就是林黛玉，并由此推论出《红楼梦》“独立之精神，自由之思想”。“王实甫‘多愁多病身’及‘倾国倾城貌’，形容张崔两方之词，成为一理想之林黛玉。殊不知雍乾百年之前，吴越一隅之地，实有将此理想而具体化之河东君”。《柳如是别传》在复原柳如是与吴越名士交游盛况时，曾与《聊斋志异》里的诸狐女相比：“寅恪尝谓河东君及其同时名姝，多善吟咏，工书画，与吴越党社胜流交游，以男女之情兼师友之谊，记载流传，今古乐道。推原其故，虽由于诸人天资明慧，虚心向学所使然。但亦因其非闺房之闭处，无礼法之拘牵，遂得从容与一时名士往来，受其影响，有以致之也。清初淄川蒲留仙松龄《聊斋志异》所记诸狐女，大都妍质清言，风流放诞，盖留仙以齐鲁之文士，不满其社会环境之限制，遂发遐思，聊托灵怪以写其理想中之女性耳。实则自明季吴越胜流观之，此辈狐女，乃真实之人，且为篱壁间物，不待寓意游戏之文，于梦寐中以求之也。若河东君者，工吟善虐，往来飘忽，尤与留仙所述之物语近似，虽可发笑，亦足以藉此窥见三百年前南北社会风气歧异之点矣。”陈寅恪先生的意思是，柳如是等秦淮八艳们与复社各位公子身处的政治环境比蒲松龄时期要宽松，因此他们不仅肆无忌惮地谈情说爱，而且结社议政也毫无顾忌。陈寅恪非常向往羡慕此间的“独立之精神，自由之思想”，这才是陈先生躲进小楼发掘柳如是与《红楼梦》的本意。

王国维研究《商周制度》；陈寅恪专题研究唐代制度，还特别专门研究孟丽君、柳如是。在打破专制与千年转型节点上，他们与《红楼梦》的作者们都把住了脉。但是和顾炎武抨击王（阳明）学末流反复唠叨概念性的“良知”一样，“自由，独立，平等，博爱”等，这些美好的概念词，又何须反复唠叨。这一类型的学者必然有三个隐性的局限。

1. 顾炎武所指的形而上学，不能“行”胜于言。顾炎武烧掉30岁前的全部文稿，北渡长江、黄河，通过更大范围的一线斗争，以“精卫填海”之志，修炼出《日知录》，日日行之而感而思而录，反对脱离实际的空谈。

2. “独立之精神，自由之思想”的核心要义是要求学者打破学术专制，探寻出真理。真理往往唯一，谬误却千奇百怪，如果历代仁人志士前赴后继已经找到了“真理”，不去实行，而是仍然机械地坚持站在各种各样“独立自由”的立场，实际是站在真理的各个对立面。

3. 一千多年儒学的科举功名官本位思想，导致许多学者只会求官做官，于新时代实是百无一用。上位者往往腐败之余，搞些雅致的文学；不能上位当官者，以清流自居，总是以理想主义标榜，大言不惭地抨击现实当政者，同时顾影自怜，总感叹自己怀才不遇。这也是旧文人的通病（因此顾炎武表示绝不能做“文人”）。

陈寅恪向往的“河东君及其同时名姝，与吴越党社胜流交游，记载流传，今古乐道”、“无礼法之拘牵”，实际生活中是不存在的。研究学问与制度，都不能脱离经济基础。《红楼梦》中，金钏儿、晴雯，乃至林黛玉、贾迎春可有爱情自由？如后文唐伯虎部分所述，明末秦淮风月的“自由”是基于金钱买卖交易的“纵欲”而已，复社公子多金而至“财务自由”，秦淮八艳卖身卖艺，却不能从金钱独立。李香君、董小宛、陈圆圆可有自由？寇白门被朱国弼买卖，被迫重操旧业筹措两万金赎身，可有自由？从小被当玩物买来买去的柳如是，能自由地去会钱谦益？背后仍然是陈子龙的买断与放生。没有民众的觉醒，没有科技与工业的大发展，自由与独立都是幻觉。

类似钱谦益等老东林党与陈子龙、冒辟疆等年轻复社公子的斗争故事以及同时穿插的秦淮儿女情长，在《红楼梦》第59回、第60回中多有生动描写。第59回“柳叶渚边嗔莺咤燕　绛云轩里召将飞符”，柳叶渚、绛云轩带有柳如是、钱谦益之意味。倚老卖老欺负莺莺燕燕的“何婆”“赵姨娘”可当作老东林钱谦益、赵之龙们的代表（《桃花扇》中有很多体现）。年轻姑娘们在柳堤“采花”编花篮，管理员何婆“深妒袭人晴雯一干人”，“那婆子本是愚夯之辈，兼之年迈昏聩，惟利是命，一概情面不管”。宝玉说女儿一老就是鱼眼睛，春燕举例说自己妈和姨妈就越老越爱钱，叫莺儿不要折柳条折花，她妈和姨妈分管这里，比得了永远的基业还谨慎。春燕娘何婆打春燕，平儿命将何婆撵出去，叫林大娘在角门外打四十板，婆子流泪哀求方免。

那婆子吓得泪流满面，央告袭人等说：“好容易我进来了，况且我是寡妇家，没有坏心，一心在里头伏侍姑娘们。我这一去，不知苦到什么田地！”那婆子又央众人道：“我虽错了，姑娘们吩咐了，以后改过。姑娘们那不是行好积德？”一面又央告春燕：“原是为打你起的，饶没打成你，我如今反受了罪。好孩子，你好歹替我求求罢！”宝玉见如此可怜，便命留下：“不许再闹！再闹，一定打了撵出去。”那婆子一一谢过下去。平儿笑道：“‘得饶人处且饶人’，得将就的就省些事罢。但只听见各屋里大小人等都作起反来了，一处不了又一处，叫我不知管那一处是。”“这算什么事！这三四日的工夫，一共大小出了八九件呢，比这里的还大，可气可笑。”

大家可以从书中体会。另外，第60回，探春批判赵姨娘为老不尊，举了个正面的例子是“周姨娘”，这人可看作复社力挺的首辅“周延儒”。

历史上郑成功的水师确实有一支娘子军，而且和柳如是有关（柳自比金山梁红玉），柳同娘子军的首领阮姑娘是“军蜜”好友。当年柳如是随夫金山劳军，结识“媲媪将军”阮姑娘。1658年（顺治十五年、永历十二年），清军主力集中于西南，郑成功决定率领主力乘船北伐，攻取南京，“我提师望复神京，以为社稷”。此次北伐分两阶段。第一次郑军约5000艘船，志在必得，但是，类似西班牙无敌舰队被暴风袭击的情况出现了。八月初九日，郑成功大军在“海道必由之路”大洋山集结，陡遭飓风突袭，损失惨重。郑成功的六位妃嫔和第二、第三、第五个儿子都被淹死，“今船只兵器损失，长江难进矣”，只好撤回舟山。此时清福建提督马得功又乘郑后方空虚，出兵攻占了泉州郑军基地白沙。到1659年（顺治十六年，永历十三年）年初，郑成功部署第二阶段北伐长江战役。这次加强了金、厦基地的防务，同时命令家眷随军（借鉴了关羽前线兵败，士兵们因为家属在荆州一哄而散的教训），并将部分女眷编为娘子军。徐孚远作《北伐命偏裨皆携室行因歌之》诗云：“浪激风帆高入云，相看一半石榴裙。箫声宛转鼓声起，江左人称娘子军。”此一战，郑军本形势大好，攻占了镇江，但因逆水而上，贻误战机，再加上携带大批家眷，特别是又托大轻敌，终错过战机，只能遗憾撤军。“姽婳将军”阮姑娘惜在舟山战死。《芙蓉诔》与《葬花吟》也是红楼作者“痴公子”对她们的哀悼。

《红楼梦》第78回，贾政与众幕友谈及恒王与林四娘故事，称其“风流隽逸，忠义感慨”，“最是千古佳谈”。贾宝玉作诗意见不同，其中“王率天兵思剿灭，一战再战不成功”已经点出了“成功”。“恒王好武兼好色，遂教美女习骑射；秾歌艳舞不成欢，列阵挽戈为自得。眼前不见尘沙起，将军俏影红灯里；叱咤时闻口舌香，霜矛雪剑娇难举。丁香结子芙蓉绦，不系明珠系宝刀；战罢夜阑心力怯，脂痕粉渍污鲛绡。”显然是对郑成功的失望与揶揄。“不期忠义明闺阁，誓盟生死报前王。贼势猖獗不可敌，柳折花残血凝碧；马践胭脂骨髓香，谁家儿女不伤悲！何事文武立朝纲，不及闺中林四娘？”则是对女军的赞美与感伤。

《红楼梦》作者写作技巧之一是“一人多身”，即赋予一些主要人物多重身份，为“多重影射”。回到晴雯，她是与黛玉同类的第一副钗。如此重要人物，按照红楼笔法一定不止是“柳如是”。成花纹的云彩为雯，晴雯就是雨后祥云，对应宝琴雪后红梅，还是“汉留”要人，不妨简单说就是顾炎武。炎就是晴，雨压着的文就是秘密斗争的武。晴雯被王善保家的明告和麝月暗诬撵出大观园。类似顾炎武被叶方恒与亲戚联手诬告离家，以及在济南被即墨的黄元衡与章丘的谢长吉陷害入狱，这两个案子都是争“金”夺财。

顾炎武远走北方，先到章丘，再到即墨。谢长吉是章丘地主，向顾借了一大笔钱，以大桑庄的一千亩地作抵押。顾炎武在即墨住在复社旧人黄培的家里。黄是明末锦衣卫指挥使，与顾既是学友，也是战友。如顾炎武家发生陆恩事件，黄家也发生“奴变”。黄家的三代世仆黄元衡中了进士入了翰林，要求归宗改姓姜，并因为积怨罗织了“黄培诗案”，报复黄家，同时抛出《忠节录》案与谢长吉联手告顾炎武。此案是清初第一大文字狱案，牵涉近 300 人，黄培本人被杀。《忠节录》是明朝忠节之士的小传合编，编者署名为顾炎武的姐夫陈济生，姜元衡便控告此书是顾炎武在黄家刻印而成。谢长吉认为这是一个赖账的机会，就和姜元衡勾结运作，导致顾炎武被济南府抓捕。好在他的三个外甥都是当朝部级高官，又有李因笃等战友出力相救（李因笃三千里救友），最终顾炎武胜诉。在济南案前，顾炎武还卷入了庄廷鑨的《明史》案。庄廷鑨得到朱国桢的明史遗稿，编《明史》刻印，并将顾炎武惊隐诗社的骨干潘柽章和吴炎列名。顾炎武却认为这本《明史》冗杂不足道，拒绝列名。庄家是大户，因贪污罪坐牢的前县令吴之荣借文字狱来敲诈，但庄家没有理会他，地方官也袒护庄家。吴之荣不肯罢休，上京通过鳌拜告发成功。康熙二年（1663），庄家满门及列名者潘柽章和吴炎等全部被处死，共计七十余人，顾炎武在南方组织的惊隐诗社也彻底瓦解。庄廷鑨《明史》案以及顾炎武的两次牢狱之灾，都是为财杀人，都是“金”。同年顾炎武、傅山、戴廷栻办的祁县票号被查封，也源于偷金。可以说，两案几乎彻底摧毁了顾炎武打造的南北秘密组织。顾炎武对钱财的态度是，不接受亲戚友人资助，同时又十分珍惜财物，甚至在“济南案”中主动投案，以夺回财产。此一举动让人误以为是“贪财”，合理解释应是“革命经费”。

《红楼梦》第52回“俏平儿情掩虾须镯　勇晴雯病补雀金裘”，其中晴雯补雀金裘是一场重头戏。薛宝琴得了贾母的凫靥裘，凫靥裘遇雨不濡，是不怕（清）浸害的意思。雀金裘是一件俄罗斯裁缝用孔雀金线织的御寒衣物，光华灿烂，还是御寒抗“清”。宝玉不慎将它烧了一个洞，“织补匠，能干裁缝”根本不识得，更不敢修补，最后是晴雯在重病中连夜补好。晴雯已嗽了几阵，好容易补完了，说了一声：“补虽补了，到底不像，我也再不能了！”。嗳哟了一声，便身不由己倒下。这个场景是不是可以联想到诸葛亮鞠躬尽瘁、死而后已地修补刘汉江山。雀金裘是俄罗斯裁缝用孔雀金线编织，这一说法十分特别，俄罗斯裁缝还能好过丝绸之国的裁缝？如此细密，如此费尽心血，其实就是顾炎武们细密打造北方汉留秘密网络的象征。

在52回，还特别地出现了为晴雯治感冒的西洋鼻烟（西洋珐琅瓶画着金发裸体天使），贴头痛的“依弗哪”，于是出现了宝琴见的“真真国的女孩子”：

不过颠来倒去弄些《易经》上的话生填，究竟有何趣味。我八岁时节，跟我父亲到西海沿子上买洋货，谁知有个真真国的女孩子，才十五岁，那脸面就和那西洋画上的美人一样，也披着黄头发，打着联垂，满头戴的都是珊瑚，猫儿眼，祖母绿这些宝石，身上穿着金丝织的锁子甲洋锦袄袖，带着倭刀，也是镶金嵌宝的，实在画儿上的也没他好看。有人说他通中国的诗书，会讲五经，能作诗填词，因此我父亲央烦了一位通事官，烦他写了一张字，就写的是他作的诗。”众人都称奇道异。半日，只听湘云笑问：“那一个外国美人来了？”一头说，一头果和香菱来了。湘云笑道：“快念来听听。”宝琴因念道：“昨夜朱楼梦，今宵水国吟。岛云蒸大海，岚气接丛林。月本无今古，情缘自浅深。汉南春历历，焉得不关心。”众人听了，都道“难为他！竟比我们中国人还强”。

这段描写，一是暗示了“雀金裘”组织与金发西欧国家存在联系；二是反思了一味学习《易经》的国学，强调吸收“西学”（“湘云”王夫之、黄宗羲与方以智最为明确）；三是暗示了西方“女王”通晓汉文明。西方金发“真真国”不能想当然认为指女真，而应是开启启蒙运动与科学求知求真的英、法、荷兰之类的国家。“外国美人”的装束显然是英女王式的装扮。“外国美人”“通中国的诗书，会讲五经，能作诗填词”，“难为他！竟比我们中国人还强”，这不就是启蒙运动的主将伏尔泰等人的画像吗？

“外国美人”的代表伏尔泰是法国资产阶级启蒙运动的泰斗，被誉为“法兰西思想之王”“法兰西最优秀的诗人”“欧洲的良心”，与《红楼梦》作者一样，主张开明的君主政治，强调自由和平等。伏尔泰年轻时的志向就是做个诗人，为捍卫“真真”真理而“面临一切，对抗一切”。伏尔泰开创了理性主义史学，就是“真真”史学（与顾炎武史学观完全一致）。法国于1702年至1776年间分卷出版了《耶稣会士书简集》，使法国社会通过来华传教士逐渐熟悉了中国文明。在18世纪法国的启蒙运动以及进步的思想家们，无不受到中国文化的熏陶和影响。伏尔泰还有“法国孔夫子”的美称。据统计，在其著作中，完全论述中国或部分涉及中国的地方有70处之多，与朋友通信时谈及中国的信件则达200余封。伏尔泰《中国孤儿》（*L'Orphelin de la Chine*）的副标题是“五幕孔子的伦理”，完全参考传教士翻译的元杂剧《赵氏孤儿》。作为“法兰西最优秀的诗人”，伏尔泰在给瑞典国王的信中，附上了他自己的一首诗，其中两句是这样写的：“我常给中国皇帝（乾隆）去信，直到而今，他没有给我一点回声。”薛宝琴和《红楼梦》给了他回应与赞美。

顾炎武是因为“偷金”事件离开山西去了渭南。

山西祁县人戴廷栻（1618—1691），是傅山的老同学，也是莫逆之交。

戴廷栻是明末清初著名学者、收藏家、反清领袖，出身官宦世家，与傅山受业于袁继咸（被左梦庚绑架献清死，可能是“冯渊”之一），是北方反清活动的核心人物。戴廷栻曾做了一个梦，梦中和一些身着“古冠裳”的人在阁中聚会，阁名“丹枫”。醒来就依梦中所记，修建了丹枫阁（贾母让贾惜春画《大观园》的出处，丹枫阁之梦，即《红楼梦》）。大书法家傅山书写了楼匾和《丹枫阁记》的文章，傅山还为《丹枫阁记》作了跋。一匾、一记、一跋，共同构筑了明朝遗民们不灭的反清复明乃至保有华夏文明的梦。当时反清名流聚集于两个中心，即南方冒辟疆的水绘园，北方戴廷栻的丹枫阁。

顾炎武在丹枫阁戴廷栻家丢了 500 两银子，顾认为是戴的儿子偷去捐了官。此事造成顾、傅、戴等的隔阂。后顾炎武与李因笃紧急出走陕西渭南“修补”，戴廷栻主持的丹枫阁基地瓦解。讲完南北组织情况，《红楼梦》第 53 回隆重的祭祀荣宁祖庙就好理解了。

正如在“尤二姐已经失了脚（与贾珍），有了一个‘淫’字，凭她有什么好处也不算了”，可贾琏却说“谁人无错，知过必改就好。故不提已往之淫，只取现今之善”。这其实是洪承畴的自我评价。

捌

冷且酷的顾炎武：冷子兴与晴雯、李纨

◆
◆
◇

顾炎武（1613—1682），昆山千灯（昆曲发源地）人，本名绛，乳名藩汉，明亡后改名炎武，字宁人。顾氏为苏州望族。他的曾祖顾章志、祖父顾绍芳都做过高官。顾炎武与同窗归庄是莫逆之交。二人参加应天乡试后共入复社。二人特立耿介，时人号为“归奇顾怪”。因家旁有亭林湖，被尊称为亭林先生，就是“玉带林中挂”林黛玉、林如海的林。顾将玉带往亭林一挂，决然从苏州离家搬到金陵，“稍稍去鬓毛，改容作商贾”，从此不求为官只为商人，住钟山明孝陵下，自署蒋山佣，即看守蒋山明孝陵的“石头人”。蒋山即钟山，即“石头城原址”。

他同归庄、陈忱、吴炎等共结惊隐诗社，以诗社作掩护秘密抗清。“顾炎武”只是化名，据说因为仰慕文天祥的学生王炎午，改名炎武。“炎炎烈日北雪消，煽风点火灭清水。百无一用是书生，习武积粮图汉留。”章太炎改名“绛”，字“太炎”，倒是很简单明了。怪人顾炎武走的是朱元璋“深挖洞、广积粮、缓称王”的革命道路。他参加过复社，先后主导建立了“汉留”“洪门”秘密组织，还创造了系统的黑话暗语，是合并后的洪门前五祖，远早于“共济会”。传说他与洪门同志傅山在山西祁县合并了李自成余部，特别是交山（吕梁）义军军饷（成窑之杯），开办四处撒网的山西票号与镖局。若果如此，则他与傅就是我国票号制度的创始人，这是真正的“广积粮”。傅青主不仅医术一流，而且剑术高超。顾在山东、山西、陕西等多处建立基地，培养有思想、有信仰、有血脉的接班人（各地票号子弟都需要集中总部培养）。顺治十六年（1659），顾来至山海关凭吊，此后20多年，孑然一身，游踪不定，“往来曲折二三万里”，走过20多省90余县，“九州历其七”。

顾炎武被梁启超称为清朝“开国儒师”，“清学开山”始祖，是近代维新派与革命党共同尊崇的导师。顾“感四国之多虞，耻经生之寡术”，以为“八股之害，等于焚书；而败坏人才，有盛于咸阳之郊”。故27岁起，顾炎武断然弃绝科举之学，遍览历代史乘、郡县志书，辑录其中有关农田、水利、矿产、交通等记载，兼以地理沿革，撰述《天下郡国利病书》和《肇域志》。前文提到顾北游青岛即墨黄培家，其实住在崂山支脉不其山的康成书院的玉蕊楼。康成书院由汉末郑玄创办。郑玄，字康成，他兴办了学员达万人的古代学院，且是第一个系统性地把《周易》《尚书》《诗经》《周礼》作为一个学术整体进行研究的学者，可以说是第一位“姬子”。和顾炎武、朱舜水一样，为了表达与官本位旧儒学决裂（国破家亡之时，顾朱反而都主动当官任职，担负救亡天下的“匹夫”责任），郑玄也坚决不当官。“为问黄巾满天下，可能容得郑康成”，“黄巾城下路，独有郑公山”。顾炎武在秘密武装斗争的同时，《不其山》一诗已明确立下成为乱世“郑玄”的学术理想，在之后的奔波中，顾炎武一路在马背上读书，身后一马驮书，真是“行万里路，读万卷书”。康熙十年（1671）；康熙宠臣，理学家熊赐履邀顾炎武修《明史》，顾拒绝（黄宗羲接了）。顾反对无用之学，他认为“士当以器识为先，一命为文人，无足观也”。他一再告诫自己“不堕为文人”。对于阳明后人空谈堕落，顾炎武革心学、开实学，“士当求实学，君子为学，以明道救世”。顾认为心学士大夫们只是空谈抽象原则，反复唠叨“语录体”《传习录》，其实《朱子语类》也是学《论语》，照猫画虎。清中期的颜元、李塨的“实学”，清晚期魏源、龚自珍、林则徐的“经世致用”之学，以及更后来的青年毛泽东，无不深受顾炎武影响。

《南京条约》后，有官员提议为终身反清的顾立祠，道光先拒绝后同意。这些忧国忧民的士人自发在广安门报国寺建立“顾亭林祠”，成为救世实学中心。顾炎武认为明末亡国的主因在于士大夫丧失了廉耻，“不廉则无所不取，不耻则无所不为。人而如此，则祸败乱亡亦无所不至。况为大臣，而无所不取，无所不为，则天下其有不乱，国家其有不亡者乎？然而，耻尤为要……人之不廉而至于悖犯礼义，其原皆生于无耻也。故士大夫之无耻，是谓国耻！”（贾宝玉论文武）对于无官不索取贿，“无守不盗窃”，他提出了两个制约方法：一个是建立像汉代的“清议”制度，因名而弃利；另一个办法就是惩罚制度，不准贪官的子孙再做官。他在政制及治国上提出了“地方分权论”“屯田论”之类（如秦可卿托梦王熙凤）。顾炎武《日知录》中有若干条确定不移地多次强调“地方分权论”，反对中央过分集权，主张地方分权，当时叫“复封建”“废郡县”（这一条类似杰斐逊与汉密尔顿的争论，也很可能影响了后世蔡元培、章太炎等人的思想。详见后文）。顾炎武为后世留下了 1200 万文字，他在世时即自信地认为《日知录》会在中华再兴时成为指引。

顾炎武前半生深陷家族争产案，“嫡子与嗣子”“侄子与叔伯”“妻子王氏的舅舅叶方恒”“恶仆陆恩”，都有贾府内斗的影子，他本人对“齐家”也很关注。类似贾府家族，顾炎武举过两个治家的例子，一个是说宋代张老九世同堂，宋高宗问如何和谐相处，那老人写了上百个“忍”字。顾炎武对此评价：“居家御众，当令纲纪法度有章，乃可行之永久。若使姑妇勃奚（儿媳妇与小姑子闹矛盾），奴仆放纵，而为家长者仅含默隐忍而已”，恐怕一天都过不了！他认为另一个例子更靠谱：明太祖朝，浦江郑氏几代同堂，明太祖问如何和谐相处，郑老回答：“没有什么别的，就是不听女人的话就行。”

关于顾炎武的“武”事：福王政权崩溃，顾炎武和归庄、吴其沆参加江南义军。诸义军攻苏州失败，松江、嘉定相继陷落。顾炎武与杨永言、归庄等守昆山（之前归庄杀死清朝昆山县令夺城），昆山失守，死难4万，吴其沆战死，炎武生母何氏右臂被清兵砍断，两个弟弟被杀，炎武侥幸得免（葫芦庙大火的娇杏）。归庄和方以智一样，为避难削发为僧，归庄的两个弟弟战死。唐王朱聿键在福州称帝，遥授炎武为兵部职方司主事（相当于情报部部长），居母丧，只能“梦在行朝执戟班”。顺治三年（1646），隆武政权兵部尚书路振飞派顾炎武联络淮徐豪杰。此后四五年，炎武“东至海上，北至王家营（今淮阴），仆仆往来”，奔走于各股抗清力量之间，谋通消息，伺机而动。虽然南明政权先后瓦解，抗清活动一再受挫，但炎武并未颓丧。他以精卫自比，提出“万事有不平，尔何空自苦，长将一寸身，衔木到终古。我愿平东海，身沉心不改，大海无平期，我心无绝时”。（王夫之也有诗：“涟水东流资水北，精卫欲填填不得。”）

顾炎武的养母王氏是在价值观上对他影响最大的一个人，应该是礼教完人“李纨”的原型之一。李纨的儿子贾兰的原型就是顾炎武。从李纨的判词《晚韶华》中能看出高鹗后四十回写的贾兰中举实在荒谬——“镜里恩情，更那堪梦里功名！那美韶华去之何迅！再休提绣帐鸳衾。只这戴珠冠，披凤袄，也抵不了无常性命。虽说是，人生莫受老来贫，也须要阴骘积儿孙。气昂昂头戴簪缨；光灿灿胸悬金印；威赫赫爵禄高登，昏惨惨黄泉路近。问古来将相可还存？也只是虚名儿与后人钦敬”，这不就是顾炎武母子的写照，不就是顾炎武对功名礼教的反思吗？王氏的未婚夫顾同吉早卒，时16岁的她因此主动来顾家侍奉舅姑，抚养嗣子顾炎武长大成人（顾炎武是抱养的同族侄子，这也为后来顾家争财产官司留下了隐患）。她爱读《史记》《资治通鉴》等书，有很高的文化修养，常常和顾炎武讲方孝孺、于谦等人的故事。常熟陷落时，王氏绝食15天殉国，临终嘱咐：“我虽妇人，身受国恩，与国俱亡，义也。汝无为异国臣子，无负世世国恩，无忘先祖遗训，则吾可以瞑于地下。”顾炎武一生都没有违背她的遗愿。顾炎武的原配妻子是王氏的侄女，婚后一直孤身在家，未有生养。她比顾炎武早两年去世，当时顾为她写了五首悼亡诗，从其中两句“地下相烦告公姥，遗民犹有一人存”可见，顾确是“冷”人。

顾炎武“哭陵”：顺治十四年（1657）元旦，顾炎武45岁，晋谒孝陵，然后返昆山，将家产尽数变卖，从此一去不归。7年之间。炎武共六谒孝陵，寄故国之思。又两次到长陵哭吊朱棣，六次到明思陵哭吊朱由检。

顾炎武因为是抱养的同宗孩子，曾因两次家族争产风波，被堂叔勾结昆山另一豪族叶方恒（字嵋初，顾炎武妻子的舅舅，清朝进士）陷害，在昆山常熟的住所几次遭遇洗劫及纵火，被迫避居金陵蒋山。特别是顺治十二年，顾家仆人陆恩拿到了早年顾炎武写给南明政权的一封信，背主投靠叶方恒，仿效梁山泊卢俊义，以“通海”（通郑成功）罪告顾炎武。此案既类似《红楼梦》中的恶奴欺主，也类似《红楼梦》中冷子兴被告“来历不明”案例。同样，该案的解决，也类似王熙凤弄权，炎武挚友路泽博托请松江兵备使，运作松江府轻判“杀有罪奴”结案，顾炎武被保释出狱。该松江备使后来因响应顾炎武的策反，与顾炎武的伯兄及堂弟同时被杀。顾因此写下著名的“精卫”诗，矢志反清报仇。此案后，顾“北游”。归庄名篇《送顾宁人北游序》讲得很清楚，顾宁人（炎武）北游是抛下个人恩怨，为更大事业与抱负坚持努力，“行道于天下”。

“通海”案危急时，归庄曾向钱谦益求援。钱氏声言：“如果宁人是我门生，我就方便替他说话了。”归庄代顾拜师。顾知后，急索回门生帖，而谦益不与，便自写告白纸，声明未列钱氏门，四处张贴。谦益大为尴尬，解嘲道：“炎武也太性急了！”《红楼梦》中，林黛玉是贾雨村弟子，但林黛玉从不提此事，隐喻讥讽了钱谦益、顾炎武师徒故事。顾炎武推崇钱谦益文章，但耻于钱谦益人品，不愿意“大家彼此”。

汪兆铭改名精卫，显然是学顾炎武。他行刺被抓，写诗《被逮口占》：

衔石成痴绝，沧波万里愁。孤飞终不倦，羞逐海浪浮。

姹紫嫣红色，从知渲染难。他时好花发，认取血痕斑。

慷慨歌燕市，从容作楚囚。引刀成一快，不负少年头。

留得心魂在，残躯付劫灰。青磷光不灭，夜夜照燕台。

此诗作于1910年。“衔石成痴绝，沧波万里愁；孤飞终不倦，羞逐海浪浮。”形容顾炎武形容得十分精准，后期汪精卫已然不配，钱谦益或者洪承畴倒是与他“大家彼此”。

附记　顾炎武的亲密战友“杏斋”名医傅青主

顾炎武与傅青主是“汉留”战友，同为洪门五祖。顾炎武曾说：“萧然物外，自得天机，吾不如傅青主。”傅青主，太原人，名鼎臣，后改名山，字青竹，后改字青主，又有石道人、朱衣道人等号。傅山年轻时在山西按察使袁继咸办的学校里读书，深得袁的欣赏。袁继咸被阉党抓进监狱后，傅山为之三次入京，组织同学和山西士人施救，最终救出了袁继咸。明亡后，傅山出家当了道士，因为穿一身红衣，所以又称朱衣道人。傅山做道士后，常利用这一特殊的身份，通过行医等方式联络抗清活动。傅青主博学如“学海”，是个百科全书式的学者。他也是医学家，有“仙医”的美名，著有《傅青主女科》《傅青主男科》《傅氏幼科》等。他还是“性任侠”，剑术高手，传有《傅山拳法》。他参加抗清，被逮入狱后，“抗词不屈，绝粒九日几死，门人有以奇计救者得免”。傅青山还非常专情，26岁时爱妻病逝后再没续弦（应该与顾炎武同样考虑）。他在晋祠云陶洞写的对联“月来水白一珠明”就是《红楼梦》“一个是水中月”的意境（镜中花，葬花的“花”就是“华”）。

在明末才子中，傅的突出特点是武、医与专情。而以他的情趣是不可能写出《红楼梦》案底的香艳的。如果与顾炎武一起参与评论，最有可能就是“杏斋”（方以智也有可能）。《红楼梦》第51回“薛小妹新编怀古诗　胡庸医乱用虎狼药”，讲晴雯生病，宝玉辨析药方，十分专业。说明《红楼梦》作者或评论者有医学背景，特别是妇科背景。顾的原意很清楚：国是政权概念，肉食者即统治阶级去谋去夺；天下是文明与苍生概念，匹夫才有责。这就是“汉留”顾、傅、陈们的宗旨，也是前文“老祖宗”的心愿。还有要拿风月宝镜治世的空空道人“汉留”的方以智们。“大儒即良医”，方以智、傅青主当然明白：不为良相，便为良医。

玖

高级丫鬟与明清高官：鸳鸯、金钏儿、彩云与范文程、李士淳

◆
◆
◇

明清之际，政局斗争极其激烈。既有明清两大民族阵营朝代更替的“代玉”搏杀，双方内部也持续着两大阵营的殊死搏斗。《红楼梦》作者认为，南明首先亡于内斗，即所谓阉党与东林、复社的争斗及南明“三春”政权之间的内斗。清朝的内斗则是围绕皇权“宝玉”的“叔嫂”政变以及以孝庄和多尔衮为中心的皇太极、多尔衮、顺治三代政变（详见后文政治谋杀）与满汉高级官员之争。当代的文武精英不断地面临生死攸关的岔道口。在“金玉良缘”与“木石前缘”的“鸳鸯爱情”主题下，“金玉”与“木石”内部的阵营也有“主仆”的站队问题。这也是二十年要辨的“大是非”。

《红楼梦》首先有非常明确的民族主义思想。本书对明朝“朱红花”充满了怀念哀悼，对清朝“清风雪”充满了悲愤激怨。但十分可贵的是，《红楼梦》的民族主义并非狭隘的民族主义，而是“人文主义”特征的“文明”与“天下”，是先进的民族主义。作者们既讴歌从一而终的贞烈，如鸳鸯、金钏儿、张金哥、尤三姐、晴雯，又不是狭隘的礼教的机械“贞节”观，如与宝玉云雨的袭人，与贾环有染的彩云姐妹，殉情的司棋、跳槽的小红，甚至对贾蔷一往情深的龄官等等，都是美好而非丑化的笔法。

在这一是非上，宝玉讲了两段话。

第 36 回“绣鸳鸯梦兆绛芸轩　识分定情悟梨香院”，先讲袭人绣五色鸳鸯（革命党的五色旗，新中国五星红旗，都有多民族多阶层含义），宝钗“续”了三朵“花”（清人康熙也绣花“续”“华”）。宝玉梦中喊木石前缘，然后说，他这才领会画“蔷”深意。文中描述，宝玉见贾蔷一心都在龄官身上，便痴痴地回至怡红院中，和袭人长叹道：“我昨儿晚上的话，竟说错了，怪不得老爷说我是‘管窥蠡测’！昨夜说你们的眼泪单葬我，这就错了。看来我竟不能全得。从此后，只好各人得各人的眼泪罢了。”宝玉自此深悟人生情缘，各有分定。

关于“蔷”，《尔雅・释草》曰：“蔷，虞蓼。蓼之生泽者也。”（此处的“蔷”，与曹雪芹的水边的“雪芹”对应。）蔷是小野花，有单瓣、复瓣之别，色有红、粉红、白、黄等，也很美丽，特别是“春后初夏”开放（明末清初）之际。此处是作者将明后清初的大量读书人，特别是复社众人，比喻为“蔷”。

因此，第 61 回中，宝玉明知彩云与害自己的贾环有染，却因为彩云对贾环的诚心与真情，对彩云为贾环偷盗的行为掩饰袒护。61 回描述：“彩云听了，不觉红了脸，一时羞恶之心感发，便说道：‘姐姐放心，也别冤了好人，也别带累了无辜之人伤体面。偷东西原是赵姨奶奶央告我再三，我拿了些与环哥是情真。连太太在家我们还拿过，各人去送人，也是常事。我原说嚷过两天就罢了。如今既冤屈了好人，我心也不忍。姐姐竟带了我回奶奶去，我一概应了完事。’众人听了这话，一个个都诧异，他竟这样有肝胆。宝玉忙笑道：‘彩云姐姐果然是个正经人。如今也不用你应，我只说是我悄悄的偷的唬你们顽，如今闹出事来，我原该承认。’”

按照这个标准，《红楼梦》在各种绣鸳鸯、打鸳鸯、配鸳鸯的故事背景下，通过重点描写三组丫鬟（鸳鸯和琥珀，金钏和玉钏，彩霞和彩云）来描述明清知识分子的命运与节操。

因为是伺候老祖宗贾母的“首席大丫鬟”，所以鸳鸯是贾府丫鬟当中地位最高的。她对应了清朝的范文程与南明的史可法。鸳鸯位高权重，她到王熙凤屋里去的时候，凤姐和贾琏都得赶紧站起来让座，凤姐甚至还要叫她“鸳鸯姐姐”。她为人公道、心地善良、办事公正，所以深受贾府上下敬爱。正如“完人”李纨所说：“老太太屋里，要没那个鸳鸯如何使得？从太太起，哪一个敢驳老太太的回？从王夫人开始，就没一个人敢。偏老太太只听她一个人的话，老太太那些穿戴的别人不记得，她都记得。要不是她经管着，不知叫人诓骗了多少去呢！那孩子心也公道，虽然这样，倒常替人说好话，还倒不依势欺人的。”再比如鸳鸯撞见了“野鸳鸯”司棋和潘又安的幽会，她非但没有告发，还保护了这对“野鸳鸯”。

鸳鸯也叫匹鸟，通常成双成对，互相忠诚。范文程是辽东汉人，与哥哥范文寀（鸳鸯父亲金彩的来历）同投努尔哈赤，受知遇之恩，无论对外敌大顺、大明、南明，还是对内敌多铎、多尔衮，他都为努尔哈赤的事业做到了“金鸳鸯”式的忠贞不贰。

读书人贾雨村曾写：“玉在椟中求善价，钗于奁内待时飞。”对于广大的如水边蔷薇的知识精英，无论“金玉”还是“木石”，都要“学成文武艺、货与帝王家”。无非是“善价”与“时飞”。金鸳鸯的父亲金彩其实是“善价”，金鸳鸯的哥哥金文翔就是“时飞”。“金”与宝钗和黄金莺呼应，“文”与宝钗的另一个丫鬟文杏呼应，“翔”与“飞”同义，所以“金彩”就是“玉已善价”，“金文翔”就是“钗已时飞”。因此，广大的知识精英要做忠贞不贰的“鸳鸯”。其对应的“琥珀”，是指有杂质的玉，或“瑕不掩瑜”，因此描述鸳鸯这一形象时会特别强调她脸上的雀斑。

作为首席汉臣、首席智囊，范文程与鸳鸯一样，在史太君支持下“三宣牙牌令”，群芳俯首、上下肃然，主持了招降明臣，力促大清入关并谋划清初大计。更有意思的是，多铎曾霸占他的妻子，也如贾赦要霸占鸳鸯，此事后来在皇太极和史太君主持下平息。多铎抢夺范文程之妻，经过一番周折，才得到解决，诸王贝勒审实后，决定罚多铎银一千两，夺其十五个牛录。此事之后，范文程仍忠于努尔哈赤大业，在清朝入关、定鼎中原这一历史关头，积极为“私仇”多尔衮献计献策，立下了殊勋。后来，“摄政王”贾“赦”威逼他站队参与“王子腾”再腾称帝集团，他誓死不从，被打压贬斥。估计在孝庄、顺治灭掉多尔衮、多铎的过程中，第一谋士同时也是掌管情报系统的范文程不会不参与。面对贾赦的淫威，鸳鸯准备了剪刀，但是并没有像李香君在被阮大铖乱配田仰时，血溅桃花扇，而是奇怪地剪了长头发。那时清朝的官员反正的标志正是“剪辫子”。因此，“摄政王”贾赦对金鸳鸯（范文程）的顾忌不是他死了，而是他的势力反正归明。

《红楼梦》第 46 回“尴尬人难免尴尬事　鸳鸯女誓绝鸳鸯偶”中，对鸳鸯形貌描写为：“只见他穿着半新的藕色绫袄，青缎掐牙坎肩儿，下面水绿裙子。蜂腰削背，鸭蛋脸，乌油头发，高高的鼻子，两边腮上微微的几点雀斑。”可见鸳鸯模样还可以，但肯定不是大美人。鼻梁高形容范文程身材魁梧，雀斑指的是他是汉人，明朝秀才，但忠贞不贰地为清朝效忠。从狭隘民族主义者角度“管窥蠡测”，就是面上的“雀斑”（汉奸非议），因她是荣国府的“家生女儿”（土生土长的辽东人）。

鸳鸯在《红楼梦》中最出彩的故事是抗婚贾赦。原文描写：

贾赦怒起来，因说道：“我这话告诉你，叫你女人向他说去，就是我的话：‘自古嫦娥爱少年’，他必定嫌我老了，大约他恋着少爷们，多半是看上了宝玉，只怕也有贾琏。果有此心，叫他早早歇了心。我要他不来，此后谁还敢收？此是一件。第二件，想着老太太疼他，将来自然往外聘作正头夫妻去。叫他细想，凭他嫁到谁家去，也难出我的手心。除非他死了，或是终身不嫁人，我就服了他！若不然时，叫他趁早回心转意，有多少好处。”贾赦说一句，金文翔应一声“是”。贾赦道：“你别哄我，我明儿还打发你太太过去问鸳鸯。

你们说了，他不依，便没你们的不是。若问他，他再依了，仔细你的脑袋！”

如此血淋淋的口气与以命压迫，不像娶个妾，而像政治站队。作为贾赦夫人的邢夫人反常地不悍妒，还亲自出马，劝道，“你过来以后就是姨娘，要是生个一男半女”，就和她地位相同等等拉拢。指的还是政治拉拢。贾赦叫贾琏去南京找鸳鸯父金彩，贾琏未去，因而被骂了一顿，说明贾琏是洪承畴之类人物。鸳鸯嫂子出于私利，说有好话喜事，“鸳鸯朝她嫂子脸上狠狠吐了一口唾沫并骂出：什么‘好话’！宋徽宗的鹰，赵子昂的马，都是好画儿。什么‘喜事’！状元痘儿灌的浆又满是喜事。看得眼热了，也把我送到火坑里去。我若得脸呢，你们在外头横行霸道，自己就封自己是舅爷了。我若不得脸，败了时，你们把忘八脖子一缩，生死由我去”。绝妙！

鸳鸯说她嫂子是“专管六国贩骆驼”的娼妇。特别是“宋徽宗的鹰，赵子昂的马”，并不吻合范文程与多尔衮。宋徽宗是金的亡国俘虏，赵孟頫是宋太祖赵匡胤的十一世孙。站在脂砚斋等明遗民角度看此处批语，他们应是想到了史可法拒绝多尔衮与多铎。“六国贩骆驼”似乎影射孔子周游列国（战国七雄只秦国拒绝孔子来忽悠），大而无用（六国要的是战马）。孔子时代，孔学还有正人君子修德的光辉，孟子也提出了君轻民贵的思想，后世所谓孔学就是以礼教害人了，当然“不是孔子遗训”。《红楼梦》及“五四运动”要砸烂的“孔家店”，毛主席说不能再把孔子请回来，特指的都是托名孔孟的“朱子”理学。孔子六艺模仿的是周文王军校“辟雍”，所以保留了“射”。到后世理学，儒生只剩下四书五经，只会当官要官，有个“屁用（辟雍）”。

金钏儿是王夫人第一丫环，是王夫人和宝玉最重要的日常联络人，与宝玉关系亲密。“含耻辱情烈死金钏”，金钏儿之死也是《红楼梦》中惊人一笔。虽然这段故事断断续续、隐隐约约，但却是大观园打破平静走向巨变的导火索事件（贾政震惊）。宝玉被打，系金钏儿跳井、贾环诬陷宝玉强奸触发。金钏儿不姓金，本姓白，妹妹叫“玉钏儿”，这对“家生子”都是王夫人房中的丫鬟。"钏"是贾府丫鬟中很特别、很金属的取名。几个手镯合并在一起，为"钏"，臂钏又被形象地称作"缠臂金"。缠臂金属，意指军事臂膀。金钏儿"金簪子掉在井里头"，指的是大明的军事臂膀袁崇焕掉到了主上猜疑和清朝离间计挖坑的陷阱里，"含耻辱情烈死"。金钏儿在意义重大的第七回出场，再联系鸳鸯与名节的反礼教主题，从哲学思想角度理解，作者可能指的是《尚书》的"保训"篇被儒家埋没到了井里，特别是"中"即"众"的先圣遗训被曲解成了"中庸之道"。之前利玛窦就明确认为宋代理学家误解了中国的经典著作，因此未来理解儒学必须追本溯源，也就是说要依据原始经典（详见后文结语篇"清华简""保训"）。

第 7 回金钏第一次出场，就是与"太子"香菱亲密。周瑞家"只见王夫人的丫鬟名金钏儿者，和一个才留了头的小女孩儿（香菱）站在台阶坡上顽"。23 回，金钏儿主动挑逗宝玉吃她的胭脂，显示了她与皇家的亲密或可以轻薄：金钏一把拉住宝玉，悄悄地笑道："我这嘴上是才擦的香浸胭脂，你这会子可吃不吃了？"到了第 30 回，宝玉被宝钗讽刺后，跑到王夫人的屋子里找金钏儿顽："王夫人在里间凉榻上睡着，金钏儿坐在旁边捶腿，也乜斜着眼乱恍。"卧榻之侧，岂容他人酣眠。清王朝与大明你死我活。帮王夫人（崇祯）捶腿的金钏儿（袁崇焕）有点累糊涂了，不小心掉进了"陷阱"。当金钏儿建议宝玉去拿贾环和彩云时，王夫人怒了，"翻身起来，照金钏儿脸上就打了个嘴巴子"。后文中，金钏儿死于陷阱后，王夫人清醒过来，特意给她做几件装裹衣服，并把她的月例银子给了金钏儿的妹妹玉钏儿。

王夫人逼死了一个晴雯、一个金钏儿。其中，晴雯确实是恃宠而骄，但金钏儿并无过失。书中的一处妙笔是宝钗给金钏儿送葬的是新衣裳。整部《红楼梦》里，小姐中就只有宝钗送过衣服给金钏儿殉葬，而且不是旧衣裳（旧朝），当然是指满清追封袁崇焕等忠烈，既拉拢人心又贬低明朝皇帝。康熙、乾隆祭孔子、下江南都是高明的忽悠统治手段（没有真心、诚心）。

在第32回中，袭人听到金钏儿投井，“唬了一跳”，“不觉流下泪来”（兔死狐悲）。金钏儿和宝玉逗乐都被王夫人认为是“无耻之事”，那么袭人“和宝玉偷试一番”又当如何呢？更无论彩霞、彩云与贾环。即使是“袭”了爵位的后人“袭人”“玉钏儿”们，在站队的分岔路口，恐怕没有什么选择。崇祯的严苛寡恩与南明对北京逃亡之臣的贬斥是同样的“礼教”基因。包括杰出的英雄，如郑成功，因为从小接受系统的理学教育，在南京国子监时，更以钱谦益为师，其儒学“正统”思想也很强。对名、节尤重，因此他既不屈奋战抗清抗洋，也因为“小隙”杀了施琅全家，逼出一个“掘墓人”。同时他也因为儿子郑经与不是亲生母亲的“乳母”有私情，派人去处死郑经。这既刺激得自己生了病，也诱发了郑经与郑袭的剧烈内斗。可以说，“理学”的僵化也是郑成功政权内斗重要的思想与路线方面的原因。

南明福王政权成立后，北京旧臣纷纷南下投靠。他们不少曾经屈从或主动投降大顺，但至少不愿意仕清。但福王政权对他们一概排斥，甚至指责他们没有为崇祯殉国。其中做过王子讲师的方以智、李士淳更是被排斥（内斗因素）。方以智甚至被阮大铖通缉，被迫流亡岭南，改名“吴石公”行医。方以智在北京被大顺拷打到脚踝见骨，因此成了“跛足道人”。王夫人的三对丫鬟的名字，对应她的三个孩子。金钏、玉钏对应着“金玉良缘”宝玉；绣鸾、绣凤对应元妃；那么彩云、彩霞就对应死掉的“王子”贾珠。彩霞、彩云就是李士淳与方以智。

彩云、彩霞都与“王子”，特别是庶出“王子”贾环“有染”。在第72回“王熙凤恃强羞说病　来旺妇倚势霸成亲”中，王熙凤代表阉党阮大铖，将彩霞硬配给来旺儿之子（容貌丑陋、酗酒赌博）。与阮大铖对应的是来旺子田仰。故事素材来自阮大铖拆散鸳鸯，强配李香君，以及赵之龙献南京城后，为多铎掳掠秦淮八艳。来旺儿是王熙凤心腹爪牙，负责在外收贾府的账，为凤姐放高利贷，还办理冤案，包括张华案害死尤二姐等。“来旺儿”的形象还来源于《金瓶梅》中西门庆的奴才来旺儿。最后西门庆的来旺儿吃官司坐牢。这也暗示了彩霞们的结局。真诚刚烈的彩云最后主动放弃了贾环。正如方以智拒绝了永历聘任“东阁大学士”，也拒绝了吴梅村代表清廷的招降（多尔衮心腹陈名夏与方以智是儿女亲家）。哀莫大于心死，到第70回，“彩云因近日和贾环分崩，也染了无医之症”。

王夫人的丫鬟绣鸾、绣凤，与钏、彩同级，却几乎感受不到她们的存在感。只有名字以及与元妃的对应让我们读出了形似鸳鸯、纸上富贵的意蕴。与鸳鸯抗婚、金钏投井、彩霞配人、晴雯好强、袭人霸床、紫鹃啼血、平儿扶正、小红跳槽、娇杏得夫等等或风光或有成就的丫鬟对比，贾母的琥珀、玻璃、翡翠，王夫人的绣凤、绣鸾，宝玉房里的檀云，宝钗房里的文杏等等丫鬟，确如水边之“蔷”“芹”，退隐于林下，不艳羡不盲从，平平安安老死江湖。

拾

《红楼梦》批语第一人梁棠村与福临

◆
◆
◇

脂砚斋甲戌本将“棠村”这个名字放在第一回的批语中。批语:“雪芹旧有《风月宝鉴》之书，乃其弟棠村序也。”在当时比较著名的人物中，梁清标是“棠村”的唯一人选，棠村就是梁清标。《风月宝鉴》原稿的作者“雪芹”，棠村叫他兄长。梁清标在康熙三十年（1691）去世时，所谓曹雪芹的爷爷曹寅才33岁。梁清标（1620—1691）倒是比方以智、冒襄小九岁。

梁清标，字玉立，一字苍岩，号棠村，一号蕉林。字号中既有“玉”又有“林”。他是明末清初著名藏书家、文学家，名列“贰臣传”。梁氏是正定望族，本人是明崇祯十六年（1643）进士，明亡后隐居盘山，经历流离漂泊，兴亡离合。顺治时出仕，很受器重。康熙朝先是被废，擒拿鳌拜后再被康熙请出山，历任宏文院编修、国史院侍讲学、詹事府詹事、礼部左侍郎、吏部右侍郎、吏部左侍郎、兵部尚书、礼部尚书、刑部尚书、户部尚书、保和殿大学士等职，是清朝一品大员。康熙时曾监修《明史》，并为《大清会典》《一统志》总裁官，十足的当朝学阀。与其他才子相比，梁清标不仅有豪门公子、文学大才子的背景，还有四十多年的明清官场体会，对《红楼梦》中非常多的官场戏应有切身体会。

“棠村”这个名字，应该来自燕地典故。召公奭，封于燕。因为召公仁政爱民，经常在棠树下，决断诉讼，处理政务，人们把怀念召公的感情寄托于棠树，不敢伐，歌咏之，编唱了一首题为《甘棠》的诗：“蔽芾甘棠，勿翦勿伐，召伯所茇。蔽芾甘棠，勿翦勿败，召伯所憩。蔽芾甘棠，勿翦勿拜，召伯所说。”司马迁感慨：“召公奭可谓仁矣！甘棠且思之，况其人乎？”

梁清标常被与吴梅村并称。一是“贰臣”，二是南北才子领袖，实际却差别很大。

1. 梁虽才子，但很“实干”，顺治与康熙都重用他。顺治十三年（1656），补授兵部尚书。时蒙古诸部来朝，皇上目视梁清标谓之曰：“此朕新用兵部尚书也。”可见重视。梁在历史记载中，为康熙办过撤藩广东、福建，参与过平定台湾的决策。

2. 梁虽然仕清，但政治立场与“汉留”接近。在顺治与多尔衮的斗争中，他坚定地站在顺治一边。鳌拜掌权后，他被打压，直到康熙亲政才重新出山。梁清标实际是顺治接受汉文化的导师。顺治曾通读《春秋》《左传》《史记》《资治通鉴》等汉文化的经典著作，后看《明孝宗实录》，就学以致用，召梁清标进宫做兵部尚书。在康熙朝，梁也是“大学士”帝师角色。

3. 与吴梅村不同，梁对顺治全力维护。顺治病死，朝廷议其庙号，大多数人的意见是称其为宗，唯有梁清标提出应称世祖，并指出，虽然太祖努尔哈赤是开国之君，但是顺治帝“入主中华，奄有万方，统一天下”，应该成为“世世所祖也”，这才定顺治帝庙号为“世祖”。

顾炎武终身反清，不顾性命，也耻于与钱谦益为伍，但与“贰臣”梁清标交往。因为李因笃被迫仕清又以母亲生病为理由辞官的事，顾炎武曾致信李曰：“梁公（清标）有心人，若不得见，可上书深切恳之。”顾对梁的评价是“有心人”。“有心人”有两层含义：一是有良心之人，至少不是坏人，就是《红楼梦》在“节”上说的“诚”；二是有理想、有心计、能办成事的人，就是“世上无难事，只怕有心人”。顾炎武看一个人，就是《红楼梦》的标准，即看心。至于“仕清”倒并不在乎，正如他与众多“仕清”高官交往，包括他自己的外甥徐乾学和徐元文，以及孙承泽、熊赐履等。然而顾作为地下工作者，向最重要战友李因笃推荐梁清标，可以说明梁参与协助了顾的其他活动，而且值得托付。所托之事，既可能是“雀金裘”，也可能是《红楼梦》。梁不只是“棠村”，也非常吻合“畸笏叟”的角色。

顺治对梁清标有特殊的知遇之恩，甚至有托孤之意。站在梁的角度改《石头记》，林如海又变成恩重如山、福如东海的“如海福临”，贾雨村变成梁“棠村”托孤。在第三回书中，林如海送黛玉进京，“已择了出月初二日小女入都，尊兄（指贾雨村）即同路而往，岂不两便？”这个出月初二，指甲申年（1664）五月初二三日，多尔衮正式进驻北京。所以贾母带全家五月初一日到清虚观打醮祷福，宝玉、黛玉于五月初二日大吵一场，五月初三日薛蟠生日。林黛玉死的时候 17 岁，与福临在位时间一样。青玉代红玉的就是福临（董妃死，福临也改朱批为蓝批）。福临与多尔衮不同，好儒学，好读书，政治比较开明，重用汉臣，对郑成功等尽量怀柔招抚，对不愿仕清的汉人也不赶尽杀绝，意图满汉融合。可以说，就像林黛玉一心嫁给宝玉一样，福临确实真心汉化。福临对董鄂妃一往情深，1660 年，年仅 21 岁的董鄂妃香消玉殒，福临心灰意冷，在宫中出家，由佛学师傅玉林通琇弟子茆溪森剃度成了光头天子。福临对玉林通琇及汤若望极其礼遇，还首次封关羽为圣。这些在《红楼梦》中都有对应描写。

《红楼梦》中“林如海”极其重要而神秘。如果以梁清标的视角来看，林如海也是“福临”。林如海就是福如东海的林，就是福临。书中对林如海介绍如下：

这林如海姓林名海，表字如海，乃是前科的探花，今已升至兰台寺大夫，本贯姑苏人氏，今钦点出为巡盐御史，到任方一月有余。原来这林如海之祖，曾袭过列侯，今到如海，业经五世。起初时，只封袭三世，因当今隆恩盛德，远迈前代，额外加恩，至如海之父，又袭了一代；至如海，便从科第出身。

虽系钟鼎之家，却亦是书香之族。只可惜这林家支庶不盛，子孙有限，虽有几门，却与如海俱是堂族而已，没甚亲支嫡派的。今如海年已四十，只有一个三岁之子，偏又于去岁死了。虽有几房姬妾，奈他命中无子，亦无可如何之事。今只有嫡妻贾氏，生得一女，乳名黛玉，年方五岁。夫妻无子，故爱如珍宝，且又见他聪明清秀，便也欲使他读书识得几个字，不过假充养子之意，聊解膝下荒凉之叹。

五世主是“列候”，三代“远迈前代”，不是王就是皇。“至如海之父，又袭了一代”，从这个顺序看就是努尔哈赤家。林是福临，“贾敏”就是敏妃董鄂妃（见福临昭书）。《红楼梦》中，林黛玉之母贾敏没出场过，但却有名有姓，对比贾母、王夫人、邢夫人、尤氏等，三天两头出镜，反而有姓无名。林黛玉念“密”，“密”“敏”寓意敏感机密主题。梁堂村提示林黛玉是福临托孤给“村”的董鄂妃孩子。福临对董妃有多处违制之爱，如进宫即封妃，当年封皇后（甄士隐夫人姓“封”的由来），而且是历史上唯一一例大赦天下（贾赦）。董生皇四子，即封太子（含玉出生），百天去世（贾宝玉百天抓胭脂，暗示死于女人之手）。太子死后封“荣”亲王，并举行隆重葬礼（荣国府以及秦可卿破格葬礼）。福临、董妃的故事可以参照光绪与珍妃。福临的行为既是对母亲孝庄的压制表达不满，也是急于摆脱三个“鲍二家的”（孝庄与两个皇后）。可以想象，孝庄他们三个“鲍二家的”会如何处置。冒辟疆、方以智们要写南明史，棠村要写恩主福临秘史。

书中王熙凤设计害死小叔子贾瑞（睿亲王），这是正面解释了孝庄，丑化睿亲王。贾瑞的死与秦可卿相接，北京城中叱咤风云的李自成、多尔衮都死了，林黛玉、薛宝钗的戏份才多了起来。作者特地安排贾瑞一死，林家就来接黛玉回去，指的是朝堂之请。贾瑞的死因是“心病”，放纵欲望的非分之想，书中“淫”比照“乱”，秦女之淫就是秦人之乱，睿王之乱就是瑞哥之淫。“风月宝鉴”在此处发挥连接作用——贾代儒要烧了跛足道人的“风月宝鉴”，应是当时此书有禁毁之险，梁清标发挥了保护作用。

梁清标酷爱词曲，著有《棠村词》。《长生殿》作者洪升完成剧本后，游说朝中，梁对《长生殿》大加赞赏，并主持上演。“梁清标于生公园演《长生殿》，赵执信具柬请客，名流必集。”明珠借机“佟妃之死”生事，使赵秋谷、查慎行、朱彝尊、潘耒等51位观看上演的文人墨客遭文字狱。董妃、佟妃之死，应是“元妃之死”的出处，董妃太子葬礼是秦可卿葬礼的出处，二妃死后祸乱是元妃、秦可卿死后贾府祸乱的出处。

纳兰明珠为官做派类似王熙凤，权倾朝野，表面谦和，实际结党营私，贪污纳贿。“明珠对人柔颜甘语，百计款曲，而阴行鸷害，意毒谋险。”康熙二十六年（1687），于成龙向康熙密奏，“官已被纳兰明珠和余国柱卖完。”“聪明反被聪明误”、“机关算尽”的明珠倒台。明珠之子纳兰性德号称清朝第一才子，但毫无真才实干，明珠一倒，纳兰家如贾府“呼喇喇似大厦倾”，纳兰性德、纳兰揆叙兄弟败落。宝玉的弟弟就叫贾兰（纳兰是假兰、家烂，明珠也是假的宝玉），正是因为梁清标等人有意利用《红楼梦》攻击报复明珠父子，报复《长生殿》案。红楼《西江月》借宝玉把纳兰兄弟贬斥一通，基本意思就是纳兰是废物，千万别生这样的儿子：天下无能第一，古今不肖无双；寄言纨袴与膏粱，莫效此儿形状。乾隆四十五年（1785），和珅第一嫡系苏凌阿花费巨资买到了《石头记》原抄本，和珅看后，呈送乾隆，乾隆看后感慨道：“此盖为明珠家事作也。”《红楼梦》元妃省亲点戏，点的恰恰就是《长生殿》。脂砚斋旁批：“《长生殿》中伏元妃之死。”而明珠发起的《长生殿》案，罪因恰又是“佟妃之死”（康熙生母）。元妃归省只点了四出戏：《豪宴》、《乞巧》（也叫《密誓》）、《惊变》、《埋玉》，寓意一目了然。

梁清标，本豪门才子，为文有“一落纸便传诵都下”的赞誉，雍容闲雅风流，喜与士大夫文会酬唱。曾与吴梅村带头“首建旌旄”，组织齐鲁吴越秦楚名流，编集十五家词，流播芳风。他还精于鉴赏，酷爱收藏图书，是号称“昭代鉴赏第一”的鉴赏家。他还特别醉心搜求各种没有刊印的孤本图书，藏书达十余万卷，“收藏甲天下”。梁才华横溢，所著《蕉林诗集》中有《悼亡》诗八首，可以读出一些红楼梦的语境：

（一）秋水为神玉作胎，扫眉人是谪仙才。画图重认春风面，石上精魂尔再来（可以呼应方以智、冒辟疆的石头诗）。

（二）世上朝荣叹舜华，扶桑旭日已西斜。夙因未了梁鸿案，誓作他生并蒂花。

（三）一笑春风恰五年，玉虚宫里旧因缘。试吟落叶哀蝶句，何处秋光不可怜。

（四）黯淡秋光已数旬，繐帷空照月华新。海棠零落无颜色，一似深闺病里人。

（五）玉镜台闲散彩云，空箱犹叠石榴裙。长安砧杵家家急，刀尺声中讵忍闻。

（六）十五盈盈始嫁时，催粧有句写乌丝。于今蚕茧书哀怨，说与泉台那得知。

（七）低垂银蒜冷鲛绡，秋雨秋风梦路遥。湘管乍停京兆笔，香奁螺黛影萧萧。

（八）凝妆调瑟伴清幽，暂到人间二十秋。寒雁一声黄叶下，思卿不见罢登楼”。

（石上精魂、海棠零落、彩云、并蒂花、石榴裙、长安砧杵、香奁螺黛都是比较特别的红楼意境之词）

“棠村”字号在《红楼梦》中出现不多，但“畸笏叟”是仅次于脂砚斋的《红楼梦》的第二大评批家。靖藏本有一眉批曰：不数年，芹溪、脂砚、杏斋诸子皆相继别去，今丁亥夏，只剩朽物一枚，宁不痛杀！“朽物”“老朽”是畸笏叟惯用的自称。畸笏叟即长寿老者，畸笏的意思，是扭曲不正常以致变态的笏，多指在清廷为官的明朝遗臣。从创作时间来看，钱谦益（1582—1664）时间不吻合，洪承畴（1593—1665）时间不吻合，吴梅村（1609—1672）时间不吻合，孔尚任（1648—1718）时间吻合，梁清标（1620—1691）时间也吻合。但孔尚任年轻了两代，不敢称“老”，只有梁清标活得足够长，官也当得大、当得久、当得曲折，当得足够“畸”。因此，“棠村”就是“畸笏叟”，就是梁清标。

梁清标晚年号蕉林，作品集也主要用此号。《红楼梦》中探春别号“蕉下客”。在第三十七回，本来探春想和宝玉、黛玉一样按居所取名，如“秋爽居士”（秋爽斋），但宝玉认为不妥，让探春取个“蕉下客”，这让黛玉想到了一个典故——蕉叶覆鹿。蕉下客是春秋典故，寓意类似庄生梦蝶，分不清梦与现实。出于《列子·周穆王》:“郑人有薪于野者，遇骇鹿，御而击之，毙之。恐人见之也，遽而藏诸隍中，覆之以蕉，不胜其喜。俄而遗其所藏之处，遂以为梦焉。顺途而咏其事，傍人有闻者，用其言而取之。”蕉林先生的梦境，就是《红楼梦》的意境。也吻合方以智、觉浪重新阐述庄子的思想和书中宝玉对庄子的重视与评论。

梁清标对《红楼梦》的贡献总结有五：

一、作为久居高位的朝廷大员，同时又是官方的文学总管和政府主流文学社团的领袖，可协助出版。

二、作为文字狱的亲历者，曾参与修订并曲笔写史。

三、作为两代才子，参与了部分创作，并加入了明珠家事。

四、作为托孤之臣，以“蕉林”曲笔写福临秘史。

五、作为收藏与品鉴第一人，为《红楼梦》背书，扩大传播影响。

梁清标的家乡河北正定是我国最早建荣国府的地方。由当年的县委书记习近平牵线建设，1986 年 8 月竣工。1987 年，随着电视剧《红楼梦》的播出，正定知名度大大提高，当年有 130 万人次前来参观游览，很快就收回了投资。“荣国府”景区极大地带动了正定旅游业的发展，开创了旅游业“正定模式”。正定建荣国府，肯定比北京搞曹雪芹故居更吻合历史。

拾壹

荣、宁两府的故事原型：元末大梦归与句容郡王

◆
◆
◇

《红楼梦》用易与五行谋篇布局，有一条线贯穿商周之变、王莽之变，再到安史之乱，相对敏感的宋金之变表现为在鸳鸯那儿提了宋徽宗、赵孟頫，香菱学诗强调了陆游，苏东坡出场更多。但作者就是不提与南明灭亡更有对比性和相似性的元灭南宋“代玉”，而且作者显然没有忽视华夷的主题，因此反复提到安史之乱杨贵妃。欲盖弥彰，如甄士隐就是“真事”似隐实显，刻意不提则是因为着墨更多。《红楼梦》前篇设定的故事原型是元末明初的大梦北归。金陵贾府的原型，是元末第一家族玉氏句容郡王。荣、宁两府是一王两府，小的是句容、江宁两处封邑，大的是金陵封地与大都朝廷两个中心。元顺帝以及钦察句容郡王家族大梦北归，句容郡王大部往北发展成为喀喇沁蒙古雄踞关外，另一部分散落江湖，有一些力量向南归金陵融合到朱元璋“宝玉”系统。朱元璋就是得到句容郡王集团资助扶持的应天府贾雨村，王家是句容郡王的亲戚故人王保保，薛家是关外的喀喇沁蒙古，就是帮朱棣夺天下的“兀良哈三千人为奇兵”，也是协助大清夺天下的“蒙古八旗”的主要来源。史家估计是为大明世代镇守西南的俞家势力，因其清初十二世鼐臣、鼎臣与史太君俩内侄同名。元宵祸起，甄士隐去乡下投靠岳父封肃（封叔），就是“太平王”唐其势与弟弟句容郡王及姐姐答纳失里皇后（标准贾府结构）被伯颜政变杀死后，子弟“奔向金陵”老句容郡王“叔叔”（“封”了至少5代）。一僧一道的原型是句容宗教的独特格局，一个小地方，境内既有律宗第一名山宝华山，又有道教第一福地“上清祖廷”茅山，而且两山都是秦淮之源。

多年来，《红楼梦》的研究者往往忽视或想当然了一个重要问题：荣、宁两府的来历。既然三春、三玉、四家、四府讲的是明末清初政权更替，作者又特意强调故事不知哪个朝代，这是典型的此处无银。根据作者的格局与笔法可以推断：“代玉”的原型背景在元朝末年，故事的枢纽是元末明初的重要变量“句容郡王”与句容人朱元璋，触发点就是元文宗的南京王府天界寺，原址朝天宫。大观园名字出自《易经》与《阴符经》，主要讲文明，曹雪芹名字来自曹洞宗、苏东坡、《阴符经》、《美芹十论》、阳明心学等多合一的思想境界，荣国公的原型就是元末第一权贵家族句容郡王、太平王、荣国公（完全一样）的燕铁木儿家族。他家旁支同族封“溧阳郡王”。自然，天下第一“脂砚斋”就是“秦淮”，东为南京明皇宫，西为“朝天宫”（金陵城市起源地），南为天下元代总寺天界寺新址与明代天下第一寺大报恩寺（琉璃世界）。沿着秦淮河向东，北源为天下第一律宗宝华山隆昌寺，正东源为道教第一福地上清派与药宗葛皂派祖廷茅山，南源为江宁溧水。秦淮的三源都在“句容郡王”片内。

句容郡王家族的正式姓氏是“玉里伯牙吾氏”，即“玉”。这个蒙古家族发源于红山文化的核心区赤峰，就是一块大荒中的“红石”。金人兴起之时，他们随西辽西迁中亚东欧，成为东欧大草原的钦察国主；铁木真蒙古兴起，他们又跟随西征的拖雷及蒙哥东进、南下，拖雷孙子忽必烈开国后，他们是元勋与忠诚护卫，获封五代句容郡王；元末句容郡王燕铁木儿势力达到巅峰时，与蔑尔乞系伯颜恶斗，“虎兕相逢”天下大乱；元末明初，疑似钦察玉氏后人朱元璋扫灭群雄，把破家仇人元顺帝赶到大漠；疑似钦察“玉”氏后人朱棣，联合赤峰大宁钦察系玉家后人“喀喇沁”精骑，发动靖难，再夺天下。明末清初，大明朱玉子孙被清王朝屠戮殆尽，钦察系“喀喇沁”再成“蒙古八旗”助纣为虐，从此盘踞大宁，守住祖地。这块大宁祖地在辽代称武安，金代改名武平，也许是要“兴宗”的“洪武”的来历。站在玉家的立场，从赤峰出发，西迁—东回—南下—北上，历经北朝辽、金、蒙、满，南朝宋、元、明、清，最后又回到了原点，就是一场跨世纪跨地球的“大梦归”。

《红楼梦》作者们特意借用元末明初句容郡王荣、宁二府故事为底，一是历史演变环节类比的考虑，二是作者所处地理文化环境的联想，第三则是避祸的考虑，这是最重要且必要的。在文字狱严酷的环境下，作者们必须考虑被举报查抄的局面，应对的托词，他们已经想好了——这是元末“句容郡王”家亡血史，由蒙古人后裔冒辟疆负责自圆其说。

玉氏燕铁木儿家族，是元末明初的多尔衮，而且更加重要。该家族原系钦察铁军“阿速”“Arthur”，与传说中的“亚瑟王”一样，都来自黑海附近的萨尔马提亚，取名应该与两河流域善战的古“亚述”帝国有关系。钦察的突厥语意是“空心树”及“红色”（木与朱）。当年蒙古军打到玉里伯里山（Ilberi），钦察部国主忽鲁速蛮与其子班都察举族迎降，追随蒙古回到东方，因战功卓著，父子追封溧阳郡王。班都察死，儿子土土哈英勇善战，忽必烈下令土土哈掌管全部钦察军并选勇健者入宿卫，后扩大为钦察亲军大都督府，下辖隆镇卫2000人，在右钦察卫1万人，龙翊卫9000人，东路蒙古元帅府1万人，是元朝最精锐的军事力量。从土土哈开始，“玉”家封了五代句容郡王，第一代土土哈，子八人，第三子床兀儿继承了“句容郡王”，他的名字也被清代史书译为“绰和尔”，都是音译，“绰”可能就是句容郡王府中心“诸昌巷”，“诸”或“朱”的取名来源（音译+意译结合，类似蔑尔乞改姓“冒”）。第三代代表燕铁木儿本人负责率领元武宗的御林军（北京北六环阿苏卫就是驻屯地之一）。从忽必烈起，禁卫军都是钦察人，他们的另一项责任是为皇帝“养马”。武宗死后，先传位弟弟元泰定帝，泰定帝死后，堂兄弟三人争夺皇位，武宗死党燕铁木儿力推武宗次子、南京怀王登基成为文宗（武宗长子生长于西域，次子王府在南京，这个选择题很容易做），并与伯颜联手，各个击破拥立武宗侄子（元泰定帝子）的四路北方军阀，过程中导演假装迎立实际毒死了文宗的哥哥元明宗（来自西域的长子），再次还政文宗，所以元文宗登基了两次。总之，燕铁木儿在混乱的格局下，纵横捭阖力挽狂澜，如愿保住武宗的小儿子金陵怀王成为文宗。

文宗久处江南，是个宝玉式的人物，爱写诗，因为怀念流放海南琼海时的青梅姑娘，回到北京后，把现清华校内主要河流改名“万泉河”。除了被排挤流放到过海南、湖北，他的根据地是金陵“冶城”（称帝后改为天下总寺“天界寺”）。他再次登基后，将朝政全部交给对他有再造之恩的燕铁木儿。燕铁木儿是“玉”家在元朝第三代代表，如同多尔衮一样是实际摄政王，比多尔衮与孝庄强的是，他正式娶了皇嫂。燕铁木儿正室死后，娶泰定帝皇后八不罕为正妻，还将两位泰定帝皇妃纳为妾。对这门亲事，元文宗还特意派专人赏赐祝贺。其他公主、郡主娶了几十个，他自己都认不过来。燕铁木儿在天下有变时的立帝决断远胜董卓、多尔衮、史可法们。当机立断，先立文宗，决胜上都集团；再迎明宗，又果断暗杀明宗，再立文宗。他一手导演的结局是三个继承人只留下一个，天下稍定。文宗没几年身染重病，他与皇后愧疚，临死前传位侄子顺帝。但是燕铁木儿坚决不办登基，直到自己病死，头脑的清醒果断令人头皮发冷。他同样以北京为基地，沿着长城各关，与上都集团进行军事斗争，对比李自成包括袁崇焕、吴三桂、多尔衮，他的斗争要精彩绝伦得多。当时四面合围大都，他以一打四，从古北口打到山海关，再回马居庸关，最后剿灭大同山西方向军，来回穿插，运动中始终保持局部优势兵力，各个击破。都是战机稍纵即逝，一步失误或者迟缓就是全军覆没。

如此绝世的政治军事天才,《元史》只记载其死于 1333 年，不知哪年出生。《元史》忽略得太多。

文宗死前，因为愧疚毒死哥哥明宗（可看作是“武大郎”的原型），将皇位传给哥哥明宗的儿子，即元顺帝，但是直到半年后燕铁木儿病死，顺帝才登基。登基后流放弄死了文宗的儿子与皇后（皇后临死前想到的是后悔没听燕铁木儿的力谏），但文宗小儿子“宝宁”失踪。宝宁又叫太平讷，十分神秘，生于 1329 年前后，与朱元璋同龄，与哥哥认燕铁木儿为干爹（文宗还是留了一手）。因为燕铁木儿家族势力仍然强大，顺帝没敢动。燕死后，弟弟撒敦袭“句容郡王”封“荣国公”，后封最高爵位“荣王”（小弟弟答里承袭父亲的句容郡王）。燕铁木儿之子唐其势袭封“太平王”（芜湖、马鞍山地区）；女儿答纳失里为元顺帝皇后。可以看出“玉”家是标准贾府结构。

《元史》记载：大元至顺四年（1333）五月，元朝第一权臣燕铁木儿去世，六月初八，妥懽帖睦儿在大都继位，是为顺帝，大赦天下。十月，凤州山崩，改元元统，封撒敦为荣王。十一月，伯颜晋封秦王，当日，秦州山崩地裂。伯颜与撒敦联合执政。这个朝局恰应了《红楼梦》开篇：地陷东南。明朝朱元璋野史小说《大明英烈传》，开篇就有“地陷一穴”的“天地不和，阴阳不顺”改朝换代之象。随后是权臣“贾鲁”被有一面“宝镜”的刘福通叱骂“贾不假”，于是“石头人”出世造反，玉帝的“神瑛侍者”“金童玉女”下凡成为朱元璋与马皇后。《红楼梦》显然吸收了这本野史小说的部分描述。

两年后，至元元年（1335），“荣王”撒敦也死了。燕铁木儿原来的战友、兄弟秦王伯颜发动类似玄武门之变的军事政变，进宫杀了“太平王”唐其势，杀了“句容郡王”答里，废了皇后答纳失里（随后毒死），伯颜开始专权。顺帝原想驱虎驱狼，结果前虎后兕。燕铁木儿及“玉”家势力一部分北上，形成京北“喀喇沁”蒙古，主要是撒敦系；一路南下与句容郡王及“荣国公”合并，主要是燕铁木儿直系，原“食邑”地盘包括句容、溧水与太平路（芜湖）；

另一部分元东路大元帅系迁移安徽，以原“食邑”凤阳与泸州（合肥、巢湖）为主要基地（请注意，以上凤阳 + 巢湖 + 太平 + 金陵区域就是朱元璋的发迹势力范围）。于是天下大乱，群雄逐鹿，最终当元朝的左良玉王保保在华北与元朝各路军阀争权混战时，朱元璋采用各个击破南北对手的策略，夺得“宝玉”，真正成了“兴宗”的“璋”“国瑞”。清王朝在北部先击败朝鲜与蒙古统一关外，再南下各个击破南明。朱元璋则刚好是方向相反的路线图，先东西各个击破陈友谅、张士诚，统一江南，再利用北元内斗，北伐夺取中原。元顺帝“主动”退出大都，被朱元璋赠“顺”帝，王保保主动当了更成功有效的左良玉，被朱夸奖为“天下奇男子”。这就是“虎兕相逢”，元顺帝也是“大梦归”，归到漠北老家去了。

当年“句容郡王”玉家的另外一支喀喇沁军发展成为强盛的喀喇沁部，先是北元时期的支柱，后来又是明朝与草原边境的特区控制人与受益人。在朱棣南下时，他们派 3000 骑兵协助，“惟朵颜据地最险兵骑最强”，“成祖德兀良哈，天下既定，尽割大宁地与之”。此地原主宁王徙南昌，才有了王阳明平叛（朱元璋封亲爹为南昌王，地位高）；在明清之际喀喇沁成为清王朝的盟友，先是联手击败“林丹汗”，后又组成“蒙古八旗”协助入关。

朱元璋自称是金陵东句容“通德乡”朱巷人士。“通德乡”就是玉里伯牙吾氏家谱记载的“原籍江南府东门外九华山石狮子桂花树（村）玉石栏杆”（南京东门外是句容九华山，南京南门外是雨花台，向东就是两个大石狮子）。句容朱巷有石狮茅山等多处，很难确定。但老县城内“句容郡王府”只有一处。设在城中心东南角柴巷、轿巷、马槽巷一带，此处还有“诸昌巷”。蒙古人的习惯世代守着一个饲喂战马的草料堆，马槽巷、柴巷即来源于此。轿巷因王府放轿子而得名。《乾隆句容县志》载“王府巷在升仙里东”，《弘治句容县志》载“升仙街牌坊在县治大街马草巷口”，升仙里片区就是王府，以“诸昌巷”为中心。“诸昌巷”附近甚至全城几乎没有姓诸葛之类的人家，应该是“朱”改“诸”，或者“诸”改“朱”（来自第二代句容郡王“绰和尔”，音朱诸，意朱为红与木）。恐怕朱元璋说的句容城外西边的朱巷，实际是句容城内东角的朱（昌）巷。

土土哈“玉”家五代都有一人承袭为句容郡王。不知何故，如此重要的“句容郡王”被官方记载忽略。“玉”家堂支元东路大元帅不花铁木尔也在《元史》没有传记。他是元朝中书省知枢密院事，被封“溧阳郡王”（应该是元史中“和尚”“千奴”父子一脉，千奴长期坐镇淮西）。这支“玉”氏家族在伯颜政变后受牵连迁移至安徽，到达庐州府巢县与凤阳府安丰县一带（明初洪武二年废县，非史与县志所称的“临淮”或“濠州”）。不花铁木尔长子先改名“余德元”，再改名俞廷玉（德元 + 廷玉的意思就是元璋），“至元戊寅（1353）迁居巢县”，他率领三个儿子及廖永安等组建了对朱元璋崛起至关重要的“巢湖水师”。该水师主动联络朱元璋归附，成为朱渡江夺取太平与金陵的主力，也是击败张士诚水师的主力。“俞”氏家谱记载该族取“玉里伯牙吾氏”之“玉”与“余”“俞”，扈从与仆役则改姓于，“铁改俞”“铁改余”“铁改于”（铁木尔）。改姓时折柳为记，以喻“同族同心，永相留（柳）念，繁衍世族，落地生根”（可视为柳湘莲的出处之一）。俞氏一门多元勋，但死后都葬在雨花台，而不是巢湖，可知其祖坟所居。在泸州的“玉”氏还有一支撒敦后裔被朱元璋赐姓“柏”，取自玉里伯牙吾的“伯”，后人是合肥柏姓回族。“木 + 白”和“木 + 朱”是一个取名思路。元史严重忽略一些元朝著名将相特别是“玉”家的身世资料。朱元璋有意掩盖，朱棣又圣谕天下，对《明太祖实录》中的史实“惟求于言而不深究其实甚非，甚非皇考之心，亦非朕之意也”。解缙即因据实修太祖实录而被杀。既然官方修史“大说”如此不明不白，民间的读书人只好写小说了。

句容出土了两件元代重要文物，使得历史真相被逐步挖掘出来。一是城东房家坝出土了国家一级文物元代系列瓷器，证明了高级爵位规格王生活于此处附近。二是虬山的“娘娘坟”墓碑，碑石高两米，宽一米二，竖刻“银青荣禄大夫大司徒上柱国容国公容国夫人之茔”，碑文显示是句容郡王图图尔哈（《元史》译为土土哈）的第五子，容国公特穆尔布哈及夫人墓。据《弘治句容县志》记载，碑文为元代学者虞集（1272—1348）作撰。容国公特穆尔布哈，或译帖木儿普化，容国夫人于阗氏名萨法礼或译萨法喇，《四库全书》收录有《故贞节赠容国夫人赞布凌氏碑铭》，容国夫人又译作“赞布凌”。大德丙午（1306）特穆尔布哈在溧水去世，容国夫人去世后与丈夫合葬于上容乡仇（虬）山之阳。《四库全书》载有虞集的《句容郡王世绩碑》，这些文献为研究元代句容郡王家史提供了资料。

1992年，“玉”家祖地赤峰元上都遗址西北的羊群庙，发掘出了燕铁木儿的家庙，当地人称“石人湾”。四处祭祀遗址均由石围墙、祭台、汉白玉石雕像组成。其实在内蒙和蒙古国，以致新疆与哈萨克，早就发现了很多匈奴突厥时代的石人，被称为“草原上的兵马俑”。专家解释草原民族“重兵死而耻病终”“以弓矢为爪牙，以甲胄为常服”，形成了“刻石记功”“杀人立石”的“石刻文化”。实际上很多草原石人都手握酒杯，包括燕铁木儿家庙玉人像。这应该是祭祀倒马奶酒的功用，是天神向人神的转变。汉唐开始用石头翁仲侍于皇陵，表现的是征服（翁仲原是匈奴突厥的祭天神像）。后来朝代改成神道两侧的文武官员石像，还是侍者。石俑规模最大的就是明朝皇陵。本书提到的南京东门句容九龙山“玉”家坟，附近就是著名的“阳山碑材”产地，朱元璋明孝陵也位于此处。而南京南门外雨花台，“俞”家墓地以及天界寺大报恩寺所在，最出名的产物就是“雨花石”，雨花台古称玛瑙岗。这个“玉”家真有石头情结。

“玉”家大梦主要集中于地球上三个地区：玉里山，赤峰大宁，秦淮流域（句容江宁）。这三个地区都有一座山，一条河，一个大湖和一座古城。秦淮西流，最大湖是秦始皇认为有帝王气的“赤山湖”（也叫“绛湖”），湖边一山平地凸起，控制全流域，叫“赤山”（火山遗迹红土），下游是石头城金陵。元末顺帝北归逃到赤峰的“应昌”城，并死于此处。朱元璋夺下集庆府，改名“应天”。应昌与应天的南面都叫“宜兴”。

“句容郡王”的元初采邑有两处：句容（223 户）及溧水（239 户）。图图尔哈（土土哈）户是元朝为数不多的军功实封户。实封食邑民户的租税全由实封户享受。特别是土土哈还可以“官一子以督赋”，拥有直接征税权和支配权，并无需上缴。这就是句容的荣国府与江宁的宁国府的来历，一家两府。《红楼梦》里的金陵四大家族“护官符”，就是“句容郡王”玉家。句容的战略位置，不仅控制长江运河，也是太湖水系和秦淮水系的交接点，特别是对于蒙古统治者来说，这里是江南地区唯一的山冈丘陵地势，是绝好的养马场。在明代，句容仍拥有 24 处养马草场。句容与南京城的交通枢纽“马群”就是一处马场。

冒辟疆传说是蒙古王室的后代，伯颜的侄子脱脱据说就是冒辟疆冒姓的先祖。他们的先祖蔑儿乞原是西伯利亚“森林部落”，很凶悍。成吉思汗追击西逃到钦察的忽都蔑儿乞，从而收编了钦察与蔑儿乞。民间有句容人迁徙南通的说法，估计与脱脱击败句容郡王答里（燕铁木儿弟弟）时，可能掳获句容郡王余部迁往南通晒盐有关。脱脱父亲靠控制江淮盐业敛财，也吻合脱脱与抢他家淮盐地盘的张士诚的博弈（沈万三的弟弟沈维四是脱脱的参谋，淮盐应该是其财富来源）。冒辟疆与方以智在元文宗王府“天界寺”不会想不到这一点，因此“句容郡王”与“天界寺”是《红楼梦》故事的引子。和罗贯中、施耐庵一样，这两位复社公子在石头城“一壶浊酒喜相逢”，共同回忆当年在秦淮复社“一个是阆苑仙葩”、“一个是美玉无瑕”，“叹人间”报国“心事终虚化”为“终身误”。“山中高士”与“世外仙姝”的哥俩“到底意难平”，决定再约“木石前盟”，创作《石头记》。

天界寺原址“冶山”是金陵的源头。早在吴楚争霸时期，阖闾在此寻精铜矿脉。夫差得此山精铜铸就“干将”与“莫邪”两剑，建冶城。140年后，楚威王扩筑金陵邑。又过120年，秦始皇挖通秦淮河，泄赤山湖湖水西流入江，改金陵为秣陵关。秦淮河是我国少有的“向西”流的知名河流，应该是“西方灵河”的一个出处（玉里伯牙山下的乌拉尔河也是西向流入里海）。元文宗到北京称帝，专门访求当代大儒“虞集”入朝，对话中询问两次“冶山”花木，虞集就是为句容郡王写“娘娘碑”碑文的作者。朱元璋在南京称帝，立刻于洪武二年（1369）二月开局天界寺，召修《元史》，多次亲临指导，还派特务监视，以至于有人说想吃梨，立刻就送到。《元史》的仓促、文字特别是名字的混乱，特别是朱元璋自己家史的语焉不详，令人怀疑朱有意掩盖了什么。比如反常地元末第一家族“句容郡王”的史料缺失、明成祖朱棣母亲的缺失等。还有朱元璋不论作为赤贫孤儿被寺庙教养的幸运，离寺流浪被两位紫衣人救于雪地的幸运，还是一参军就当上郭子兴女婿的幸运，一独立就有精兵强将来投奔的幸运，以及元军王保保帮他打陈友谅、帮他打蒙古军阀的幸运（和陈、张对比），简直就是想啥来啥，买股票连续买对。朱元璋曾说自己祖上是句容“金户”，金挖完了，搬到盱眙与凤阳种地。作者作为本地人可以明确地说，句容根本无金（铜）可挖。朱只能是记错了或者编错了，或者“金户”是“冶山”户的含蓄说法。而且盱眙与凤阳远贫穷于句容，句容无论填湖或开垦山地都更有空间，为何舍近求远，舍富求贫？黄梅戏的前身凤阳花鼓就来源于凤阳平民往江南乞讨的创作，朱元璋自述的父辈移民思路很反逻辑。

与有威胁的武将不同，修史的文弱书生宋濂归隐不久被杀；监视修史的特务头子句容人夏煜、杨宪也在协助朱元璋搞掉另一个修史主官李善长后被杀。解缙要据实修《明太祖实录》，也被朱棣杀了。

“正史”是这样记载的：朱元璋，1328年10月21日生，幼名重八，在寺院改名“元龙”，后改名朱兴宗、朱国瑞。1343年，他的父亲、大哥以及母亲先后去世（与“宝宁”及其母文宗皇后的生死日期吻合）。按朱元璋《皇陵碑》自述，他父亲 48、母亲 43“高龄”（古人应该当奶奶了）生下他，他的父亲与大哥俩壮男先死于奇怪的“瘟疫”，妇幼们倒没事，古代活雷锋邻居“汪大娘”不仅主动照顾他，还出钱出力安排他入庙吃住学习。17 岁的朱元璋离开皇觉寺（原名“于”皇寺）托钵流浪 3 年，走遍了淮西。在流浪阜阳时差点饿死于大雪中，恰好被两位无名“紫衣人”不辞辛苦地救治调养。后报名参军，立刻进入郭子兴身边（《大明英烈传》说郭是朱的舅舅），时郭子兴有一养女，是其至交马公的女儿。郭子兴见朱元璋是个人才，于是便把养女马氏嫁给了朱元璋，从此军中改称他为朱公子（搞不清马皇后的来历，甚至没有名字，只有“马大脚”，完全不符合开国皇后写史的规范）。朱元璋粮食供应不足，想到盛产稻米的长江南岸的太平、芜湖去，但是没有船。这时恰好就有两支“玉”家巢湖水军前来归附，于是巢湖水军千余只战舰东渡长江。常遇春攻克采石，获得大量粮食。朱元璋攻取句容、溧水轻松拿下南京更神奇，说是在张士诚进攻江南元军时，朱元璋乘机亲自统率水陆大军进攻集庆（南京）。在第三天，攻破陈兆先，占领句容，陈部三万六千人归降朱元璋。但是，朱元璋看出降军疑虑不定，于是就从降军中挑选了五百勇士当亲军，负责在夜里守卫，而自己身边只留有亲兵统领冯国用一人。降军都十分感动，甘愿跟随朱元璋打天下。于是，十分顺利攻下南京。“第一奇男子”王保保打着消灭反贼的旗号，把蒙古各路有实力的军阀都消灭了，为朱元璋建立政权也立下了汗马功劳。我们姑且认为是“东风裁剪均匀”，“好风凭借力，送我上青云”吧。

朱元璋获得巢湖水师并攻占金陵是一生事业的关键。前文已述，该水师是“玉”氏后人，句容郡王堂支。巢湖水师既协助朱完全掌控淮西全军，也协助朱打下太平与金陵，这才有了霸业之资。这段历史的关键人物是俞廷玉 + 郭天叙 + 陈埜先（野先）。在《水浒传》中，宋江用木马计派孙立诈降打下祝家庄夺取粮草，非常类似朱元璋打下太平路“取食”。而晁盖死于三打祝家庄（后改为曾头市，“争头事”），掉进两个僧人的诈降引路陷阱，也非常类似朱元璋全面夺权的障碍郭天叙死于攻打金陵，死于陈野先诈降陷阱。正史记载，郭子兴死后，小明王任命其次子郭天叙为都元帅，朱元璋是副元帅，但朱和宋江一样已经掌握实权，郭天叙只是名义大首领。朱元璋三打集庆府，第一次是郭天叙带队，郭死于陈野先先降又叛（就是朱元璋后来收编的卫队）。陈野先是金陵地区“民军”主帅，投降后与朱结为兄弟，朱派他协助郭攻金陵，自己留着主力在后方。与陈野先配合演戏的元军是“元左荅纳识里”大营（注意，荅纳识里就是达兰失里，与“玉”家皇后实际同名。《水浒传》中也有位辽国女兵元帅“答里孛”公主。孛就是土子，土土哈子孙；也代表带来灾难的彗星）。“埜先叛归福寿拒战，秦淮我师失利，天佑与子兴子皆没埜先”。陈野先的结局是“追我溧阳，溧阳民兵百户卢尔德茂佯降以杀埜先”，陈野先“意外”死于“玉”家“溧阳郡王”的民军。陈部36000人在野先从子陈兆先带领下，投降朱元璋，于是就有了朱元璋用其宿卫全军皆安的故事。陈兆先一直忠诚为朱效命，后死于陈友谅。朱元璋在板桥龙湾再次用诈降计击败陈友谅的关键人物康茂才，就是野先所部，这支劲旅真是“的卢”啊，分谁骑。金陵的元军主将“海牙”是脱脱的手下，被迫“远遁”。《水浒传》中为宋江指路的神秘的“钟离老人”，看来原型就是朱元璋自述为他指明革命道路的“钟离智者”（朱说的钟离老子集）。金陵这个“祝家庄”乃是“朱家庄”。在这个时期投奔朱元璋的还有三个句容人：夏煜、孙炎、杨宪。杨与夏是朱元璋“校检司”即锦衣卫特务系统的负责人，杨在争相权击败刘基、李善长后被“走狗烹”。孙炎曾是朱的首席智囊，死前“荐刘基”，刘基不愿投朱，被孙折服。“帝使者再往还，基不起，复为书数千言，开陈天命谕基。基无以答，逡巡，就见炎，炎置酒与饮论古今成败，深叹曰，基始自以为胜公，观公论议乃大不如”（类似徐庶走马荐诸葛与卧龙修书荐凤雏）。

这三位与庞统或魏忠贤一样重要的句容人史书也记载不多。

朱元璋、朱棣父子都对南京南门外雨花台区域充满热情。也许是特别喜欢玛瑙石“雨花石”，朱元璋先把天界寺迁址到此处，朱棣上台后又挨着天界寺按照皇宫标准建了天下第一大的“大报恩寺”，修了世界奇迹“天下第一塔”“琉璃塔”，用了 19 年，而且是郑和督建，挪用海军军费。大报恩寺据说是朱棣为纪念朱元璋和马皇后而建，金碧辉煌，昼夜通明（如果纪念朱马，应该修在东门孝陵卫，而不是南门雨花台）。竣工以后，郑和还特地从海外带回“五谷树”“婆罗树”等奇花异木种植在寺内（钦察人祖上是“森林部落”，有树木崇拜传统）。朱棣的亲妈“碽妃”也和马皇后一样没有历史（名字也带石头）。实际上明代的南京城就是一个“大葫芦”形状，很罕见，葫芦底就是皇宫与夫子庙。而大报恩寺所在的雨花台地区是个“小葫芦”形状，大报恩寺就是“葫芦口”。

顺便说一下郑和下西洋。当年留在里海周边的钦察蒙古人发生了宗教分裂，北边钦察金帐汗和南边伊利汗这哥俩大打出手。伊利汗和元朝友好通商，后人出了伊斯兰守护神马木留克骑兵。帖木尔在中亚崛起，自称成吉思汗子孙，带兵 30 万东进攻明，朱棣派郑和带舰队绕到帖木尔的后方，联络奥斯曼突厥与埃及马木留克夹击帖木儿使他停在阿富汗进退两难并死在此地。他的孙子东进西退受阻，只得南下占了印度，就是莫卧尔王朝。“郑和下西洋”绝不是武装游行，找人也太大动静，实际上是史上最大的一次侧翼包抄“左勾拳”。这是礼教仁义道德史学歪曲雄才大略的又一案例（类似后文《周易》部分的案例“泰伯奔吴”）。

天界寺每天晨间的一百零八记晨钟，声闻遐迩，有“天界晓钟”之称。可以对应 108 回红楼梦，也可以对应《水浒传》108 将。有一联，颇有深意：“心生妄、念作假、云起不知何处家；天有界、法无涯、梦尽方见彼岸花。”下联的意思就是红楼梦梦尽，方见彼岸花。与朱最交好的住持宗泐曾吟咏：

“一夜东风扣佛门，青灯候尽已是晨。僧寮本非龙栖处，来者必是寻梦人。”来此“龙栖处”的“寻梦人”朱元璋，有好几篇有关天界寺的诗文。如《天界寺春雀》：春风夜雨沐花妍，晓霁檐前雀噪喧。孰谓可知机里事，飘然翕翩舞长天。朱元璋来天界寺寻的是什么梦呢？宗泐曾受朱的委托西游到天竺等地，应与此梦有关。文宗曾游览天界寺的冶亭，与住山道人宝琳对话。问宝琳：“何以字玉林？”则对曰：“道士烧金石为丹，永抽鼎中，状如琼林玉树，故取以为名。”上曰：“当此大雪时，目力所及，树木皆玉也，岂不易见乎。”更谓之雪林。似乎是“宝”“雪”“玉”“林”的出处。

在天界寺写《元史》的宋濂记载了一个类似秦可卿死前托梦的故事：（朱元璋进城），大天界寺的僧徒“俱风雨散去”，只有“孚中禅师”“独结跏宴坐，目不四顾”，士兵们见到禅师的样子，“无不掷仗而拜”（暗示此禅师气度非凡）。朱元璋亲自到寺中，听孚中说法，“嘉师言行纯悫，特为改龙翔为大天界寺。寺之逋粮在民间者，遣官为征之”。孚中禅师在临终前一日，朱元璋当晚梦见孚中禅师来见，朱元璋问道：“师胡为乎来也？”孚中对曰：“将西归，故告别耳。”朱元璋“诏出内府泉币助其丧事，且命堪舆家贺齐叔为卜金藏。举龛之夕，上亲致奠，送出都门之外”。宋濂在文末评论孚中“其宠荣之加，近代无与同者”（宋濂在暗示特殊关系，也许祸从此出）。世界上没有无缘无故的爱。不妨推测朱元璋寄养于天界寺。孚中禅师 1342 年入主天界寺，朱元璋 1344 年入庙成为“元龙”和尚。孚中在历史上一是在江南流浪，与蒙古“王”们交好，被“句容郡王”撒敦奏封“广慧妙语智空宏教禅师”。另外就是大约 1335 年（玉家被抄），受合肥王帖木儿不花“遣使奉檀香及紫袈衣请示法要”，并捐钞千定，购太湖美石，凿成塔身三层载归普陀山，建成多宝佛塔。这个造型奇特的方形塔是普陀三宝，叫“太子塔”。

朱元璋写诗基本上是“我手写我口”的本色之作，因此反而透露了真实信息，特别是称帝前的作品。朱元璋还有很特别的改写前辈诗的“创作”手法，主要有三位：造反领袖黄巢；平定江南的元军统帅张洪范；南京皇帝元文宗（除了黄巢，都是元人）。文宗进京前写了一首诗："穿了氁衫便着鞭，一钩残月柳梢边。两三点露滴如雨，五六个星犹在天。犬吠竹篱人过语，鸡鸣茅店客惊眠。须臾捧出扶桑日，七十二峯都在前。"朱元璋很奇怪地改了这首诗："忙着征衣快着鞭，转头月挂柳梢边。两三点露不为雨，七八个星尚在天。茅舍鸡鸣人过语，竹篱犬吠客惊眠。等闲拥出扶桑日，社稷山河在眼前。"朱似乎总有后代比照前辈的意思。他之前也改过革命前辈黄巢的菊花诗——"百花发时我不发，我若发时都吓杀。要与西风战一场，满身披就黄金甲"。还改过元将张洪范的诗"杀尽江南百万兵，腰间宝剑血犹腥"。朱元璋登基时写下《新月》："谁将玉爪指长空，万里山河一样同。"这个"玉爪"恰是孤品，前无古人后无来者。

再道伯颜政变，"玉"家抄家。按史书记载，郯王彻彻秃告发唐其势准备拥立晃火帖木儿为皇帝，要把妹夫顺帝废掉，伯颜就提前做了准备。元统三年（1335）六月三十日，唐其势和弟弟塔剌海进宫，伯颜等人杀唐其势，塔剌海逃到皇后答纳失里处，皇后用衣服挡着兄弟，塔剌海还是被伯颜派人拖出来当场斩首，血溅后衣。伯颜又把皇后拖走，皇后喊：陛下救我！皇后被伯颜鸩杀。七月二十八日，伯颜又击败唐其势的叔叔句容郡王答里，燕铁木儿家族彻底覆灭，伯颜一家独大。晃火帖木儿是蒙哥的亲孙子，是元顺帝的曾祖父辈。举报的郯王彻彻秃，则是蒙哥的曾孙子，晃火帖木儿的亲堂侄。伯颜所属的蔑儿乞部就是彻彻秃的属民。按元朝的规矩，彻彻秃依旧是他主子。伯颜想让儿子娶彻彻秃家的女孩，被主人彻彻秃拒绝。伯颜显然是杀主报复，一箭双雕消灭政敌。唐其势废掉年轻的亲妹夫顺帝，去支持一个老亲王，可能吗？真是"字字血泪"、"家亡血史"！《红楼梦》中，宝玉比较理想的爱人，一是黛玉，一是史湘云。两人都是父母双亡投奔金陵贾府。尤其史湘云，书中并未明言其父母如何而死，史家也是四大家族中唯一不多描述的一家。而史家是扛鼎之家，还是贾府掌门史太君的娘家，反常就是真相，才是真“史”。

伯颜政变擅权后，天下渐乱。伯颜更加专横腐败，他的官衔长达二百四十六个字，比燕铁木儿还多出近二百字。烈火烹油之际，伯颜忘乎所以，竟想以“薛禅”二字加在自己名字之前（“薛禅”是忽必烈蒙古庙号）。伯颜的灭亡很有戏剧性，实际上是他的侄子脱脱与元顺帝合谋。至元六年（1340）初，伯颜出城打猎，脱脱与顺帝密谋，关门灭贼。伯颜返城，四门紧闭，其侄脱脱高立城上，口传圣旨：“诸道随从伯颜者无罪，可即时解散，各还本卫所。罪者惟伯颜一人！”伯颜茫然不知所为（脱脱自小由伯颜抚育，很意外；城门隔绝，皇帝不在手上，他这个权臣没有“宝玉”也不好使）。其干儿子詹因不花道：“可拥兵入宫，问奸臣为谁，尚未晚也。”伯颜叹息：“皇帝应无杀我之心，实是脱脱贼子误我！”顷刻犹豫，圣旨到，除伯颜为“河南行省左丞相”，“皇帝有命，令丞相即时起行，不准入辞”，伯颜也和魏忠贤一样“奔向”了河南。行至河南，又“诏令伯颜阳春县安置”。走到江西豫章驿站（南昌，朱元璋封其父为南昌王也不合逻辑），夜间喝药自杀，“一剂而亡”。“尸水流出户外，人皆掩鼻过之”。元廷官员随便刨坑埋了（王熙凤死相）。“天下贡赋多入伯颜家”。伯颜巨贪，抄家数月搬运不绝。总之，甄府、贾府，句容郡王与河南秦王，都被抄了家。如果将王熙凤比喻为弄权的燕铁木儿与伯颜，“凡鸟”就是燕，造反的腾吉斯（唐其势）就是“王子腾”，“一从二令三休”、“哭向金陵事更哀”更好对应。

在脱脱与顺帝动手前，伯颜的河南老巢被一件离奇的“真真假假”钦差案端了。至元四年（1338）底，河南杞县一个汉人小吏孟端，“其人贫无资，寡交游，人皆谓（之）不办事，郁郁不得志”，自己喝完酒写了首和《水浒传》里宋江差不多的打油诗“人皆谓我不办事，天下办事有几人？袖里屠龙斩蛟手，埋没青锋二十春”，发狠“我必杀行省掌权辈！”据说他只是找了

4 个同级蒙古人小官，约定:“我冬至那天在行省衙门值班，你们几个人打扮成京城钦差模样，从驿舍劫取几匹公家马匹，乘夜黑时分入河南行省衙内大厅。坐定后，可派门卒唤正当值的我来传圣旨。大事成就，皆可立得富贵！”于是，“钦差”“圣旨”宣布孟端为“河南都元帅”，然后，依次传召数十位河南行省高官入衙，全部当堂杀死。假戏真做，过了五天这一台大戏才偶然被拍马屁未成的小吏发现而结束。这件假钦差案是我国官场第一奇事，戏剧度比姜文拍的《让子弹飞》有意思得多。与很多假冒官差骗钱不同，孟端事件的直接后果是伯颜老巢河南行省内的“心腹”们几乎全被杀掉。恐怕真实版本应该是顺帝妙计除伯颜，假作真时真亦假。

元朝一共八十多年而已，元顺帝占了三十六年。此人隐忍多谋，设计除掉了两大权臣集团，与康熙类似。后人过于关注其引用胡僧大行“房中术”，而忽视了他在两代权臣压制下的“韬晦”。顺帝掌权后重用脱脱，推行汉化政策，注意节俭，颇有“励精图治之意”。脱脱治国有方，“中外翕然称为贤相”。他就是精明能干搞改革“生于末世运偏消”的贾探春。黄河水灾必须聚众整治，政府缺钱必然加税印钞。在严重的通货膨胀之下，政府没有不倒台的。治理黄河是政府负责任的表现，但为“明教”提供了“石人一只眼，黄河天下反”的契机。最强的两支中央军“句容郡王”与河南伯颜都因为“虎兕相逢”垮了，天下真正开始大乱。脱脱最后在出征张士诚的前线，被太子党陷害撤职流放云南害死，和袁崇焕、孙元化、孙传庭、杨嗣昌等一个命运。深究脱脱被“冤”死的真正原因，还是“虎兕相逢”的内斗旧怨。脱脱的另一面还有 3 件事，一是伯颜政变后他率军击败了句容郡王答里；二是他专权用他弟弟统帅 30 万全国精锐镇压红巾军，因为主将无能怕死而损失殆尽；三是其家族长期把控江淮盐业敛财。在利益与内斗上，也并不完全干净。秦可卿的“秦”和“秦王”伯颜也可联系上。在元末皇帝中，贾迎春可以对上被中山狼“迎”来“毒死”的元明宗，元文宗可能是惜春，也可能指的是文宗的儿子“宝宁”。元文宗在《元史》中也是子女不详。如果“宝宁”是一棵仙草，无父无母，生在繁华灵河，却长在石头缝里，无土无水，风霜雪刀。干爹句容郡王家族就是提供保护的“神瑛侍者”。无论朱元璋是句容郡王支持的元文宗后人，还是是句容郡王贾家人“贾雨村”，那么再看朱元璋的各种“娇杏”——“侥幸”，包括句容郡王与朱元璋家族的查无资料，以及朱元璋父子对天界寺的“报恩”等等，就顺理成章了。

元顺帝逃到赤峰，朱元璋派人招降。元顺帝写了一首诗《答明主》：

金陵使者过江来，漠漠风烟一道开。

王气有时还自息，皇恩无处不昭回。

信知海内归明主，且喜江南有俊才。

归去叮咛频嘱咐，春风先到凤凰台。

元顺帝在仍然控制蒙古，没有生命危险的情况下，自认元朝气数已尽，承认海内已归明主，高兴江南有俊才，婉转表达了自己禅让的诚意，而且看不出对“异族”夺江山的仇恨，真是大度淡定坦然都胜过历代亡国之君的“顺”帝。

从朱元璋的角色再看，“隔壁葫芦庙内寄居的一个穷儒——姓贾名化，表字时飞，别号雨村者走了出来。这贾雨村原系胡州人氏，也是诗书仕宦之族，因他生于末世，父母祖宗根基已尽，人口衰丧，只剩得他一身一口，在家乡无益。因进京求取功名，再整基业。自前岁来此，又淹蹇住了，暂寄庙中安身，每日卖字作文为生，故士隐常与他交接”。“敝巾旧服，虽是贫窘，然生得腰圆背厚，面阔口方，更兼剑眉星眼，直鼻权腮。”和朱元璋一样，贾雨村原系胡人，生于仕宦，祖宗根基已尽，人口衰丧，只剩下他一人。“生得腰圆背厚，面阔耳方”，“剑眉星眼”、“直鼻权腮”、“巨眼英雄”，就是朱元璋的奇异之像。

年轻时朱元璋只得暂寄葫芦庙中安身，“葫芦”是两圆，很像大报恩寺所在“雨花台”的“双台”地形，“雨村贾化”就是家在“雨花村”的庙中胡人。“天上一轮才捧出，人间万姓仰头看”是大禹“瞻云望日”的帝王之志。“天地生人，若大仁者，则应运而生，大恶者，则应劫而生。运生世治，劫生世危。”这段取材《阴符经》的话，原意是天杀地杀时代，刘邦、刘秀应运而生，建立新乾坤。朱元璋得了“应天”，“进京求取功名，再整基业”，“虽然才干优长”，“未免有些贪酷之弊”，自称乱世用重典，“因嫌紫蟒长，致使枷锁扛”。此处“枷锁”可不是贾雨村扛，是朱元璋对官僚阶层的“酷弊”。“生情狡猾，擅篡礼仪”乱判葫芦案，指的是朱元璋改了“丞相”制度而且贬斥孟子，同时对明教及色目人两大“胡虏”系都翻云覆雨。作者专门从《孟子·尽心》的“君子所以教者五，有如时雨化之者”为他取名，正是反讽。贾雨村是黛玉的老师与护送者，他也是“元宵”英莲被拐（明教被拐）、宝玉及石呆子被打的始作俑者，都有强暴夺权之意。

作者用佛教因缘纠缠的思想与道教太极葫芦的两圆边际连接来同时讲解，元明“代玉”与明清“代玉”故事。中华历史上的华夷之变，只有元、清两次，作者尤其想从宋末元初、元末明初与明末清初的天翻地覆中寻找历史与人性的规律。天地没有变，人性也没有变，只有时代在变，变中有不变。历史的关头大家都是立足于“天、地、人性”的三个不变，因“时”而变。

拾贰

『三春』即南明三政权，元妃省亲与南北太子

◆
◆
◇

《红楼梦》以元末明初大梦归及句容郡王家亡血史作底本，创作的现实目的，仍然是为了寓意朱明。

宝玉取名与其他兄弟珍、珠、链、环不同，其他只是“王”，而“王”中宝玉寓意传国玉玺，宝玉“莫失莫忘，仙寿恒昌”，就是受命于天，既寿永昌。黛玉就是“代玉”，就是政权更替。黛玉就是“青绿”的玉，大清的青玉代大明的红玉，大顺代北明，大清代大顺，大清代南明，代了三次，所以黛玉是“三变花”芙蓉。“都道是金玉良缘，俺只念木石前盟”，金是清朝，“爱新觉罗”意思就是金（满语“爱新”是族名，“金”的意思）。“木石”就是“硃”“朱”。“朱”是“株”的本字，甲骨文在树干（木）中间加一圆点指事符号▬，表示树木的主干位置所在。是名词，树木的主干。由于“朱”与“株”通用，古人为了将形容词的“朱”区别于名词的“株”，加“石”（丹砂）另造会义兼形声的“硃”，表示丹砂颜色。现代汉语以“朱”合并“硃”。大清的青玉代大明的红玉之后，《红楼梦》作者群不要“金玉良缘”的新朝富贵，只念前朝的“木石之盟”（与朱明的誓盟）。林黛玉也寓意敏感衰弱多病“玉带林中挂”的崇祯皇帝。薛就是雪（金陵好大雪），宝钗的钗是“又金”，就是后金。薛家是“紫薇舍人之后，共八房”，紫微星是北方帝星，八房就是“八旗”。“原应叹息”所叹、所哭、所悼当然是家亡血史。

如果说贾府是明廷，宝玉就是玉玺，那么贾府四春就是出门的朝廷。《尚书大传》：春，出也。古文的春字为萅，甲骨文=（林，林野）+（日，太阳）+（屯，像一颗种子，上部冒芽，下部生根），春=林+日+种子。大明的“种子”洒在“林野”。就是大明王子们在京都外四野，落地建立新政权。元、迎、探、惜“四春”，可以表示四个王子（其中三春是南明三个政权）。

贾元春，当然是太子（后文详述）。

贾迎春对应南明福王政权。迎春花是春天第一个开的花，给人带来无限繁花的憧憬，正如福王朱由崧由马士英率江北四镇“迎”立于金陵。贾探春，可对应第二个南明隆武帝及郑成功政权，乘坐海船“探出”海外。贾惜春，对应南明最后一个政权——永历朱由榔政权，主要活动区域在西部，而且主要军事力量是张献忠的“大西军”余部，被平西王吴三桂所平定。这三个政权“三春去后诸芳尽，各自须寻各自门”。

贾迎春的判词：子系中山狼，得志便猖狂。金闺花柳质，一载赴黄粱。朱由崧 1644 年五月被迎称帝，1645 年五月被总兵田雄、马得功等“中山狼”出卖给多铎，1646 年五月被弓弦绞杀。“贾迎春”福王被弓弦勒死，“贾惜春”永历未被绞死，而是当了和尚或天主教徒（详见后文）。贾迎春是“二小姐乃赦老爹之妾所出，名迎春”，朱由崧是明光宗朱常洛之侄，福忠王朱常洵庶子（类妾生）。迎春老实无能，懦弱怕事，有“二木头”的诨名（二木头，既是“林”，也是“朱”）。她不但作诗猜谜不如姐妹们，为人也只知退让，任人欺侮。她的攒珠累丝金凤首饰被下人拿去赌钱（累金凤事件），她不追究。这些行为都寓意福王过于“宽厚”懦弱，被手下权臣操弄朝政。她被抵债嫁给孙绍祖，一年后，被孙绍祖虐待而死（一载赴黄粱），指的是福王被总兵田雄、马得功等“中山狼”劫持，献给清军求荣。一年后，福王被虐杀（有凌迟与弓弦两种说法）。血统上，崇祯殉国，福王本为第一顺位继承人。然而东林党人以钱谦益、史可法为首，以立贤为名，主张立潞王朱常淓。朱由崧求助于四镇而得帝位，江北四镇以“天子恩人”“从龙元勋”自居，“欠债”指欠军饷及在“定策拥立”中立下的大功劳，朱由崧当时做皇帝心切，高开了价钱。

贾探春，可对应南明第二位君主隆武帝朱聿键。隆武靠郑芝龙、黄道周等人扶立称帝。朱聿键锐意恢复，是南明政权中的一位较有作为的帝王。虽为英明之主，只可惜不足以扭转局势。《红楼梦》中的贾探春也是精明能干、富有心机，能决断，连凤姐都忌惮她几分，曾代凤姐理家，并主持大观园改革。但权力有限，为时已晚，难挽贾府颓势。

贾探春的正册判词上画着两个人放风筝，一片大海，一只大船，船中有一女子，掩面泣涕之状。判词也有四句:“才自精明志自高，生于末世运偏消。清明涕送江边望，千里东风一梦遥。”探春的“探”，除了指唐王朱聿键，同时也指隆武政权的继承人、郑家唯一忠臣郑成功政权“探”出海外。“清明涕送江边望”，指的是明清之际，黄道周、隆武本人及郑成功三次北伐，最成功的一次是郑成功、张名振曾率舰队打到南京，当时顾炎武等人专门赶到南京，可惜郑成功已经败走，只能“涕送江边望”了。

贾惜春，是贾家四姐妹中年纪最小的一位，对应南明最后一个政权永历帝朱由榔政权。“惜”就是“西”，永历活动区域在云南等西部，倚仗大西军余部李定国、孙可望等在西南抗清。永历也是我国历史上唯一一位全家皈依“西”方天主教的皇帝，教名康斯坦丁。并曾派使者到达教皇处。教皇刚经历 30 年“宗教战争”，无力组织“东方十字军”（均记录于教皇文件）。西方传说他没死，后来在泰国组织了 3 万军队。“惜”也有“可惜”的意思，李定国忠勇盖世，两次桂林、衡阳大战大败清军，杀死两王，形成抗清大好形势，可惜被孙可望嫉妒投降毁掉，最后被洪承畴、吴三桂击败。官方历史记载，朱由榔于1662年四月二十六日，被吴三桂用弓弦勒死，南明彻底灭亡。《红楼梦》第27回提到“二十六日”的“芒（亡）种节”、“一腔无明”、“葬花吟”是悼明。

另有一版本认为吴三桂使用调包计杀了一个假永历，把真永历保护在贵州省施秉县“古佛山”出家（不排除吴三桂造假掩盖罪行）。贾惜春正册判词上画一所古庙，里面有一美人，在内看经独坐。其判云：勘破三春景不长，缁衣顿改昔年妆。可怜绣户侯门女，独卧青灯古佛旁。“勘破”三个春都好景不长，“绣户侯门”在“古佛旁”即“古佛山”出家。有人考察古佛山地宫有两个石将军把门，葬制与明神宗嘉靖一样，还有四抬大轿子，仿佛是“天子出游”。另外，古佛山寺庙遗址是“九重法宫”，平面图与明代皇宫内廷、明定陵地宫平面图格局完全相同。因此，有研究者认为永历在古佛山出家到死。碑铭记述：“夫和尚黄州龙氏旺族也，家园颇足，年方二八，识世路入荆榛，知和浩海之危险，弃俗投师更讳上宽下学焉而号省持也，……”“黄州龙氏旺族”不用解释。“年方二八”应指的是永历政权始于1646年，终于永历十六年（1662）。

贾惜春的个人诗作中，“将那三春看破，桃红柳绿待如何？”就是不仅看破了南明三春，也看破了“桃红柳绿”的朱红清绿。“山水横拖千里外，楼台高起五云中。园修日月光辉里，景夺文章造化功。”暗指在“山水千里外”的“云中”云南昆明“起楼台，修日月”。《佛前海灯》“前身色相总无成，不听菱歌听佛经。莫道此身沉墨海，性中自有大光明。”讲的还是“听佛经”的“大光明”。

《红楼梦》中元春的判词旁画着一张弓，弓上挂着香橼。二十年来辨是非，榴花开处照宫闱。三春争及初春景，虎兕相逢大梦归。“榴花开处照宫闱”指的是崇祯在景山上吊，崇祯上吊时间是阴历三月十九，即梅州、舟山两地过的“太阳节”（东南亚、泰国、马来西亚华人也有此风俗，其他地区没有）。此时北京刚好素白的槐花开放（又称吊死鬼树），“榴花”可能原来是“槐花”，被作者或者编者有意改过。“榴花”是红花红果还有“红子”，对应上英莲的“红菱”与书中第62回“憨湘云醉眠芍药裀　呆香菱情解石榴裙”中强调的红红的“石榴裙”。

虎兕相逢大梦归。虎兕的典故出于《论语》：

季氏将伐颛臾。冉有、季路见于孔子曰：“季氏将有事于颛臾。”孔子曰：“求！无乃尔是过与？夫颛臾，昔者先王以为东蒙主，且在邦域之中矣。是社稷之臣也，何以伐为？”冉有曰：“夫子欲之，吾二臣者皆不欲也。”孔子曰：“求！周任有言曰：‘陈力就列，不能者止。’危而不持，颠而不扶，则将焉用彼相矣？且尔言过矣，虎兕出于柙，龟玉毁于椟中，是谁之过欤？”冉有曰：“今夫颛臾，固而近于费，今不取，后世必为子孙忧。”孔子曰：“求！君子疾夫舍曰‘欲之’而必为之辞。丘也闻有国有家者，不患寡而患不均，不患贫而患不安。盖均无贫，和无寡，安无倾。夫如是，故远人不服，则修文德以来之；既来之，则安之。今由与求也，相夫子，远人不服而不能来也，邦分崩离析而不能守也，而谋动干戈于邦内，吾恐季孙之忧，不在颛臾，而在萧墙之内也。”

另一个更古代的君王死于虎兕相逢的典故是在西周。据《史记》记载，“昭王时，王道微缺，昭王南巡狩不复，卒于江上”。《古本竹书纪年》则说，昭王十六年，昭王伐“荆楚”，渡过汉水，碰到了“大兕”，昭王十九年，昭王再次南征，“天大曀，雉兔皆震，丧六师于汉”。《吕氏春秋·音初》也记载周昭王征伐“荆蛮”淹死在汉水（《史记》说在长江）。

“虎兕相逢”，暗示南明内部的恶斗。“大梦归”，指死，更指空。元妃之“死”就是崇祯太子“失通灵宝玉知奇祸”。弘光元年，有人自称崇祯太子朱慈烺至南京，朱由崧断为伪太子。“虎兕”左良玉以“救太子、诛士英”为名进逼南京，左称“李贼逆乱，尚锡王封，不忍遽加刑害，何至一家反视为仇！”。“虎兕”马士英命黄得功率江北兵御之，南明内讧。因为江北兵调走，此时，多铎乘虚而南下，轻松越过淮河，直扑扬州。勇于内斗争权的“虎兕”镇将们拥兵观望，扬州被围一天就沦陷。清军南下时，黄得功战死，高杰被部下杀死，高杰部下“中山狼”李成栋与刘良佐、刘泽清抓朱由崧降清。“金闺花柳质，一载赴黄粱”。左良玉突然暴毙，左梦庚20万大军也投敌，南明“第一春”完败。隆武“第二春”，先是郑芝龙与黄道周内斗，黄道周孤军北伐战死，郑芝龙投降；其后郑袭争权失败投降；还有施琅也是郑军投降清朝，“第二春”回天无力。“第三春”永历，李定国杀两个清王，福临、洪承畴只能守不敢攻，准备与南明议和，此时孙可望分裂，孙部15万人被李定国消灭，孙为报私仇投降，福临大喜过望，洪承畴在被撤职前立了大功。就如当贾府自己抄自己家时，贾探春的话应验了。抄检大观园抄出的结果是查出“司棋”“潘又安”，就是南明的“死期”，“番”自然“又安”了。

三国时期，官渡之战后，司马懿献计曹操，对袁绍两个儿子不追击，等其内斗自残。果然，二袁相残，还捎带上了公孙瓒，一计灭三侯。努尔哈赤好读《三国》，其手段就如薛宝钗说：东风裁剪得当，“均匀”得绝妙。

“三春争及初春景”，还要从崇祯太子说起。崇祯太子（也是长子）朱慈烺（1629—？）（烺，火光明朗），母周皇后。他的最后确定的官方记载是落入李自成之手，李以其无罪不杀。李自成离开北京，太子送行。李败回，太子失踪，引发南北太子案。正因为太子缺位，群龙无首，南明陷入乱战，引发20年三春大梦。

李自成入京，宗周、之俊献太子于李自成。时人忆云：“太子年可十七八，履云冠，绿绨袍，白纤缟袜，风姿龙采，纤好白皙，截发类头陀，手爪似春葱，语言若震洞箫，见者疑为神仙，自非寻常佳公子所及也。”自成命太子跪。太子怒曰：“吾岂为若屈耶？”自成厉声诘责曰：“若父皇何在？”

太子曰:“崩于南宫矣！”自成复曰:“汝家何以失天下？”太子曰:“我何知！百官当知之。”自成不能屈，霁色曰:“汝父在者，吾能尊养之。”太子复曰:“何不杀我？”自成曰:“汝无罪。”太子曰:“若是，则速以礼葬我父皇、母后。”自成命太子同坐饮食，太子不食，送刘宗敏营护视之。自成以礼葬烈皇帝后，太子泣，至昏夜不去。自成东出，人见太子马衔尾随后，自成战败而还，失太子。至是，太子下落遂不可知。

南北太子案中，北太子被多尔衮以“太子真伪无伤”直接杀了，南太子被福王及群臣断定是王之明，诈称太子，入狱。真假太子，就如真假宝玉一般一时真假难分。是真是假，查看信物通灵宝玉或者金麒麟就可以确定。所以“失通灵宝玉知奇祸”，奇祸首先是太子之祸，也就是贾宝玉丢了通灵宝玉，害怕紧张说丢了就没命的真正意思。也是“假作真时真亦假”的原意。元春的判词旁画着一张弓，弓上挂着香橼。可以简单理解为作者认为无论南北太子都已经死于战乱，或被弓弦绞死，也可以理解为真太子以烧香拜佛为掩护，坚持武装斗争复辟。可以推测：北太子是多尔衮导演的假太子，携死太子立新朝以令诸侯。南太子应是真太子，毕竟如果是假的太容易被旧人发现，那就是找死。南宋真太子在黄龙府回不来，赵构政权才有合法性与号召力。南明真太子来了，来到“新盖的大观园”看望各位亲戚同事了，但福王朝廷选择性不认识，因此贾府代表的“南明三春”都是合法性、号召力很不足的“假府”。

《红楼梦》前期，有两处场面宏大的大戏。一是秦可卿之死（主要是葬礼），二是“元妃省亲”。明朝有北京、南京二都，秦可卿之死讲的是代表北京的“宁国府”大乱（不宁）。“元妃省亲”指的就是“南北太子案”，南北太子案也牵扯各方势力，各种表演也蔚为大观，引发了“三春”政权乱战，为他人做了嫁衣裳，连累中华之祸乱。

拾叁

『三香』与三副药：天香、冷香、幽香

◆
◆
◇

明代香文化非常普及。郑和舰队与西班牙、荷兰、东印度舰队最重要的贸易商品就是“香”。“香”在汉文化中主要用于三类：一是形容女子，如香闺、香艳；二是祭祖敬神，如香火；三是求仙拜佛，如香炉、香烛。香用来祭拜祖先神灵最早是从汉武帝开始。武帝时，建有披香殿。“香”在传统文化之中便有了代代相传、生生不息的含义，也表现出“修养身心”的精神追求。

奇怪的是，专写十二钗的“香艳辞”，写她们体香的文字却非常少。明确的只有秦可卿的“天香”“甜香”；宝钗玄玄乎乎的“冷香丸”；黛玉“醉魂酥骨”的“幽香”。以“香”命名的更少，只有英莲“香菱”，而且与香菱有关的还有大段描写金桂的“桂香”、晴雯的“药香”以及“稻香”的暗示。因此，“香菱”是香的中心，是朱明香火的种子；秦可卿、宝钗、黛玉、晴雯、金桂是香的主题，是几类大汉文明的香艳体现。

宋代陈去非《焚香》云：明窗延静昼，默坐消尘缘；即将无限意，寓此一炷烟。当时戒定慧，妙供均人天；我岂不清友，于今心醒然。炉烟袅孤碧，云缕霏数千；悠然凌空去，缥缈随风还。世事有过现，熏性无变迁；应是水中月，波定还自圆。这首诗的意境，就是《红楼梦》“香”的意境。

秦可卿的“香”，一是“淫丧天香楼”，二是宝玉从她身上感受到的“甜香”。天香楼寓意首先是汉武帝“披香殿”之类的朝廷宫廷。秦可卿的“淫”，寓意李自成的“乱”，乱了明宫也丧了自身。天香、甜香，也寓意四书五经、科举功名，是儒家的“南柯”梦。汉武帝开启香祭，也开启独尊儒术的历史。用儒家思想打造的科举功名富贵体系，虽然“甜又香”，到明末，已经或者应该到了“乱”与“丧”的时候了。

《红楼梦》中还有一个与佛学之“香”有关系的“妙玉”。妙玉也出身富家，自小多病，她没有选什么“药”，作为尼姑反而也没得到跛足道人、癞头和尚的机缘。她选择的是买替身 + 出家修行。即“佛法治病”。妙香是修行中不可缺之物，诸佛净土中有以香著称的香积世界。佛经中以“香光庄严”来比喻念佛三昧，以香气染身比喻念佛者熏染佛陀功德。《楞严经》中香严童子就是因闻沉水香而发明无漏，证得罗汉果位。上好妙香又代表五分法身，即：戒香、定香、慧香、解脱香、解脱知见香。以精诚之心供养佛性，可谓点燃内在之心香。佛经中八功德水因清香又称“香水海”，妙玉独具慧心用 5 年珍藏的“红梅雪水”沏茶，寒雪抱梅，本是禅宗一种意象。但是，5 年以上的陈水只会变质，何美之有？另外，《红楼梦》多次提到用“香油”点“海灯”（基本是偏负面描写，特别是马道婆拿香油灯为题敲诈钱财等）。作者应该是讽刺了吴良辅与临济宗几位和尚内外勾结演戏，忽悠福临的历史。吴良辅替福临出家消灾，结果当天福临就染病不起。从记载的文献看，吴良辅肯定有问题，和尚们也明显串通（详见后文）。佛学之“香”在结尾部分详细论述，应该指的是将“曹洞宗”教义融合到通灵宝玉这块石头上，也是一味药。

薛宝钗与黛玉从娘胎里都带来了病根（另一个是妙玉），都是血“气”已经不足的“喘”“咳”。娘胎就是指文化文明的母体土壤，本身已经气血不足。第 7 回，薛宝钗一出场，薛姨妈就告诉王夫人及周瑞家的“宝丫头从来不爱这些花儿粉儿的”，是个经世济用的主儿。她的“冷香丸”就是她修炼的哲学思想——心学。这个“海上仙方儿”冷香丸，自打宝钗服用后，倒也灵验。“冷香丸”一方，医籍未见记载，是作者有意杜撰之笔。“要春天开的白牡丹花蕊十二两，夏天开的白荷花蕊十二两，秋天开的白芙蓉蕊十二两，冬天开的白梅花蕊十二两。”牡丹、荷花、芙蓉、梅花又分别对应了春、夏、秋、冬四季，四季阅尽世态炎凉。四季白花之蕊，白，纯也，蕊，花髓。这就是太虚幻境的“百花髓”香。“再加十二钱蜂蜜，十二钱白糖……若发病时，用十二分黄柏煎汤送下。”蜂蜜、白糖是“甘”，黄柏煎汤是“苦”，遍尝人间甘苦。脂砚斋指出此处:“凡用十二字样，皆照应十二钗。”脂砚斋赞云:“历着炎凉，知著甘苦，虽离别亦能自安，故名曰冷香丸。又以谓香可冷得，天下一切，无不可冷者。”宝钗“历着炎凉，知著甘苦”，“穷且益坚，不坠青云之志”。繁琐的取材与煎熬过程明显是道家修仙派的“炼丹术”；历经炎凉甘苦是王阳明说的“事上磨炼”；宝钗对人温厚不坠青云之志是儒家“仁厚”与“诚志”之道。道之“玄”，佛之“空”，儒之“仁”，三合一，就是阳明心学“冷香丸”。宝钗在大观园游刃有余，家道变迁从容不迫，完全不同于王熙凤式的精明算计，不同于贾探春式的精明干练。她是心学之道的“从容淡定”“不动心”。如此杰出人物，那个时代只有康熙帝玄烨。“康熙”在满蒙语的意思是“平和宁静”。与黛玉对比，“冷香丸”的“灵验”，正是《红楼梦》中“泰州学派”思想的体现。薛宝钗在《红楼梦》中被誉为“群芳之冠”牡丹，“冷”不是真的冷，是“任是无情也动人”“淡极始知花更艳”的“淡”。

宝钗在全书中一直心平如水，唯一一次展现青春，还是在“亡种节”扑一双玉色蝴蝶。“玉色”蝴蝶指的是永历两位皇后自杀殉国（作者借用梁山伯祝英台“化蝶”，歌颂自杀的两位永历皇后）。由此引发出滴翠亭宝钗偷听事件，亭内宝玉的丫鬟红玉与坠儿在说贾芸的事情，宝钗听到心中吃惊，因想到:“今儿我听了他的短儿，一时人急造反，狗急跳墙，不但生事，而且我还没趣。”由于她已经到了亭外，躲不了了。所以使了个“金蝉脱壳”的法子，故意喊“颦儿，我看你往那里藏”，还问红玉、坠儿：“你们把林姑娘藏那里了？”这些语言岂是游戏？一下又回到了冷静的机变权谋，典型心学政治家的特征。正是“任是无情也动人”。

康熙从小离开父母，与孝庄在郊外寺庙居住（与妙玉几乎完全一样）。据说是因为天花流行，当时只能隔离。但他还是两岁时出了痘。靠着苏麻喇姑及曹寅奶奶的精心照料没有死。也因此在福临选太子时，汤若望建议采纳孝庄意见立玄烨，因为他已经出过痘（福临一大半儿子已死于天花，康熙幸存）。康熙自小多病，必须以道学养生，尊崇儒学，而且专研《易经》。他从《易经》中发现数学之美。他还是第一个可能也是唯一一个组织东西方专家对《易经》《圣经》进行混合研究的皇帝，研究成果直接启发了莱布尼茨等人。二进制、拓扑学（风水数学化）、辩证法都受此研究影响。并启发西方产生了《圣经》索引学派，间接促进了西方神秘主义，如喀巴拉思想。宝钗见解超群，游刃有余，和康熙一样，是“冷香丸”哲学的必然结果。因此，贾母对薛姨妈说，从自家四个女孩儿算起，全不如宝丫头。指“三春”政权＋太子都不如康熙。林黛玉对史湘云说，谁也挑不出来宝姐姐的短处。史湘云背地里和贾宝玉称赞宝姐姐宽宏大量有涵养。康熙个人确实是千古明君。

白晋（Joachim Bouvet，1656—1730）、马若瑟（Joseph de Prémare，1666—1736）、傅圣泽（Jean Francoise Foucquet，1665—1741）、郭中传（Jean-Alexis de Gollet，1664—1741）等传教士作为法兰西国王路易十四特使被派到中国，在康熙直接帮助下，研究《易经》索隐。白晋等的索隐神学认为，中国历史、经典、文字不但与基督教相通，而且它们都是上帝的启示。有兴趣的读者可以查阅白晋写的《古今敬天鉴》《易经大意》《象形文字之智慧》。

康熙首次把“西学中源说”和《易经》联系起来，依据是“阿尔朱巴尔”（又译作“阿尔热巴拉”）。康熙说：“算法之理，皆出于《易经》。即西洋算法亦善，原系中国算法，被称为阿尔朱巴尔。阿尔朱巴尔者，传自东方之谓也。”阿尔朱巴尔法指代数，出自公元 825 年阿拉伯数学家阿尔 – 花拉子模（Mohammed ibn Musa aikhowarizmi）所做的 *Al-jabrw'al muqabala* 一书，是代数学之祖。“这本书在 12 世纪译成拉丁文时，书名为‘Ludusalgebrae et almucgrabalaeque’，后来简称 algebra，今译为‘代数学’”。康熙说是“传自东方”并不错。但“东方”实际上应是阿拉伯。

黛玉之香是“幽香”，也是令宝玉“醉魂酥骨”的“迷香”。黛玉所读学无非才子佳人、西厢牡丹，才情足以迷人，绝美而无用。方以智的哲学代表作《东西均》的宗旨就是要以《易》学为底，辩证融合诸子百家，并以“药”比喻治世的学问，特别指出偏于一门一户之见的学问，都是以偏概全的“迷药”。“迷”就是迷惑，不得真知。她的迷香与两剂药，以及对顺治帝福临的影射，也隐藏着一段清宫血泪史。

黛玉病症也是“咳”，严重到“咳血”，气血两亏弱不禁风，应当“滋阴补血”。人参补气补血，对老人贾母自然对症。然而，“人参养荣丸”毕竟是温热之药，久服反而损伤阴津，与黛玉有悖。宝钗也明确指出，人参肉桂不宜（也提示黛玉的药有肉桂香，肉桂不是桂圆，产于东南亚，是树皮香料。可能暗示福临死于孝庄、吴三桂联手），燕窝冰糖为佳。最后黛玉伤心惊心、吐血气绝，“香魂一缕随风散，愁绪三更入梦遥”，明显是死于长期用药不当的“医疗事故”。黛玉“从会饮食时便吃药，到今日未断，请了多少名医修方配药，皆不见效”。用人参入药，黛玉慢性自杀地吃“人参养荣丸”，暗示了看似无用的黛玉（福临），却是“养荣”的东北“人参丸”（黛玉死了，荣府也完了）。暗示福临思慕汉化，努力满汉融合，他咳血早死，清王朝政权扭头倒退。

既然人参丸无效，《红楼梦》第 28 回“蒋玉菡情赠茜香罗　薛宝钗羞笼红麝串”中写了一副新药，黛玉至死也没用上：天王补心丹。先是王夫人问林黛玉："大姑娘，你吃那鲍太医的药可好些？"林黛玉道："也不过这么着。老太太还叫我吃王大夫的药呢。"鲍太医指鲍二氏"孝庄"，他的药方对福临只是"八珍益母丸"（该药方主治月经不调，不是直接治气血，特别不适合青春期少女。"益母"还是孝庄），（黛玉）福临的病，（生来）登基就有，是被多尔衮、孝庄双重欺压的"心病"。（黛玉）福临在与多尔衮的斗争中消除了一座大山，却最终没能摆脱"鲍"的心病而死。

王大夫的新药"天王补心丹"，处方来源于明末儒医洪基《摄生秘剖》。中医认为，"补心"即补养心血。心为君主之官，主神明，治疗宜滋阴清热，养血安神。天王补心丹滋中治标也治本。

宝玉扎手笑道："若有了'金刚丸'，自然有'菩萨散'了！"（暗示福临出家也是心病所致）宝玉描述："那药古怪，头胎紫河车，人形带叶参，龟大何首乌，千年松根茯苓胆，诸如此类的药都不算为奇。那为君的药（清晰明确吧），说起来唬人一跳（药能吓人？）。前儿薛大哥哥求了我一二年，我才给了他这方子。他拿了方子去又寻了二三年，花了有上千的银子，才配成了。"宝玉又道："正经按那方子，这珍珠宝石定要在古坟里的（为君的药），如今那里为这个去刨坟掘墓？"顺治七年（1650）十二月，摄政八年的多尔衮先晋封"成宗义皇帝"，月底突然暴死于古北口猎场。顺治八年（1651）二月，多尔衮被扒坟鞭尸、传首九边，暴尸旷野。"头胎紫河车（胎盘）"、"人形带叶参"、"龟大何首乌"、"千年松根茯苓胆"等是刨坟碎尸的真实景象。王夫人："阿弥陀佛，不当家花花的！就是坟里有这个，人家死了……这会子翻尸盗骨的，作了药也不灵！"对应王熙凤治贾瑞，汉人跛足道人贡献了最后一击《风月宝鉴》，镜子正面是"美女"，反面是"骷髅"，指的都是"鲍二家孝庄王夫人王大夫"。福临"为君"之药"天王补心丹"，原来就是多铎之死 + 多尔衮开棺鞭尸。

洪门结义的时候效仿古人烧三把香：头把香效法羊角哀、左伯桃结成生死兄弟；二把香，效法刘玄德桃园三结义，不愿同年同月同日生，但愿同年同月同日死；三把香效法梁山 108 好汉；半把香，义气不正常，单雄信不投唐，秦琼哭留半把香。同在第 28 回中提到三件事：一是宝玉与薛蟠、冯紫英、琪官聚会（福临与洪门密谋），琪官在解手处私密交给宝玉的“茜香国女王”（真真国美人）贡给北静王（郑成功）的“红汗巾”，应该就是内外合谋的弄死多尔衮的“为君的药”。第二件事，多尔衮十二月底死了，所以“贵妃打发夏（不是冬）太监”送来赏赐银子，命“初一到初三”，在“清虚观”烧香，唱“平安醮”，这是合欢相庆啊。但第三件事确是黛玉、宝钗、宝玉出现三角矛盾。到第 29 回“享福人福深还祷福　痴情女情重愈斟情”，连用三“福”两“情”提示“福临”“痴情女”，在“清虚观”（观中陈设即朝堂之像），张道士（“张法官”“张爷爷”）奇怪地拿走宝玉的“宝玉”（废立夺权），还奇怪地一见面就又给宝玉拉媒，还说“老太太示下”。这个“法官”道士应该就是当时朝廷管礼部事务的张廷玉父子了。随后，又出现了“史大妹妹（没叫湘云）”的“金麒麟”，此处大妹小妹就是指孝庄的两个侄女。孝庄先后为福临安排了娘家两个侄女当皇后，控制欲十分明显，福临反过来以格外尊宠董鄂妃来叛逆反抗。

多尔衮死后，福临自主汉化，为董鄂妃破例，激起了“鲍二家孝庄王夫人王大夫”的“金刚丸”反制。太子死，董妃死，福临出家“菩萨散”。孝庄逼迫福临亲近两个“鲍二家”侄女皇后，逼死董鄂妃，就是宝黛婚事的寓意。与慈禧、光绪、珍妃类似。

关于“药”与“香”，《红楼梦》中有很特别的对“药香”的描写。良药苦口，谁会觉得“药”香？除非这药是敌人吃的毒药。第 51 回“薛小妹新编怀古诗　胡庸医乱用虎狼药”之晴雯生病，宝玉改请王太医来，改了温和药方，宝玉喜道：“旧年我病了他还说我禁不起麻黄、石膏、枳实等狼虎药。我和你们一比，我就如那野坟圈子里长的几十年的一棵老杨树，你们就如秋天芸儿进我的那才开的白海棠。”麝月等笑道：“野坟里只有杨树不成？难道就没有松柏？我最嫌的是杨树，那么大笨树，叶子只一点子，没一丝风，他也是乱响。你偏比他，也太下流了。”宝玉笑道：“松柏不敢比。连孔子都说：‘岁寒然后知松柏之后凋也。’可知这两件东西高雅，不怕羞臊的才拿他混比呢。”晴雯因说：“正经给他们茶房里煎去，弄得这屋里药气，如何使得？”宝玉道：“药气比一切的花香、果子香都雅。神仙采药烧药，再者高人逸士采药治药，最妙的一件东西。这屋里我正想各色都齐了，就只少药香，如今恰好全了。”

第 52 回“俏平儿情掩虾须镯　勇晴雯病补孔雀裘”中，“宝玉到了屋中，药香满室，一人不见，只有晴雯独卧于炕上，脸上烧的飞红”。（晴雯独自病卧，谁给她熬的满屋子药香？宝玉呼唤药香，晴雯就有了）晴雯服了正常草药，晚间又服了二和，还未见效，仍是发烧头疼鼻塞声重。次日，王太医又来诊视，另加减汤剂。虽然稍减了烧，仍是头疼（传统中医药无治，包括御医）。宝玉便命麝月取西洋“真正上等洋烟”。晴雯只顾看画儿（珐琅的黄发赤身女子，两肋又有肉翅），宝玉道：“闻些，走了气就不好了。”（要实用，不看表面）晴雯忙用指甲（对应留下指甲）挑了些抽入鼻中。忽觉鼻中一股酸辣，透入囟门，接连打了五六个喷嚏，眼泪鼻涕登时齐流。晴雯忙收了盒子，笑道：“了不得，辣！快拿纸来。”“果然通快些。只是太阳还疼。”宝玉笑道：“越发尽用西洋药治一治，只怕就好了。”说着，便命麝月再取来“西洋贴头疼的膏子药‘依佛哪’”（用胡医虎狼药与西洋药对比）。

此段既揭示了“为君之药”“天王补心丹”是晴雯（顾炎武）所为（顾炎武的活动据点在广安门报国寺），而且也讲了除了“茜香国女王”的鼻烟，还有补心治头痛的“依佛哪”，正如薛宝钗的“冷香丸”寓意救治中华文明的“心学”。正是因为秦可卿的“儒学”“甜香”与林黛玉的“清香”“幽香”都不好使，晴雯代表的顾炎武们引进融合西学，才是“香药”。像康熙那样只是猎奇一类地表面地“只顾看画儿”，而不“抽入鼻中”（虽然很酸辣），并非实用之学。晴雯死后，专门留下红内衣＋咬下指甲给宝玉。内衣好理解，咬下指甲略显怪异或“变态”，应该不是暗示宝玉的特殊之癖（宝玉癖好吃口红）。如果对应到此文，晴雯不是正常地“闻”鼻烟，而是用“指甲”挑入鼻中，是否寓意着晴雯们留下的是西学“指引”，而不是胡医的虎狼学？

对于清王朝与汉文明的关系，“汉留”作者形象地比喻为“野坟圈子里长的几十年的一棵老杨树”与“秋天才开的白海棠”。“杨树”，杨，“易木”，指易代木朱的清王朝。麝月等笑道：“野坟里只有杨树不成？难道就没有松柏？我最嫌的是杨树，那么大笨树，叶子只一点子，没一丝风，他也是乱响。你偏比他，也太下流了。”麝月骂杨树笨大无华材质疏松，乱响下流。杨树是阔叶木（松柏倒是针叶），并无无风乱响的特征，因此无风乱响是隐喻对“清风不识字，何故乱翻书”的“乱想”，无耻下流的“文字狱”。但是亡国后的“野坟里”，不只有杨树，还有“松柏”。“海棠”“松柏”都是明亡后的高洁之士。海棠素有“国艳”之誉，花未开时，花蕾红艳，似胭脂点点，开后则渐变粉红，有如晓天明霞。陆游诗云：“虽艳无俗姿，太皇真富贵。”形容海棠艳美高雅。苏东坡为之倾倒，有名句“只恐夜深花睡去，故烧高烛照红妆”，因此海棠有雅号“解语花”。

康熙以及雍正、乾隆都尊孔重儒，但重的是朱熹理学的儒，同时复辟重农经济，加强对人与思想的控制。创造了一段农业经济“回光返照”的“盛世”。《红楼梦》作者群，包括顾炎武、方以智、黄宗羲、王夫之等认为“汉”学的源头，是以《周易》为代表的“姬学”，与“西学”结合，才是“新学”。王阳明的哲学也是以“易”为底。因此，《红楼梦》第56回“敏探春兴利除宿弊　识宝钗小惠全大体”，李纨、探春和宝钗议论管理大观园，以“赖大家花园中的事故”为例，由此引发了贾探春与薛宝钗的理学与新学论战。

探春说道：

第二件，年里往赖大家去，你也去的，你看他那小园子比咱们这个如何？”平儿笑道：“还没有咱们这一半大，树木花草也少多了。”探春道：“我因和他家女儿说闲话儿，谁知那么个园子，除他们戴的花、吃的笋菜鱼虾之外，一年还有人包了去，年终足有二百两银子剩。从那日我才知道，一个破荷叶，一根枯草根子，都是值钱的。”宝钗笑道：“真真膏粱纨绔之谈。虽是千金小姐，原不知这事，但你们都念过书识字的，竟没看见朱夫子有一篇《不自弃文》不成？”探春笑道：“虽看过，那不过是勉人自励，虚比浮词，那里都真有的？”宝钗道：“朱子都有虚比浮词？那句句都是有的。你才办了两天时事，就利欲熏心，把朱子都看虚浮了。你再出去见了那些利弊大事，越发把孔子也看虚了！”探春笑道：“你这样一个通人，竟没看见子书？当日姬子有云：‘登利禄之场，处运筹之界者，窃尧舜之词，背孔孟之道。’”宝钗笑道：“底下一句呢？”探春笑道：“如今只断章取义，念出底下一句，我自己骂我自己不成？”宝钗道：“天下没有不可用的东西；既可用，便值钱。难为你是个聪敏人，这些正事大节目事竟没经历，也可惜迟了。”李纨笑道：“叫了人家来，不说正事，且你们对讲学问。”宝钗道：“学问中便是正事。此刻于小事上用学问一提，那小事越发作高一层了。不拿学问提着，便都流入市俗去了。

康熙（宝钗）明确指出“学问”乃纲领性指导性的“高一层”的“正事”。一向淡定的她也就不淡定了。拿出了权威“朱夫子”。探春并没有推出陆九渊、王阳明，而是看似杜撰了一位“姬子”，指的就是周文王、周公父子及姜太公的思想。“登利禄之场，处运筹之界者，窃尧舜之词，背孔孟之道。”是对理学的批判。探春关注经济民生，得到李纨支持，宝钗虚言大义而已。

关于“姬子”学，多说几句。周商革命正是我国农业社会的第一个千年节点。“姬子”们总结了上古以来“尧舜之词”，吸收了《连山》《归藏》等夏商典册，结合农业革命与政治革命的实践，提炼出了以《周易》《阴符经》为代表的指导哲学，并衍生出儒、法、道三家。《周易》与商易的根本区别在于，周易是辩证唯物主义，而商易才是八卦算命。一个老道“八字算命”是我国古代小说的必有桥段，但是《红楼梦》中那么多道士，没有一例“八字算命”情节，正是“姬子”思想的体现。姜太公在起兵前，一脚踢飞占卜师（算的结果是“大凶”），说：“枯草死骨，安知吉凶。”后世拿《周易》搞算命的都是曲解“姬子”，退化到“商易”（伏羲八卦夏易是看天象）。《红楼梦》中搞“巫术”的有两例，都是极其反面丑恶。一是马道婆与赵姨娘勾结给贾宝玉和王熙凤施魔法；一是夏金桂用镇魇法陷害香菱，都是“魇魔法”。

“姬子”学还有一个光辉点：“天下”与“中”道。这两点恰恰是被理学完全修正或扭曲的，也正是顾炎武、黄宗羲、方以智、王夫之们强调的。所以探春才会痛骂“窃尧舜之词，背孔孟之道”。“普天之下莫非王土，率土之滨莫非王臣”，出自周文王与姜太公的对话。原意是，文王认为周地小人少，无法与“大商”对抗，姜子牙回答：全天下的地与人，都是“王”你的。但要自强不息、厚德载物，正心诚意用“中”道，因为“天下者天下人之天下，非一姓之天下”。因此文王临终向武王、周公交代的政治遗言“中”，同时也是“尧舜之词”（尧向舜，舜向大禹的遗言）“允执阙中”，指的都是“为众”与“用众”，而不是庸俗的所谓“中庸之道”。“为众”与“用众”的现代语言，就是“为人民服务”“群众路线”。“姬子”学的这一光辉点，被孔子忽略，但被孟子继承，而为了“大一统”统治实行产业倒退、农业复辟的朱元璋打压孟子，推崇朱熹，实行同样国策的康熙、雍正、乾隆也推崇“孔子”，并认定《阴符经》等为“伪书”。因此，《红楼梦》与“五四运动”都必须“打倒孔家店”。《红楼梦》中的金钏儿可能指的就是《尚书》《保训》篇，被儒学歪曲埋到了井里。《阴符经》也被清朝污蔑为“伪书”，令人欣慰的是，出土的汉墓证明了《阴符经》，而“清华简”为《保训》验明了正身。

惟王五十年，不豫，王念日之多鬲，恐坠保训。戊子，自溃。己丑，昧[爽□□□□□□□□□□王]若曰：“发，朕疾适甚，恐不汝及训。昔前人传保，必受之以詷。今朕疾允病，恐弗念终，汝以箸受之。钦哉，勿淫！昔舜久作小人，亲耕于鬲茅。恐，救（求）中。自诣（稽）厥志，不讳于庶万眚之多欲，厥有施于上下远埶，乃易立埶诣，测阴阳之物，咸川不逆。舜既得中，言不易实变名，身兹备，惟允，翼翼不懈，用作三降（隆）之德。帝尧嘉之，用受厥绪。於呼！祗之哉！昔微叚中于河，以复有易，有易伓厥罪。微亡害，乃追（归）中于河。微寺弗忘，传贻子孙，至于成康，祗备不懈，用受大命。於呼！发，敬哉！朕闻兹不旧，命未有所延。今汝祗备毋懈，其有所由矣。不及尔身受大命，敬哉，毋淫！日不足，唯宿不羕。”

这篇清华简《保训》记载了周文王的临终遗言，讲了尧、舜和禹的传位遗训，以及上甲微借众复国的著名故事。“求中”“得中”“叚中”“归中”等，“中”是本篇的核心思想。

尧曰：“咨，尔舜！天之历数在尔躬，允执其中。四海困穷，天禄永终。”舜亦以命禹。

帝曰：“来，禹！天之历数在尔躬，汝终陟元后。人心惟危，道心惟微，惟精惟一，允执厥中。无稽之言勿听，弗询之谋毋庸。可爱非君？可畏非民？众非元后何戴？后非众罔与守邦。钦哉！慎乃有位，敬修其可愿。四海困穷，天禄永终……”

《尚书·大禹谟》的“人心惟危，道心惟微，惟精惟一，允执厥中”，后被朱子称作道统。《保训》“叚中于河”、“归中于河”的“中”绝非形而上的“中道”。河是国名，是借“众”之对象，指上甲微借河国之众，向有易国复仇。就是“王亥”儿子“上甲微”的故事（详见后文莎士比亚篇）。姬子、周文王们包括尧、舜和禹，都具强烈民本思想，不是儒家“中道”“中庸”。《保训》“传贻子孙，至于成汤”，可与《孟子·离娄下》“汤执中，立贤无方”联系，就是到群众中去选拔领导以至君主。朱熹解释“执中道以立贤”，是“执中自是执中，立贤自是立贤”。朱元璋打压孟子，清王朝抬高朱熹的理由与用意很清楚。

为了更好地理解“中”，我们不妨来了解一组概念——“天极”“地中”“九州”“中国”。人类最早是依北斗斗柄指向来定四时四方，然后再分八节八极（北斗八卦历）。观天不难发现，一年中月亮十二次圆缺（观朔望的月历）。农业需精分历法，发明圭表测日影，发展出太阳历。“八卦图”本是天文历法图。“阴阳”概念最早的缘起是圭表测影。阳爻表示太阳位移，阴爻表示日影长短，“阴”就是“影”。“天极”即地球自转轴正对的北极天心，因地球在逆时针自转，所以天象看起来都围绕着这个“极心”在顺时针旋转，这自然会让人产生“天极崇拜”。早期文明只有“天极”概念，对应“天极”的“地中”可以是任何一个点。《周礼》之记：“日至之景，尺有五寸，谓之地中，天地之所合也，四时之所交也，风雨之所会也，阴阳之所和也。然则百物阜安，乃建王国焉，制其畿方千里而封树之。”“地中”依夏至正午日影尺寸而定。圈中一竖并带标旗的甲骨文“中”字是源自象形圭表。洛阳二里头附近的登封有座“无影台”，直到隋唐一直被认为是“地中”。“无影台”名“周公测影台”，是周公为“宅兹中国”寻求天文依据而建。无影台并非“无影”，圭台上从表石至北边缘的距离 1.5 尺（《洛书》纵、横、斜每条线 3 数之和均 15），夏至这天八尺表的影子只有 1.5 尺，所以这天在圭台之外无影。“地中”是参照“天极”及《洛书》而来，北极天心是“上帝”所居，“上帝”地上代理人也要居“地中”。（西周早期何尊铭文最早出现“中国”二字，详见纪录片《帝都泱泱》）

“天极”“地中”+ 日（阳）+ 月（阴），地理上就是“天地”，文字上就是“中华大明”，哲学上就是“三点”三螺旋。洪门“天地会”“三合会”的各种“三”，包括“三点暗含革命宗”，就是要“天地立心”，“继往圣绝学”（姬子学、允执阙中学、太极阴阳三螺旋哲学），打造新天地，开“万世太平”（太平天国的来历）。详见结尾篇。

拾肆

『叔嫂』政治谋杀：天花、清露、蠲、镇魇法

◆
◆
◇

明清之际，风口浪尖的多位政治人物死得都比较突然，而且死法简易，往往“一剂而亡”或“暴毙”，留下谜团。如天启、皇太极、张溥、多铎、多尔衮、顺治、郑成功、李自成、张献忠等。《红楼梦》专门写王子腾（多尔衮）“一剂而亡”，暗示政治暗杀，显然作者注意到了这个现象。特别是作者群基本是复社骨干，而复社老大张溥死于风口浪尖“一剂而亡”，结合明清之际的反常现象，这些一定会在书中体现。有趣的是，陈寅恪《柳如是别传》专门考证柳如是用砒霜美容（他认为就是冷香丸），同时与钱谦益认真讨论通过美女入宫并下毒，刺杀顺治。

1627 年，明光宗朱常洛在位仅 29 天便因“红丸案”而暴毙，他的儿子天启在宫中西苑乘船落水得了病，尚书霍维华进献仙药“灵露饮”，说能立竿见影，饮用几个月后，浑身水肿而死（肝肾衰竭的中毒症状），崇祯继位。1643 年农历八月初九日，正常工作一天的皇太极亥时（21 点至 23 点），在清宁宫南炕突然“无疾而终”，死前发生松锦之战，战前身体发胖“鼻衄”（流鼻血）（似汞中毒症状），其间爱妃海兰珠暴毙，引起诸多猜疑。死后孝庄联合多尔衮立福临。顺治元年（1644）四月，皇太极长子豪格的正黄旗秘密聚会反多尔衮却被告密，“我豪格恨不得扯撕他们的脖子”。多尔衮要杀豪格，顺治哭泣不食，豪格才得以免死。顺治五年（1648），多尔衮将豪格幽禁，数月后，豪格暴毙于禁所。多尔衮强占豪格的福晋博尔济吉特氏。皇太极、海兰珠、豪格之“暴毙”，正史语焉不详，也可以叫“讳莫如深”。最大得利人是多尔衮、多铎、孝庄。因此有“夺妻篡位”说。

孝庄，博尔济吉特氏，名布木布泰（意为“天降贵人”），海兰珠是她的亲姐姐。野史《清宫十三朝秘史》说庄妃叫“玉妃”，是因为皮肤如玉，合理猜测恐怕还是“玉”家后人。按照血统，科尔沁和喀喇沁原本就是兄弟部落。对比现在留存的孝庄画像与朱元璋马皇后画像，换下服装基本就是一个人。宽脸、细眼、细眉、宽鼻、小嘴，都是典型的蒙古脸。古代女性名字不重要，《红楼梦》中贾母与王夫人这两位最有权势的女人叫什么名字？并没有提到。总之，孝庄这个“玉”也成了清初政权纠缠的中心。

顺治七年（1650）十一月，多尔衮出猎古北口外，坠马跌伤。十二月初九（公元1650年12月31日），多尔衮“薨”（当月多尔衮已称皇帝）于古北口外喀喇城（承德附近，科尔沁地盘，孝庄娘家。也属于“玉家”祖地地区），享年三十八岁（王子腾一剂而亡）。据说是用草木灰处理伤口感染发炎而死（这就是摄政王皇帝的医保水平？这能是久经沙场的战士？）而再之前在顺治六年（1649），多尔衮外出去山西讨伐大同姜瓖时（详见后文南明四大案，王熙凤弄权的张金哥案），负责留守后方的弟弟——当时的第三号人物多铎“染天花”而死，时年三十六岁。多铎是军力最强的“王子胜”（哥俩一文一武，内制满蒙，外夺大明），也是多尔衮的第一助手与继承人（多尔衮居然无子）。多铎的死让多尔衮如失臂膀，局势渐渐失控，索尼、济尔哈朗等大臣和两黄旗、两红旗等力量蠢蠢欲动。所以多尔衮立刻从大同返回。他心里恨死了大同，就有了大同屠杀案（详见南明四案）。在此政局高度敏感时期，多尔衮古北口打猎绝非散心，“会猎”意味更浓。两个月后，于顺治八年（1651）

二月，顺治剥夺了多尔衮的封号，并掘墓鞭尸。

前文已述，多尔衮、多铎的死，顺治是第一得益者，如同吃了“天王补心丸”。二多的死，其实还有第二得益者，即南明，特别是被多尔衮、多铎手下屠城的江南、两广、大同等地复仇者。不排除顺治（孝庄、索尼、洪承畴、范文程、吴三桂、汤若望等）与南明势力联手“做”了二多。秘密协议可能是南北分治、汉化、释放被多铎控制的崇祯太子朱慈烺。随后南明方面本来是李成栋、金声桓、何腾蛟三大主力刚刚崩溃，但在 1651 年顺治亲政后突然吃了不知啥“人参大力丸”，李定国在西南杀了两王，郑成功从东面打到南京。（详见后文种树的贾芸代表李成栋，送给南明两棵海棠代表两广，产生小阳春的政治局面）

顺治亲政的主要变化：一是尊孔汉化（包括奇怪地强调《孝经》）；二是褒奖崇祯及大明英烈，以至封关羽为圣；三是宽待大明遗忠；四是重用汉官，如洪承畴、梁清标，并与吴三桂联姻，同时贬斥了蒙古族两位皇后（鲍二家），等等。这些举措站在满蒙角度十分反常，所以顺治死时莫名其妙地发“罪己诏”，对“顺治新政”全盘否定。背后的身影是“鲍二”“王夫人”孝庄。

孝庄对顺治不满的节点与标志是顺治十三年（1656）董鄂妃进宫，“鲍二”皇后被废，顺治十四年（1657）董鄂妃所生育的太子百日死，顺治十七年（1660）董鄂妃死，顺治十八年（1661）顺治得天花而死。董鄂妃母子如同海兰珠及珍妃陷入了内外政治的漩涡，“死”几乎是必然，是天花死还是“一剂而亡”和“暴毙”，其实不重要。《红楼梦》描述含着玉出生的贾宝玉百日抓胭脂，应该是暗示董妃太子百日死于“胭脂”。顺治自己描述，董鄂妃崩时“言动不乱，端坐呼佛号，嘘气而死。薨后数日，颜貌安整，俨如平时”（和顺治他爹皇太极一样）。死后数日尸体不变形腐烂，应该就不是天花，只能是中毒（杀菌）现象（砒霜冷香丸）。福临从顺治十四年（1657），在太监的怂恿下去了海会寺，后来几年被各种和尚包围，包括“洋和尚”汤若望（汤协助孝庄力主康熙继位）。1661年正月初二，他亲临悯忠寺（即北京宣武区法源寺，也是安禄山起兵处、袁崇焕超度处、后来的百日维新策划处），归来的当晚即染上天花，发起高烧来（天花有潜伏期）。此时期，顾炎武常住在悯忠寺对街的报国寺，无论是太湖、北伐长江，还是北京、山西、陕西，顾炎武一生总是恰好出现在特殊时期的特殊地点，太有“007”风采了。

历史显示了诡异，再往前，努尔哈赤驾崩时，皇太极联合另外几大贝勒逼死了大妃阿巴亥（皇后，多尔衮三兄弟的生母），大妃殉葬，多尔衮无法和皇太极等四大贝勒抗衡。皇太极死后，羽翼益丰的多尔衮与孝庄联手，压制了皇太极长子豪格，福临得了皇位，多尔衮屈居摄政王。

回顾以上叔嫂故事，就能理解《红楼梦》的两篇大戏了。一是赵姨娘勾结马道婆给贾宝玉和王熙凤施魔法；二是秦钟之死与秦可卿之死的对比。

第25回“魇魔法姊弟逢五鬼　红楼梦通灵遇双真”，赵姨娘（坏儿子贾环）勾结马道婆给贾宝玉和王熙凤施魔法。“魇魔法”“镇魇法”，用法术诅咒或祈祷制胜弄死所恶之人。历史上没有成功案例记载，倒是记载了以此为借口灭掉对方的案例，汉武帝、唐高宗都有，都和后宫及太子相关。《红楼梦》连算命都不写，却写了“魇魔法”，一是提示宫廷斗争，二是隐隐约约提示“祈祷”术与天主教关联。赵姨娘和马道婆密谋还有5处奇怪：一是赵姨娘对付贾宝玉正常，为何拉上王熙凤？二是治病方法为何特别把病中的叔嫂二人放在一个屋里，同一张床上？若说冲喜，俩人都有暴力行为，动刀子，不是更危险？三是贾赦和薛蟠的异常活跃。四是特地安排贾芸守护。最后，癞头和尚说“沉酣一梦终须醒，冤孽偿清好散场”，宝玉和凤姐偿清了谁和谁的冤孽？

癞头和尚治病用的是“通灵宝玉”以及“魇魔法”本身都明确，这是“宫廷政治病”，都是“心病”。宝玉和凤姐叔嫂与赵姨娘之间的“冤孽”，就是“努尔哈赤、多尔衮母亲、皇太极、多尔衮”“皇太极、海兰珠、多尔衮、孝庄”“豪格、豪格福晋、多尔衮”“多尔衮、孝庄、福临”“福临、董鄂妃、孝庄”这三代“冤孽”。以上5组冤孽，核心原罪人物就是孝庄和多尔衮叔嫂二人。孝庄在75岁死后，长达37年不下葬，直到康熙死后三年，才由雍正做主就地下葬。朝廷史书给了三大理由：一是孝庄不想扰动皇太极；二是孝庄节俭；三是舍不得顺治和康熙。这三大理由没有一条能站得住脚。《红楼梦》揭示的宫廷暗杀、孽债，恐怕才是一种符合逻辑的推测，孝庄来到地下，如何面对皇太极、多尔衮与福临？

“魇魔法姊弟逢五鬼　红楼梦通灵遇双真”的双真是一个和尚与一个道士；“五鬼”= 赵姨娘 + 贾环 + 马道婆 + 贾赦 + 薛蟠。

贾赦在书中很少出头露面，但此时却表现异常：

此时贾赦、贾政又恐哭坏了贾母，日夜熬油费火（贾府还在乎油火钱？指的是“火并”，就是王熙凤动刀子砍人），闹的人口不安，也都没了主意。贾赦还各处去寻僧觅道。贾政见不灵效，着实懊恼，因阻贾赦道：“儿女之数，皆由天命，非人力可强者。他二人之病出于不意，百般医治不效，想天意该如此，也只好由他们去罢。”贾赦也不理此话，仍是百般忙乱（豪格的行为），那里见些效验。

贾赦是长子，在荣府中估计是庶出地位，弟弟贾政反而是贾府的家长。（可能类似微子与商纣王兄弟关系）书中暗示“立长、立嫡、立贤”的大命题。第75回，宁、荣二府赏中秋家宴玩击鼓传花的游戏，贾赦还有一次反常表演：贾环得花后，步宝玉之后也做了一首诗，贾政看了不悦，这时，“贾赦乃要诗瞧了一遍，连声赞好，道：‘这诗据我看甚是有骨气。想来咱们这样人家，原不比那起寒酸，定要“雪窗萤火”，一日蟾宫折桂，方得扬眉吐气。咱们的子弟都原该读些书，不过比别人略明白些，可以做得官时就跑不了一个官的。何必多费了工夫，反弄出书呆子来。所以我爱他这诗，竟不失咱们侯门的气概。’因回头吩咐人去取了自己的许多玩物来赏赐与他。因又拍着贾环的头，笑道：‘以后就这么做去，方是咱们的口气，将来这世袭的前程定跑不了你袭呢’”。

这段内容的主题是“将来这世袭的前程”。贾赦以“反弄出书呆子来”揶揄贾政，明明自己有儿子“贾琏”，却推出贾政庶子“贾环”，明明扬“贾环”抑“宝玉”，此处却反常对宝玉献殷勤，安的什么心？

正闹得天翻地覆，没个开交，只闻得隐隐的木鱼声响，念了一句：“南无解冤孽菩萨。有那人口不利，家宅颠倾，或逢凶险，或中邪祟者，我们善能医治。”贾母、王夫人听见这些话，那里还耐得住，便命人去快请进来。贾政虽不自在，奈贾母之言如何违拗（就像孝庄一定要请来汤若望；也暗示福临周围的和尚与孝庄有关），想如此深宅，何得听的这样真切，心中亦希罕（反问得好，提示宫内有内应，不请自来），命人请了进来。众人举目看时，原来是一个癞头和尚与一个跛足道人。那道人笑道：“你家现有希世奇珍，如何还问我们有符水？”（病根、治病之药都是宝玉）贾政听这话有意思，心中便动了，因说道：“小儿落草时虽带了一块宝玉下来，上面说能除邪祟，谁知竟不灵验。”那僧道：“长官你那里知道那物的妙用。只因他如今被声色货利所迷，故不灵验了。你今且取他出来，待我们持颂持颂，只怕就好了。”贾政听说，便向宝玉项上取下那玉来递与他二人。那和尚接了过来，擎在掌上，长叹一声道：“青埂峰一别，展眼已过十三载矣（顺治十三年，董鄂妃进宫，迷了顺治，损了皇权）！人世光阴，如此迅速，尘缘满日，若似弹指！可羡你当时的那段好处：天不拘兮地不羁，心头无喜亦无悲，却因锻炼通灵后，便向人间觅是非。可叹你今日这番经历：粉渍脂痕污宝光，绮栊昼夜困鸳鸯。沉酣一梦终须醒，冤孽偿清好散场！”念毕，又摩弄一回，说了些疯话，递与贾政道：“此物已灵，不可亵渎，悬于卧室上槛，将他二人安在一室之内，除亲身妻母外，不可使阴人冲犯。三十三日之后，包管身安病退，复旧如初。”说着回头便走了。少不得依言将他二人就安放在王夫人卧室之内（只说一室，为何专门放在王夫人卧室？提示孝庄），将玉悬在门上。王夫人亲身守着，不许别个人进来（孝庄已经控制了福临及玉玺）。至晚间他二人竟渐渐醒来。

宝玉、凤姐好了后，别人未开口，林黛玉先就念了一声“阿弥陀佛”。薛宝钗便回头看了她半日，嗤的一声笑，众人都不会意，贾惜春道：“宝姐姐，好好的笑什么？”宝钗笑道：“我笑如来佛比人还忙：又要讲经说法，又要普渡众生，这如今宝玉、凤姐姐病了，又烧香还愿，赐福消灾，今才好些，又管林姑娘的姻缘了。你说忙的可笑不可笑？（明确指宗教势力卷入清廷政变，而且如汤若望还管谁做继承人来代玉）”。林黛玉不觉的红了脸，啐了一口道：“你们这起人不是好人，不知怎么死！再不跟着好人学，只跟着凤姐贫嘴烂舌的学。”

“你们这起人不是好人，不知怎么死！再不跟着好人学，只跟着凤姐贫嘴烂舌的学”，这段话不近人情，林黛玉没理由哪壶不开提哪壶，此时骂重病的亲友“凤姐”。实际上是在骂“旗人”不是好人，会像凤姐的结局：聪明反被聪明误，机关算尽太聪明，“不知怎么死”，此时又回到了天启之死、魏忠贤。

第 16 回“秦鲸卿夭逝黄泉路”，可用来对照看顺治之死：

那秦钟早已魂魄离身，只剩得一口悠悠余气在胸，正见许多鬼判持牌提索来捉他。那秦钟魂魄那里肯就去，又记念着家中无人掌管家务，又记挂着父亲还有留积下的三四千两银子，又记挂着智能儿尚无下落。秦钟道：“不瞒列位，就是荣国公的孙子，小名宝玉。”都判官听了，先就唬慌起来……运旺时盛的人……都判道：“放屁！俗语说的好，‘天下官管天下事’，自古人鬼之道却是一般，阴阳并无二理。……”宝玉（福临）忙携手垂泪道：“有什么话留下两句。”秦钟道：“并无别话。以前你我见识自为高过世人，我今日才知自误了。以后还该立志功名，以荣耀显达为是。”说毕，便长叹一声，萧然长逝了。

这俩一对好基友，难道“并无别话”？（没时间说，被催命判官赶着没机会说）而且，不是说不仅“又记念着家中无人掌管家务，又记挂着父亲还有留积下的三四千两银子，又记挂着智能儿尚无下落”，还记着政权“宝玉”。最反常的就是临终遗言：“以前你我见识自为高过世人，我今日才知自误了。”顺治刚愎自用，尤其不愿意被多尔衮和孝庄控制。秦钟与宝玉一样都是反对功名科举的，突然临终反悔，不就是顺治那反常的《罪己诏》吗。而且临终之言言不由衷，与前文的“记挂”对不上。

秦钟得趣的“馒头庵”，就是悯忠寺与不远的天主教南堂。顺治对佛教的痴迷，对汤若望的迷信，是“得趣”。“馒头本名蛮头，蛮地以人头祭神，诸葛之征孟获，命以面包肉为人头以祭，谓之‘蛮头’，今讹而为馒头也。”“馒头庵”就是死人庙。智能儿以“智”与“能”，神通广大，来反衬秦钟死到临头仍然浑然不觉的“不智”与“不能”。书中描写智能儿很懂得如何引诱秦钟，而秦钟说：“好人，我已急死了。你今儿再不依，我就死在这里。”然后果然就死在了这里。“好人”不好，顺治要出家，“好人”假装“不依”，牢牢地掌握了他的命门。秦可卿的豪华葬礼与秦钟的寒酸对比，不就是“董鄂妃”的超规格葬礼与顺治的凄凉之死的对比吗？赵姨娘是“夷娘”孝庄，王夫人；“马道婆”就是汤若望。前文说宝玉被贾环用灯油烫伤脸部，“今见相离甚近，便要用热油烫瞎他的眼睛。因而故意装作失手，把那一盏油汪汪的蜡灯向宝玉脸上只一推，只见宝玉满脸满头都是油。”但是“宝玉左边脸上烫了一溜燎泡出来，幸而眼睛竟没动”。此段描写说明不是烫伤，否则“宝玉满脸满头都是油”应当是大面积烫伤，而不是“一溜燎泡”，这个“一溜燎泡”应该是“发了天花”。而马道婆的治法：向宝玉脸上用指头画了一画，口内嘟嘟囔囔的又持诵了一回，说“管保就好了”。这是天主教画十字的形象。我国道士绝不会用手指治疗烫伤（有成熟的各种药）。

秦钟的形象，按作者惯用的“三身法”，在《红楼梦》中还有两个角色：

一是“宝玉”冒辟疆们的秦淮狐朋狗友们。二是秦之乱人李自成之弟（后文“秦可卿翻案”论述秦可卿就是李自成）。

秦钟在姐姐丧礼时，与馒头庵里尼姑智能儿私通。一个正在孝期，一个身在佛门，却在水月庵苟且。秦钟与智能儿私通后不久即重病身亡。“秦鲸卿”，也是“荆卿”（如方以智的妹夫飞将军），在“馒头庵”坟场，不知死活，寻欢作乐，成了馒头馅儿了。秦钟、智能儿，秦淮中，聪明能干的复社公子哥儿。在危难国丧之时，仍然纸醉金迷，都是离死“不远”。

秦钟的名字与江西反正的金声桓、王得仁（忠壮）可以对应，智能儿与“秦王”张献忠更吻合。“惟献忠最狡黠骁勍”“献忠无他技巧，止以阴谋多智，暴豪嗜杀”，吻合“智能儿”既智且能的形象。他“身长瘦而面微黄，须一尺六寸，僄劲果侠，军中称为‘黄虎’”。为人多智谋，果敢勇猛，也吻合“荆轲”的形象。张献忠放弃成都北上抗清时，“尽杀其妻妾，一子尚幼，亦扑杀之”。他对孙可望说：“我亦一英雄，不可留幼子为人所擒，汝终为世子矣。明朝三百年正统，未必遽绝，亦天意也。我死，尔急归明，毋为不义。”这位“荆卿”“智能儿”流寇的遗言与秦钟异曲同工。

《明史》关于张献忠在四川杀人“六万万”，不值得一信。《明史》说张献忠还特别立“七杀碑”明志，“天生万物与人，人无一物与天，杀杀杀杀杀杀杀”，考古学家发现张献忠的“圣谕碑”，上面所书是“天生万物与人，人无一物与天，鬼神明明，自思自量”（显然引用《阴符经》“天杀”的语境，指的是天下有变，豪杰奋起）。1646 年，张献忠已死。然而满清真正平定四川是在张献忠死 13 年后的 1659 年攻陷渝城。在这 13 年中，清军在和谁作战？大量人口锐减的时间应该是清军入川时期。《明史・张献忠传》是根据《绥寇纪略》等野史炮制。《绥寇纪略》的作者又是“贾雨村”吴伟业。中国人口在清代以前几乎没有超过 1 亿的，吴梅村的“6 万万”胡诌，得多么的厚颜无耻。随着一个个的“石呆子”戴名世案、庄廷鑨案等等的出现，真实史料被销毁。好在《红楼梦》为后人保留了历史。

如此惊心动魄的暗杀政变，既然巫术没用，那么有效的是下毒："木樨清露""玫瑰清露"和天花病毒。天启只是落水，死于"灵露饮"中毒全身肿胀而死。第 34 回书中的描写：

王夫人道："嗳哟，你不该早来和我说。前儿有人送了两瓶子香露来，原要给他点子的，我怕他胡糟蹋了，就没给。"彩云听说，去了半日（彩云是贾环的相好），果然拿了两瓶来，付与袭人。只见两个玻璃小瓶，却有三寸大小，上面螺丝银盖，鹅黄笺上写着"木樨清露"，那一个写着"玫瑰清露"。王夫人道："那是进上的，你没看见鹅黄笺子？"

这里又是"露"，又是"进上"。"玻璃小瓶，螺丝银盖"是西方药。木樨，即桂花，说明与吴三桂有关系。鹅黄是指四川酒（陆游"鹅黄，汉中酒名，蜀中无能及者"）。吴三桂此时正在四川作战（顺治为何将皇太极最小的女儿建宁许配吴三桂之子？）。妙玉在栊翠庵与贾母、刘姥姥喝茶也很奇怪地出现了"蠲"水。"蠲"从造字看与"益、蜀"同源，也许是"鹅黄香露"吧。

附记 "魇魔法"试解金圣叹之死

脂砚斋曾感叹："假使圣叹见之，正不知批出多少妙处"，"作者已逝，圣叹云亡，愚不自谅，辄拟数语，知我罪我，其听之矣"。这段话说明《红楼梦》成书在金圣叹死后，而且不久（否则不必惋惜）。同时说明在脂砚斋心目中，金圣叹的评点地位不可超越，而且思想、立场与《红楼梦》作者群相同或接近。

金圣叹本人及其冤死留下了几个谜团。

1. 金圣叹本人姓名、经历资料缺失，除了文学评论与扶乩降神，几乎没有记载，比如与当时重大事件如复社活动的关系，在反清复明等历史关头的立场等。如此名人，唯一解释只能是相关资料都被烧了。留下一副模糊的面孔。

2. 因为收税问题，书生们发牢骚去文庙那“哭庙”。金去没去都不确定，却作为首犯被抓，最后又以与“哭庙案”无关的“通海案”被杀。通海就是与郑成功有联系。顺治十七年（1660）到十八年（1661）间，清廷在江南大兴“通海”刑狱，涉案千人。如浙江儒士魏耕到张煌言军中劝其再接再厉、不要气馁，事泄也被清廷杀害。很类似鳌拜要剐了汤若望，罪由却是历法有误。

3. 庭审中，金圣叹刚要辩解，立刻被掌嘴三十并封口，直接判杀。金圣叹或者死于文字狱，或者死于“通海”，庭审想要掩盖的真相显然不是文字狱或者一般“通海”案情，只能解释为与“通海”相关的必须杀又不能公开的案情。

4. 顺治为何夸他？如何看到他的书？谁传递顺治的赞语？顺治十七年（1660）正月，一个叫邵点的朋友从京城带来消息：顺治皇帝看到金圣叹评点的《才子书》，说，此是古文高手，莫以时文眼看他。金圣叹写了八首诗感恩。其中诗句：“金殿近臣闻最切，九天温语朗如神”“何人窗下无佳作，几个曾经御笔评”。感恩跪拜，不像他老师王思任坚定地反清（金至少不反皇帝）。顺治学习汉文经典的导师是梁清标、冯铨等“正统”大家，不太可能刚开始就介绍《水浒》《西厢》与金圣叹。能听到、看到顺治点评的只能是皇帝身边人。邵点只是个屡试不中的太学生，只是传话者。合理解释是临济宗的和尚们或者太监总管吴良辅在推销金圣叹。顺治身边的和尚木陈忞本人对此事记载：

上曰：“苏州有个金若采，老和尚可知其人么？”师曰：“闻有个金圣叹，未知是否。”上曰：“正是其人。他曾批评得有《西厢》《水浒》，议论尽有遐思，未免太生穿凿，想是才高而见僻者。”师曰：“与明朝李贽所谓‘卓吾子’者同一派头耳。”

5. 顺治思恋董鄂妃，动用国库银修筑孔雀台为董鄂妃招魂，“术士”是哪一位？汉武帝为李夫人招魂，唐玄宗为杨贵妃招魂，都有史记，找的都是“道士”。当时最著名的招魂大师就是天台宗泐法师金圣叹。他以天台宗祖师智额弟子化身，在吴中扶乩降坛、广行法事，至崇祯八年（1635）就已达到鼎盛。留下著名的叶小鸾故事，而且也“通海”的钱谦益为他写了至少十几首诗文赞叹。据说钱谦益是金圣叹的舅舅。泐大师使钱谦益深信不疑，欣然作《仙坛倡和诗》十首和之，并撰《天台泐法师灵异记》力驳世人的怀疑。扶箕、扶鸾、扶卟，亦称为扶乩降神。汤显祖撰《坐隐乩笔记》，认为凡以乩仙言事者多出于“自见自矜”和“炫奇骇世”的目的。即金圣叹化身泐公行法事，只是手段。目的是什么？可以推测，吴良辅导演的临济宗和尚圈演员，应该有金圣叹的角色。

6. 围绕着顺治的一堆背景可疑的临济宗和尚，到底干了什么让顺治俯首深信？临济宗与天台宗本是一脉。泐法师的“泐”已明确表明金圣叹属于临济宗。《说文》解释“泐”是“水石之理也”，就是石头的裂纹，就是“石头记”。金圣叹在《读第六才子书西厢记法》曾“预言”《红楼梦》这样的巨著即将诞生：“仆今言灵眼觑见，灵手捉住，却思人家子弟何曾不觑见，只是不捉住。盖觑见是天付，捉住须人工。今《西厢记》实是又会觑见，又会捉住，然子弟读时，不必又学其觑见，一味只学其捉住。圣叹深恨前此万千年，无限妙文已是觑见，却捉不住，遂成泥牛入海，永无消息。”“泥牛入海，永无消息”不就是顺治出家始作俑者憨璞性聪的死前之偈？合理解释是金圣叹参与了招魂董鄂妃。总导演吴良辅在顺治死后就被乱棒打死，金圣叹被借机除掉就好解释了。

7. 金圣叹的朋友圈除了钱谦益与临济宗，还有老师王思任与挚友王斫山。老师是抗清硬骨头，王斫山做派很像顾炎武所为。王思任就是骂阮大铖“吾越乃报仇雪耻之国，非藏垢纳污之区”的烈士。顺治三年（1646）六月，绍兴城破。清巡按御史王应昌请王思任出山，王思任说：“社稷留还我，头颅掷与君。”绝食数天而死。王瀚，字其仲，号斫山，别署香山如来国忠人。他曾豪爽地赠给金圣叹三千两银子，金一个月全花完（拿去干什么了？）。与金圣叹同款，王思任与王斫山喜谐谑嘲弄，谈吐风趣。“我侬两个，忒煞情多。好一似练一块泥，捏一个你，塑一个我。却将来一齐都打破，再团再练，再捏一个你，再塑一个我。那时节我泥里有你也，你泥里也有了我。”这句话就是贾宝玉说的捏泥人，原创就是王斫山。从金的师友圈基本可以验证金圣叹是秘密反清成员。

综合以上，金圣叹可以重新画像。他评小说是与《红楼梦》以及脂砚斋相同立场与思想（反礼教争自由，甚至造反）。他的师友圈王思任与王斫山以及钱谦益，或反清或“通海”。他作为“泐法师”，为女子招魂，只是手段，是为了配合“主业”（与师友一致）。通过吴良辅及憨璞性聪等和尚，他才与顺治牵上线。他和吴良辅的被处死是因同一件不能说的秘密案件，就是顺治为董鄂妃出家五台山疑案。传说顺治出家的五台山善财洞，正是五台临济宗祖庙。真实的情况是顺治被妖术迷惑而死，木陈忞编了个谎言，说顺治西游转世化为五台僧人之类。鳌拜坚决要处死吴良辅、汤若望与金圣叹，而孝庄与康熙心中尚存一丝念想而已。

拾伍

洪门前后五祖：柳湘莲与柳五儿，麻将与十四

◆
◆
◇

柳湘莲、冯紫英、北静王，是《红楼梦》中少有的几位英气男儿。特别是柳湘莲，作者为他倾注的心血仅次于贾宝玉。与他交往最多的是宝玉和薛蟠，与他相关的是尤三姐。他从名字上与黛玉、湘云为“三湘”，与柳五儿为“二柳”，与英莲为“二莲”。他的原型，笔者推测有三位：柳敬亭、冒襄（冒辟疆）、朱之瑜（朱舜水）。柳五儿，兼有黛玉和晴雯的风姿，可对应洪门后五祖。前五祖明的是：洪英（冯紫英）、王夫之（史湘云）、顾炎武（晴雯）、方以智（跛足道人、甄士隐）、黄宗羲，暗的是柳湘莲代表的冒襄、柳敬亭、朱舜水等。他们的根据地是郑成功的“小中华”大观园、“赖大花园”台湾。《红楼梦》的第 47、48、49 回可看作是郑成功和汉留洪门与福临政权的博弈。之前的故事背景是双方合谋，与清朝朝廷的另外一派孝庄（贾母）、范文程（鸳鸯）、洪承畴（贾琏）及汤若望（马道婆）联手，“做”掉了多尔衮、多铎、阿济格三兄弟（即贾赦、贾环对应的王子腾、王子胜）一派。

柳湘莲主要有以下故事（多次强调十四日）：

1. 平安洲退匪救薛蟠结为兄弟。此故事作者故意用反逻辑的倒叙，（柳湘莲如何可能与薛蟠结拜？ ）可对照的历史事件是几方合谋在“永平”谋杀多尔衮等。多尔衮计划在永平喀喇城（句容郡王祖地大宁）修建别都，可能想学周公修建周洛阳（后来康熙在此修建了避暑山庄）。第47回反而详细描写了二人结拜及不毁约的誓言，暗示薛蟠因背盟被打，从中可见吴三桂与多尔衮白马盟誓结为兄弟，在一片石之战中击败李自成（结拜了生死弟兄，如今一路进京）的故事。后多尔衮背盟，吴三桂以此借口起兵（吴说满清欠他家半壁江山，原约划黄河而治）。吴三桂于康熙十三年（1674）元宵节后，发动了三藩之乱。果然，《红楼梦》第1回就预报过“好防元宵佳节后，便是烟消火灭时”。郑成功北伐南京，几乎是探囊取物，奇怪的是等投降过程中被反突袭功亏一篑，败得十分离奇。清军主将管效忠反败为胜立下奇功，却仅仅因为损失了数千“真满”而被发配满洲为奴，也极其反常。也许就是因为一个等对方履行划江密约，另一个出了个二杆子，坏了密事（郑成功的和谈代表在北京和福临谈得还算友好，一出城就被另一派追杀）。

2. 第47回贾母打麻将（十严、二饼）之后，在赖大花园里柳、薛聚会（赖是专门设计），柳在北门外苇塘（厦门海滩）诱打薛蟠。与之相似的是孝庄、福临毁约耍赖（按约划江而治，福临亲政与郑成功、吴三桂三分天下，串联的麻将“耳报神”“探子”贾琏是洪承畴）。郑成功厦门之战大捷（洪门洪旭一直是厦门基地总管）。贾母麻将的十严对应王熙凤出牌“二筒”，在书中说的可是“命”与“埋伏”，就是二炮船十面埋伏，围歼清军。有史料《延平王起义实录》的手抄本详细记录顺治炮毙于厦门，这当然只是野史，但《红楼梦》关于“麻将”的特别记载不会完全是无稽之谈。

3. 薛蟠与柳湘莲“调情”，可对照了解清朝招降郑成功一事。顺治十年（1653），清廷让郑芝龙写信给郑成功，劝降郑成功。郑成功则将计就计，虚与委蛇，趁机派兵前往福建、广东沿海招兵买马，筹集粮饷物资。顺治十五年（1658），郑成功、张煌言北伐，七月进抵南京城下。顺治的反应就像薛蟠被打蒙了，又怕又怒，确实心虚。汤若望记载他曾想亲征：“（皇帝）完全失去了他镇静的态度，而颇想作逃回满洲之思想。可是皇太后向他加以叱责，她说：他怎么可以把他的祖先们以他们的勇敢所得来的江山，竟这么卑怯地放弃了呢？他一听皇太后底话，这时反而竟发起了狂暴的急怒。他拔出他的宝剑，并且宣言为他决不变更的意志，要亲自去出征，或胜或死。为坚固他的言词，他竟用剑把一座皇帝御座劈成碎块。他要照这样对待一切人们，只要他们对于这御驾亲征的计划说出一个不字来。皇太后枉然地尝试着用言词来平复皇帝底暴躁。另派皇帝以前的奶母到皇帝面前进劝，可是这更增加了他的怒气。各城门已贴出了官方的布告，晓谕人民，皇上要亲自出征。登时全城内便起了极大的激动与恐慌。”

4. 柳湘莲远走他乡避祸，可对照郑成功退守台湾。顺治十八年（1661）八月十三日，清廷采纳降将黄梧密陈的灭郑成功之策下“迁界令”，福建、广东、江南、浙江四省滨海居民各向内地迁移三十里，“令下即日，挈妻负子载道路，处其居室，放火焚烧，片甲不留”。郑成功已无法在大陆沿海立足（同年清廷还杀了郑芝龙）。“赖大花园”则为第 56 回“探春兴利除弊”埋下伏笔。贾探春治理大观园参考赖大花园的管理经验，指的是郑经、洪旭、陈永华政权（探春是隆武系）治理台湾的成就。探春在与宝钗争论时，宝钗搬出“朱子”朱熹，探春创造了“姬子”回应。香菱“慕雅女雅集苦吟诗”，同时也指洪旭、陈永华在台湾立孔庙，建学堂，推行汉化教育。“迁界令”是海洋贸易战的鼻祖，也是人类历史上唯一一次获胜的“大陆封锁政策”。对阵双方是“康熙 + 荷兰”和“台湾 + 英国 + 日本 + 南洋据点”。最终结局是 1683 年后清政府在台湾设置行政管理机构。几乎与此同时的 1688 年，荷兰执政的威廉三世带领海军陆战队与英国贵族配合占领伦敦，威廉三世成为英国国王。“光荣革命”也几乎是“商周革命”的翻版。

5. 柳湘莲怀疑尤三姐（改邪归正），收回鸳鸯剑，尤三姐自杀，可对照的是郑成功怀疑郝尚久（李成栋手下主力），也对与李定国联合迟疑。“鸳鸯剑”当然指军事联盟，联盟失败的后果是“揉碎桃花红满地，玉山倾倒再难扶”。第一导致郝兵败，“潮州屠城”。郑成功被吴六奇（贾琏）设计，南征败退，“贾琏把事情办砸了”。李定国提出与郑联姻（鸳鸯剑），打通两广，郑没能及时响应。李定国孤军败于吴三桂等。洪承畴当年骗降了郑芝龙，此时他又是吴三桂的上司，总督对付李定国，总之是个搅屎棍。

6. 贾琏是这几回中与柳湘莲总一块出场的奇怪活跃人物，参与麻局、酒局、情局，勾搭鲍二家的。第 48 回贾琏因为扇子事埋怨贾雨村害人家破人亡，被父亲打了一顿，书中平儿说的话颇让人玩味。她一开始便拉宝钗忙说道：“姑娘可听见我们的新闻了？”“老爷把二爷打了个动不得”。平儿还咬牙骂道：“都是那贾雨村什么风村，半路途中哪里来的饿不死的野杂种！认了不到十年，生了多少事出来！二爷只说了一句：‘为这点子小事，弄得人坑家败业，也不算什么能为！’因此这是第一件大的。这几日还有几件小的，我也记不清，所以都凑在一处，就打起来了。也没拉倒用板子棍子，就站着，不知拿什么混打了一顿，脸上打破了两处。”不知怎么打的，反正脸上花了，所以有了后文的“要玫瑰露”。

可对照的历史事件是洪承畴打败李定国回京，就被“打脸”，以“三等轻骑都尉”回乡（顺治十八年，即 1661 年春，鳌拜主导庄廷鑨私著《明史》案发，4 月洪承畴回乡）。打麻将时，贾琏鬼鬼祟祟，贾母特地提到对付鲍二家也是有所指。洪承畴才能很大、很现实，他只忠于自己。先是叛明投降皇太极；皇太极死后，他联手多尔衮干掉皇太极长子豪格，多尔衮从此就把洪当心腹；之后他又联手孝庄干掉了多尔衮；让叛清的吴三桂驻守云南，也是洪承畴力主的。可能出于报复心理，时人有诗“赞”洪承畴：“五族争大节，华夏生光辉。生灵不涂炭，功高谁不知。满回中原日，汉戚存多时。文襄韬略策，安裔换清衣。”

7. 柳湘莲跟着跛足道人剃发出家当和尚（跟着道士当和尚？），不知所终。现实中的洪门力量最终向南洋、东洋、西洋流散。至少可以明确的是朱舜水流散日本，郑家后人有的去了香港及南洋，不排除还有去英法的。此情节也暗指陪着福临玩的那几个“和尚”恐怕不是真的和尚。顺治法名“行痴”，这就是第 48 回多次提及薛蟠“长行”的意思。顺治皇帝从未到过五台山，“出家五台山”与董妃之说，都是吴梅村配合清廷的胡诌假话。现存图片里，憨璞性聪、玉林通琇、茆溪森、道忞四人中至少二人图像都带发（非光头）。玉林通琇、道忞都以明朝遗民自居。玉林通琇是江阴屠城的幸存者，道忞庙里类似方以智出家的南京天界寺，都是遗民。郑成功就是延平郡王，福建延平人憨璞性聪，不管出于什么目的，他是与吴良辅勾结好，先弄好庙，再等福临“偶遇”上钩的，福临也是安排吴代他出家当天得病（顺治死后，吴被康熙棒杀）。总之，这几个来自反清重地的和尚背景不简单。始作俑者憨璞性聪后来离开大内，去福建邵武安国寺任住持，直到圆寂（延平、邵武以及传说的南少林莆田都是一个区域）。他主张三教本同（类似方以智）。在圆寂前作偈一首：“今年五十七，捏碎娘亲鼻。一生受用中，无得亦无失。昨夜两个泥牛闯入海，直至如今无消息。咦！真消息，今朝西廊打破东廊壁，收拾傀儡归去来，莫教特地成狼藉。”这首偈明说了他的同伙“入海”了便“无消息”，就是“海禁”。“西廊打破东廊壁”隐约指的是福临这个“傀儡”被“收拾”了，痛苦留给顺治的“娘亲”“捏碎鼻”。“莫教特地成狼藉”当是康熙报仇“火烧南少林”的预言吧。

汉留洪门后人是后五祖。书中代表是“柳五儿”，她仿如晴雯复生（北汉留顾炎武），眉眼及虚弱状似黛玉。柳五儿被冤屈软禁，令人联想起“火烧南少林”（相传，公元 1674 年，康熙突然下旨令三千御林军火烧南少林）等血案及后果。洪门就是汉留汉门，因为丧失了中原的土地，所以在“漢”字里要除去“中土”就成为“洪”字。洪门天地会祖师“万云龙”和尚，应该就是方以智本人。“万”是“方”去头，既表达决死之心，也为了纪念。

方以智与弟弟方其义，及陈子龙、夏允彝创办了“武”的复社兄弟党“云龙社”。方其义武功高强，是明军名将，他与陈子龙、夏允彝等都死于抗清，都是英雄烈士。方以智也文武双全，剑术高超。有学者考证，洪门天地会的“三点革命宗”即来源于方以智《东西均》哲学概念“所以”“∴”（这个方氏哲学符号一百年后才被剑桥引用为数学符号）。有人考证广东天地会分支“江相”帮堂主，就是方以智儿子“方中通”（方大洪），“江相”即江湖宰相方以智。方以智因“粤案”而被捕于江西，押往广东受审。为成节义，也为保守组织秘密，在惶恐滩跳河殉义。

很特别的是，第 47、48 回刻意强调“十四”日。第 47 回贾母打麻将、赖大花园聚会、北门外苇塘打薛蟠的日子，都是“十四”日。第 48 回薛蟠与张德辉外出一年游艺还是强调“十四”日。书中：

薛姨妈命人请了张德辉来，在书房中命薛蟠款待酒饭，自己在后廊下，隔着窗子（为何隔着窗子？为何不能同桌？暗示孝庄太后垂帘），向里千言万语嘱托张德辉照管薛蟠。张德辉满口应承，吃过饭告辞，又回说：“十四日是上好出行日期，大世兄即刻打点行李，雇下骡子，十四一早就长行了。”薛蟠喜之不尽。至十四日一早，薛姨妈宝钗等直同薛蟠出了仪门，母女两个四只泪眼看他去了（香菱呢？）方回来。

《红楼梦》在涉及薛蟠跟着张德辉出游时，连续强调“十四”，必有埋伏。对于朱舜水、冒襄、方以智、郑成功，还有顺治，“十四”都是刻骨铭心的。包括十四日、顺治十四岁、顺治十四年、永历十四年等。顺治人生中的“十四”至少有如下 7 项：

1. 顺治十四岁清算多尔衮亲政：顺治八年（1651 年，顺治十四岁），顺治扳倒多尔衮亲政后，对多尔衮开棺戮尸，囚禁其同党阿济格等。意大利传教士卫匡国在《鞑靼战纪》中记载：“顺治帝福临命令毁掉阿玛王（多尔衮）华丽的陵墓，他们把尸体挖出来，用棍子打，又用鞭子抽，最后砍掉脑袋，暴尸示众。”（详见前文“天王补心丹”“为君的药”）

2. 顺治十四年（1657）底，清廷部署进兵云贵：这是永历政权灭亡的最后一战。当时，孙可望在发动对李定国的战争中失败，投降清朝。清廷决定乘机以吴三桂进兵云南，郑成功则利用清军主力向西，策划东线北伐。

3. 顺治十四年，顺治开始信佛：顺治帝亲政后，太监吴良辅等人在肃清多尔衮势力的过程中起了重要作用，成为亲信总管。顺治十四年，顺治帝去遵化打猎，路过京郊海会寺，在太监的安排下，邂逅禅僧憨璞性聪（之前与吴良辅勾结，对皇帝的心性了如指掌，每发一言必中顺治的心底），又召之入宫中，请教佛法。顺治赐性聪“明觉禅师”封号。此后，顺治帝就成了禅宗的忠实信徒。顺治帝还通过性聪陆续召见了玉林通琇、道忞和茆溪森，谈经说法。顺治帝对他们都十分宠眷。通琇还为福临起了法名“行痴”“痴道人”，道忞则吹捧顺治帝为“承愿示生”“光显吾宗”的“佛心天子”。在他们的熏陶下，顺治帝对佛教着了迷。他竟对道忞说，自己前身一定是僧人，所以一到佛寺，看见僧家的明窗净几，就不愿意再回到皇宫。临济宗因此声势大振。这几个和尚类似觉浪与方以智，背景可不简单。对此后文会详细述及。

4. 十四日消失的“虚人”“张德辉”：陪同薛蟠外出的“张德辉”，在十四日出发时，对一下人数只有 6 人，你会发现没他了（派下薛蟠之乳父老苍头一名，当年谙事旧仆二名，外有薛蟠随身常使小厮二人，主仆一共六人）。作者特别提醒，这是一位“虚人”。暗示陪福临的临济宗的一堆和尚，借皇权谋取教权。关键谋划人物太监总管吴良辅后被康熙乱棒打死，其手下太监被遣散。对应元史真人《张德辉》记载：张德辉，字耀卿，“卒年八十”。他做的最主要的事情是请忽必烈为“儒教大宗师”，“世祖悦而受之”。因启：“累朝有旨蠲儒户兵赋，乞令有司遵行。”从之。张德辉乘机让忽必烈免了儒户家的兵赋。因此《红楼梦》暗示吴良辅安排的“虚人”“张德辉”，就是那些和尚，是忽悠顺治作佛教后台，而这些和尚有“复汉”背景。

5. 顺治十四年十月，董鄂妃生皇四子，即封太子：顺治十五年（1658）正月，太子不满半岁即不幸夭折，董鄂妃悲痛欲绝。福临从此日渐消瘦，精神不振。他曾与高僧道忞说道:“我现在再也不能与人同寝了。”道忞说道:“皇上是和尚转世，所以不忘禅门习气。”顺治十七年（1660）八月十九日，福临最宠爱的董鄂妃病亡。办完丧事，当年十月十四日，福临突然宣布自己要剃发为僧，引起轩然大波；十月十五日被玉林通琇及孝庄制止（“玉带林中挂”）。

6. 顺治十八年（1661），正月十四日，宣布顺治驾崩。根据清代翰林院王熙《王熙自定年谱》记载：顺治十八年正月初二日，顺治帝前往悯忠寺（今法源寺）观看代他出家的吴良辅的出家仪式，回来后“圣躬少安”，顺治帝突然病倒。曾为顺治帝撰拟董鄂妃祭文的张宸记载:“十四日，焚大行御冠袍、器用、珍玩于宫门外。时百官哭临未散，遥闻宫中哭声，沸天而出，仰见皇太后黑素袍，御乾清门台基上，南面，扶石而立，哭极哀。”

7. 顺治《罪己诏》十四事。顺治帝口述遗诏《罪己诏》“以十四事罪己”：重用汉官，疏远满臣；不体察民艰，兴建殿宇；任用阉人，营私舞弊；贪图安逸，疏于理政，等等。《罪己诏》实际意味着孝庄与鳌拜等清王朝落后势力复辟成功，修正顺治新政。相对于中华大历史，就是开了文明倒车。文字狱政策也在鳌拜部署下开始了。第一案黄培案与第二案庄廷鑨案都与顾炎武有关。

顺治初拟立一从兄弟，立康熙是孝庄的意见，汤若望执行。立弟不立子确实奇怪，所以贾母打麻将时挤兑贾琏说“赵二”家，就是宋太祖赵匡胤与太宗赵光义兄弟“烛影斧声”。在顺治立康熙中发挥关键作用的是汤若望。汤若望，先后授太仆寺卿、太常寺卿、通政使并赐号“通玄教师”。1661 年，顺治一死，有人告汤若望罪：潜谋造反；邪说惑众；历法荒谬。1664 年冬，鳌拜逮捕了已中风瘫痪的汤若望和南怀仁等传教士。康熙三年（1664）会审汤若望，廷议凌迟处死。汤若望获孝庄特旨释放，而其他十多名同党都被斩头。中西历法之争，由来已久，吴明煊在顺治十六年（1659）便举报汤若望天算错误，结果反落个“诈不以实”罪。说明鳌拜认为汤若望参与了顺治之死，只是以“历法荒谬”为由，处置“潜谋造反”。因此才会廷议凌迟处死。汤若望实际为孝庄办事，才会被孝庄出面“特赦”。

对于“十四”，《红楼梦》作者们同样很敏感。不仅他们个人刻骨铭心，而且郑成功北伐失败、永历政权的覆灭与顺治之死，意味着“红区”“白区”两条战线的全面失败。

1. 朱舜水“知己”十四日死祭：顺治八年（1651 年，顺治十四岁）八月十四日，南明兵部侍郎王翊不屈而死，朱舜水闻知后于八月十五设祭，终生不过中秋。朱舜水，原名朱之瑜，与王翊在四明山结寨抗清，奔走各地，联络义军。顺治四年至十五年（1647—1658），四次东渡日本借兵未成。途中辗转安南（差点被越南国王强行留下或杀死）等地，历尽艰险。其间，南明唐王、鲁王多次诏征授职，俱力辞不受。后参加郑成功北伐舰队，任监军。朱舜水称王翊及日本大儒安东为“知己”。

2. 顺治十四年（1657）春，方以智访冒辟疆于水绘园，作画并赋诗：“懈留一曲水龙吟，碧落传来墨迹深。两字久翻天上影，半闲题出故人心。全家浪里船如铁，依枕潮来剑有音。此调绝时风正起，伯牙还抚没弦琴。”当时，郑成功已经攻占福建，正准备北伐南京，此时以冒辟疆为中心的明遗民聚会水绘园，应该都心情兴奋，故而方以智说“依枕潮来剑有音”。

顺治十四年（1657）秋，冒辟疆回金陵。冒在此讲学，大会亡明志士，配合响应郑成功北伐，方以智于合山庐墓写诗，遣儿子方中通交给冒辟疆：“弹指何论二十年，竹关出手更凄然。今伤两地风吹木，影对三生水是田。漫说白毫藏兔窟，各教黄口弄狮弦。一场翻尽关山曲，痛杀人间不许传。”

朱舜水在郑成功北伐失败后流亡日本。王翃之死既是友悲更是国恨。方冒相会与冒回南京、顾炎武沿江相望一样，都是为配合郑成功北伐。“一场翻尽关山曲，痛杀人间不许传”很可能指北伐失败，相约改写《石头记》。因此“十四”也是《红楼梦》成书的重要节点。

顺治之死是明清对抗的节点。顺治十八年（1661）顺治帝驾崩，清王朝朝廷太监总管吴良辅被处死，洪承畴等汉官被清除，汤若望等被清洗。南明永历李定国被吴三桂击败逃到缅甸；郑芝龙被杀，郑成功退到台湾后很快暴毙，大陆已经没有明朝的政权。因此《红楼梦》第49回“琉璃世界白雪红梅　脂粉香娃割腥啖膻”。东方琉璃世界是药师佛的净土，药师佛手持药钵，医治一切众生之病源——无明痼疾（无明）。这一回与上一回的连接就是香菱（英莲）学诗“苦吟诗”。主题是“无明”后的“梅”与“柳”。梅及出场的薛宝琴指台湾“小中华”政权；柳指的是柳湘莲、柳五儿代表的是仍在大陆隐蔽战斗的汉留洪门。

关于柳湘莲，《红楼梦》中交代：原是世家子弟，父母早丧，读书不成，素性爽侠，不拘细事。平日，酷好耍枪舞棒，赌博吃酒，以至于眠花卧柳，吹笛弹筝，无所不为。而且他生得俊美，喜欢客串风月戏。第一回的《好了歌》提到了柳湘莲：“训有方，保不定日后（甲戌侧批：言父母死后之日）作强梁（甲戌侧批：柳湘莲一干人）。”薛蟠、薛宝琴、贾宝玉与柳湘莲，都是“五月初三”的生日。而1644年阴历五月初三，多尔衮以摄政王身份，在北京武英殿宣布在中原九州十八省执政。五月三日就成了红楼梦中大清的国庆日，也是反抗组织耿耿于怀的日子。

柳湘莲，同柳五儿一个姓，“柳”字绝妙，蕴含多重含意：

1. 与“留”同音，与“刘姥姥”一样提示暗示“汉留”。唐代大诗人杜甫诗曰“漏泄春光是柳条”，柳和迎春花一样是春的使者。柳五儿暗示，柳“留”们与五柳先生陶渊明一样，隐身江湖，甘贫乐道，不为满清王朝五斗米折腰。隋炀帝下旨开凿济渠（大运河），在大堤两岸栽植柳树。诏令百姓栽柳，并御封柳树姓杨。白居易《隋堤桥》诗："大业年中炀天子，种柳成行傍流水，西自黄河东接淮，绿影一千五百里。"大运河将关中与江南及燕云（五代时期的幽州、云州）连接起来，河水中流淌的不正是源远流长的汉文明，不正是"汉留"的"柳"们的"红楼大梦"？

2. 柳与湘，对应柳敬亭的柳与冒襄的襄。柳敬亭和柳湘莲一样是一位侠士，他还是左良玉大军的军师"柳将军"。左梦庚降清后，柳敬亭流落江湖成为大受欢迎的说书人（阮大铖追捕），类似柳湘莲时常客串"优伶"。黄宗羲《柳敬亭传》："15 岁时强悍不驯，犯法。得泰州府尹李三才为其开脱而流落在外。先后逃亡于泰兴、如皋、盱眙。后变姓柳，改名逢春，号敬亭。既在军中久，其豪滑大侠、杀人亡命、流离遇合、破家失国之事，无不身亲见之。且五方土音，乡俗好尚，习见习闻。每发一声，使人闻之，或如刀剑铁骑，飒然浮空；或如风号雨泣，鸟悲兽骇。亡国之恨顿生，檀板之声无色，有非莫生之言可尽者矣。"冒辟疆写过《赠柳敬亭》："忆昔孤军鄂渚秋，武昌城外战云愁。如今衰白谁相问，独对西风哭故侯。"说的是柳敬亭刚到武昌拜见左良玉时，左误认为柳不过是一位江湖艺人，不宜从军，想试试他的胆量，令手下在军幕中排列长刀兵，柳敬亭面对钢刀，谈笑自若。左良玉暗暗称奇，于是留他在军幕之中，日夕谈论《三国》《水浒》中的谋略战例。他为左良玉出谋划策，深得左的信任。冒辟疆重逢柳敬亭，还有一首诗相赠："游侠髯麻柳敬亭，诙谐笑骂不曾停。"吴伟业《柳敬亭传》说他"一日说一回，定价一两，十日前先送书帕下定，常不得空"。康熙元年（1662），柳敬亭随清漕运总督蔡士英北上，演出于北京各王府之间，"柳生敬亭以评话闻公卿，入都时邀致接踵"。

与柳敬亭相交的冒辟疆是"明末四公子"之一，复社的中坚人物，在秦淮就有豪侠之名，曾积极参与揭露阮大铖的"公揭事件"。他的战友方以智

（血书救父）、黄宗羲（击毙狱卒）、顾炎武（暗杀恶奴）、傅山（游行救师）、王夫之（自残救父）也都是“荆轲”“真侠”。推测冒辟疆必然会加入“汉留”。《红楼梦》“三湘”共性是身藏侠骨，行裹侠风。冒辟疆（冒襄）不仅名字与“湘”同音，而且有着深厚的湖湘情结。冒父曾在衡阳做官，冒辟疆前往省亲，他家水绘园里有“小浯溪”“浯溪桥”及“悬霤峰”“湘中阁”。浯溪发源于湖南永州阳明山，悬霤峰是衡岳七十二峰之一。冒辟疆念念不忘吴湘逸（扣扣），冒诗《小姬湘逸》：“痴态若云谁得见，画堤飞起两鸳鸯。小阁湘中云水乡，有人如玉共文房。三吾昔日应无此，赢得幽情恼漫郎。鐍户才知春昼长，殷勤罗袖拂花黄。眉言眼语真奇秀，始信人间别有香。”（指代湘云）

柳湘莲浪迹天下，“天天萍踪浪迹”，一别就是在“外头逛个三年五载再回来”。与他的行迹最可以类比的还有一位“朱舜水”。与顾炎武及其山西、陕西战友国内奔波不同，朱舜水常年漂泊海外（东洋、南洋），可以对照后来的孙中山等人。朱舜水原名朱之瑜（1600—1682），字鲁屿，日本尊称为“日本孔子”舜水先生（思恋姚江圣水），是阳明学传人，明末三大家。弱冠后见国是日非，无意仕途。崇祯、南明福王、唐王、鲁王多次诏征不受。清兵占领浙江后，与王翊在四明山结寨抗清，负责奔走联络。顺治四年至十五年（1647—1658），四次东渡日本借兵，以图恢复明室，均未成。途中辗转安南等地，历尽艰险。顺治十六年（1659），受郑成功、张煌言邀，返国参加北伐，并担任第二舰队监军。北伐失败后复流亡日本。1665 年，被德川光国聘为宾师，迎至水户讲学，德川光国欲为其建新居，以“耻逆虏之未灭，痛祭祀之有阙，若丰屋而安居，非我志”4 次力辞。1672 年，德川光国设置彰考馆，由朱舜水门生安积觉任主编，聘请朱舜水指导编纂《大日本史》。朱舜水 1682 年卒于日本，享年 83 岁，其开创日本新学，同系血脉产生了明治维新“前三杰”“后三杰”等。

柳湘莲、顾炎武、朱舜水等四处奔波需要财力与接应，背后应有汉留隐秘势力。

汉留即洪门前身，由洪英、顾炎武、方以智、王夫之、黄宗羲前五祖创立。洪英为早期领袖（也是柳湘莲和北静王的形象原型）。洪英与姜镶同守大同（洪英原籍大同太平县），姜镶反正归南明永历。山西、陕西响应，导致多尔衮、阿济格几乎倾巢出动，鏖战一年（多尔衮入关后第一次离开朝廷，带军出征），期间多铎在后方得天花暴毙，同期阿济格老婆、多尔衮大老婆全部天花而死。多尔衮东西失措，本来就弱的身子骨被累垮，年底才会坠马，才会到孝庄老家永平修养。永平就是书中的“平安洲”，就是前文“玉”家句容郡王祖地大宁“武安”“武平”，多尔衮在此被孝庄的哥哥进药一剂而亡，顺治才能亲政。如此重大的关键事件，《红楼梦》才会写了一出“害死张金哥”。正因为此，多尔衮才恶狠狠地下令屠杀大同“云光”。也正因为此，康熙才会五上五台山，和下江南一样，都是为了安抚被屠杀最严重的地区。大同当时只剩下监狱中 5 个重刑犯，新知府上任请示把他们放了，因为苦主、受害人都死光了。汉留洪门为顺治扳倒多尔衮付出了如此惨痛的代价。“平安”“云光”两大血案，这就是薛蟠背盟被打的原因。

洪门后五祖“柳五儿”：

原来柳家的有个女孩儿，今年十六岁，虽是厨役之女，却生得人物与平、袭、鸳、紫相类。因她排行第五，便叫她五儿。只是素有弱疾，故没得差使。近因柳家的见宝玉房中丫鬟，差轻人多，且又闻宝玉将来都要放她们，故如今要送到那里去应名。

“眉眼儿有点像你林妹妹”。柳五儿秉晴雯之姿（容貌与傲），就连宝二爷看着“身上只穿着一件桃红绫子小袄儿，松松的挽着一个髻儿”的柳五儿，也觉得“居然是晴雯复生”。芳官与柳五儿最好，此处“芳官”应该指“方世玉、洪熙官之类”。所以第 49 回香菱学诗，咏“丝丝柳带”“护玉盘”，虽然是“残粉轻霜”，在“梦醒西楼人迹绝”后，“余容犹可隔帘看”：

非银非水映窗寒，拭看晴空护玉盘。

淡淡梅花香欲染，丝丝柳带露初干。

只疑残粉涂金砌，恍若轻霜抹玉栏。

梦醒西楼人迹绝，余容犹可隔帘看。

柳五儿初次亮相是在第60回“茉莉粉替去蔷薇硝　玫瑰露引出茯苓霜”。主要的故事就是一堆药引发的冤案。正是由她的“素有弱疾”才引出了“茉莉粉、蔷薇硝、玫瑰露、茯苓霜”四副药。芳官为她讨要玫瑰露（“再不承望得了这些东西”，“是个尊贵物儿”，“把这个倒些送个人去，也是大情”），宝玉见芳官回来，又说还要些玫瑰露与柳五儿吃去，宝玉忙道：“有的，我又不大吃，你都给她去罢。”说着命袭人取了出来，见瓶中亦不多，遂连瓶与了她。宁府当差的姑妈家送茯苓霜，“广东的官儿来拜，送了上头两小篓子”。茯苓霜与玫瑰露一样，都是名贵药，王夫人、宝玉用以补身吃的（王夫人给宝玉玫瑰露还舍不得）。所以后文中即使少爷贾环、主子赵姨娘想吃也只能暗地里央彩云去偷。柳五儿却吃着这些尊贵物儿？柳五儿就不是普通小丫鬟。“广东的官儿”送了上头两小篓子茯苓霜，指的是“柳五儿”的基地是两广，推测她就是方以智的后人方中通等。

“怪俊，雪白”的茯苓霜“正是外甥女儿才吃得的”，“拿人奶和了，每日早起吃一钟，最补人”。白茯苓可健脾，与人参、白术、甘草合用称四君子汤（柳五对应四君子、四公子）。茯苓是寄生在松根上的真菌，古人以为它是松树精华所化，称茯灵（茯苓）、茯神或松苓。葛洪《神仙传》中说“老松精气化为茯苓”，《神农本草经》称“久服安魂养神，不饥延年”，是慈禧的最爱。柳五儿、四君子、复社、汉留、洪门，不忘“茯苓”初心，要治中华脾胃气虚、运化不利，而且四君子汤以疗效稳健著称。这就是“风月宝鉴”说的几乎能包治百病的意思。

茉莉粉、蔷薇硝、玫瑰露，名字花哨，其实都是治表的美容药，对柳五儿没用。作者是故意强调最后“引出”茯苓霜，也再次暗示多尔衮只是坠马摔伤，无非用蔷薇硝处理伤口表皮，用茉莉粉外敷解毒，再内服玫瑰露活血化瘀即可。怎么就发生医疗事故了呢？怕读者不敏感，《红楼梦》作者在书中还特地明确写“茉莉粉、蔷薇硝、玫瑰露”的真实药效，真是用心良苦。

1. 茉莉粉：美容药，可清热和解毒，取粉擦脸可除面斑等，使面部光洁、白皙。《红楼梦》第 44 回，“宝玉忙将一个宣窑瓷盒揭开道：这不是铅粉，这是紫茉莉花种研碎了，兑上香料制的。平儿倒在掌上看时，果见轻白红香，四样俱美，摊在面上也容易匀净，且能润泽肌肤，不似别的粉青重涩滞”。

2. 玫瑰清露：其实就是蒸馏提取的玫瑰精华。玫瑰花性甘微苦，温、无毒，理气解郁，和血散淤。活血化瘀的作用非常强。也能消除因内分泌功能紊乱而引起的面部暗疮等症。《红楼梦》中，因为宝玉挨了父亲的毒打，王夫人让袭人给他吃玫瑰露，说可以“心中爽快，头目清凉”。写明疏肝解郁的药效。

3. 蔷薇硝：可能由蔷薇露和银硝合成。蔷薇的根、枝、叶、花均可作药，其性凉、甘、苦涩，可清热利湿、祛风、活血、解毒。医书记载蔷薇枝可治秃发；叶外敷可生肌收口；花则能清暑、和胃、止血，小量外用可治疗口疮及消渴，还能润泽肌肤，去发腻脂。“硝”是某些矿物盐，一般具有消散、拔脓、祛腐的功效，因而蔷薇硝治春癣等皮肤病。《红楼梦》第 59 回：“一日清晓，宝钗春困已醒。于是唤起湘云等人来，一面梳洗，湘云因说两腮作痒，恐又犯了杏斑癣，因问宝钗要些蔷薇硝来。”

脂本最后一次出现柳五儿是第 70 回“林黛玉重建桃花社　史湘云偶填柳絮词”这样的大文章里：

原来这一向因凤姐病了，李纨、探春料理家务不得闲暇，接着过年过节，出来许多杂事，竟将诗社搁起。如今仲春天气，虽得了工夫，争奈宝玉因冷遁了柳湘莲，剑刎了尤小妹，金逝了尤二姐，气病了柳五儿，连连接接，闲愁胡恨，一重不了一重添。弄得情色若痴，语言常乱，似染怔忡之疾。慌的袭人等又不敢回贾母，只百般逗他顽笑。

此前出现在第 63 回：

宝玉点头，因说："我出去走走。四儿舀水去，春燕一个跟我来罢。"说着，走至外边，因见无人，便问五儿之事（可见柳五儿对宝玉的重要）。

前文所述，"桃花社""柳絮词"是红楼诗社最后一次活动，也可以理解为"汉留"的最后活动，因为大陆汉土已经全部失去，"汉"字去"土"，之后就是"洪门"了。"柳五儿"代表的是汉留向洪门转化的几位重要的领袖，承上启下，就是"后五祖"。

第 61 回"投鼠忌器宝玉瞒赃　判冤决狱平儿行权"讲的就是为柳五儿平反。她被"软禁起来，一步不敢多走，心内又气又委屈。本来怯弱有病，这一夜思茶无茶，思水无水，思睡无衾枕，呜呜咽咽直哭了一夜"。柳五儿的妈妈柳嫂子是大观园内厨房主管，她巴结晴雯、芳官，因此怠慢了贾迎春的丫头司棋，被司棋领着缀锦楼的丫头们将大厨房一通乱砸。柳家的怕了，等司棋回去，她忙蒸了司棋要的蛋羹，却被司棋泼于地下。后因小丫头莲花儿等，她被牵连到"玫瑰露"事件。"玫瑰露"事件中柳嫂母女的冤情，指的是"公揭事件"中四公子们的冤屈。四公子中陈贞慧被抓入狱，冒辟疆、侯方域逃到扬州史可法处，方以智被通缉变装改名逃到广东。阮大铖们设计陷害复社公子们的目的就是为了独霸朝堂大权，类比秦显家的乘机买通林之孝家的，企图撵柳家母女出去，并接管厨房。柳五儿平反故事也说明洪门后五祖的中坚人物比如方大洪，正是被迎春、司棋代表的弘光政权冤案抓捕的方以智们的后人。为他们在南明政权平反的是宝玉以及此处"平儿"代表的延平郡王郑成功。《红楼梦》作者从不浪费笔墨，"柳五儿"平冤一事，现代读者看似小儿科，它代表的事件在那个时代却非常必要与重要。方以智被南明弘光政权通缉追捕，他在广东又拒绝了南明永历政权，同时他长子方中通还是多尔衮心腹陈名夏的女婿，在那个时代，为了继续领导反清复明，父子俩都是需要平反正名的，为他们平反的只有延平王了。

第 61 回开头，特意写了一段剃着杩子盖头的小厮，扭着柳嫂子，求她从园子里摘些果子吃，柳嫂子就说他是“仓老鼠和老鸹去借粮——守着的没有，飞着的有”（小厮的舅母姨娘就在园子里承包管理果树）。小厮听了，就揭出柳家的一桩隐私：柳家的女儿“有了好地方了”，柳家的不承认，笑道：“你这个小猴精，又捣鬼吊白的，你姐姐有什么好地方了？”那小厮就笑道：“别哄我了，早已知道了。单是你们有内牵，难道我们就没有内牵不成？我虽在这里听哈，里头却也有两个姊妹成个体统的，什么事瞒了我们！”这个情节指的是庄廷鑨案中吴之荣告官勒索、戴廷栻的“坠儿”偷“虾须镯”报官案、顾炎武济南占地案等等，提示汉留秘密组织以及它的继承者洪门还会面临的被贪利小人告发的危险。小厮的发型，“杩子盖头”，杩子就是马桶，极言投降清王朝并且告密的小人之丑陋。

大陆汉留归入台湾政权，成为洪门。作者为郑成功台湾政权取名“赖大家”，第一是为了扣题薛蟠“大无赖”“耍赖”，另外，赖也有倚靠仗恃的意思，依赖，仰赖。赖，金文 （束，囊袋）+ （负，驮着贝壳），表示用囊袋驮贝。造字本义：驮着满袋贝壳，心有所恃。与甲骨文金文的“朱”非常接近。指的就是在大陆“无明”的“琉璃世界”之后，最后由台湾背负重任了。

贾府有焦大、赖大“二大”。焦大的老兵身份也暗示了郑家的出身。赖大的母亲赖嬷嬷，在贾府里属于年高而有体面的嬷嬷。她与贾母谈话时，可告罪后坐在一张小凳子上，甚至成了贾母的牌友。贾母曾要她出钱凑份子为凤姐过生日，赖嬷嬷说：“少奶奶们十二两，我们自然也该矮一等了。”贾母道：“这使不得，你们虽该矮一等，我知道你们这几个都是财主，位虽低些，钱却比她们多，你们要和她们一例才使得。”赖嬷嬷家里也有楼房厦厅和一个十分齐整宽阔的花园。作为奴才，赖家的富有与特殊地位可见一斑。郑家本来就是武装走私集团，既是军阀背景也是独霸海洋贸易之利。

赖大的儿子赖尚荣（依赖上才荣）在贾府的帮助下做了知县（郑经在洪门领袖洪旭辅佐下上位延平郡王），赖嬷嬷连摆了三日酒，头一日，便请了贾母。贾母高兴，带了王夫人、薛姨妈及宝玉等，在赖大家花园中坐了半日（隆武、鲁王两个政权都依赖郑家）。赖嬷嬷并郑重声明：无论赖尚荣做怎样的官，永远是贾府的奴才（郑家一直用永历年号）。赖大家好像是忠贞，同时也似乎揶揄政治策略高明。赖尚荣也过着公子哥儿的生活，从小由丫头、老婆、奶妈捧凤凰似的养着，读书写字，走仕宦之道。三十岁做了知县。在任上，大肆贪污，“手长着呢”，连他兄弟都说：“我哥哥虽做了知县，他的行为，只怕也保不住怎么样呢？”（暗示郑经长不了）

焦大在第七回，因趁着酒兴，先骂大总管“赖二”，以及柳湘莲冤死尤三姐，指的都是郑成功不信任反正的李成栋，特别是对李定国、郝尚久的亏欠。郝尚久是李成栋之部将，顺治五年（1648 年，永历二年），李成栋反清归明，七月派郝尚久任潮州总兵。当时郑成功占据了揭阳，以郝尚久立场“不清不明”为由（同是军阀，郝尚久不遵郑号令），出兵攻击潮州，互有胜负。顺治七年（1650 年，永历四年）二月，清军尚可喜、耿继茂再进广东，郝尚久被迫降清，仍为潮州总兵，与吴六奇攻击揭阳郑氏。翌年郑氏撤出揭阳，南征失败。顺治九年（1652 年，永历六年）八月，尚可喜欲以南赣副将刘伯禄取代郝尚久，郝尚久不服抗命，顺治十年（1653 年，永历七年）三月十五日，郝尚久再次“复明”。耿继茂、吴六奇与喀喀木率十万清军进攻潮州，郝尚久腹背受敌。九月十一日夜，潮州城破，郝尚久与其子郝尧同投井殉难。清兵“屠城，斩杀无算”，大约有十万人被杀，史称“潮州之屠”。

清军江南之屠广为人知，通过《红楼梦》，“大同之屠”“潮州之屠”浮出水面。康熙、乾隆下江南，康熙、孝庄上五台山，谁也没去潮州。洪门前五祖的洪英与后五祖的洪旭起自大同，潮州与梅州为中心的粤东地区成为天地会发源地，也是南洋、澳洲等海外洪门组织的发源地，两广也成为近代反清革命的发源地。柳湘莲与柳五儿，大同云光与潮州之屠，台湾政权与两广基地，洪门的家史已经昭然而揭。

拾陆

『太子』香菱与宝玉葬花：荷香、稻香、佛香与桂香

◆
◆
◇

前文所述，“香菱”是香的中心，是朱明香火的种子；秦可卿、宝钗、黛玉、晴雯、金桂是香的主题，是几类大汉文明的体现。“香菱”的香是淡淡的红菱“野香”，有稻香村的意境；同时也是轻轻高洁的“荷花英莲”之“佛香”；又是红花、红果、红子的“石榴”遗香，是朱明“香火种子”。与她对比的是夏金桂的“桂花香”，与她交好的是晴雯的“药香”，为她衬托的是一起编柳花篮斗草的“草”，与她辉映的是白雪“红梅”。纷纷扬扬的大雪中，一剪红梅傲寒怒放。“无意苦争春，一任群芳妒”，“雪却输梅一段香”。方以智和她姑姑著名的对联讲的就是石榴“红珠”与红菱“白玉”。元妃与英莲（香菱），就是“红珠白玉”并蒂莲。

香菱是《红楼梦》里第一个出场最后一个退场的女子，却也是命运最为悲惨的一个。香菱一生，从被拐卖开始，被争夺、被占有、被抛弃、被殴打、被折辱，充满悲剧和坎坷，命运之凄惨远甚于十二钗。她甚至不知道自己是谁，从哪里来，几岁，对自己身世一无所知。作者借和尚给她评语：有命无运，累及爹娘。在这评语下脂批：“八个字屈死多少英雄，屈死多少仁人志士，屈死多少忠臣孝子，屈死多少词客骚人。今被作者将此一把眼泪洒与闺阁之中，见得裙钗尚逢此数，况天下之男子乎？”

何物能“屈死多少英雄，屈死多少仁人志士，屈死多少忠臣孝子，屈死多少词客骚人”？当然不是一个小姑娘，是群雄逐鹿的真“太子”。香菱的“香”对应到“贾元春”判词中的画“弓上挂着香橼”，可以认为元妃就是香菱，元妃与香菱都是崇祯太子朱慈烺在作品中的映射。

在第一回描写当中，香菱父亲甄士隐乃神仙一流的人品，嫡妻封氏，性情贤淑，深明礼义。《明史》记载太子朱慈烺就是“神仙一流的人品”，远胜其他王侯公子。第 4 回中，门子道：“这一种拐子单管偷拐五六岁的儿女，养在一个僻静之处，到十一二岁，度其容貌，带至他乡转卖。当日，这英莲我们天天哄她玩耍；虽隔了七八年，如今十二三岁的光景，其模样虽然出脱得齐整好些，然大概相貌，自是不改，熟人易认。况且他眉心中原有米粒大小的一点胭脂痣，从胎里带来的，所以我却认得。”朱慈烺也有明显胎记特征，虽然被各路豪强奇货可居拐来卖去，但不会认错，对应太子南京省亲相认的历史。香菱与袭人、晴雯、宝钗三人皆同庚，更是强调了她出身不凡。

香菱被拐子卖了给冯渊后，她自叹了一句：“我今日罪孽可满了。”本来是可以跳出火坑的，可《红楼梦》第 4 回的回目名字便指出了“薄命女偏逢薄命郎”。在南明史中，太子流落杭州，马士英得到密报，接到南京。然而，已经登基的福王以及靠拥立福王掌权的阮大铖们经过“算盘”的算计，岂能容他？香菱卖给冯渊，就如逃到杭州及金华的太子被密报马士英，马派人带到南京。冯渊，的确是“逢冤”，认者即死。太子被指鹿为马为王之明。

书中第 7 回描写香菱出场：

周瑞家（王夫人的陪房，老家金陵）往梨香院来。刚至院门前，只见王夫人的丫鬟名金钏儿者（香菱书中总是同姓名含“金”的人在一起，白金钏、薛宝钗、黄金莺、夏金桂，她本姓甄，是“真金”），和一个才留了头的小女孩儿站在台阶坡上玩。周瑞家的便拉了她的手，细细地看了一会儿，因向金钏儿笑道："好个模样儿，竟有些东府里蓉大奶奶的品格（秦可卿的容貌号称钗黛合一。秦氏是"十二花容色最新"，十二正钗的压轴人物。香菱是副册的压轴人物。香菱和秦氏是书中人物线索和结局的两面镜子和样本）。"金钏儿笑道："我也是这么说呢。"周瑞家的又问香菱："你几岁投身到这里？"又问："你父母今在何处？今年十几岁了？本处是那里人？"香菱听问，都摇头说："不记得了。"周瑞家的和金钏儿听了，倒反为叹息伤感了一回。

这一段描写非常吻合真太子在秦淮皇宫（梨香院）出场，当时他就站在宫外台阶上。北京来的老太监抱住他的腿哭。福王立刻处死了敢认他太子身份的这些人。他本人回答父母家乡年纪等问题，只能答"不记得了""全忘了"。因此能关押保命。

香菱这么命苦，在《红楼梦》中地位不高，身份是被拐卖少女、丫鬟、妾，却又有"蓉大奶奶的品格"，如此矛盾纠结的人物，在秦淮群芳中的原型应该是第一美人"王月"。按照明末另一个"冒辟疆"——张岱在《陶庵梦忆》《琅嬛文集》中的记载，"南京一时有两行情人：王月生、柳麻子是也"。王月生就是王月，"行情人"就是最高价的"角"，是秦淮风月之首（陈圆圆身价两千金，王月三千金）。王月出身朱市妓，比曲妓低，"南京朱市妓，曲中羞与为伍"；但是"曲中上下三十年决无其比也。面色如建兰初开，楚楚文弱，纤趾一牙，如出水红菱"。张岱说她出身低一等但是第一美人第一高价，而且如"红菱"。崇祯年间，金陵举行过一次声势浩大的"评花榜"，王月最终被评第一，并封号"状元"。有人题诗赞之曰：月中仙子花中王，第一嫦娥第一香。"第一香"+"出水红菱"，不就是"香菱"？红楼群芳的"状元""花中王"当然就是太子。前文所述的方以智妹夫孙临就是与隆平侯张拱微争王月失败而意志消沉一蹶不振。和陈圆圆一样命运曲折，张拱微战死后，王月后来嫁给四川举人蔡如蘅，本来以为能跟着"冯冤"过上平稳日子了，又赶上了张献忠破四川。东林党野史说是张献忠嗜杀，还有吃美女的癖好，王月因为太美被“蒸而犒贼”。另一个版本是：“数贼执蔡道（蔡如蘅）于田中杀之，王月大骂张献忠，遂于沟边一枪刺死，尸立不仆，移时方倒。”总之，红颜命苦，“薄命女偏逢薄命郎”。

《红楼梦》第48回，说的是香菱学诗，这是《红楼梦》大文章之一。

黛玉道：“正是这个道理。词句究竟还是末事，第一立意要紧。若意趣真了，连词句不用修饰，自是好的，这叫做‘不以词害意’。”香菱笑道：“我只爱陆放翁的诗‘重帘不卷留香久，古砚微凹聚墨多’，说的真有趣！”黛玉道：“断不可学这样的诗。你们因不知诗，所以见了这浅近的就爱，一入了这个格局，再学不出来的。你只听我说，你若真心要学，我这里有《王摩诘全集》，你且把他的五言律读一百首，细心揣摩透熟了，然后再读一二百首老杜的七言律，次再李青莲的七言绝句读一二百首。肚子里先有了这三个人做了底子，然后再把陶渊明、应玚、谢、阮、庾、鲍等人的一看。”

陆游是南宋著名抗金诗人，风格雄奇豪放，沉郁悲壮，具有强烈的爱国主义热情。“重帘不卷留香久，古砚微凹聚墨多”这两句的意思是说：帘已厚重不卷开，遮住了“阳光”；砚台聚墨却不用，是怀才不用之感慨，感慨的是“王师北定中原日，家祭无忘告乃翁”。明显的反对前朝风格。所以黛玉才说“断不可学这样的诗”。黛玉推荐给香菱的，从王摩诘到老杜再到李白，再到几个隐士。王维神韵派讲究朦胧含蓄，“摩诘”也是红尘中的第一高僧，寓意香菱最后归于稻香村，为隐僧。一弓一香，是秘密搞武装的和尚。这也是元妃题词“稻香村”“苦海慈航”的本义。

第80回“美香菱屈受贪夫棒　王道士胡诌妒妇方”。先讲金桂与香菱论香改名：

金桂说：“菱角花谁闻见香来着？若说菱角香了，正经那些香花放在那里？可是不通之极！”香菱道：“不独菱角花，就连荷叶莲蓬，都是有一股清香的。但他那原不是花香可比，若静日静夜或清早半夜细领略了去，那一股香比是花儿都好闻呢。就连菱角、鸡头、苇叶、芦根得了风露，那一股清香，就令人心神爽快的（这就是"雪芹"的意境）。"金桂道："依你说，那兰花、桂花倒香的不好了？"香菱说到热闹头上，忘了忌讳，便接口道："兰花、桂花的香，又非别花之香可比（并没说如何香法，金桂就轮不上香的级别）。"金桂："我想这个'香'字到底不妥，意思要换一个字，不知你服不服？'香'字竟不如'秋'字妥当。菱角菱花皆盛于秋，岂不比'香'字有来历些。"香菱道："就依奶奶这样罢了。"自此后遂改了秋字，宝钗亦不在意。

古秋字的正体是禾＋龟，别体有从火的，那是指"灼龟之火"。因此秋＝禾＋火，更明确"稻香村"的"烺"。和大观园其他建筑的富丽华贵不同，"稻香村"田园农舍，郊野气色，贾政在稻香村勾起"归农之意"（寓意太子归农）。因黛玉替宝玉所作《杏帘在望》甚得元妃之心，取句"十里稻花香"之意，改"浣葛山庄"为"稻香村"（太子之意就是贾政之意）。《杏帘在望》中"菱荇鹅儿水，桑榆燕子梁"的"菱荇"就是香菱。李纨住了稻香村。探春起海棠诗社，定了稻香村做社，李纨自号"稻香老农"，做了社长（海棠诗社就是洪门红花会）。前文所述，传说太子未死，被当年东宫讲读解元李士淳（李纨的原型之一）带回老家梅州。

李士淳（1585—1665），字二何，万历解元，誉为"岭南夫子"。崇祯殿试，召对第一，授翰林院编修，东宫侍读。李自成陷京后，传说李二何携太子朱慈烺潜居于梅州阴那山灵光寺，继续为太子侍讲，并组织训练乡兵。梅州松口为闽粤水路枢纽，凡遗民志士来往经过者，由二何负责接待联络，类似近代交通站（稻香村）。后反清复明无望，便与太子在阴那山圣寿寺（原设惭愧祖师）削发为僧。他把寺庙改名"灵光寺"。《说文》：灵，以玉事神。《风俗通》：灵者，神也（梅州神光寺同样意思）。《礼记・明堂位》：天子太庙上可以望气，故谓之灵台。《素问》：藏之于灵室。灵室："谓灵兰室，黄帝之书府也。"这就是这位"岭南夫子"博学大才的深刻生动明确的寓意。

李士淳还将大殿改名“紫殿”，暗立崇祯帝牌位祭祀。每年农历三月十九（崇祯忌日），他们在灵光寺内祭奠，称是“太阳生日”（这个节日只有梅州、舟山、南洋三处过，都是反清复明基地。舟山是鲁王系的基地，骨干包括张名振、黄宗羲、朱舜水、吕留良等人）。太子法号“大山和尚”，清兵入粤后，大山和尚逃往交趾，后圆寂于羊城报国寺，其徒孙真愧和尚将其骸骨偷偷带回程乡县葬于东郊祥云庵侧（自从两地生孤木，致使香魂返故乡）。

李士淳亲撰紫殿楹联：“黄鹤楼上，物换星移，但留水碧山青，再至吕仙逢旧主；白鹤洞中，春回秋去，又见花开子结，重来学士认前身。”“旧主”是崇祯，李自认“前身”是“惭愧祖师”。“春回秋去，又见花开子结”，就是李纨判词“桃李春风结子完，到头谁似一盆兰”的出处。一盆茂兰，旁有一位凤冠霞帔的美人，就是李士淳与太子。

李二何与哥哥李匪何、侄子李文古等志士，秘密策划在松口起兵，扶持太子登基。李匪何家是富商，出资建了一座殿堂式围龙屋（世德堂）为太子登基用。李匪何、李文古及李文和的两个儿子等应该是李纨两个堂妹“李纹”“李绮”的原型。李在起义前曾策反梅州客家人吴六奇，应该没有成功，估计类似康有为策反袁世凯。《鹿鼎记》说广东提督吴六奇是天地会洪顺堂香主，估计来源于此。实际上吴六奇主要就是帮助清廷抗御郑成功并剿平潮州总兵郝尚久的叛军。他攻下揭阳，断郑军补给，使郑军的黄梧畏罪降清，黄又向清廷献上“剿郑五策”并推荐施琅。“枉与他人作笑谈”倒是吻合这段策反案。当时总镇两广的是李成栋，此人在明末清初立场反反复复，极其重要与复杂，扬州、江南、福建、广东主要的血案中，主力都是他，而不是八旗。他是贾芸、贾蓉的原型，后文详述。

李纨，又称为宫裁、稻香老农。荣国府长孙贾珠之妻。贾珠夭亡，幸存一子，取名贾兰（看来贾珠是崇祯在作品中的映射）。李纨青春守寡，心如“槁木死灰”（李士淳被大顺拷打不降，却又被福王以不能殉国为由贬斥，类似方以智），但她住进“稻香村”后，恢复了青春朝气，不但带领海棠诗社多次活动，而且协助探春把大观园治理成有朝气的乐园。李二何晚年曾在梅州设粲花馆（群芳云集“红香圃”）及松江书院，借讲学作反清复明据点。顺治十六年（1659），李在梅州松口以元魁塔落成三十周年为名，邀集各地名士，诗会于塔后的文昌阁（海棠诗社）。康熙四年（1665）十月十四日，李二何81岁因病卒于松江书院。临终留诗一首：“报国扶倾事隐微，摧心残局竟全非。如何当世悠悠口，不谅高山赋采薇。”对应宝玉在稻香村赋诗“新涨绿添浣葛处，好云香护采芹人”的意境。

香菱学诗，“只在池边树下，或坐在山石上出神，或蹲在地下抠土”（“稻香村”隐居生活），写出“非银非水映窗寒，试看晴空护玉盘。淡淡梅花香欲染，丝丝柳带露初干。只疑残粉涂金砌，恍若轻霜抹玉栏。梦醒西楼人迹绝，余容犹可隔帘看”。其中，“淡淡梅花香欲染，丝丝柳带露初干”，可以对应到宝琴那奇怪的十首怀古诗中的后两首，如《梅花观怀古》：“不在梅边在柳边，个中谁拾画婵娟？团圆莫忆春香到，一别西风又一年。”说明梅州与柳州代表的两广是太子与天地会反清复明的主要基地。

香菱苦志学诗，精血诚聚，日间做不出，忽于梦中得了八句：精华欲掩料应难，影自娟娟魄自寒。一片砧敲千里白，半轮鸡唱五更残。绿蓑江上秋闻笛，红袖楼头夜倚栏。博得嫦娥应借问，缘何不使永团圆！众人夸她“天下无难事，只怕有心人”。其中“一片砧敲千里白，半轮鸡唱五更残”，对应黛玉的“落霞与孤鹜齐飞，风急江天过雁哀，却是一只折足雁，叫的人九回肠，这是鸿雁来宾。榛子非关隔院砧，何来万户捣衣声”。“博得嫦娥应借问，缘何不使永团圆”又对应宝琴的“团圆莫忆春香到，一别西风又一年”。李二何有“国事于今成缺陷，家人从此愧团圆”之句，都是它们的出处，都是感慨郑成功北伐南征的失败。众人鼓励“天下无难事，只怕有心人”更是明显。这句话是心学语言，也被毛泽东主席引用于革命事业。

书中描述的“稻香村”实际是“杏花村”（红花会）：倏尔青山斜阻。转过山怀中，隐隐露出一带黄泥筑就矮墙，墙头皆用稻茎掩护。有几百株杏花，如喷火蒸霞一般。贾政说系人力穿凿，宝玉也说在荒野如此之村不“天然”、不自然。所以贾政说“杏花村”名字固佳，只是犯了正名（因为正名是红花会），于是宝玉便建议：“旧诗云：‘红杏梢头挂酒旗。’如今莫若‘杏帘在望’四字。”众人都道“好个‘在望’！又暗合‘杏花村’意”，“杏帘在望”望的是红业复兴。村名于是为了避嫌叫“稻香村”。众人步入茆堂，里面纸窗木榻，富贵气象一洗皆尽。宝玉应声道：“不及‘有凤来仪’多矣。”“凤”太子来到了“稻香村”。所以李纨写道：“红衬湘裙舞落梅”“珠玉自应传盛世，神仙何幸下瑶台。名园一自邀游赏，未许凡人到此来”。李纨《文采风流》写的就是梅州“稻香村”。

梅州，以松口及灵光寺为中心就是“稻香村”。此处的粲花馆（粲花之论，形容李白才华灿烂）就是“红香圃”。《说文》：种菜曰圃。意指菜园。古文也用于命名帝王贵族游乐观赏的地方，如《韩非子》“赵王游于圃中”。《左传》：“郑之有原圃，犹秦之有具囿也。”也用于仙人种药草的园圃：仙圃。明朝蹇达《登蓬莱阁》诗：“仙圃几人求大药，孤根何处托扶桑？”就是宝琴与香菱的射覆“圃”“药”的出处，也是李纨《文采风流》的意境：秀水明山抱复回，风流文采胜蓬莱。绿裁歌扇迷芳草，红衬湘裙舞落梅。珠玉自应传盛世，神仙何幸下瑶台。名园一自邀游赏，未许凡人到此来。

“红香圃”发生过两件雅事。

一件是湘云醉卧芍药（不是牡丹），与香菱梦中八句对应，湘云醉中五句：“泉香而酒冽，玉盏盛来琥珀光，直饮到梅梢月上，醉扶归，却为宜会亲友。”一梦一醉，都是指郑成功北伐与南征（薛宝琴就是郑成功政权，后续为郑经、陈永华）。

“红香圃”另一件事，是第62回，宝玉、宝琴、岫烟、平儿四人生日（生日同一天，都是重要人物）过生日。四人同在四月二十六日过生日，书中说是芒种节。

“芒种生日会”一开始就写宝琴与香菱的射覆：

宝琴想了一想，说了个“老”字。香菱原生于这令，一时想不到，满室满席都不见有与“老”字相连的成语。湘云先听了，便也乱看，忽见门斗上贴着“红香圃”三个字，便知宝琴覆的是“吾不如老圃”的“圃”字。见香菱射不着，众人击鼓又催，便悄悄的拉香菱，教她说“药”字。黛玉偏看见了，说“快罚她，又在那里私相传递呢”。哄得众人都知道了，忙又罚了一杯，恨得湘云拿筷子敲黛玉的手。于是罚了香菱一杯。

“吾不如老圃”典故出自《论语·子路》。樊迟请学稼。子曰：“吾不如老农。”请学为圃。曰：“吾不如老圃。”樊迟出。子曰：“小人哉，樊须也！上好礼，则民莫敢不敬；上好义，则民莫敢不服；上好信，则民莫敢不用情。夫如是，则四方之民襁负其子而至矣，焉用稼？”原意是君子精英不事农桑而天下大治。大观园的“红香圃”应该也不是菜园子，而是寓意帝王游于“圃”。香菱对应崇祯太子，湘云就是来此相会“私相传递”的王夫之。

香菱的本册画着一株桂花，下面有一池沼，其中水涸泥干，莲枯藕败，后面书云：“根并荷花一茎香（嫡传太子，呼应后文并蒂花），平生遭际实堪伤（流离）。自从两地生孤木，致使香魂返故乡（逃往安南及广州，遗骨运回）。”“自从两地生孤木”脂砚斋甲戌本侧批三字“拆字法”。“一木两土”为“桂”字。总之，作者明确了太子与“桂”有关。明清之际，有吴三桂与桂王永历。从极其重要的第80回内容看，应是指吴三桂。第一层寓意是吴三桂对永历的绞杀（不合逻辑，应是伪史）。第二层意思，应是吴三桂对太子的欺压。“南太子者，先是，吴三桂拥太子离永平，至榆河，隐逸之民间，使人导入皇姑寺。太监高起潜奔西山，太子自诣之，遂同至天津，浮海而南。”太子曾被吴三桂劫持到皇姑寺，后自行逃走。之后的历史是吴三桂起兵反清，汉留协助。吴打着“反清复明”的旗号，拜祭永历起兵，几乎控制了华南、西南后，却自己称帝，建立“大周”。因此，金桂“悍妒”香菱，并且很敏感在意她的“香”，逼迫她改名（自己才能名正言顺当皇帝）。

第79回如此描述金桂：

原来这夏家小姐今年方十七岁，生得亦颇有姿色，亦颇识得几个字。若论心中的丘壑经纬，颇步熙凤之后尘（权谋算计）。只吃亏了一件，从小时父亲去世得早，又无同胞弟兄，寡母独守此女，娇养溺爱，不啻珍宝，凡女儿一举一动，彼母皆百依百随，因此未免娇养太过（骄横跋扈的关外孤军），竟酿成个盗跖（见后文）的性气。爱自己尊若菩萨，窥他人秽如粪土，外具花柳之姿，内秉风雷之性。今日出了阁，自为要作当家的奶奶，比不得作女儿时腼腆温柔，须要拿出这威风来，才钤压得住人，况且见薛蟠气质刚硬，举止骄奢，若不趁热灶一气炮制熟烂，将来必不能自竖旗帜矣（对番帝的态度），又见有香菱这等一个才貌俱全的爱妾在室，越发添了“宋太祖灭南唐”之意，“卧榻之侧岂容他人酣睡”之心（对朱明太子的态度）。因他家多桂花，他小名就唤作金桂。他在家时不许人口中带出金桂二字来，凡有不留心误道一字者，他便定要苦打重罚才罢（介意从“夏”变节为“金”）。他因想桂花二字是禁止不住的，须另唤一名，因想桂花曾有广寒嫦娥之说，便将桂花改为嫦娥花，又寓自己身份如此。

夏金桂家有“几十顷地种着桂花”。又称“桂花夏家”，华夏家的桂，吴三桂。而且她自称“嫦娥花”来表示身份，就是对应吴刚的“吴”。长安“城里城外桂花局，俱是他家的，连宫里一应陈设盆景，亦是他家供奉”。指吴三桂对清王朝的巨大贡献。因小名叫金桂，就不许别人口中带出“金”“桂”二字来。“夏家桂花”投敌，变成“金”家的“桂”，怕人说。吴三桂骄横，富有权谋心机，为了能“自竖旗帜”，当康熙尚幼时逼宫，“将薛家搅得无一日安宁”，就是指吴三桂叛乱。更有意思的是“金桂”是悍妇“悍妒”，主要妒的对象是“香菱”。“宝蟾”应该是月宫同类耿金忠之类，他们俩悍妒为辅，狼狈为奸为主，也讽刺了他们“癞蛤蟆”想当皇帝。主要妒忌迫害对象“香菱”指在梅州秘密反清复明的太子党，他们支持吴反清，但阻挠他称帝。

金桂“盗跖的性气”，很特别，骂起兵势头很大的吴三桂是无礼无义的“盗”。“志士不饮盗泉之水”，即指王夫之等。据史书记载，柳下跖领导的奴隶起义声势浩大，在短短的时间内就发展到近万人。孔子劝他效法“圣人之行”，罢兵休卒，柳痛斥曰:“丘之所言，皆吾之所弃也，亟走归，无复言之！”《荀子》不苟篇:“盗跖贪凶，名声若日月，与舜禹俱传而不息；然而君子不贵者，非礼义之中也。”

高鹗版后四十回中，夏金桂害香菱结果把自己毒死，是自己作死。死因是“悍妒”，死法是治妒的王道士“王一贴”的“疗妒汤”，就是“离”与“死”（乾隆、高鹗对此倒没必要篡改）。80回书的后两回把迎春、孙绍祖与薛蟠、夏金桂同时写，既交代了明末清初风云人物“三藩”的命运，也以三春灭亡对应因果，狡兔死、走狗烹。

与黛玉葬花呼应，《红楼梦》中还有“宝玉葬花”，这同时与香菱“根并荷花一茎香”呼应。第62回的题目叫“憨湘云醉眠芍药裀　呆香菱情解石榴裙”，主要讲的是两个事：湘云醉卧与香菱的两件石榴裙。其实作者还悄悄地埋伏了“宝玉葬花”，而且与黛玉葬的桃花不同，葬的是“并蒂花”。“并蒂花”就是“并蒂莲”，明朝胡侍《真珠船　双头莲》云：双头莲，合欢莲，一名嘉莲，一名同心莲，生于玄圃，谓之嘉莲。据《昆山县志》记载，元末昆山名士顾瑛曾建园专植并蒂莲。中国历史上与“并蒂”直接相关的典故就是周成王隆重地送他的叔叔周公一枝“异亩同颖”的嘉禾（两禾生于不同田亩，而合生一穗），周公就立刻明白了其政治含义：东西分治，共尊天子。诗经《鸱鸮》就是这个背景。并蒂是政治语言。这首诗很哀凄，其实充满杀机。应该是周公的作品或者心声。摄政王与王的格局冲突是不可避免的。周公也很难做。这首诗意思是王权可以不要，但不能阻止他回到周原故乡。人到晚年只需要一个能遮风挡雨的家。成王派唐叔赠“命禾”（指天子所赐的嘉禾）任命的“二王”。最后周公还政于成王，换取周公主东，也就是《史记·燕召公世家》所说的：“自陕以西，召公主之，自陕以东，周公主之。”

《鸱鸮》：

鸱鸮鸱鸮，既取我子，无毁我室。恩斯勤斯，鬻子之闵斯。迨天之未阴雨，彻彼桑土，绸缪牖户。今女下民，或敢侮予？予手拮据，予所捋荼。予所蓄租，予口卒瘏，曰予未有室家。予羽谯谯，予尾翛翛，予室翘翘。风雨所漂摇，予维音哓哓！

再看第62回中“宝玉葬花”：

香菱见宝玉蹲在地下，将方才夫妻蕙与并蒂菱用树枝儿挖了一个坑，先抓些落花来铺垫了（黛玉葬的落花只是铺垫而已），将这菱蕙安放上，又将些落花来掩了，方撮土掩埋平伏。香菱拉他的手笑道：“这又叫作什么？怪道人人说你惯会鬼鬼祟祟使人肉麻呢。你瞧瞧，你这手弄得泥污苔滑的，还不快洗去。”宝玉笑着，方起身走了去洗手。香菱也自走开。二人已走了数步，香菱复转身回来，叫住宝玉。宝玉不知有何说话，扎煞着两只泥手，笑嘻嘻的转来，问：“作什么？”香菱红了脸，只管笑，嘴里却要说什么，又说不出口来。因那边他的小丫头臻儿走来说：“二姑娘等你说话呢。”香菱脸又一红，方向宝玉道：“裙子的事，可别和你哥哥说，就完了。”说毕，即转身走了。宝玉笑道：“可不是我疯了？往虎口里探头儿去呢！”

之前先说的是香菱和小螺（宝琴丫鬟，抱红梅者）及芳官、蕊官、藕官（三位演员）“斗草”（斗草是端午习俗，与本回宝玉生日时间不符合，屈原投江与亡种节倒吻合）。斗草中特别提到“《牡丹亭》上的牡丹花”“《琵琶记》里的枇杷果”。本回可以说是一帮小年轻乘贾母、王夫人上朝外出进行胡闹，贾母外出是因为“老太妃”死了去葬礼（礼制：凡有爵之家，一年内不许筵宴音乐），是提示梁堂村在“佟妃”死时组织《长生殿》首演事件。随后香菱大谈“夫妻蕙”。“一个剪儿一个花儿叫做‘兰’（贾兰？端午也叫“浴兰节”），一个剪儿几个花儿叫做‘蕙’。上下结花的为‘兄弟蕙’，并头结花的为‘夫妻蕙’。我这枝并头的，怎么不是‘夫妻蕙’？”宝玉又专门找来“并蒂花（菱花）”呼应。宝玉葬花，还是感叹安史之乱，为《长生殿》事件鸣不平。事件的结果是，豆官与香菱打闹，“一洼子水”弄脏香菱石榴裙。“见那裙上犹滴滴点点流下绿水来”。于是湘云醉卧芍药。芍药自古就作为爱情之花，七夕乞巧节的代表花。脂批点出了“贵妃醉酒”，还是《长生殿》。

但是宝玉葬花之后，香菱告诫宝玉不要和薛蟠（番帝）说的却是“裙子的事，可别和你哥哥说，就完了”。宝玉笑道：“可不是我疯了？往虎口里探头儿去呢！”演个《长生殿》事小，石榴裙关乎性命！香菱的石榴裙的象征作用是元春的判词：二十年来辨是非，榴花开处照宫帏。“最不禁染”的石榴红裙，有三条：“琴姑娘带了来的，姑娘一条，我做了一条（宝琴为何只给香菱？）”，袭人上月也做了一条一模一样的（刚说只有两条，第三条是假的赝品，对应北太子）。于是宝玉想起香菱身世之谜，又想起：“往日平儿也是意外，想不到的。今儿更是意外之意外的事了。”这个不能泄密的“意外”，就是香菱身世之谜因为石榴裙而与元妃有关。香菱就是与元妃“根并荷花一茎香”的一枝两花的并蒂“太子”。下一回群芳掷骰子抽签，香菱抽的还是“并蒂花”“连理枝头花正开”，题着“联春绕瑞”。联春好理解，连着元春；绕瑞，瑞是中心，是根。朱元璋，字“国瑞”，璋瑞就是宝玉。

这两回写端午的开心热闹，一方面是宫里太妃死了，另一方面也对应端午节李成栋在两广反清归明，与金声桓、何腾蛟连成一片。“连理枝头花正开”，题着“联春绕瑞”。（详见后文）

元妃入宫与英莲离家是“围城”笔法，一入侯门深似海，一入江湖身飘零。一个元宵省亲，一个元宵被拐。元妃、香菱最终结局都是“稻香村”里

“苦海慈航”。

妙玉，也是“玉”，与宝玉、黛玉对应，是《红楼梦》中又一个身份神秘的女性。另一个与宝玉同生日的神秘人物邢岫烟与她最好，也最了解她。原文岫烟笑道：“我和他做过十年的邻居，只一墙之隔。他在蟠香寺修炼，我家原寒素，赁的是他庙里的房子，住了十年，无事到他庙里去作伴。我所认的字都是承他所授。我和他又是贫贱之交，又有半师之分。闻得他因不合时宜，权势不容，竟投到这里来。”（出世的和尚尼姑合啥时宜？权势为何不容？除非是政治和尚如觉浪、方以智，或者建文）脂砚斋批语“宝琴、岫烟、李纹、李绮皆陪客也”。她们陪的是香菱、李纨、妙玉。岫烟陪了妙玉十年，又到大观园来陪。妙玉就是“不合时宜，权势不容”的元妃、香菱另一身份。家道寒素的邢岫烟，可能是太子的贴身太监（比对平儿、王承恩），其父“忠”，应是魏忠贤门下。作者借凤姐介绍邢岫烟虽“家贫命苦”，“竟不像邢夫人及他的父母一样，却是个极温厚可疼的人”。（太子一人，元妃、香菱并蒂，妙玉、贾兰都是一支独苗，一内一外的分身写法）

“妙玉”戏份不多，主要是喝茶：一是把“成窑”茶杯送给刘姥姥，二是引出子虚乌有的 5 年期“红梅白雪”。芦雪庵联句，宝玉独少，被罚往栊翠庵折红梅花。大家又叫新来的岫烟、李纹、宝琴，按次用“红”“梅”“花”三字做韵。折得红梅的宝玉做一首《访妙玉乞红梅》诗（红梅在妙玉处，需要向妙玉乞）。与英莲一样从苏州离家不归，按照“三生”法，与推测的太子结局元妃枯灯入庙一样，妙玉就是太子的未来生活。妙玉在第 76 回与黛玉、湘云联诗，以《中秋大观园》续上了主题“冷月葬花魂”，也首尾呼应总结了《元妃判词》。

第 76 回“凸碧堂品笛感凄清　凹晶馆联诗悲寂寞”里前半回说的是中秋夜，贾母等凸碧堂赏月。作者写过好几场家宴或夜宴，都是热闹与喜庆，唯独这一回的中秋过得是冷冷清清（前两回抄检大观园和甄家获罪被抄）。

此中秋是贾家由烈火烹油、鲜花着锦的富贵转向衰败的节点，就如众人听笛音时的乐极生悲一样。随后安排黛玉、湘云联诗，黛、云二人表面似乎是情敌，实际是同为“湘”、可同住“潇湘馆”的知己，但性格完全相反，正如湘云出场时大谈“阴阳”，她俩也是阴阳双璧，因此来到奇怪的“凹晶凸碧”（凹凸就是阴阳，此回是湘云谈阴水阳山）。

黛玉未睡，只剩了湘云一人宽慰他，因说：“我也和你一样，我就不似你这样心窄（宽窄）。何况你又多病，还不自己保养（强弱）。可恨宝姐姐，姊妹天天说亲道热，早已说今年中秋要大家一处赏月，必要起社，大家联句，到今日便弃了咱们，自己赏月去了（真假）。社也散了，诗也不作了。倒是他们父子叔侄纵横起来。你可知宋太祖说的好：‘卧榻之侧，岂许他人酣睡’（政治时局，宝钗家父子叔侄？）。”“只陆放翁用了一个‘凹’字，说‘古砚微凹聚墨多’（梦念北伐的陆游又来了）。”林黛玉道：“不只放翁，古人中用者太多。如江淹《青苔赋》（青苔作云，埋玉穷泉），东方朔《神异经》（模仿《山海经》），以至《画记》上云张僧繇画一乘寺的故事（一乘寺门遗画凸凹花，张僧繇手迹。乃天竺遗法，朱及青绿所造，远望如凹凸，近视即平，乃名凹凸寺），不可胜举。实和你说罢，这两个字还是我拟的呢。（同样关乎阴阳）”

黛玉笑道：“正是古人常说的好，‘事若求全何所乐’。”湘云笑道：“得陇望蜀，人之常情。可知那些老人家说的不错。说贫穷之家自为富贵之家事事趁心，告诉他说竟不能遂心，他们不肯信的；必得亲历其境，他方知觉了。就如咱们两个，虽父母不在，然却也忝在富贵之乡，只你我竟有许多不遂心的事。”黛玉笑道：“不但你我不能趁心，就连老太太、太太以至宝玉、探丫头等人，无论事大事小，有理无理，其不能各遂其心者，同一理也，何况你我旅居客寄之人哉！”（月有阴晴圆缺，此事古难全。暗示：人有旦夕祸福）

两位知己数柱起韵，止得十三根。湘云道：“偏又是‘十三元’了。”（对应海棠诗社开局十三元，明示复社等学社诗社收尾）所以斗诗都是偏凄凉的夜月与典故。最后黛玉念出绝句收尾：冷月葬花魂。贾宝玉曾说香菱是意外的人物，这时书中另一个意外人物出场了：妙玉。众人中秋赏月，黛云觉得凄凉，觉得没有别人了，只有她和湘云对诗，可是谁关心过在栊翠庵更加孤独的妙玉？黛玉从没见妙玉作过诗。而此时妙玉却以四两拨千金的方式为风格凄楚的诗句提笔收尾，转变了画风。妙玉评价“有几句虽好，只是过于颓败凄楚。此亦关人之气数而有，所以我出来止住”。妙玉道：“如今收结，到底还该归到本来面目上去。若只管丢了真情真事且去搜奇捡怪，一则失了咱们的闺阁面目，二则也与题目无涉了。”（气数将尽，妙玉出场收尾点评）对于妙玉的诗，自负的黛玉、湘云皆赞赏不已，说：“可见我们天天是舍近而求远。现有这样诗仙在此，却天天去纸上谈兵。”妙玉孤篇盖全唐，仙才胜黛云，似在似不在，可有可无又缺她不可，如云中之龙，藏得够深。或许可以解释金陵十二钗排名第六便是妙玉，前面依次是林黛玉、薛宝钗并列第一，第三贾元春，第四贾探春，第五史湘云。

妙玉《右中秋夜大观园即景联句三十五韵》：香篆销金鼎，脂冰腻玉盆。箫增嫠妇泣，衾倩侍儿温。空帐悬文凤，闲屏掩彩鸳。露浓苔更滑，霜重竹难扪。犹步萦纡沼，还登寂历原。石奇神鬼搏，木怪虎狼蹲。赑屃朝光透，罘罳晓露屯。振林千树鸟，啼谷一声猿。岐熟焉忘径，泉知不问源。钟鸣栊翠寺，鸡唱稻香村。有兴悲何继，无愁意岂烦。芳情只自遣，雅趣向谁言。彻旦休云倦，烹茶更细论。

妙玉的茶杯上，“宋元丰五年四月眉山苏轼见于秘府”隐含了苏轼的词《定风波》：

三月七日沙湖道中遇雨。雨具先去，同行皆狼狈，余独不觉。已而遂晴，故作此。莫听穿林打叶声，何妨吟啸且徐行。竹杖芒鞋轻胜马，谁怕，一蓑烟雨任平生。料峭春风吹酒醒，微冷，山头斜照却相迎。回首向来萧瑟处，归去，也无风雨也无晴。

显示太子历经沧桑巨变，内心最终平静的心态。

第 18 回妙玉初进大观园，书中说她“现在西门外牟尼院住着。她师父极精演先天神数，于去冬圆寂了。妙玉本欲扶灵回乡的，她师父临寂遗言，说她‘衣食起居不宜回乡。在此静居，后来自然有你的结果’。所以她竟未回乡。”“先天神数”是北宋邵雍虚构的“先天八卦图”，用以推测宇宙和人事的变化，就是方以智要学的姚广孝的学问。“纵是千年铁门槛，终需一个土馒头”，“槛外人”视人世为牢笼，自认为看透一切，已经在门槛之外了。所以此回妙玉就是在中秋之夜、盛衰之变之时，在“凹晶凸碧”的阴阳之处，与“阴阳合璧”的黛玉、湘云一起，预言大观园的未来结局“大梦归”。“香篆销金鼎，脂冰腻玉盆”开篇明义，对应元妃的判词，金鼎已销，玉盆已覆。“嫠妇泣”是寡妇（贾母、李纨），“衾倩侍儿温”指的是雀金裘与凫靥裘。“文凤”是晴雯、王熙凤，“露浓苔更滑，霜重竹难扪。犹步萦纡沼，还登寂历原”指时局与志士艰难。“石奇神鬼搏，木怪虎狼蹲”，“木石”大明的虎狼争夺。“赑”“屃罘罳”是皇宫的内外廷。“振林千树鸟，啼谷一声猿”描述国事惊变鸟飞绝，“凡鸟偏从末世来”“生于末世运偏消”。“岐熟焉忘径，泉知不问源”是对周期规律的追本溯源分析。“钟鸣栊翠寺，鸡唱稻香村”，妙玉终于将自己和李纨、香菱对应上了。稻香村与栊翠寺是一处地方。栊翠，“栊”就是“木龙”，就是灵光寺。木“栊”如果换成竹“笼”，就是“槛”。妙玉与黛玉、湘云共论栊翠庵，就是王夫之梅州访太子，类似冷子兴、贾雨村、方以智共论天界寺。复社公子们投身的反清复明已经失败，历经了“虚花悟”“聪明累”“留余庆”“晚韶华”，终于到了“好事终”“飞鸟各投林”。

乾隆、高鹗、曹寅们看出了玄机，大肆篡改。因此，第 112 回里“活冤孽妙尼遭大劫”，说妙玉是“活冤孽”。妙玉被强盗劫走，贾宝玉为此不解：“这样一个人自称为‘槛外人’，怎么遭此结局！”第 114 回薛宝钗说，人都“背地里和我说妙玉怎么前知，怎么参禅悟道。如今她遭此大难，她如何自己都不知道，这可是算得前知吗？”（类似的，不就是方以智和尚被广东天地会案牵连被捕吗？和珅、高鹗颠倒篡改得太恶毒。）

妙玉身份没有言明，但大观园为何设置如此规模的尼庵，当然是等待“元妃太子”归隐。《红楼梦》铁槛寺和馒头庵的寓意原取自范成大的《重九日行营寿藏之地》：家山随处可行楸，荷锸携壶似醉刘。纵有千年铁门槛，终须一个土馒头。三轮世界犹灰劫，四大形骸强首丘。蝼蚁乌鸢何厚薄，临风拊掌菊花秋。贵族富家门槛高，而且要包铁皮（否则易被往来熙熙攘攘踏平）。他们希望自家的铁门槛可以存在一千年。在此处批语值得深思：

大凡创业之人，无有不为子孙深谋至细。奈后辈仗一时之荣显，犹为不足，另生枝叶，虽华丽过先，奈不常保，亦足可叹，争及先人之常保其朴哉！近世浮华子弟齐来着眼。所谓“源远水则浊，枝繁果则稀”。余为天下痴心祖宗为子孙谋千年业者痛哭。

妙玉、元妃、香菱的结局，就是太子朱慈烺的结局：隐居梅州（灵光寺、神光寺），李士淳（李纨）陪伴，坚持反清复明。先与郑成功（薛宝琴）联手，失败后，继续担任汉留洪门天地会、红花会等的共主（洪门的标识为莲花等）。北方“雀金裘”事件后，顾炎武、傅山、戴廷栻领导的北汉留基本失败，晴雯死。香菱们主要在南方及南洋活动，与吴三桂发生过合作与冲突。朱慈烺以寺庙为掩护，多次更名换姓。木朱落叶于岭南，部分变姓为“叶”。所以梅州灵光寺才有“太阳节”，才有阴阳二树，才强调“落叶于庙”的不合理传说。

书中第五回，十二支仙曲除了《终身误》和《枉凝眉》外都是一人一曲，其他曲子都写女性，惟有这两曲写男性（邢岫烟说妙玉“僧不僧，俗不俗，女不女，男不男”）。《终身误》说：“都道是金玉良缘，俺只念木石前盟，空对着，山中高士晶莹雪，终不忘世外仙姝寂寞林，叹人间美中不足今方信，纵然是齐眉举案，到底意难平。”《枉凝眉》：“一个是阆苑仙葩，一个是美玉无暇。若说没奇缘，今生偏又遇着他，若说有奇缘，如何心事终虚化？一个枉自嗟呀，一个空劳牵挂，一个是水中月，一个是镜中花。想眼中有多少泪珠儿，怎经得秋流到冬，春流到夏。”这两支曲子写谁？也许就是为复社等反清各个学社诗社收尾之后，再度相逢的复社兄弟战友。“阆苑仙葩”“水中月”恰似冒辟疆，“美玉无瑕”“镜中花”既似太子和尚，也似方以智和尚。“钟鸣栊翠寺，鸡鸣稻香村”，“岐熟焉忘经，泉知不问源”。栊翠寺的晨钟能惊醒《红楼梦》中人宝玉吗？何如“稻香村”头剥莲蓬？何须再惦恋红榴珠子，红花并藕？

拾柒

『红梅』薛宝琴与郑成功及李定国政权

◆
◆
◇

在《红楼梦》第 49 回“琉璃世界白雪红梅　脂粉香娃割腥啖膻”，薛宝琴闪亮登场，“白雪红梅”，前文已经阐述，是冬雪中的一剪寒梅，是白茫茫大地真干净之后的别枝红花。“割腥啖膻”，烤的是鹿肉，群雄逐鹿，壮志饥餐胡虏肉，笑谈渴饮匈奴血（下一回就是“芦雪庵”，虏血）。主角宝琴，代表琴瑟和谐的今日二王：东宁延平郡王郑成功及安西王李定国。宝琴的角色以郑成功及其继承者为主。郑与李出身相似，一个是海寇之子，一个是流寇义子；抗清复明坚定，分别是隆武永历中流砥柱；都曾独立取得重大胜利，又都功亏一篑。他俩还策划联手联姻合力抗清。

薛家既然指清王朝，因此薛宝琴一出场作者就写（红梅）“许配都中梅翰林之子为婚”。宝玉大赞宝琴之美胜过宝钗。宝琴姓“薛”也是作者有意安排，1645 年（顺治二年，弘光元年）郑芝龙降清，郑成功独立抗清与父亲加入的“薛家”决裂。李定国的义父张献忠是流寇，临终虽然打算抗清，但真正坚定成为永历中坚的只是李定国。李成栋主力进攻福建，郑芝龙被老乡洪承畴拉拢投降后，清军却毁约进攻郑家地盘，郑成功母亲田川氏在乱军中受辱自尽（郑破腹洗肠葬母，可以理解前文尤三姐“鸳鸯盟”郑成功对潮州李成栋手下郝尚久的不信任）。其后，郑成功率领父亲旧部在东南沿海抗清，成为南明后期主要军事力量之一，一度与舟山张名振合兵由海路北伐，包围江宁，但终遭清军击退，只能凭借海战优势固守厦门、金门。1661年（顺治十八年，永历十五年）郑成功率军击败荷兰，收复台湾。李定国也曾经在桂林、衡阳杀大清两王，逼得清廷准备谈判平分天下。后因总督洪承畴守成，孙可望内乱而功亏一篑。《红楼梦》中多次诗会咏叹感怀。郑与李联盟联姻，合力抗清，打通两王的关键是广东、湖南。李士淳及太子（李纨、香菱）为中心的梅州基地策反吴六奇失误，致使潮州义军被屠，揭阳郑军补给基地被断。郑南进被迫撤军。郑南征先锋，一个姓林（林之孝），一个就叫周瑞。王夫之义军在湖南衡阳地区作战，失败后，退到梅州，与灵光寺力量会合。后来王回到衡阳，李二何在梅州讲学联络。梅州旧称嘉应州，被认为是天地会的最早发源地。

第52回，宝琴讲自己八岁时，跟父亲到西海沿子上买洋货，遇到真真国女孩子的故事，指的是郑成功自小在郑芝龙海上贸易舰队长大。郑芝龙第二位妻子田川氏是日本人。1623年（天启三年），郑芝龙到日本做贸易时，娶田川氏。1624年八月二十七日（天启四年七月十四），郑成功出生于日本肥前国平户岛上的川内浦千里滨。该年刚好荷兰人开始占据台湾。后来郑成功赶走荷兰人，夺回台湾，他也于当年去世。他似乎专为宝岛而生而死。郑芝龙本人曾在荷兰东印度公司任职，本人会西班牙文，还会犹太语。郑家长期和英王联盟，舰队主炮都是英制。郑芝龙投靠明政府后，郑成功也成为类似方以智、侯方域等复社公子一类的典型武官家二代。他7岁入学，15岁成为秀才，还是钱谦益的弟子，不确定他是否加入复社。但正因为在南京过于招摇，科考主考官没有录取他。

关于郑氏台湾政权与英国、荷兰的关系多说几句。郑芝龙，原名一官，泉州人，从澳门起步，到过马尼拉和日本，会葡萄牙文，还懂卢西塔尼亚语，即犹太—葡萄牙语，为葡国犹太人的秘密用语。入天主教，取教名贾斯帕，另名尼古拉，外国人称他“尼古拉·一官”。他曾在荷兰东印度公司做通事翻译，后来自立通过贸易与军事发展壮大，成为东亚海上强权。1633年，荷兰东印度公司与郑氏集团在金门料罗湾开战。郑芝龙战胜荷兰。荷兰人被迫承认郑氏海权，并达成协议，所有海船在澳门、马尼拉、厦门、台湾、日本各港口间行驶，都须持有郑氏令旗。郑氏向往来海船征税，“每舶税三千金，岁入千万计”。清军入闽后，郑成功劝父曰：“吾父总握重权，收拾人心，以固其本，大开海道，兴贩各港，以足其饷。然后选将练兵，号召天下，进取不难矣。”这段父子对话一是说明郑家独霸东南海权的地位；二是非常类似李世民父子起兵前的对话。《唐书》记载：“初，高祖起太原，非其本意，而事出太宗。”郑成功的初心并不简单。郑芝龙满足于洪承畴忽悠的福建广东王，胸无大志，反而卧榻之侧不能酣眠。

荷兰东印度公司，简称VOC，总部阿姆斯特丹，在很长时间是世界最大的贸易公司。另外还有西印度公司与西非和美洲贸易，西印度公司在1625—1664年管辖纽约。东印度公司是全球第一家股份有限公司，成立时面向全社会募集公众股，大大小小几千个股东，募集了64吨黄金，是英国东印度公司的10倍（英国东印度公司成立时有125个股东，包括伊丽莎白一世）。东印度公司拥有自己的军队和货币，并有权代表荷兰与各国签订条约。鼎盛时期，东印度公司有雇员10万人、士兵1万人、军舰41艘、商船数千艘。为积累西方资本主义的第一桶金，公司法人权与国家机器的军权、外交权、司法权就是合一的，这一现象在“东印度公司”之前，圣殿骑士团是其老祖宗；在未来，在西方强权垄断市场能力不足时，一定还会再出现，无非是改头换面的手段升级“进步”而已（后文结语会论及“天地人”不变，唯“时”变）。从1662年荷兰被郑成功逐出台湾到1683年清朝收复台湾，二十多年间，清朝当局与荷兰联合对付郑氏。1662年6月，荷兰东印度公司首次派出 12 艘船 1284 人的舰队，由海军提督波特率领驶抵闽江口，各船均竖旗“支援大清国”。1663 年 7 月 1 日，波特再次率领由 16 艘船 2600 人组成的舰队驶入泉州，耿继茂在泉州郊外欢迎波特，达成清荷联军协议草本。荷兰盘算击败英国东印度公司的盟友并吃下郑经的中日贸易航线。1663 年 11 月 18 日、19 日，“乌沙头海战”荷军加清军共三百多艘战舰直逼厦门，郑军放弃厦门、金门。1665 年 4 月，清荷联军进攻澎湖，中途遇台风撤退。前期东西方两大阵营博弈，郑经守住了台湾并通过贸易提升国力。德川幕府是郑氏王朝重要的贸易伙伴。1672 年 10 月 13 日，郑氏与英国东印度公司正式缔结条约。除了贸易，英国还帮助郑军训练炮兵，郑经还借用英军炮兵。从历史上看，没有郑氏及华侨协助，西方列强在南洋就难以稳固。西班牙人被荷兰人取代，荷兰人又被英国人取代，英国与郑氏结盟攻荷兰，荷兰与清朝结盟攻郑氏。郑氏政权亡，但其海洋势力基础仍在，支持老盟友英国。

1787 年福康安镇压台湾天地会林爽文大起义；1792 年，福康安远征廓尔喀获胜，锡金复国，英国势力再次受挫；1793 年，马戛尔尼访华，英方颇费心机。使团乘坐的“狮子号”是当时英国第一流的炮舰，装有 64 门大炮。英王还特意赠送了当时英国规模最大并装备有 110 门大口径火炮的“君主号”战舰模型，暗示 64 门火炮的“狮子”号在英国微不足道。英国人在礼单中还专门提及了“榴弹炮、迫击炮”以及手提武器如卡宾枪、步枪、连发手枪，等等。英方更像是秀肌肉，清朝拒绝与英国进行贸易实为防备。英国从 18 世纪 20 年代开始向中国贩卖鸦片（1717 年共济会在伦敦成立后），最初每年大约为 200 箱，到 1767 年，增至 1000 箱。因为逼迫农民改种鸦片，英国东印度公司曾人为造成了近千万印度人饿死的大饥荒。印度用鸦片收入买英国的纺织品，英国用印度生产的鸦片换取中国茶，销往英国和世界各地。英国就是紧紧抓住走私鸦片这个环节，从英国—印度—中国的“三角贸易”中获得巨额利润。英国仅在 19 世纪后 40 年，共向中国走私鸦片 42.7 万箱，掠夺 3 亿 ~4 亿银元，超过清朝历次赔款。

第 49 回贾母把金翠辉煌的斗篷送给薛宝琴，暗指隆武帝赐郑成功国姓。老太太特别疼爱薛宝琴，就是写隆武帝宠爱郑成功。第 49 回还特别提到："宝玉素习深知黛玉有些小性儿，且尚不知近日黛玉和宝钗之事，正恐贾母疼宝琴他心中不自在。因想：他两个素日不是这样的好，今看来竟更比他人好十倍。一时林黛玉又赶着宝琴叫妹妹，并不提名道姓，直是亲姊妹一般。那宝琴年轻心热，又见诸姊妹都不是那轻薄脂粉，且又和姐姐皆和契，故也不肯怠慢，其中又见林黛玉是个出类拔萃的，便更与黛玉亲敬异常。宝玉看着只是暗暗的纳罕"。《红楼梦》总结南明败亡，第一条就是"虎兕相逢大梦归"。宝琴不使小性儿，以人品才学取人，对宝黛姐妹真正亲如姐妹。这正是郑与李共同的突出特点。自然"宝玉看着只是暗暗的纳罕"，贾母就喜爱异常。

第 50 回："四面粉妆银砌，忽见宝琴披着凫靥裘站在山坡上遥等，身后一个丫鬟抱着一瓶红梅。"贾母喜得忙笑道："你们瞧，这山坡上配上他的这个人品，又是这件衣裳，后头又是这梅花，像个什么？"众人都笑道："就象老太太屋里挂的仇十洲画的《双艳图》。"宝琴身后丫鬟抱着一瓶红梅。"抱"即"保"，暗示宝琴（郑成功）保朱明，前面已说过红梅代表朱明，与唐伯虎齐名的仇英没有画过《双艳图》，书中杜撰暗示郑、李双红双艳两孤军。"凫靥裘""雀金裘"，应该也是杜撰的衣服。"雀金"是"却金"。"裘"是"酋"，是野蛮人的首领，暗示"杀王却敌"。

郑成功与李定国不一样的是，李出身贫寒，郑博学多才，更类似方以智、侯方域、陈子龙。郑在起兵抗清前，还专门拜孔子，焚儒衫，是标准"文化人"。但他俩都特别重视汉文化，都重视教育，开科取士。郑接管合并了洪英、顾炎武、黄宗羲等人创设的"汉留"后，在台湾开"金台山"，后来演变为洪门。郑成功向隆武帝提出《延平条陈》："据险控扼、拣将进取、航船合攻、通洋裕国。"这是海洋与贸易立国路线。隆武帝叹为奇策，封郑成功为"忠孝伯"，赐尚方剑，挂“招讨大将军”印（清末天地会、哥老会等起义都用此号令）。郑氏自郑芝龙起就控制了东方海上贸易，是东方海上霸主。我国先民多个世纪以来早就在马尼拉、马六甲、槟城、新加坡、巨港、婆罗洲等南洋地区建立了广泛的贸易基地与居民点。自从1647年（顺治四年，永历元年）在小金门岛起兵抗清后，郑军多次帮助明朝宗室与民众渡海定居台湾及东南亚各地。此外，郑成功让华商领取郑府令牌和“国姓爷”旗号，保护华人在海外经商。收复台湾后，清朝“海禁”，郑继续和日本及南洋地区通商。郑成功曾多次对西班牙镇压菲律宾华侨表示关切，1662年（康熙元年），郑成功遣使意大利籍神父李科罗到菲律宾与西班牙总督交涉，但西班牙人反而在马尼拉进行了第三次对华侨的屠杀。郑决定挥师征讨。郑成功征讨菲律宾的命令在1661年下达，在郑成功集结2万人整装待发并派人联络英国盟军时，却因为郑成功突然死亡而取消。清军的海军官兵很多也是因为郑成功死后内斗和政治清洗才改投清军的。郑氏失败后，其余部后人向海外流散。香港著名的海盗张保仔的舰队，就属于郑氏后人郑一。《加勒比海盗》中“清夫人”的原型郑一嫂以大屿山为基地，多次击败大清及西方舰队，直到鸦片战争还为林则徐出谋划策。

在南洋有两个著名“公司”：兰芳公司和义安公司，都是洪门兄弟会性质。义安公司现在还存在于新加坡、马来西亚（著名的乌节路最大商场“义安”即为其资产）；而婆罗洲“兰芳公司”却被荷兰人消灭了。“兰芳公司”主业是贸易与淘金，采用选举“大统制”制度，梁启超和他的清华学生罗香林考证，“兰芳”（1776—1886）是人类近代最早的共和制政权，早于美国与法国（见《罗芳伯所建婆罗洲坤甸兰芳大总制考》与《西婆罗洲罗芳伯等人所建共和国考》）。“兰芳公司”初名“兰芳会”，“公司”与“会”无实质差别，都是洪门机关名称。1853年厦门小刀会举义，发布告示署“大汉天德义兴公司”或“大明义兴公司”。1853年上海《华北先锋报》刊出三颗洪门印章，刻“尊天洪英义兴公司”。在海外，常有与天地会有关系的组织以“公司”为名，如吉隆坡的惠州同乡会曾称“惠州公司”，马六甲潮州会馆在1822年改组前称“潮州公司”，新加坡的潮州会馆也称“义安公司”，槟城的嘉应会馆称“仁和公司”。“兰芳公司”与其他洪门机关一样，在制度上体现了黄宗羲的君主立宪与议会评议思想。特征是“三总制度”：会员选举的“大总制”（大唐总长）+执政的理事厅+评议裁判的议事厅。早期革命党众多成员源于海外洪门，这也是“孙文总理”“蒋总裁”“大总统”的来历。洪旭、陈近南在台湾实行军民合一制度，天地会的前身也是“三合军”，“兰芳”等洪门结社仍保持每个成员都是战斗员的传统，采用全民皆兵制。他们也发行自己的货币。因此，十九世纪的荷兰人，曾任荷印政府中文翻译官的格鲁特和施好古就一再称“兰芳公司”为“共和国”。或者是“小共和国”的雏形吧。

洪门的各个公司采用的是“三总制度”，来自黄宗羲哲学。那么全国性或全球性的洪门组织呢？来自顾炎武的“地方分权论”。“青帮一条线，洪门一大片”。洪门的“西鲁神话”里108人歃血为盟结为异姓兄弟，所以后世洪门弟子皆以兄弟互称，是横向关系。而青帮的关系不一样，青帮信罗教，会众以师徒相称，是纵向关系。因为师徒关系，所以有字辈。按照现代组织学理论，青帮是垂直金字塔结构，而洪门是中心发散的扁平组织，很类似互联网组织。应用到国家政权，非常容易设计出早期美国式的“联邦制”。美国开国元勋们大都是共济会会员，而共济会的制度设计、组织形态与洪门非常相似，标识也类似（美国洪门与共济会标识几乎一样）。现代共济会自称成立于1717年的英国伦敦，刚好是洪门总部台湾政权覆灭之后不久，是否有传承关系未有考证。

永历政权也与西方交流很多，他与皇后及太子本身入了天主教，还专门派使者向教皇求助。朱慈炫是永历朱由榔三子，可能是传说的“朱三太子”，他在永历二年（1648）出生时受洗为天主教徒，教名“君士坦丁”。永历帝希望大明能如同东罗马复兴。1650 年 11 月底，南明派使节去罗马教廷。1655 年 12 月 18 日，教宗亚历山大七世颁发《上大明中国睿智大皇帝书》。只是罗马教廷被三十年战争挫败，帮不上大明光复。

澳门大学金国平根据耶稣会士鲁日满手稿，发现永历太子在押往北京前被李定国劫走。后往暹罗募到三万兵，并透过传教士向教廷求助，但终因汤若望等亲清而破灭，之后下落不明。（当时的暹罗国王 NARI 与法王路易十四结盟，与天主教廷友好。甚至国王的卫队都是法国兵。）致教皇求援书信藏于梵蒂冈。

郑成功于 1662 年（康熙元年，永历十六年）五月初八急病而亡，年仅 39 岁。郑成功病情并不严重，能饮酒，可能是被下毒害死。“顿足抚膺，大呼而殂”。李光地《榕村语录续集》提到：“马信荐一医生以为中暑，投以凉剂，是晚而殂。”（又是一剂而亡。）

郑成功思念明朝，将厦门（当时称中左所）改名为“思明州”，就是厦门思明区的由来。宝琴《西江月》：汉苑零星有限，隋堤点缀无穷。三春事业付东风，明月梅花一梦。几处落红庭院，谁家香雪帘栊？江南江北一般同，偏是离人恨重！众人都笑说：“到底是他的声调壮。‘几处’‘谁家’两句最妙。”南明政权不断萎缩，汉江山（汉苑）只剩下几块地盘，南明三春事业付东风，江南江北都一样归清，离人亡国恨重。郑军在北伐与南征时都遇上了飓风，北伐被迫退回舟山，南征被迫退回厦门。“东风”“西风”对他而言，与“好风凭借力，送我上青云”截然相反。

《红楼梦》中宝琴的十首怀古诗十分特别。一是其他诗歌都仿佛儿女情长，而这十首怀古诗并不隐晦；二是前八首都是正史，如赤壁之战、马援南征、韩信平齐、大运河开凿、金陵六朝旧事、昭君出塞、马嵬被缢等。后两首却都来自戏曲《西厢记》《牡丹亭》，影评与怀古不是一回事，越反常越有真意。

《蒲东寺怀古》（其九）：小红骨贱最身轻，私掖偷携强撮成。虽被夫人时吊起，已经勾引彼同行。

《梅花观怀古》（其十）：不在梅边在柳边，个中谁拾画婵娟？团圆莫忆春香到，一别西风又一年。

蒲东寺，是《西厢记》故事发生地；梅花观，是《牡丹亭》故事发生地。书中显然只是借题发挥。孤男寡女故事，对应的是李成栋（小红）反正（详见后文）。对照前文香菱学诗。“非银非水映窗寒，试看晴空护玉盘。淡淡梅花香欲染，丝丝柳带露初干。只疑残粉涂金砌，恍若轻霜抹玉栏。梦醒西楼人迹绝，余容犹可隔帘看。”其中，“淡淡梅花香欲染，丝丝柳带露初干”对应到怀古诗“不在梅边在柳边，个中谁拾画婵娟？团圆莫忆春香到，一别西风又一年”，指的就是郑李联军会师失败。对于“护玉”事业当皇帝，“淡淡梅花香欲染”指太子实力不足欲染宝玉；“丝丝柳带露初干”指柳州边桂林的桂王永历政权刚刚建立，绵软无力。“只疑残粉涂金砌，恍若轻霜抹玉栏”是实力都不足，不牢固，因此，西边永历先亡“梦醒西楼人迹绝”，只剩台湾“余容”隔着大海帘子可以遥望。对比，“不在梅边在柳边，个中谁拾画婵娟？团圆莫忆春香到，一别西风又一年”主要感叹李定国失败后，还有“谁拾画婵娟？”对应上黛玉的“落霞与孤鹜齐飞，风急江天过雁哀，却是一只折足雁，叫的人九回肠，这是鸿雁来宾”“博得嫦娥应借问，缘何不使永团圆”，还是感叹郑李孤军。“团圆”指郑李会师及永历朝廷与郑李军力的合一。

宝琴借真真国洋人的另一作品“岛云蒸大海，岚气接丛林”，可与孟浩然“气蒸云梦泽”对比，“月本无今古，情缘自浅深”也有苏东坡“但愿人长久，千里共婵娟”之意境。《蒲东寺怀古》明显粗陋。为何反差如此之大呢？作者应该是在提示重大事件。当年两件大事影响深远，都间接导致郑、李的最后败亡。“小红”“贾芸”在《红楼梦》中就是“小红骨贱最身轻，私掖偷携强撮成。虽被夫人时吊起，已经勾引彼同行”。与之类比的是两件事。一是李成栋反清（详见后文）；二是郑经与乳母私通生子事件，此事是郑成功大怒生病的导火索，也是郑成功死后，郑袭与郑经内斗的导火索，私通所生的郑克壊后来成为继承人投降。宝琴的《西厢记》观后感和贾母的评论是一致的。对李定国而言，小红代表孙可望与清军洪承畴勾结，导致永历政权的两个支柱内斗，一蹶不振。粗陋的语言是无法掩饰修饰的心酸痛骂！

两首怀古诗，当事人李纨（李二何）以各地很多关公坟比喻，认为因忠义就会被怀念，就会有很多不一定真的"古迹"。而且明确说《西厢记》《牡丹亭》是"邪书"，对定性做了结论。《红楼梦》中无论是"小红勾引"还是"赖尚荣上位"，郑经都是反面贬低角色。柳湘莲与赖尚荣交好，指的是洪门首领洪旭一直扶持辅佐郑经。

在随后的第 50 回"芦雪庵争联即景诗"，"芦雪庵"是对应"胡虏肉""鹿肉"的"虏血"，是对以上事件集中感叹控诉。

芦雪庵联句后，大家意犹未尽。宝玉往栊翠庵折红梅花。大家又叫新来的岫烟、李纹、宝琴按次用"红""梅""花"三字做韵写诗。宝玉《访妙玉乞红梅》：酒未开樽句未裁，寻春问腊到蓬莱。不求大士瓶中露，为乞孀娥槛外梅。入世冷挑红雪去，离尘再割紫云来。槎枒谁惜诗肩瘦，衣上犹沾佛院苔。"寻春问腊"中腊比较突兀，与白天折树枝无关，隐喻妙玉处既有红梅又有腊。"挑红雪""割紫云"都喻折红梅。"割紫云"出自李贺《杨生青花紫石砚歌》："踏天磨刀割紫云。"紫云，李诗原喻紫色石，这是向革命领导借刀的意思。作者特地选了薛宝琴、李纹、邢岫烟三人咏"红梅花"，因为她们三人是太子的主要支持者与陪伴者。张岱《夜航船》考证："宋真宗时始海棠与牡丹齐名。真宗御制杂诗十题，以海棠为首。晏元献公殊始植红海棠红梅，苏东坡始名黄梅为蜡梅"。因此蜡梅是"黄梅"不是"红梅"。此"蜡"实为"腊"，"腊"在中国古文明中还有一个含义，就是"太极""太一"，显示妙玉是奇门斗数方以智、姚广孝，"问腊"，就是在复明事业危难的关头，

问道太极，探求天意循环。（详见结语）

邢岫烟“红”字：桃未芳菲杏未红，冲寒先喜笑东风。魂飞庾岭春难辨，霞隔罗浮梦未通。（李成栋死后，两广门户庾岭立刻失守；永历与郑成功华南抗清未能形成通畅的联盟）绿萼添妆融宝炬，缟仙扶醉跨残虹。（清势强大压住红）看来岂是寻常色，浓淡由他冰雪中。（星星之火的坚持）

李纹“梅”字：白梅懒赋赋红梅，逞艳先迎醉眼开。冻脸有痕皆是血，酸心无恨亦成灰（志士遍体鳞伤，痛心。“冻”同时暗示李成栋）。误吞丹药移真骨，偷下瑶池脱旧胎。江北江南春灿烂，寄言蜂蝶漫疑猜（明言李成栋反正）。

薛宝琴“花”字：疏是枝条艳是花，春妆儿女竞奢华。闲庭曲槛无余雪，流水空山有落霞。幽梦冷随红袖笛，游仙香泛绛河槎。前身定是瑶台种，无复相疑色相差。（认定太子正宗）

赋诗之后，湘云、宝钗、宝玉、黛玉各打一谜，从文中看，不仅是谜面，还是感怀诗。

湘云:《点绛唇·耍的猴儿谜》：溪壑分离，红尘游戏，真何趣？名利犹虚，后事终难继。

宝钗：镂檀镌梓一层层，岂系良工堆砌成？虽是半天风雨过，何曾闻得梵铃声？

宝玉：天上人间两渺茫，琅玕节过谨提防。鸾音鹤信须凝睇，好把唏嘘答上苍。

黛玉：騄駬何劳缚紫绳？驰城逐堑势狰狞。主人指示风云动，鳌背三山独立名。

湘云念了谜语后，“众人都不解”，只有宝玉一下子就猜着了。溪壑分离，红尘游戏，指猴子本来生活在山谷涧溪，被人捕后离了山林，来到红尘闹市，供人耍玩。名利犹虚，指“沐猴而冠”只是游戏人间而已。特别是东林钱谦益们和农民军反反复复的首领们，无非是为个人名利表演的猴子。因此，后事终难继。湘云解说：“那一个耍的猴儿不是剁了尾巴去的？”只让宝玉猜中，因为它句句适用于宝玉：顽石幻形入世，成了怡红公子，正是“溪壑分离，红尘游戏”，也是指三春及太子被各方势力把玩的游戏，同时蔑视了清王朝当朝的“沐猴而冠”，有始无终。

宝钗的谜语主题是解释明亡清代，非一日之功，也是天意，是兴亡律的必然，天下乱了一阵了，劝导她们想开点。宝玉的谜语悼亡之意明显，“琅玕”似乎指施琅、刘国轩是台湾郑氏灭亡的最关键人物。“騄駬”为周穆王“八骏”之一。紫绳，指红朝缰绳，比喻郑氏为红朝驰城逐堑。鳌背三山，出于《列子》：天帝命十五只巨鳌（大海龟）背着蓬莱、方丈、瀛洲三座神山。意思很明显，“鳌背三山独立名”也是石碑的意象，明孝陵，十三陵就有。乌龟（鳌），背驮石碑。本回主题是天下兴亡，大局已定，“三山”可喻“三春”之碑，为其刻字“立名”（石头记）。

拾捌

贾蓉、贾芸、贾蔷与『三变』李成栋、『导演』阮大铖

◆
◆
◇

《红楼梦》人物取名，作者都煞费苦心。与珍、珠、琏、环等首饰类明显不同，植物类“蓉、芸、蔷”必有所指，草字头表明降清。蓉是芙蓉花，蔷是带刺蔷薇，芸比较草根，是“油菜花”。贾蔷最简单，应该就是指阮大铖。贾蔷最受贾珍疼爱，与贾蓉最好，两人是偷鸡摸狗、缺德使坏的死党。他主要的角色是贾府戏班的总管。阮大铖与马士英是死党，是当时最优秀的戏曲作者与导演。阮与马在清兵过江后都退到浙江，马士英抗战到底惨死，阮大铖投敌，死在进军福建的路上。贾蓉与贾芸原型应是奇人李成栋，可以认为他先是贾蓉，后来随着他反清立大功，又成为管种树的贾芸（送两棵白海棠，就是两广）。贾蓉是宁府长子长孙，红楼大梦第一人秦可卿的丈夫。李成栋本是李自成嫡系将领，因为大哥高杰与李自成之妾邢夫人私通，一起投降明军，随同高杰迎立福王坐镇江淮。高死后，又因为史可法看不起邢夫人母子降清，李再作为主力破扬州、下江南平定福建、广东。后又因为小妾赵夫人死谏（小红），突然反清复明，几乎成功，最后李成栋父子殉国。“蓉、芸、蔷”他们三位的纽带是秦可卿与王熙凤，一个是李自成，一个是魏忠贤。

第 7 回焦大醉骂扒灰养小叔子。扒灰指贾珍与秦可卿，秦可卿之淫代表李自成之乱（详见后文）。养小叔子，在书中不明显，隐隐暗示是秦可卿与宝玉、王熙凤与贾蔷，主要指孝庄与多尔衮。（详见前文政变）

贾蔷在《红楼梦》中主要有几件事：帮秦钟闹学堂；办戏班子；在元妃省亲时组织演出；龄官对他深爱；与贾蓉一起为王熙凤效力整死贾瑞。

贾蔷，亦系宁府中之正派玄孙，父母早亡，从小儿跟贾珍过活，如今长了十六岁，比贾蓉生得还风流俊俏。他兄弟二人最相亲厚，常相共处。宁府人多口杂，那些不得志的奴仆们，专能造言诽谤主人，因此不知又有了什么小人诟谇谣诼之辞。贾珍想亦风闻得些口声不大好，自己也要避些嫌疑，如今竟分与房舍，命贾蔷搬出宁府，自去立门户过活去了。"总恃上有贾珍溺爱""仍是斗鸡走狗，赏花玩柳"。后来戏班解散，贾蔷离家出走，不知所终。

贾蔷、贾蓉"二人最相亲厚，常相共处"，指的是"总恃上有贾珍溺爱"即福王撑腰、下把持弘光朝政的阮大铖、马士英。当时，有人在马士英的门口贴了一副对联：闯贼无门，匹马横行天下；元凶有耳，一兀直捣中原。就是"口声不大好"之一。在此之前，复社公子们"公揭事件"专门攻击阮大铖是阉党小人，逼得阮大铖出城躲到牛首山，就是"命贾蔷搬出宁府，自去立门户过活"。之前阮大铖在北京朝廷"宁府"先是东林死党，因为被高攀龙、左光斗歧视欺骗，立刻耍手腕投了魏忠贤。崇祯上台后，被两派不容躲到老家怀宁及南京写戏曲搞演出，"仍是斗鸡走狗，赏花玩柳"。此人官迷心窍，极善于钻营，靠当年对马士英下重注而翻身。掌权后对东林、复社打击毫不手软，确实带刺，是个"刺头"。马士英并非阉党，他于崇祯三年（1630）任宣府巡抚，被太监王坤举发削职，寓居南京。闲居南京时与阮大铖交厚，后更因阮帮助而复出担任凤阳总督。马士英回报重用阮大铖，因此而得罪了东林党和复社。

张岱评论阮大铖为人虽奸诈，却很有才华，特别是戏剧，不但有较高的文学修养，而且熟谙声律，通晓舞台。《陶庵梦忆》《阮圆海戏》中说："阮圆海家优，讲关目，讲情理，筋节，与他班孟浪不同。然其所打院本，又皆主人自制，笔笔勾勒，苦心尽出。知其义味，知其指归，故咬嚼吞吐，寻味不尽。”“阮圆海大有才华，恨居心勿静，其所编诸剧，骂世十七，解嘲十三，多诋毁东林，辨有魏党，为士君子所唾弃，故其传奇不之著焉。”这个评价很公允。张岱善于也热爱写作小品文（没有长篇作品），他曾详细记载了与阮大铖、赵之龙等的亲密交往（都是复社之敌），但是交往记录没有提到过同乡黄宗羲以及同型冒辟疆等人。一是不同朋友圈，二是年纪差了十多岁，三是张晚年更接近独自隐居的“芹”。虽然张岱的很多文字文风在《红楼梦》中有体现，甚至可以把曹娥江畔的“芹”推为“曹雪芹”，但他几乎不可能写出《红楼梦》的革命性与思想性，倒更验证《红楼梦》主笔者为喜欢学习引用他的作品的冒辟疆。张岱与复社四公子的交集只有秦淮八艳，董小宛曾向他学习戏曲。

元妃省亲时，贾蔷安排唱《游园》《惊梦》，是阮大铖、马士英对崇祯太子的立场，主要是为自己官位“算计”（明朝前有英宗复辟杀于谦案例）。阮、马迫害太子、迫害复社直接导致左良玉东下清君侧扶太子，阮、马又撤下淮河防线的黄得功西进芜湖迎战左良玉（指马士英下的是死棋，到了死期，即“司棋”）。史可法当时又拒绝了徐州总兵李成栋的提议，瞧不起农民军，不肯认高杰和邢夫人的儿子为义子，直接把李军推给多铎，江北另一镇刘泽清（尤二姐），立即降清出卖史可法。于是，扬州迅速瓦解。福王出逃到芜湖，被黄得功手下卖给清军（中山狼）。钱谦益、赵之龙献南京投降多铎（葫芦案）。阮大铖、马士英当时并没有投降，而是带着皇后逃到浙江（对应贾蔷离家出走）。结局是阮大铖、马士英在鲁王朝廷斗争失败，被“浙党”排挤。阮于是鼓动方国安杀了隆武使者，截了军饷降清（直接导致隆武也杀了鲁王使者决裂）。投降后，阮大铖向清军献计攻破金华，立下大功，又积极跟随李成栋进军福建。据说清军贝勒劝他小病休整，但他惦记着福建巡抚的位子坚持行军，过仙霞岭时因病发死于道旁。阮大铖与钱谦益、吴梅村等东林党人一样，只信仰“护官符”，毫无气节。当然他们也很有文艺才华，区别是他远比钱、吴等有手腕有计谋，会下手敢下注。朱元璋清除骄横跋扈的开国元勋时，把他们比作“蔷薇”之“刺”，阮大铖就是这样的“贾蔷”。

据吴梅村《鹿樵纪闻》的记载，马士英兵败后，逃到天台寺中，后来被家丁找到，献给多铎。剥皮充草，放在路上，老百姓拍手称快。马士英字瑶草，生怀瑶死怀草，非常巧合。孔尚任在《桃花扇》中暗示马士英在台州山被雷劈死，恐怕还是“贾化”戏说。可以肯定的是，马士英没有投降，而是殉国。

金陵十二官之首龄官主要出场3次：元妃“游园惊梦”；宝玉“游园惊梦”；“蔷”与“雀”。这位“大有林黛玉之态，戏又唱得极好”，唯一不在乎“宝玉”，强烈向往自由，与“蔷”纠缠不清的笼中“朱雀”，就是南明“潞王朱常淓”。

朱常淓是朱翊镠之子（“蔷”本意“蓼下云”），父子都擅长书法，喜好音乐。潞王“善音律，善围棋”，著有《古音正宗》和《潞藩辑纂万汇仙机棋谱》，还是制“琴”大师，制作的琴称为“潞琴”。本来他只想当一名逍遥的“自由鸟”王爷，杭州人称他“潞佛子”。但是，明末清初的政治变故，特别是东林钱谦益与马士英、阮大铖两党的政治操弄，却把他推向了“代”“宝”为“玉”的“监国”之位，再被“浙党”陈洪范操弄降清，类似南京，“箪食壶浆”献杭州。后在北京陷入“金印案”被杀（“不知感恩图报，反妄有推立，潞王等私匿印信将谋不归”）。“自由鸟”潞王的命运有两个隐喻：一是“贾蔷提着一个雀儿笼子，上面扎着个小戏台，里面装一个会衔旗串戏的雀”。“蔷薇花架下”龄官画“蔷”就是“雀儿笼子”；二是“游园惊梦”《袅晴丝》。

东林党钱谦益与阮大铖、马士英在南京政权的斗争焦点是立“潞王”与“福王”。万历极喜欢“老福王”皇三子朱常洵，东林党坚决不干，于是朱常淓被封河南，最后被李自成煮了“福禄汤”。东林害怕小福王朱由崧报复，他们攻击朱由崧：贪、淫、酗酒、不孝、虐下、不读书、干预有司。把潞王描绘成“贤人”：“潞王，穆宗之孙，昭穆不远，贤明可立”，又说“福恭王觊觎大位，几酿大祸，若立其子，势将修衅三案，视吾辈俎上肉”；当时“江南北诸绅”“群起拥潞王”。结果凤阳总督马士英棋高一着，与太监卢九德联合高杰、黄得功、刘良佐三镇拥立福王。第四镇刘泽清本来拥戴潞王，兵力不敌，也转身拥戴福王。朱由崧于南京称帝弘光。弘光朝廷灭亡，马士英、阮大铖攥着“太后”逃到杭州，又把潞王当奇货，反过来操控太后积极拥立朱常淓。潞王知道阮、马是拿自己当作与本地“浙党”争权的工具，而且清军席卷江南，自己会成为火上“福禄肉”，于是“潞王坚辞”。但最终还是极不情愿地登上监国大位，成了“笼中朱雀，蔷架龄官”，终于走出了“游园惊梦”的死亡一步。

“游园惊梦”是生死大戏。杜丽娘只要走出“袅晴丝吹来闲庭院，摇漾春如线”的第一步，之后的剧情就是思春而死。“晴”与“情”“丝”与“思”谐音，所以“晴丝”语意双关。“袅”指风里的游丝。在中国诗词意境中，只有柳丝、柳絮与“袅晴丝”最为接近。“柳絮因风起”，“春来无处不如丝”，“曾逐东风拂舞筵”。杜甫《春日江村》：“燕外晴丝卷”，“卷”的就是柳絮柳丝。现在可以清楚为何海棠诗社如此隆重地歌咏“柳絮”了，柳絮就是“袅晴丝”，就是潞王等笼中“朱雀”。

贾蔷的死党贾蓉在《红楼梦》的角色就三个字：“乱”“命”“绝”。贾蓉是《红楼梦》第一乱情男。他向上与自己的姨娘尤二姐、尤三姐私情，与王熙凤婶子勾搭。因为淫“乱”，贾蓉或间接或直接害死了秦可卿、尤二姐、尤三姐和贾瑞。绝情男贾蓉对“三尤”尤绝。贾蓉对应的明末人物主要是“李成栋”。

贾蓉的“乱”，根源还是在贾珍与秦可卿的“淫乱”。贾珍对贾蔷的偏爱与对贾蓉的“精神虐待”对比鲜明。秦可卿对宝玉的亲密也对比了秦可卿和贾蓉口头上的“夫妻感情和睦”。第 29 回清虚观打醮，贾珍只是因为贾蓉躲热偷懒，便道：“你瞧瞧，我这里没热，他倒凉快去了！！”喝命家人啐他。那小厮们都知道贾珍素日的性子，违拗不得，就有个小厮上来向贾蓉脸上啐了一口。贾珍还瞪着他，那小厮便问贾蓉：“爷还不怕热，哥儿怎么先凉快去了？”贾蓉垂着手，一声不敢言语。贾珍、秦可卿不仅“培养”了贾琏所说的“贾珍、贾蓉等素有聚麀之诮”（父子共一女之好），也造就了贾蓉的扭曲个性，完全对应李自成、高杰共一女，完全对应这一系人物的心理人格不健康。

第 63 回尤二姐和尤三姐到宁国府，贾蓉且嘻嘻的望他二姨娘笑说：“二姨娘，你又来了？我父亲正想你呢。”二姨娘红了脸，骂道：“好蓉小子！我过两日不骂你几句，你就过不得了，越发连个体统都没了。还亏你是大家公子哥儿，每日念书学礼的，越发连那小家子的也跟不上。”说着顺手拿起一个熨斗来，兜头就打，吓得贾蓉抱着头，滚到怀里告饶。尤三姐便转过脸去，说道：“等姐姐来家再告诉他。”贾蓉忙笑着跪在炕上求饶，因又和他二姨娘抢砂仁吃。那二姐儿嚼了一嘴渣子，吐了他一脸，贾蓉用舌头都舔着吃了。众丫头看不过，都笑说：“热孝在身上，老娘才睡了觉。他两个虽小，到底是姨娘家。你太眼里没有奶奶了，回来告诉爷，你吃不了兜着走。”贾蓉撇下他姨娘，便抱着那丫头亲嘴，说：“我的心肝，你说得是。咱们馋他们两个。”丫头们忙推他，恨的骂：“短命鬼！你一般有老婆丫头，只和我们闹。知道的说是玩，不知道的人，再遇见那样脏心烂肺、爱多管闲事嚼舌头的人，吵嚷到那府里，背地嚼舌，说咱们这边混账。”贾蓉笑道：“各门另户，谁管谁的事？都够使的了。从古至今，连汉朝和唐朝，人还说‘脏唐臭汉’，何况咱们这宗人家！谁家没风流事？别叫我说出来。连那边大老爷这么利害，琏二叔还和那小姨娘不干净呢。凤婶子那样刚强，瑞大叔还想他的账：那一件瞒了我？”（贾蓉自认是汉唐系人物，同时把“那边”孝庄和多尔衮也点出了。）

贾珍、秦可卿之淫是贾蓉“恶之源”，李自成也是李成栋的恶魔导师（后文详述秦可卿就是李自成）。李自成的第一主力是高杰，高杰的第一兄弟助手是李成栋（绰号“李诃子”，可能是秦可卿“可”的来源）。高杰与李自成老婆“邢夫人”私通，因此崇祯八年（1635）带着李成栋投降孙传庭（《白发魔女传》卓一航爷爷陕西总督的原型），在明军高人龙部与李自成打了10年。李自成攻破北京，高杰、李成栋南撤，成为负责江淮防务的江北第一镇。高杰、李成栋是协助马士英、阮大铖一派迎立福王的第一主力。高杰死于安徽明军内讧，李成栋带领第一镇投靠史可法，李建议邢夫人与高杰的儿子认史可法为义父，本来这是史可法联盟四镇控制政局的一步妙棋，结果“书呆子”史可法因为瞧不起他们的出身背景拒绝（就如鲁肃为孙权女儿提亲，关云长说：虎子焉能娶犬女）。“邢夫人”母子认父史可法事件，可以说彻底改变了福王政权以及整个南明的命运走向。李自成、高杰、李成栋、邢夫人，这个混乱的男女关系组合，也是贾珍、贾蓉、秦可卿、二尤之乱的影射。

李成栋祖上是犯事官员，流放到边区宁夏（属陕西），自小想的是洗刷耻辱，有异于常人的功名渴慕，自卑生出叛逆之心。天下大乱，他与高杰投了闯王。罪臣后人与流寇两顶帽子使他缺乏自尊感，扭曲变态。耻辱自卑者对“面子”异常敏感，李成栋于是突然反明降清，南明江北防线崩溃，史可法死于扬州。其后李成栋成为席卷江南的清军主力，被封“江南巡抚”。无论是“扬州十日”，还是“嘉定三屠”，以及昆山、江阴，主力都是李成栋。随后又进入福建强夺建昌府，飞渡仙霞关，于汀州抓获唐王朱聿键，斩于福州，扫灭隆武政权。也是他亲率三百名敢死队出惠州、潜入广州，擒获缢死朱聿鐭，消灭绍武政权。可以说，大半部《红楼梦》的亡国灭家血泪都来自李成栋一人。李直接杀了南明两个皇帝，间接杀了福王皇帝，这就是贾蓉“三命”。他对带给他耻辱的江南东林党是刻骨的绝情之恨，他对培养他的李自成反贼的体系，恩断义绝。正如贾蓉拒绝与秦家再有任何的瓜葛，目的就是希望忘记不堪的过去。这就是贾蓉为何对秦可卿无情，小舅子秦钟病死，他不看不管不出钱，岳父秦业死，贾蓉也没有出现。与秦可卿葬礼相比，秦钟的葬礼十分寒酸，连埋葬银子都没有。秦家已没有亲人，还是贾母帮衬了几十两银子办了后事。

第 7 回里焦大骂贾蓉，更是以老兵油子焦大的口吻表现了一位军阀的姿态：

那焦大那里把贾蓉放在眼里，反大叫起来，赶着贾蓉叫："蓉哥儿，你别在焦大跟前使主子性儿。别说你这样儿的，就是你爹、你爷爷，也不敢和焦大挺腰子呢！不是焦大一个人，你们做官儿，享荣华，受富贵？你祖宗九死一生挣下这个家业，到如今不报我的恩，反和我充起主子来了。

原文批注：

忽接此焦大一段，真可惊心骇目，一字化一泪，一泪化一血珠。不和我说别的还可，若再说别的，咱们红刀子进去白刀子出来！（对比李成栋反明屠杀“事业”）。

李成栋的出身较低，从小孤儿寡母，虽然想自立自强“成栋”，但舅舅“不是人”（对应巧儿舅舅王仁不是人），巧遇撞上“醉金刚”倪二，获得慷慨资助。倪二谐音“逆二”，是指第二任闯王李自成。李自成一个眼睛坏了，《尔雅·释鱼》注：“倪与睨同。”“左倪不类，右倪不若”，描述了李自成看人的姿态。倪二这个“专放重利债”的“泼皮无赖”主动借给了贾芸“十五两三钱有零”的银子，还说“这银子我是不要利钱的，也不用写文约”。贾芸心下自思：“素日倪二虽然是泼皮无赖，却因人而使，颇颇的有义侠之名。”（庚侧：四字是评，难得难得，非豪杰不可当。）倪二交代贾芸：“我不回家去了，倘或有要紧事儿，叫我们女儿明儿一早到马贩子王短腿家来找我。”陕西农民军的特点是喜欢取外号。“马贩子王短腿”，是曾以贩马为业的第一闯王高迎祥，“高”被反成“短”。“倪二”李自成投奔他的舅舅高迎祥（对应贾芸找舅舅）。李自成并非醉鬼，“醉”金刚指的是“大力金刚”李成栋赣州失利时，因为烂醉如泥，撤军时落水而死（死得也很简易）。

李成栋席卷华东华南，为的就是“出口恶气”，要的是尊严地位，清廷却连一个两广提督都舍不得给（给了老包衣佟养甲，还是压着李成栋）。永历派人作策反，开出的价码是晋封李成栋惠国公，封他义子李元胤为车骑将军兼锦衣卫指挥使，南阳伯。李成栋上奏北伐江西，永历帝筑坛拜将，封李成栋为翊明大将军（比郑成功牛多了），赐尚方剑，便宜行事，加上又有一位以死劝谏的爱妾“小红”，于是 1648 年，顺治五年四月十五日，永历二年闰三月十五日，端午节（书中此时很热闹），李成栋在广州反正归明，天下震动。“两广”就是贾芸送给宝玉的两盆海棠，因为宝玉愿意认他当儿子。高鹗续书中，贾府败落后，贾芸不认宝玉为父，与贾蔷等人混在一起，喝酒赌钱，闹翻了天，还设计要把贾巧姐卖到烟花巷，显然是胡诌假话。李成栋父子结局是全力抗清，战死殉国。第 94 回“宴海棠贾母赏花妖”：大家说笑了一回，讲究这花（指海棠）开得古怪。贾母道：“这花儿应在三月里开的，如今虽是十一月，因节气迟，还算十月，应着小阳春的天气，因为和暖，开花也是有的。”“贾芸”李成栋送给南明“宝玉”爹的两广“海棠”可是南明政权的“小阳春”。

李成栋因为李自成、高杰“邢夫人”的“淫”事两次投敌。最后一次的“投敌”反清归明，和另一个女人“爱妾赵氏”有直接关系。书中贾芸情人“小红”的原型就是李成栋“爱妾赵氏”，据邝露的说法赵夫人原为陈子壮之妾“张氏”。陈子壮是广东史可法，李成栋攻占广州，他被锯子从头锯成两半。赵夫人有点像陈圆圆刚烈，但更加刚烈有为，她以死促成了李成栋两广反正。据说李成栋闻讯后大哭“我乃不及一妇人”，遂决心起兵。她就是薛宝琴怀古诗《蒲东寺怀古》里的“小红”：小红骨贱最身轻，私掖偷携强撮成。虽被夫人时吊起，已经勾引彼同行。越是大白话文不对题的“怀古诗”，越是当今头等大事。

《赵夫人传》的作者，是在1650年广州“庚寅之劫”中抱琴赴死的邝露。他就是书中元妃省亲时出场过一次的“抱琴”。元妃省亲来到大观园，父母拜见过后，“又有贾妃原带进宫去的丫鬟抱琴等上来叩见，贾母等连忙扶起，命人别室款待”。贾母等人“连忙扶起”，又当作贵客“别室款待”，可见抱琴地位。邝露是诗人、书法家，还极擅长古琴。他平生珍爱两张名琴，一张为宋琴“南风”，这张琴曾是宋理宗赵昀的内府珍品，另一张为唐琴“绿绮台”。邝露出游必携二琴。邝露殉国后，琴被清兵所抢，售于市上，叶龙文以百金所得。叶氏邀文士雅聚，抱出绿绮台，诸人唏嘘。著名诗人王士禛（1634—1711）记录了邝露的事迹：“邝露，字湛若，南海人，狂生也。负才不羁，常敝衣趿履，行歌市上，旁若无人。”“跳江”是屈原的符号，“抱琴”已经成为邝露的符号。在《红楼梦》第49回“芦雪广联句”中，史湘云冷笑道：“你知道什么！‘是真名士自风流’，你们都是假清高，最可厌的。”这回情节作者以“琉璃世界白雪红梅　脂粉香娃割腥啖膻”隐写了1650年广州“庚寅之劫”，痛骂了那些变节的假清高“名士”，歌颂从容抱琴赴死的真名士邝露“是真名士自风流”“唯大英雄能本色”。

小红是《红楼梦》中一个不起眼的小人物，她是管家林之孝之女（书中林之孝曾写成秦之孝，恐怕不是笔误，而是与秦同系），原名林红玉，因讳宝玉、黛玉之名而改名小红。在《红楼梦》里，“玉”都不凡，既然叫过“玉”，必关乎皇位。她在怡红院倒茶勾搭贾宝玉不成，被袭人、晴雯等挤兑。先借一次为凤姐办事，得到赏识，小红跳槽调到王熙凤身边，还认作干女儿（小红辈分是王熙凤孙辈，认干女儿可见两人都有权变手段）。小红听说贾芸是“廊上的二爷”“便不似先前那等回避，下死眼把贾芸钉了两眼”，故意遗失帕子给贾芸。（蜂腰桥设言传心事，痴女儿遗帕惹相思）“滴翠亭杨妃戏彩蝶”，薛宝钗偷听的就是坠儿替贾芸传话，与小红两人在滴翠亭说这些悄悄话。书中薛宝钗判定小红和贾芸是奸滢狗盗之人。小红为人机敏，怕被人偷听，推开窗子之际，薛宝钗怕小红这等人急造反，狗急跳墙，祸及自己，少不得要金蝉脱壳的法子，便故意喊了一声：“颦儿，我看你往哪儿藏。”这些描写可以看出小红的权变手段，对富贵的追求，主动把握时机的能力等，这些在《红楼梦》各钗中可以说是独一无二的。她比王熙凤都更具备李成栋枭雄的特点，比另一个描写有王熙凤手段的夏金桂也强不少，与贾芸异曲同工。“小红”也是“贾芸”李成栋的表现。“宝钗偷听滴翠亭”，就是佟养甲（宝钗）监视李成栋，赵夫人劝李成栋时，李成栋必须掩盖，这是赵夫人不得不死的原因。可以推测，如果李成栋不意外落水而死（轻敌，搞背水阵），如果运气好一点，他将是又一个曹操。因此“小红”就是“玉”了。另一个可以类比“林红玉”的真实历史人物是乾隆年间台湾天地会大起义领袖“林爽文”，也确实称了帝，是“小”红“小”玉“小”皇帝。

管家之女可以做小姐，为何做丫鬟？管家之女为何坚定地追求一位“管树”的小管家？李成栋的反正行为，让明清双方都不敢相信。如果只为利益，他们父子的英勇殉国，只能用被误解的英雄来解释。林红玉的名字可知与林黛玉有重大关联。“红玉”就是“流血的玉”，是用苌弘的典故“碧血丹心”。故事的情节很类似袁崇焕或者岳飞。苌弘（约公元前 582—前 492），周朝时掌周王室大卜之事。彼时“王室衰微，诸侯坐大”。为帮助周王室摆脱困境，苌弘和刘文公商定扩建“成周”城。由于周王室财力匮乏，苌弘四处游说，争取到晋国和其他诸侯的支援，最终完成。公元前 497 年 8 月，范吉射跟中行寅合攻赵简子，拉开魏、韩、赵三家分晋的序幕。鉴于范氏与刘文公家世代姻亲，中行氏和范氏又是通家之好，苌弘乃以周王室名义帮助他们。赵简子大败范氏、中行氏后，设“离间计”，伪造书简陷害苌弘谋反。周敬王信以为真，在成周把苌弘剖腹掏肠（林爽文失败后被乾隆凌迟处死）。苌弘冤死，三年后，血已化成了晶莹剔透的碧玉，苌弘的心化作了红玉（很遗憾，林爽文死后3年高鹗开始改编《红楼梦》）。红玉看重的是以后是否能像晴雯讽刺的那样，真正“有本事从今儿出了这园子，长长远远的在高枝儿上才算得”（林爽文离开大陆到台湾发动天地会起义），其实晴雯没有说错，所以红玉“不便分证，只得忍着气来找凤姐儿”。但是她心里未必就不在想：我就一定要做到给你们瞧瞧！宝钗对她的评价就是：“素昔眼空心大，是个头等刁钻古怪东西”。总之，小红在后28回必是重要权变人物。

在第24回贾芸得到种树任务后，“这里贾芸又拿了五十两，出西门找到花儿匠方椿家里去买树，不在话下”。“方椿”，一看便知又是南明之春。方+玉，是不是“方世玉”？《红楼梦》关于皇位候选人的比喻不是玉就是花，关于南明政权的比喻都是“春”，方家又是“花儿匠”，又是“椿”，其志不小。可惜在前80回未见出现，后40回又面目全非。加上前文提到第26回贾芸护卫宝玉、王熙凤（小红也在，她的两个主子），在前80回中，从第24回至第27回作者重笔描写小红，都是在为后回铺垫，可以预见在80回后小红定有作为。第26回甲戌本眉批：“‘狱神庙’红玉、茜雪一大回文字惜迷失无稿。叹叹！畸笏叟。”各本还有“喜相逢，三生注定；遗手帕，月老红丝。幸得人语说连理，又忽见他枝并蒂。难猜未解细追思，罔多疑，空向花枝哭月底。”“且系本心本意，‘狱神庙’回内方见。”“凤姐用小红，可知晴雯等埋没其人久矣，无怪有私心私情。且红玉后有宝玉大得力处，此于千里外伏线也。”“狱庙相逢之日，始知遇难成祥，逢凶化吉”等一系列批语，都反复提到了“狱神庙”一事，并可知它是80回以后一个重要的章节。“狱神”是兴汉的丞相萧何。可以推测，“狱神庙”是汉留或者“江相帮”的总部之类。方家又是“花儿匠”，又是“椿”，是帮主或者舵主。小红、贾芸、刘姥姥、巧儿等都是核心成员。

晚明辽东名将李成梁自称陇西李氏之后，三个陕西李，李成梁、李自成、李成栋都是大明兴亡的关键人物。如果没有李成梁的包庇扶持、养寇自重，努尔哈赤就完全没有崛起的机会与可能。万历十一年（1583），李成梁杀死努尔哈赤父塔克世，努尔哈赤与其弟舒尔哈齐被俘。《清史稿》载："太祖及弟舒尔哈齐没于兵间，成梁妻奇其貌，阴纵之归。"李成梁将塔克世所遗土地人马派给努尔哈赤，并给都督敕书，令袭都督指挥衔。李成梁晚年与努尔哈赤往来甚密，甚至"弃地以饵之"。1649 年（永历三年），三大军事力量金声桓、何腾蛟、李成栋相续败亡，南明中兴的希望破灭。（唇亡齿寒，三方互不协同，这些在《红楼梦》中都有体现。）其中，李成栋、金声桓本身出身李自成系，何腾蛟在湖广接收招安了李自成余部主力。这就是"桃李春风结子完"吧。李自成的余部几乎最后都成了反清复明主力，海寇郑成功势力成为复明最后堡垒，另一个流寇张献忠余部李定国也成了永历的最后支柱。人性中既有阴暗自私，也有光辉。大西军以好杀闻名，然而在云南突然建设起纪律严明、政治开明的王道乐土。理学礼教的僵化刻薄堵死了人性中光辉的转机。人性是不变量，人心是可变量，无论华夷官匪。

永历三年（1649）八月，永历想复制李成栋案例，派人给各势力送密诏联络，密封郑成功为延平王，封吴三桂为汉中王，还有大同姜瓖以及云南孙可望等人。永历四年（1650）郑成功决定接受永历帝的封号，从此开始自称延平王。"薛宝琴"也就出场了。孙可望虽然纠结于封"秦王"之名，但名义上还是和李定国一起接受了永历。大同姜瓖反清就是"张金哥"事件。吴三桂最终还是反清了。永历危难之际，不计"名节"，写了四封信，封了四个王，居然都发生了惊天动地的效果，天下苦礼教久矣！

南明亡国，总令人不甘。书中总结了"内斗"是第一因素，顾炎武进一步分析是因士大夫们的"无耻"而成为"国耻"。华夏人性未变，为何明末人心如此"无耻"？无论阉党、东林党、复社党、浙党，还是关宁军、湖广军、陕西军，以及大顺军、大西军、郑氏海军，等等，都是如此。《红楼梦》试图通过“正邪两赋论”挖掘人性的原因。“正邪两赋”的理论是作者观察思考了很久以后参考《阴符经》对宇宙人生、地灵人杰的一种哲理的总结。与西方后来的炼金术思想及喀巴拉思想关于“光”流于人间的构造类似，这个理论也是“塔罗牌”与星座算命的神秘主义哲学基础。从中国唐末开始的资本主义进程，实际是这一现象的根本原因。资本主义第一要求平等自由，第二要求纵欲消费，第三要求自私逐利。这些必然冲击原有的大一统农业经济政权与思想。因此唐末黄巢起义首先打出了“均平”的旗号。因此宋明社会市井繁荣“人心不古”。因此诸侯山头军阀割据又作为必然现象回来了。明末的各据一方，盘算利益团体得失的现象在唐末大大小小的五代十国已经长期出现过。南宋之初多次兵变，岳飞、韩世忠等也是军阀体制，宋高宗不失为权衡制衡的有为之君。忽必烈依靠的也是笼络平衡中原“世侯”团体力量，统一后虽然压制了世侯之乱，元朝也没能维持多久。朱元璋坚决重农和康熙、雍正的思路是一样的。资本主义发展，必然先摧毁理学思想，再摧毁大一统体制。清王朝确实开倒车，但对满族统治者是唯一正确选择。

王国维《红楼梦评论》曰:《红楼梦》一书，彻头彻尾的悲剧也。由叔本华之说，悲剧之中，又有三种之别。第一种之悲剧，由极恶之人，极其所有之能力，以交构之者。第二种，由于盲目的命运者。第三种之悲剧，由于剧中之人物之位置及关系而不得不然者。非必有蛇蝎之性质，与以外之变故也。但由普遍之人物，普通之境遇，逼之不得不如是也。彼等明知其害，交施之而交受之，各加以力而各不任其咎。此种悲剧，其感人贤于前两者远甚。何则？彼示人生最大之不幸，非例外之事，而人生所固有故也。若前二种之悲剧，吾人对蛇蝎之人物，与盲目之命运，未尝不悚然战栗。然以其罕见之故，犹幸吾生之可以免，而不必求息肩之地也。但在第三种，则见此非常之势力，足以破坏人生之福祉者，无时而不可坠于吾前。且此等残酷之行，不但时时可受诸己而至惨也。若《红楼梦》则正第三种之悲剧也（即大转型时代每个人在历史格局中必然的悲剧）。

与明末同期的欧洲随着资本主义发展，也必然出现宗教革命。英国新教与天主教势力来回绞杀了300年，也没容得下清教徒；德国被宗教战争加重了分裂；法国胡格诺派与天主教的残酷斗争也持续了一百多年。神圣罗马体系崩盘。30年宗教战争后，欧洲独立了几十个国家，民族主义产生。结果是第一个资产阶级民主国家荷兰昙花一现；天主教法国不断革命；天主教余辉西班牙更惨，内战持续到二战后；意大利最早发展资本主义但也最早分裂最后统一；英德都走向君主立宪而获得相对稳定。美国民主最彻底，是因为人少、地大、国家历史短，没有强大的家族团体势力谋求分裂，实际上南方刚初步形成团体就迅速开打内战。中国明末与清末的战争注定只能形成封疆割据。顾炎武提出了“地方分权”设想，黄宗羲提出了三权分立方案。但对中国这样的大国，只有有效地制约资本主义必然的“私”，才能保持统一政权。大宋的国家资本主义改革已非常成熟，但宏观经济的调控技术尚不完备。德国原创、苏联发扬的“官僚”代理产权制度虽克服了“私”的离散倾向，但是没能控制住代理人腐败。

关于资本主义冲击中央集权大一统的“地方分权”，中国历史上已经多次尝试调整，大致分为三个时期。

1. 所谓“五代十国”的大唐晚期试验：唐朝中央集权被“均平”起义冲垮后，形成五代十国。如果承认后唐与自称正宗的南唐是大唐延续（类似南明与台湾），可以换个角度看这段历史，就是“地方分权”实验时期，北周以汴梁为中心和南唐以长江下游为中心走的都是农商并举，最终赵匡胤继承的北周在新经济新制度竞赛中获胜。

2. 宋辽金元明时期多京制与士大夫制：这几个朝代全都实行“多京制”，一是全部，二是创新。多京制反映了中央集权顺应经济发展的趋势，是时代特征，不是孤例，然而却被历史学家忽略。大宋名义上有四座京城：东京汴梁府（开封）、西京洛阳府（洛阳）、北京大名府（邯郸）、南京归德府（商丘）。辽国更是设有五京：上京临潢府（赤峰）、中京大定府（宁城）、东京辽阳府（辽阳）、南京析津府（北京）、西京大同府（大同）。金朝有五个都城，前五都：上都会宁府（哈尔滨）、东都辽阳府（辽阳）、西都大同府（大同）、南都开封府（开封）、北都大定府。后五都少了上都会宁府，增加了中都大兴府（北京）。元朝统治者建立了三个都城：上都（赤峰）、大都（北京）、中都（白城子）。大明则是南北二都。南唐、宋、元都优待知识分子，宋太祖更直接说“与士大夫共天下”。这些都是“分权制”+文官制或清议制衡的改良尝试。

3. 明末与民国时期：表现为外敌压迫下的军阀混战。由于清朝强化礼教束缚，阉割新兴产业与新兴科技，压制新思想，民国可以看成是明末课题的再一次答题（详见后文陈炯明与联省自治）。历经千年风雨，最终只有中国共产党答对了。

除了被宗教改革冲垮的神圣罗马，与明清类似的世界帝国奥斯曼也被资本主义冲击得更加七零八落，分崩离析。英国东印度公司能够趁乱在印度立足，也是恰好赶上莫卧儿王朝分崩离析。奥斯曼土耳其位于东西文明交汇处，并掌握东西方的主要陆上交通线近六个世纪之久，东南亚地区香料之路的亚齐国、马六甲苏丹国皆为土耳其势力范围。由于土耳其封锁了向南及向东的海路，欧洲各国只得另觅路径。当哥伦布在1492年抵达巴哈马时，土耳其的国势正处于高峰，但西欧打通了绕过中东和地中海的远洋路线，使土耳其的重要性大减，从而导致帝国的衰落。在19世纪，资本主义与民族主义的兴起横扫奥斯曼帝国。1829年，在英、法、俄三国的干涉下，希腊在19世纪30年代独立。1875年，塞尔维亚、黑山、瓦拉几亚及摩尔多瓦宣布脱离帝国独立。德国控制奥斯曼协助的巴格达铁路成为国际局势紧张的源头，是第一次世界大战的肇因之一。在一战中，奥斯曼加入同盟国，英国随即吞并埃及和苏丹。1916 年的阿拉伯起义让奥斯曼帝国在中东战线的良好形势逆转。一战后奥斯曼帝国分裂，在奥斯曼帝国土地上建立起来的新国家达 40 个。分裂衰败过程中，与洋务运动及戊戌变法类似，奥斯曼帝国的仁人志士也推行西化改革自救。土耳其西化改革，从苏丹艾哈迈德三世算起，几近 300 年。包括穆罕默德·科普儒倡“法先王”内部复古整肃改革，艾哈迈德三世军事西化尝试，塞利姆三世的“新秩序”改革，马哈茂德二世的铁腕新军改革，“坦奇马特”运动和立宪改革，类似南唐，最后由青年土耳其党建立了一个微缩版的小土耳其。

历史有东西方一致的必然规律。有趣的是“西亚病夫”奥斯曼末世也出了一位“袁世凯”——马哈茂德二世（Mahmud II）。马哈茂德二世也重建了一支“新军”，镇压了 300 年历史的近卫军。随后，马哈茂德二世加强中央集权，效法彼得大帝，将变革推向奥斯曼社会的几乎所有方面。他的儿子阿卜杜拉·麦吉德（Abdul Mecid）苏丹继位后还主动试行了一次全国省区贤达会议（Assembly of Provincial Notables），在后期颁布了帝国历史上第一部宪法，选举了立宪议会，等等。（类似慈禧的末期作为）

中国从 1644 年算起也是 300 年才完成工业社会改造，中华民族幸运的是保持了大版图的统一。与神圣罗马、奥斯曼土耳其对比，中国能够保持大国版图不分裂，又要完成工业化转型，确实只有共产党、只有实行社会主义才能做到。介绍对比“西亚病夫”的晚年病史，可知“东亚病夫”清朝晚期病史并非孤例，再比对神圣罗马与印度，可以看出这是农业集权帝国在资本主义大潮时代被冲击的“通病”。为这个世界“通病”炼药的《红楼梦》因此被毛主席称为为全世界做贡献的中华三宝之一。

拾玖

宝玉被打及《红楼梦》四大案

◆
◆
◇

《红楼梦》四案：王夫人抄检大观园；贾雨村乱判葫芦案；王熙凤逼死张金哥；宝玉被打。

以上四大要案，都在前80回。我们可以以之为坐标，观照影响南明的四大历史事件，分别是：复社公揭事件；南京献城降清；大同翻覆事件（戊子之变）以及对清王朝将领的策反案。

阮大铖是安徽怀宁人，万历进士，先是东林党人（侯恂赏识），入阉党编的《东林点将录》。后阮大铖投机叛变作《百官图》进献魏忠贤，代替《点将录》。《百官图》直接导致杨琏、左光斗等人被杀，阮因此深得魏器重，成为阉党要人。崇祯即位，魏党倒台，阮贿赂各方，仅仅削职为民。阮大铖不甘寂寞转到南京，立群社，拉拢复社，为复出做准备。每日"与南北在案诸逆，交通不绝，恐吓多端。而留都文武大吏半为摇惑，即有贤者，亦噤不敢发声"。当时马士英和他最好（阮曾力荐马替己为官，马是性情中人，感恩图报，后救太后出城，坚持抗清被剥皮塞草惨死，类似陆秀夫。阮大铖降清，死在出征福建的路上）。阮文采极佳，是当年的戏曲第一名家（贾蔷原型）。他写的戏剧《燕子笺》《奸遁》至今仍为昆曲保留剧目。南京复社士子吴应箕、陈贞慧、方以智、侯方域、冒辟疆、周茂兰、黄宗羲等140人曾联名写出《留都防乱公揭》（政治传单），公布阮大铖的罪状，在崇祯十一年（1638）七月张贴散发，迫使他“潜迹南门之牛首，不敢入城”。后马士英、阮大铖拥立福王，把持朝政，对复社报复迫害，几乎把复社的名士一网打尽。周镳、雷演祚被杀，陈贞慧、黄宗羲被捕入锦衣卫，差点也死了。吴应箕、方以智、冒辟疆、侯方域等人逃出南京城，后来有的抗清而死，有的归隐于深山。秦淮风流彻底烟消云散。

“元妃省亲”一节，与明太子来南京的“福王事件”可对照读解。复社与东林（龄官）同情支持太子，元妃省亲之后，阮大铖（邢夫人、王善保家、傻大姐们）当然要携朝廷（王夫人），动用锦衣卫（绣春囊），“抄检大观园”，打击东林、复社政敌（两口子妖精打架）。结局是贾探春说的自己抄自己家，会亡了贾府，结果是搜出“司棋”导致“潘（番）又安”。复社侯方域逃命后，必然联络方徇的老部下左良玉，左东下“清君侧，立太子”。马士英不顾劝谏坚持调江北四镇南撤西进对抗左良玉，给多铎留下大片空当。多铎轻松过淮河，屠扬州，降南京，杀史可法，俘福王。这就是一招臭棋“私棋”“死棋”，也是福王政权的“死期”。迎春的大丫头司棋就是福王的马士英。“私棋”“死棋”马士英、史可法们虽然抗清不降壮烈殉国，但宝玉仍深刻地揭露了他们沽名争权的小忠假忠。司棋就是马士英，同样重情义，为情而死，但是“私情”，而非“大义”。（另一方棋手侯方域、钱谦益、左良玉下的也是“司棋”，是“私棋”“死棋”）

在抄检大观园的“私棋”“死棋”之后，必然结局是“死期”，替“潘又安”多铎成局，轻松迫降南京。这就是：葫芦僧判断葫芦案。贾雨村授了应天府，就是南京，指当时南京总督赵之龙。贾雨村原要拿薛蟠，但葫芦庙故人“蓄了发”（其实指剃了发已降清的东林旧党）的“门子”提醒“护官符”，并威胁“丰年好大‘雪’，珍珠如土金如铁，薛家如何惹得他！”“‘大丈夫相时而动’，又说‘趋吉避凶者为君子’，依老爷这话，不但不能报效朝廷，亦且自身不保：还要三思为妥”。于是贾雨村乱判了英莲案。判后“便疾忙修书二封与贾政并京营节度使王子腾”。

第4回葫芦案的情节，自然在“姨太太带了哥儿姐儿，合家进京”，“姨”就是“夷”，姨太太就是“夷太太”孝庄。“从此后，薛家母子就在梨香院住了（反客为主）”。贾府中“凡那些纨绔习气者，莫不喜与他（番帝）往来”。

“门子”类似司棋私通案中开大观园后门的“张妈”，带路党。以上描写活脱脱写出了赵之龙、钱谦益密议投降献城“呆霸王”多铎的利弊权衡只为“护官符”（自私保官之道），还向“京营节度使王子腾”就是多尔衮报功邀赏。

“这英莲，眉心中原有米粒大的一点胭脂记，从胎里带来的。他又哭了，只说：‘我原不记得小时的事！’（太子答福王原话）这无可疑了”，指的是有身体标记确定无疑的真的崇祯太子。福王弃城逃跑后，南京军民曾从狱中救出太子，组织抵抗，被赵之龙、钱谦益等镇压。“‘呆霸王’，只打了个落花流水，生拖死拽，把个英莲拖去，如今也不知死活”。“太子”英莲后来跟了薛宝钗，改名叫香菱，又扯上夏金桂。“英莲”是高贵的莲，质地高洁，一旦脱离如来佛的莲座，委落红尘，处于污泥，便成为野草菱花。癞头和尚诗谶：惯养娇生笑你痴，菱花空对雪澌澌。好防佳节元宵后，便是烟消火灭时。是香菱元宵节被拐及葫芦庙火灾，说香菱“有命无运，累及爹娘”。“佳节元宵后，烟消火灭时”就是对应元宵节“元妃省亲”之后。野草菱花“香菱”暗示流落民间。“菱”是“红菱”，“香”对应元妃贾元春判词图中“弓与香”，寓意成为秘密抗清组织“红门”洪门“领袖”。“香”是洪门仪式“三株半香”（三春 + 半个皇帝太子）；英莲荷花是洪门标识“木杨城”的标配。“木杨”就是“木木，易”就是易清为林朱，再一次以林代玉。吴三桂利用洪门又自立为帝，这就是夏金桂搞薛蟠、妒英莲的态度。

“长安张金哥”案，与洪门创始人“洪英”关系极大，实际是大同姜镶反反复复的“戊子之变”。

《红楼梦》中有三个女子殉情：尤三姐、司棋、张金哥。张金哥已与原任长安守备之子定亲，可长安知府的小舅子李衙内看中了她，倚势强行求亲，她父母被迫同意，并转托凤姐通过长安节度云光逼令守备家同意退婚。没见过面的张金哥姑娘与长安守备之子都自杀殉情。这个故事中出场的都是高级将领，奇怪的是张金哥与守备之子从未见面，并无情可殉，实际是殉“义”。

殷洪盛（？—1645），又名洪英，大同人（原太平县），洪门始祖。崇祯七年（1634）受大同镇守姜镶聘任军机，各地豪杰慕名来归（包括洪门后五祖蔡德忠、方大洪、马超兴、胡德帝等）。崇祯十四年（1641），姜镶投降李自成，殷洪盛乃携门人投史可法。殷洪盛奉史可法命，至燕京联络吴三桂，沿途与洪门前五祖顾炎武、王夫之、傅山、黄宗羲等人议创“汉留”。史可法殉难，殷洪盛招抚黄得功部抗清。顺治二年（1645）五月十三日，殷洪盛于三叉河阵亡殉国。其子洪旭，与“汉留”诸门人蔡德忠等投郑成功。洪旭任郑成功水师总督，长期留守金厦，辅佐世子郑经。郑经私通乳母陈氏生子，郑成功大怒令斩，洪旭坚拒，郑经才得保全。康熙元年（1662）五月郑成功逝世，洪旭协助郑经率兵渡台平息郑袭。洪旭主政，兴造洋船，控制日本、暹罗、交趾等贸易，并与英国结盟，“台湾日盛，田畴市肆不让内地”。康熙五年（1666）八月，洪旭逝世，提携推荐陈永华（陈近南），陈主持开垦晒盐，修孔庙，立学校，军民一体（香菱学诗的详细情节，对应的就是陈永华在台湾开学立庙扫盲，推行汉化教育。这些就是秦可卿托梦的内容，也是汉留洪门的政策路线）。

姜瓖是陕西延川人，大同总兵（其兄姜让是榆林总兵，弟姜瑄为山西阳和总兵）。姜瓖先投降李自成，又降清，仍任总兵，但军权在清将吴惟华手中，并由英亲王阿济格坐镇（对应《红楼梦》中长安守备、长安知府、长安节度使一地三主的奇怪格局）。意大利马丁诺《鞑靼战纪》中记载：“八王（阿济格）

及其随人任意奸淫妇女。一个有身份的新娘被他们从轿中抢走，姜瓖亲自找他们要人，被撵打了出来。姜瓖不能再忍，勃然大怒，誓用鞑靼的血来洗刷耻辱，立即率亲兵到他府上见人就杀，吓得阿济格从城墙逃走了。”顺治五年戊子年十二月初三日（1649 年 1 月）姜瓖大同起义归南明，称“戊子之变”（这才是冲冠一怒为红颜）。多尔衮派端重亲王博洛、承泽亲王硕塞、多罗亲王满达海，连同阿济格围剿。顺治六年（1650），大同“兵民饥饿，死亡殆尽，余兵无几”，守将杨振威等人于 10 月杀姜瓖献城投降。姜瓖反正，引发“大同之屠”。随后实力消耗的多尔衮集团在内斗中覆灭。（阿济格就是屠光云中的节度使“云光”）。

姜瓖是陕西人，降清后主要战功是协助阿济格夺西安，即“长安守备”，而且是一地三主关系。叛清复明是“冲冠一怒为红颜”。“金哥”，“哥”为大，“金”即“铜”，张金哥就是“葬送大同”，是为洪英之恨。姜瓖反正的大同云光“张金哥案”与《红楼梦》有至少两个重大关联：一是直接导致多尔衮集团东西两乱，多尔衮本人东奔西跑，为前文所述的“天王补心丹”政变除掉多铎、多尔衮创造了条件。二是多尔衮因为痛恨姜瓖反正的大同，下令屠城惨案。康熙和孝庄上五台是为了抚恤与巡视，不是为了董鄂妃和福临。《红楼梦》要揭批吴梅村的假话胡诌，更要揭示被吴梅村假话掩盖的血腥历史。

宝玉被打是《红楼梦》重要事件，而且背后牵扯到北静王、琪官、柳湘莲、尤三姐等一系列人物与故事，是重大系列“隐案”。

北静王，不敬皇上（清）亲宝玉（南明），是“东宁王”郑成功（也含有李定国西宁王，后封晋王）。

北静王，首见第 14 回，名水溶，年未弱冠，形容秀美，性情谦和。祖上与贾府有世交之谊，故从未以异姓相见，更不以王位自居。若把故事背景明晰化，我们很容易想起郑成功。郑成功，名森，水溶的大木，东宁（北静）王朝的开国王，赐姓朱“国姓爷”，一代儒将，一手好字，诗词极好。

书中秦可卿出丧，北静王特设路祭，又专请贾宝玉相见。他对通灵宝玉“称奇道异”，夸奖宝玉“真乃龙驹凤雏”，并把皇上亲赐之鹡鸰念珠一串赠与宝玉（《诗经》中长寿神鸟鹡鸰。鹡鸰之名蕴含兄弟情深之意，表示结交金兰）。贾宝玉每思相会，所以相见之下，彼此都有惺惺相惜之意。（郑成功拜见隆武时，隆武帝见之大悦，以手抚其背，说：“恨无一女配卿，卿为尽忠吾家，毋相忘也。”赐郑森名成功，命为御林军都督、仪同驸马都尉。）北静王是《红楼梦》中特别重要的人物，身边聚集一代的精英，俨然领袖。原文描绘他礼贤下士，且才貌双全，风流潇洒，每不以官所缚只论情义。这些都是洪门金台山创始领袖郑成功的画像。郑翩翩公子，与手下兄弟相称（详见洪门秘笈《海底》中的金台山大令）。皇帝赐北静王鹡鸰香念珠，拉拢北静王，与其称兄道弟，是指清朝忌惮郑的势力，多次劝降。北静王第一次见贾宝玉“今日初会，仓促竟无敬贺之物，此系前日圣上亲赐鹡鸰香念珠一串，权为贺敬之礼”。皇帝的情义，北静王竟然转手送给贾宝玉。显然北静王根本不将这个清王朝的皇帝放在眼中，北静王不是清王，是与南明交好的东宁王。原著中北静王不仅送宝玉念珠，之后北静王又送了三件套避雨防雪装备（木屐、蓑衣、斗笠），“雨衣”，防雨防水防雪清，是保护南明的海军（还有“明瓦”的灯笼“不怕雨”）。

郑成功励精图治，洪英、朱舜水、陈永华全力辅佐，台湾蒸蒸日上，而且他本人已经清晰意识到控制东方贸易航线夺取南洋霸权的重要，在早年给郑芝龙的建议就是尊大明抓海权。当他正准备完毕，誓师进攻西班牙控制的菲律宾爪哇时，突然吐血暴毙，极其痛惜，否则历史将改写。明末清初也是历史上少有的各种关键人物在关键时刻“暴毙”频频的时期（或者“一剂而亡”）。不全的记录有：张溥在复社如日中天时腹痛暴毙；皇太极在入关前暴毙；多尔衮在再“腾”前打猎暴毙；左良玉在东下大胜时吐血而亡；李自成在进庙上香时突然被杀；张献忠在挥师抗清前暴毙；郑成功也是暴毙。再对比看王子腾的一剂而亡，也许作者要讲些什么。

北静王神秘，与北静王一同出现的相关的神秘人物还有一位“冯紫英”。他的形象类似薛宝琴，书中难得的神武豪爽男儿，一样“来历不明”。此人物形象与汉留洪门的创始人之一“洪英”近似。洪英，又名洪盛英，崇祯进士，为人慷慨好义，精明干练，明末大同将军，有不少豪杰之士慕名投奔门下。在清军入关后，他为史可法谋划，并受命北上劝说吴三桂联络英雄豪杰。扬州陷落、南明覆灭后，与顾炎武等人共创“汉留”，是“洪门”前五祖之首。书中说他是“将军冯唐之子”，用的是“冯唐易老，李广难封”的典故，告诉读者，冯唐、李广都是汉朝雁门（即大同）大将，指向洪英，“紫英”就是“红英”就是“洪英”。洪英等洪门前辈与大同关系深重。永历在李成栋死后，派密使封王策反的 4 个人之一就是大同总兵姜镶。后来姜镶起兵反正，被阿济格屠城。节度使“云光”就是云中屠光，“张金哥”事件就是此事（详见后文）。

第 26 回“蜂腰桥设言传心事　潇湘馆春困发幽情”中，薛蟠庆生。薛蟠见他面上有些青伤，他说“从那一遭把仇都尉的儿子打伤了，我就记了再不怄气，如何又挥拳？这个脸上，是前日打围，在铁网山教兔鹘捎一翅膀”并说道“可不是家父去，我没法儿，去罢了。难道我闲疯了，咱们几个人吃酒听唱的不乐，寻那个苦恼去？这一次，大不幸之中又大幸”。这段话到底隐秘何事？“只是今儿有一件大大要紧的事，回去还要见家父面回，实不敢领。”

这段描述十分传神。我们用以读解晚明历史会别有收获。当日，番帝薛蟠庆的生，恰恰是“芒种节”（亡种），恰恰是永历政权覆灭之日。打伤洪英们的是“兔鹘”“仇都尉”，“兔鹘”是满族人语言的猎鹰，就是“满清鹰犬”；“仇都尉”就是坐镇云南指挥吴三桂打败南明的总督“洪承畴”。“大不幸”是永历政权亡；“大不幸之中又大幸”的“一件大大要紧的事”，指的是永历皇帝没死，被吴三桂调包保护起来，同时也说明这次吴三桂被劝说同意等时机秘密反清了（也可能指朱三太子被接走）。“铁网山打围”是说围剿云南“铁网恢恢有疏漏”。宝钗扑“玉蝶”事件也发生在此日。同时发生的滴翠亭宝钗偷听宝玉丫鬟小红坠儿密语勾引贾芸，现场描写也惊心动魄，应该指的是同一件事。就是，即使大清已经旺盛到“滴翠”的程度，宝钗心情如此之好，对她而言就是兴奋失态。“玉蝴蝶”还是漏出铁网，没扑倒，飞了。

正是因为“冯紫英”角色的安排，可以明白“北静王”是洪门盟主郑成功。“北静王”郑成功送“念珠”结拜兄弟，是指祭奠秦可卿这出大戏，是洪门兄弟结义，因此可以推断“宝玉”冒辟疆也是洪门成员。这场大戏还有两位“王孙公子”陈也俊、卫若兰。第二十六回写冯紫英一段上有畸笏叟眉批云：“惜卫若兰射圃文字迷失无稿，叹叹。”书中提示宝玉丢了金麒麟，卫若兰得到，这个线索显示在衡阳建立大周的吴三桂的后人参加了洪门。只有吴三桂的长孙吴世璠（1666？—1681）有可能，他在位 3 年，年号“洪化”。“射圃”是射箭练习场，宝玉也练过。清兵破昆明，吴世璠立即穿上皇帝的服装，登殿自刎，一刀未死，又猛刺一刀，死时才十六岁。吴世璠的母亲是皇太极最小的女儿第十四女建宁公主（1641—1703），比康熙大十三岁。当时她安排长子悄悄出逃，其他孩子都被明珠建议康熙杀了。（事实并非如《鹿鼎记》所写的。梁羽生写的武侠，如傅青主、冒辟疆们更接近野说历史，金庸的书只能当小说。

《周易》中“二人同心，其利断金；同心之人，其嗅如兰”，“若兰”就是兄弟同心，“卫”者“卫道士”，同心卫汉。“陈也俊”就是“陈也英”，陈永华与洪英同党。“陈也俊”另外一个原型是广东史可法“陈子壮”（详见后文，“贾芸”李成栋）。洪门天地会奉“金兰”二字为箴言。结拜时唱诗“金兰万世水长流，闲人不许在桥头”。洪门兄弟相遇识别隐语，有“记得金兰洪家事”“洪英出世在金兰”。洪门山寨靠近旗杆旁边注有“金兰”二字。山寨中祀奉始祖、寨主、五祖等历代宗亲的场所称“金兰堂”“金兰庙”。

洪门由郑成功 1661 年创立“金台山”开始，发展组织，反清复明。洪门合并了顾炎武与洪英王夫之博青主黄宗羲等共同创建“汉留”组织。郑成功《开山令》：只为满清兴人马，无端抢我大中华。扬州十日遭残杀，嘉定三屠更可嗟。把我人民当牛马，视同奴隶毫不差。马蹄袖又加马褂，本藩闻言喉气哑，率同豪杰奔天涯。权借台湾来驻扎，金台山上饱风沙。今日结成香一把，胜似同胞共一家。万众一心往前杀，声摇山岳起龙蛇。不怕满虏军威大，舍死忘生推倒他。还我河山才了罢，补天有术效神娲。（“补天石”“女娲”再次明确出现。）

《红楼梦》第 33 回贾政笞挞宝玉，是该书重要事件。贾政大骂贾宝玉，“你这该死的奴才，不在家读书，还干出这等无法无天的事来，那琪官是忠顺王爷驾前承奉的人，你何等草芥，无故引逗他出来，如今祸及于我。”宝玉勾引琪官而已，贾政暴怒竟然要打死他，大家劝阻，贾政却反说道：“明日他要弑君弑父，你们才劝不成。”勾引戏子，严重到弑君。不通的逻辑正是隐藏的吴六奇或者岳钟琪秘事。吴六奇被李士淳策反，类似谭嗣同策反袁世凯，不仅未成，反而导致李成栋手下潮州总兵郝尚久因为曾经反反复复不被郑成功信任援助，反而攻击，最后吴六奇屠灭潮州，郑成功败退。吴六奇也如戏子一样欺骗了李士淳。《红楼梦》成书末期，作者们极有可能加入雍正时期事件。岳钟琪是雍正朝西北军、西南军总司令，“三朝武臣巨擘”。雍正六年（1728），靖州秀才曾静致信岳钟琪，激励岳飞后裔岳钟琪叛清，为宋明复仇。岳钟琪假装同意，骗出口供，引发吕四娘他爹吕留良案。随后雍正帝树曾静为榜样，用真情感动他，曾静写下了《大义觉迷录》，回湖南到处巡演，宣讲雍正各种勤政爱民，曾静应是柳湘莲。考虑到湘人安排，琪官以岳钟琪为主，吴六奇为辅。

《红楼梦》中尤三姐是极其重视名节的，因生活在不干净的贾府被柳湘莲怀疑被污，为证清白不惜一死。对比的是柳湘莲自己是“世家子弟”，被薛蟠们误认为是“风月子弟”“不知他身份的人，却误认作优伶一类”（与尤三姐对比，己所不欲勿施于人），他的解决方案是：色诱薛蟠并痛打。吕四娘他爹吕留良宣扬“华夷之分大于君臣之伦”，曾组织义军抗清。兵败后隐居行医。他曾有一段深悔自责的“失脚”即失节经历，即顺治十年（1653）应试得诸生。《大义觉迷录》抓住这个把柄指责他“于顺治年间应试，得为诸生，嗣经岁科屡试，以其浮薄之才，每居高等，盗窃虚名，夸荣乡里……吕留良身为本朝诸生十余年之久矣，乃始幡然易虑，忽号为明之遗民。千古悖逆反复之人……”（与吴三桂评语一个逻辑）。《红楼梦》中尤家的生活全靠贾府，尤三姐不敢公然得罪贾珍、贾蓉好色之流，只能忍辱虚与委蛇，假颜欢笑，不得已为生存而牺牲尊严。实际上是，吕留良不仅一直与抗清余部如张煌言（张名振弟弟）保持联络，而且在康熙五年（1666）拒不应试，被革除诸生，从此归隐行医。晚年隐居吴兴妙山风雨庵为僧。康熙二十二年病终。临终遗言“子孙虽贵显，不许于家中演戏”（排斥戏子）。吕去世后，曾静等传播留良华夷学说，后曾静策动岳钟琪反叛下狱，牵连吕两个学生。吕被剖棺，著作焚毁。吕留良满门流放为奴，传说其女儿吕四娘将雍正帝刺杀。贾府肮脏，容不得尤三姐留一丝尊严。这正是明末文人写照。吕留良“尤三姐”“宁可枝头抱香死，何曾吹落北风中”。

尤三姐的姐姐尤二姐，代表的是明末仕清的文人。有姿色（有才学），被勾引，主动背弃了原来的木石之盟（皇粮庄头张华家已败落，皇粮，即华），投靠二爷当二奶，是贪图富贵“失节”，胎儿被庸医虎狼药打掉，虎狼政策之下，没有好结果，结果是“吞金”而死，这个死法很特别，贪图金的富贵，投靠“金玉之盟”，死于“金”人。典型如复社骨干陈名夏，还要争大奶名分，争权夺利，被满族政敌弄死。

清朝文字狱与《红楼梦》联系很深。与吕留良案齐名的戴名世案，在书中也有反映。“石呆子”就是“戴名世”。“二十把旧扇子，全是湘妃（上古历史大禹等）、棕竹（宗主即各朝皇帝）、麋鹿（逐鹿中原）、玉竹的，皆是古人写画真迹（古史）”。书中平儿咬牙骂道：“都是那贾雨村什么风村（风，暗指清风不识字），半路途中那里来的饿不死的野杂种！认了不到十年，生了多少事出来！（野蛮蛮夷，十年生了多起文字狱）谁知就有一个不知死的冤家，混号儿世人叫他作石呆子，穷的连饭也没的吃（戴传记：为人醇谨，忠厚退让。家贫，以授经为业。备尝人间苦），偏他家就有二十把旧扇子，死也不肯拿出大门来。老爷便叫买他的，偏那石呆子说：‘我饿死冻死，一千两银子一把我也不卖！要扇子，先要我的命！’谁知雨村那没天理的听见了，便设了个法子，讹他拖欠了官银，拿他到衙门里去，说所欠官银，变卖家产赔补，把这扇子抄了来。”没天理的坑了不知死的。戴名世文章以史学为主，痛惜明清之际忠臣义士及乱臣贼子事，皆湮没于世，成败得失，也不得闻于后人，因此他决心修撰《明史》。他收集了很多南明史事，“二十年来，搜求遗编，讨论掌故，胸中觉有万卷书”。在保存历史方面，戴是《红楼梦》作者们的“同志”。戴也是方以智同乡桐城人。

当时另外一件著名文字狱就是朱佑明与庄廷鑨《明史》案。柳庄案牵扯到海宁查伊璜（金庸的祖上），吴六奇落魄时曾得到查的资助（类似贾雨村），吴因此努力救下查（比贾雨村强），这就是金庸在《鹿鼎记》中美化吴六奇的私情。庄案也牵连了顾炎武南方组织“惊隐社”的多名骨干，导致南方“雀金裘”被破坏。

《红楼梦》中二尤角色笔墨较多，非常深入人心，如果只是表现文人文字狱有些可惜。如果放到柳湘莲、薛蟠的误解以及宝玉勾引琪官的大背景下，二尤应该除了文的一面，还有武的一面。用贾蓉连接，二尤与秦可卿可以合称三尤。《说文》：尤，异也，犹之古文。“犹”的意思是“犬戎首领”，可以理解为西北农民军首领。如指女人尤物，隐含“淫乱”。两个意思合并，就是西北农民军乱了大明，三尤是重要的三位首领。后文论述大尤秦可卿就是李自成（资助贾芸的倪二也是）。尤二姐、尤三姐对应的分别是投降清王朝的刘泽清与被误解实际没有投降清王朝的金生桓。柳湘莲就是何腾蛟。

金声桓，陕西榆林人，李自成手下，号“一斗粟”。初投左良玉军，任总兵。弘光元年（1645）四五月间，左良玉在“清君侧”途中病死，金声桓随左梦庚降清，率兵取江西。王得仁也是陕西米脂人，出身李自成军，号“王杂毛”，与金声桓一起驻兵南昌。在平定江西后，顺治三年（1646），金声桓请求清廷授予他“节制文武”“便宜行事”的权力被驳回。金大失所望。刚好江西巡按董学成向王得仁索要一个歌妓并出言羞辱。王得仁将董砍成碎片，然后拉金声桓反清。永历二年（1648）正月二十七日，金声桓、王得仁反清复明并产生了广泛的影响，最重要的反应是李成栋反正。金生桓请出明朝老臣姜曰广同守江西。清军重兵围困南昌时，姜曰广用血书向永历帝及湖广总督何腾蛟求援，何腾蛟以衡州、长沙还未被攻下为由，不想救。永历三年（1649）正月十九日，金声桓兵败全家自杀，姜曰广也自杀。唇亡齿寒，在金声桓败后，李成栋、何腾蛟随后失败殉国。江南反清复明从连成一片、形势大好，到因金声桓之死瞬间崩溃，所以尤三姐自杀意义大到“揉碎桃花红满地，玉山倾倒再难扶”。

李成栋、金声桓在作寇、作清军时，几乎百战百胜，但他们反正加入明军后，往往很快战败而死。一个原因是部队私利劫掠体制未变，当明军反而受限制，发挥不出战斗力（李定国改革严明军纪，战斗力就很强）；另一个原因就是湖广总督何腾蛟等正宗出身的南明大员看不起、不信任这些农民军将领（猶），包括史可法对李成栋、郑成功对郝尚久也都一样。因此在需要友军联合互助时，不肯出力，被清军各个击破。南明湘军总督何腾蛟对金声桓的态度就是柳湘莲对尤三姐的态度，因为确实有不少尤二姐，比如，原李自成军刘泽清部，先投降明军后成为江北四镇，后清军南下立刻投降，而在北京又想着再反水，最后被清廷处死。

贰拾

秦可卿、尤三姐的翻案：李自成与历史轮回

◆
◆
◇

从《石头记》到《风月宝鉴》再到《红楼梦》三个阶段，尤三姐与秦可卿是很特别的、反转的人物形象。在《风月宝鉴》里，秦与尤的出身、品性、结局均有相通，书中塑造秦为第一淫妇，为此不得好死，尤三姐（吕留良、金声桓）则是先污后清白。作者后期也修改秦可卿的形象，删削《风月宝鉴》，把她翻转为第一佳人，对她的悲剧寄予深切同情。作者为何为秦、尤翻案？合理的解释是，《红楼梦》曲笔写史成书过程很长，过程中，有些历史人物形象确实反转，比如尤三姐代表的吕留良、金声桓。那么秦可卿代表哪位明末历史人物呢？推论是李自成。

脂砚斋在《脂砚斋重评石头记》中，两处批道“凡野史俱可毁，惟此书不可毁”。

脂批：“秦可卿淫丧天香楼，作者用史笔也。老朽因有魂托凤姐贾家后事二件，嫡是安富尊荣坐享人能想得到处，其事虽未漏，其言其意则令人悲切感服，姑赦之，因命芹溪删去。”“此梦文情固佳，然必用秦氏引梦，又用秦氏出梦，竟不知立意何属，惟批书人知之。”庚辰本批：“有客题《红楼梦》一律，失其姓氏，唯见其诗意骇警，故录于斯：‘自执金矛又执戈，自相戕戮自张罗，茜纱公子情无限，脂砚先生恨几多。是幻是真空历过，闲风闲月枉吟哦，情机转得情天破，情不情兮奈我何？’凡是书题者不少，此为绝调，诗句警拔，且深知拟书底里，惜乎失名矣。”从脂砚斋的评语和秦可卿的第一性，可以推导出该历史人物的画像。

“自执金矛又执戈，自相戕戮自张罗”指的是李自成系列大小军阀，寇、明军、清军反反复复，杀来杀去，战场上的主力，特别是南明战场上的绝对主力，还是这帮“秦”“猷”。“情机转得情天破”指的是邢夫人、陈圆圆、赵夫人、大同女人张金哥、王德仁歌姬等的复杂多角男女关系“淫乱”，成为重大历史事件的导火索，就是“情机”。后果都很严重。“情天破”就是《阴符经》《六韬》的“情”“观”天下。

书中秦可卿之死标志着贾府末日来临，可以映照的是，闯王之乱最终导致明亡。秦可卿的丧礼埋伏一系列重大祸患等。“此梦文情固佳，然必用秦氏引梦，又用秦氏出梦”。书用秦的“情可情”开篇，用宝玉“情非情”结篇，是“情可情，情非情”引出“道可道非常道，名可名非常名”。是李自成打开了“潘多拉”甲申大梦。秦可卿本“淫”，李闯王本“乱”，女淫男乱。贾宝玉在秦的卧房梦入云雨遗精，梦醒时失声喊“可卿救我”。秦可卿先“破”了宝玉的处子之身（其后袭人再破）；或者说秦可卿、李自成先“淫”乱了“宝玉”“玉玺”，又没能守住汉人天下“宝玉”，导致了三春皆亡，青玉代红。迎立“福王”的江北四镇其中之三，救永历的李成栋、金声桓、何腾蛟部属，都是李自成旧部。所以，宝玉喊:“可卿救我。”书中秦氏丧事，停灵“四十九日，宁国府街上，一条白漫漫人来人往，花簇簇官去官来”。前来送殡的王孙公子队伍“压地银山般从北而至”“路上彩棚高搭，设席张筵，和音奏乐”，特别是贾珍、贾赦、贾政“以国礼相见”。根据林姑老爷九月初三日没的那天，正好是秦氏五七正五日推算，秦氏七七后出殡，应该是十月初一。正好是当年顺治元年（1644）在北京举行隆重登基的日子。“压地银山般从北而至”的王孙公子队伍是多尔衮、福临带领的清王朝南下人马。

与秦可卿“淫”相关的三代忠仆“焦大”，“焦大”在中医是病亡之象。“焦大”就是老兵李自成“大顺”政权，不顺心，很焦心。对应的，第 21 回写巧儿的病出痘却是“病虽险，却顺”。焦，“三焦”。《素问》：“五七，阳明脉衰，面始憔，发始堕。不通则面黑、皮毛焦而终矣。”《灵枢》：“手太阴气绝则皮毛焦。”秦可卿与“公公”私通“扒灰”，就是指宁国府的太监“公公”私开城门，放入李自成。一说是太监东厂提督曹化淳（曹自辩为冤）；一说为开朝阳门的世袭成国公朱纯臣（驸马）。崇祯托付朱纯臣统领各军辅佐太子，朱纯臣献门投降，又与陈演带头劝进，被李自成厌恶杀死。粤曲《帝女花》非常感人，但驸马与陈演及田妃形象刚好反了。“焦大”骂贾蓉的话语，可不是恶奴欺主，而是老军阀对朝廷的跋扈态度写真，这些军阀还都是大顺老兵。前文已述，焦大骂叔嫂私通指的是孝庄与多尔衮。

秦可卿得的是“经期两月没来，又不是喜”的“水亏木旺”的病，需要多吃“人参”，大名医张友士（看冯紫英面子）看了，判断至少能活到来年春后。两月不来经又不是喜，就是假喜假孕，无果空欢喜，指的是大顺李自成政权空欢喜了不到两个月（实际仅仅在北京呆了 42 天）。水若亏，木如何旺？（水清才能木华）显然是反语：水旺木却亏，引用的还是《阴符经》，指的是天下大变、政权颠覆之象（见后文结语篇）。第 13 回宝玉得知秦可卿死，立刻吐血，“急火攻心，血不归经（败了回不了京，而且一败再败，流血不止，无法止血恢复）”才是她的病。人参来自东北（只上火，不补水），指的就是满洲战事。扛不到来年，是因为关外“一片石”失利，人参断了。当代大名医妇科第一人就是傅山，能请他看，是因为“洪英”洪门的面子。暗示傅山、顾炎武与交山李自成余部拿出余留军饷合办义振泉钱庄的关系。同在第 10 回“金寡妇贪利权受辱，张太医论病细穷源”，出现的三个人“金荣”，金荣母亲“胡氏”，靠山“璜”大奶奶（皇太极），自然就明白了。

秦可卿下凡是弃婴，被养生堂收养。营缮郎秦业因无生育，抱养了她。秦业家境清寒。秦可卿长大嫁给贾蓉。李自成是“秦”人，父母不详，曾为银川驿卒，下岗起义。北宋蔡京当政时，推行的居养院、安济坊和漏泽园制度，将社会救济活动规模化、制度化，类似俾思麦创建社会保障制度。宋代推行“冗兵”政策保就业。虽然部队人多但以混饭为主，面对外敌，战斗力不能指望，但是有效减少了农民起义的发生。宋朝也因此是我国历史上唯一不是被农民起义推翻的主要朝代。“弃婴”“养生堂”应该是作者提示李自成造反原因是社会保障不足与裁员下岗失业。“营缮郎”的岗位对应的是搞政府工程救济失业，历史上的成功案例就是西湖的苏堤、白堤，在灾年，苏轼、白居易都反向选择搞政府工程以工代赈，类似罗斯福新政。北宋政府在开封设了四家“福田院”，每家有几百间住房，收容逃荒流民、赤贫市民、无人奉养的老人等，政府还免费供应一日三餐。南宋又开设了分工更明确、服务更周到的居养院、安济坊和漏泽园，其中安济坊负责慈善医疗，漏泽园安葬尸体，居养院是住房保障。住房保障做得最好的是朱元璋。《明太祖实录》洪武七年（1374）农历八月，朱元璋在南京盖260间瓦房，收留无家可归者居住。一个月后，他又令华亭县对宋朝留下来的居养院进行翻修。试点成功后，在当年年底，“令天下郡县访穷民，无告者，月给以衣食，无依者，给以屋舍”。朱说：“尔等为辅相，当体朕怀，不可使天下有一夫之不获也。”临死遗制曰“朕膺天命三十有一年，忧危积心，日勤不怠，务有益于民”。

第13回写秦可卿棺木：可巧薛蟠来吊问，因见贾珍寻好板，便说道：“我们木店里有一副板，出在潢海铁网山上，作了棺材，万年不坏。这还是当年先父带来，原系义忠亲王老千岁要的，因他坏了事，就不曾拿去。”《汉书·龚遂传》：“宣帝即位，久之，渤海左右郡岁饥，盗贼并起，二千石不能禽制。上选能治者，丞相御史举（龚）遂可用，上以为渤海太守。时遂年七十余，召见，形貌短小，宣帝望见，不副所闻，心内轻焉，谓遂曰：‘渤海废乱，朕甚忧之。君欲何以息其盗贼，以称朕意？’遂对曰：‘海濒遐远，不沾圣化，其民困于饥寒而吏不恤，故使陛下赤子盗弄陛下之兵于潢池中耳。”李自成盖棺定论，棺名“潢海”，是说他是“民困于饥寒而吏不恤，故使陛下赤子盗弄陛下之兵于潢池中耳”。“潢海”+“营缮郎”，显然《红楼梦》作者们在通过秦可卿的形象塑造为李自成官逼民反诉冤翻案。“可巧薛蟠来吊问”，指的是番帝打着为崇祯报仇旗号“吊民伐罪”打败了李自成。“薛蟠”的丑恶形象以及前文所述的潇湘“代玉”血史，以及大同之屠、潮州之屠、江南之屠、四川之屠，历史性地真实揭露了清王朝政权才是屠尽朱氏子孙，屠戮千万汉人的凶手。这与吴梅村代表的理学与官方史书立场完全不同。正如宝玉惊梦大叫“可卿救我”，正如可卿一死，宝玉吐血。李自成以及他的余部本是救汉“汉留”的希望寄托。

李自成煮了“福禄汤”可能是他唯一的标志性“恶行”，但《明史》只说“常洵缒城出，匿迎恩寺。翌日，贼迹而执之，遂遇害”，估计“福禄汤”还是吴梅村们的胡诌。最恨福王的还是东林党，不是李自成。因为福王而起的立太子“国本之争”，万历和东林党斗了15年，共撤掉首辅四人，尚书十多人，一百多位官员被处罚，东林党势力损失惨重。也因为怕报复，钱谦益等老东林狙击福王朱由崧继位，由此导致了后续江北四镇与左良玉内斗，阮大铖打击复社，马士英与浙党争斗，潞王监国投降等亡国事件。“福禄汤”既吸引眼球，也讨好清王朝，还“一锅汤”发泄了对福王与李自成的双重仇恨，吴梅村们完全想得到干得出。

脂砚斋评秦可卿“贫女得居富室”。李自成也是草根上位。秦可卿有个弟弟“秦忠”，应指李自成弟弟陕北人张献忠。在佛教语境，业报指善行、恶行的报应。业障亦称孽障。“秦业”，就是来自秦地的“业”。秦可卿正册判词：情天情海幻情身，情既相逢必主淫。漫言不肖皆荣出，造衅开端实在宁。天时地利，李闯遇上明末必然主导天下大乱。南明三春的不肖无能，正是李闯、秦可卿他们宁府导致崇祯亡国的“造衅开端”。作者用反义：荣者不荣（不肖），宁者不宁（淫与乱）。

秦可卿死了，贾蓉谋得“防护内廷紫禁道御前侍卫龙禁尉”。李自成死后，高氏被南明招安为“忠贞营”，永历帝封高氏“贞义一品夫人”，命有司建坊“淑赞中兴”嘉奖。秦可卿莫名而死，贾珍大办葬礼。大明掌宫内相戴权吊丧，应该就是指大明两广总督何腾蛟来招安。书中戴权收钱为贾蓉办“龙禁尉”时提到两个地名：“襄阳侯的兄弟老三”与“永兴节度使冯胖子”。襄阳在湖北，永兴在湖南。戴权是代行永历皇权开条件的“湖广总督”何腾蛟。“防护内廷紫禁道御前侍卫”简单，是指保护皇帝与小朝廷的主力，吻合“忠贞营”的实力与地位。“龙禁尉”则是根据“蛟”取的官名，归“蛟”辖制。何腾蛟志大才疏很快失败自杀，李过病死，高夫人失踪。“忠贞营”主力高一功南退时灭于孙可望狙击。李自成的义孙李来亨率余部号为夔东十三家，继续抗清，直至1662年兵败后全家自焚，也算为南明尽忠了。《红楼梦》作者在地名、人名与官名的选择上都煞费苦心，为后世读者留下了历史的“木灰”。

李闯与“朱家”上有孽缘，难扯难清。《红楼梦》开篇第一章，绛珠仙子为报答神瑛侍者灌溉之恩，道：“他是甘露之惠，我并无此水可还。他既下世为人，我也去下世为人，但把我一生所有的眼泪还他，也偿还得过他了。’因他们二人的事件，就勾出许多风流冤家来，陪他们去了结此案。”绛珠、神瑛一般认为指宝黛缘，恐怕对如此重要的开篇不能格局如此之小。前文已述，玉帝的神瑛侍者是指金童玉女二人，下凡就是朱元璋与马皇后。绛珠指的是受神瑛侍者滴灌之恩的“紫式部”，代表复社才子与秦淮八艳们为其尽忠，为其流泪。秦可卿这个苦命的弃婴其实也是一棵“绛珠草”，还没变紫红就死了。它的种子基本上最终不论是什么草都变红了，如李成栋、金声桓、郝尚久，等等。李自成自己也厚葬了崇祯，保护了崇祯太子，干儿子李过与干孙子李来亨全家也为南明战死。另一方面，明太祖朱元璋以元末帝孛儿只斤·妥懽帖睦尔“知顺天命，退避而去”，给予“顺帝”尊号。蒙古汗号“乌哈笃汗”（意为明）。明代元，元末帝为“顺”“明”。李灭崇祯，建立“顺”，清入关，首帝“顺”治。顺、明、顺、顺又相逢，甲申当年北京有三位皇帝：崇祯、李自成、福临，真是何其混乱，天意奇缘！推测《石头记》第一作者冒辟疆本人是元朝遗民蒙古人，后又做了大明遗民孤忠，也是纠缠。

《石头记》初稿时，天下刚乱，秦可卿是李自成，李自成、张献忠先是乱了“贾府”政权。《石头记》《风月宝鉴》阶段，李自成的形象就是第一“乱”，他的代表秦可卿就是第一“淫”。在《情僧录》与《风月宝鉴》时期，李自成与秦可卿的形象仍然以“淫乱”为主，作者通过反思“淫乱”而痛悔同悲。只有到抗清后期，李自成、张献忠余部李成栋、金声桓、李定国等成为永历支柱；南明灭亡后，残余势力又与反清复明组织洪门合流，李自成的余部交山军与顾炎武、傅山合流，张献忠大西军余部与红花会合流，成为从“汉留”“哥老会”“三合会”到“洪门”战友。清军入关，张献忠北上抗清对部将说：“三百年的大明是中华正统，他没有灭亡是天意，我死了以后，你们要归顺大明，不要做不义之事。”其义子李定国英勇忠烈更成为后来蔡锷等革命党的楷模。所以，历史变换，导致最终的《红楼梦》里，秦可卿以及尤三姐等角色翻案，代表刘泽清的尤二姐也多了悲剧少了淫乱。同步的贾蓉与贾芸们也如“木芙蓉”三变，成为“海棠”“小阳春”。

第5回中写了秦可卿的卧房内：“案上设着武则天当日镜室中设的宝镜，一边摆着飞燕立着舞过的金盘，盘内盛着安禄山掷过伤了太真乳的木瓜。上面设着寿昌公主于含章殿下卧的榻，悬的是同昌公主制的联珠帐。”暗示这是帝王居所。同时武则天、安禄山都不是正主，是乱主，赵飞燕后是王莽代汉。乱主李自成被比为武则天、安禄山、王莽（因此，秦可卿不可能是崇祯）。两个“昌”公主可能是古语谐音“闯”，也可能是“倡”。李自成称“奉天倡义文武大元帅”。秦卧室里还挂着一幅不存在的《燃藜图》，引用自《阴符经》（见后文结语篇），对应农民起义，也可以指的是“星星之火，可以燎原”。秦可卿的灵位写着：“奉天洪建兆年不易之朝诰封一等宁国公冢孙妇防护内廷紫禁道御前侍卫龙禁尉享强寿贾门秦氏恭人之灵柩”（李自成据说没死，叫“奉天玉”和尚）。和珅、高鹗看出了玄机，将“奉天洪建兆年不易之朝”给删去了。

第 13 回，秦可卿死后，“大明宫掌宫内相戴权”“打伞鸣锣，亲自来祭”，何人能让皇宫大内总管亲自来祭拜？是“虚皇”。

第 58 回“杏子阴假凤泣虚凰”呼应了“大明宫掌宫内相戴权”王熙凤哭秦可卿。药官死了，藕官烧纸，两人戏中常扮夫妻。“凤”是假凤，皇是“虚皇”。杏最早落花结子，“结子”是“结束”花期。“春风桃李结子完”“花落人亡两不知”。最早落花的杏树“结果”了，一只鸟儿（凡鸟）伤心啼哭，十二钗中最早“结果”的是秦可卿。第 14 回写凤姐吩咐“供茶烧纸”。只听一棒锣鸣，诸乐齐奏，凤姐放声大哭。宝玉去瞧林黛玉，只见一株大杏树，花已全落，叶稠阴翠，上面已结了豆子大小的许多小杏。宝玉因想道，“能病了几天，竟把杏花辜负了！不觉倒‘绿叶成荫子满枝’了”，就是“杏子阴”。宝玉又发了呆性，心下想道：“这雀儿必定是杏花正开时他曾来过，今见无花空有子叶，故也乱啼。这声韵必是啼哭之声，可恨公冶长不在眼前，不能问他。但不知明年再发时，这个雀儿可还记得飞到这里来与杏花一会了？”作者通过前后呼应暗示第 58 回的藕官哭药官，相当于鸟儿哭杏花。“王熙凤”“凡鸟”哭秦可卿，真是“假凤泣虚凰”。“公冶长”之冤屈，也是作者为“凡鸟”魏忠贤和“虚皇”李自成鸣冤吧。魏忠贤不死，李自成不死，汉人、汉文明以及汉人政权的结局不会那么“悲”。前文所述，这也吻合作者们与吴梅村们不同的立场。《红楼梦》跳出了礼教理学僵硬的正统框框，直到郭沫若写《甲申三百年祭》时，蒋介石、陶希圣们还在利用这个框框以愚昧人民。《中央日报》指责郭沫若“为匪张目”的社论说：“三百年前，蔓延于黄河流域及黄河以北的流寇，以李自成为首领，于外患方亟之时，颠覆了明朝。其所得的结果是什么？就是二百六十年的亡国局面。”天下者天下人之天下，难道只有“明”才代表天下？蒋介石政权的思想不仅落后于毛泽东，落后于孙中山，甚至落后于《红楼梦》，仍然停留在崇祯攘外安内的“家天下”水准，完全没有看到大众的利益与文明进步的动力。

关于《红楼梦》开篇第一章，还可多说几句。正是有方以智等高僧的参与，《红楼梦》多了一些因果报应与玄学的色彩。举例说，方以智既是僧，通透因果，也是家传三代的《易经》大师。通《易》者必玄之又玄。从僧的角度看，绛珠仙子与神瑛侍者是纠缠因果；从《易》与玄的角度看，就是历史的轮回。在通《易》者看来，明末清初是一个历史的小轮回。朱明代了北狄元顺帝，所以，两位“顺帝”来印证因果，内是北胡血统的大顺皇帝李自成，外是葫芦庙主顺治皇帝福临（巧了，迎春也是“福”王），顺顺相报。与方以智共同参与《红楼梦》的冒辟疆也会想到“玉”家在元明清三代的纠缠轮回大梦（详见前文句容郡王）。

站在大历史角度，中华史也显示因果轮回。中华文明有文字明确记载且有文物考证的历史是“商”，商来源于以“玄鸟”为图腾的东北，即《红楼梦》中说的“大荒”东北肃慎（见山海经）。周灭商，飞廉一族是商的死忠（参看《封神榜》或《竹书记年》），飞廉后代就是“嬴”姓的秦与赵。结束周封建制，建立中央集权郡县制的就是秦（商、秦、清是残暴一脉）。秦建立了中央专制，自“七王之乱”后汉武帝巩固中央集权，从此封建诸侯退出历史舞台。汉刘邦斩断白莽起义夺得天下，王“莽”将东西汉一刀两断（书中贾母清虚观点戏《白蛇记》）。汉武帝时代发生了著名冤案，李广孙子李陵与说公道话被宫刑的司马迁，东汉三国归一者司马，五胡乱华复统于李唐，李唐自称李陵之后。“宋”即周所封商人之国，“清”即商人同宗。周代商，“摄政王”周公创造了周礼、周易及封建，成为儒学、道学、法家之源，也就是中华汉文明之源。周公可以说是第一个摄政王。中华旧制度起于“摄政王”周公，终于摄政王载沣。原生汉文明，起始于“摄政王”周公，终结于3000年前被周代替的商之后裔清朝摄政王多尔衮。（中华几千年，浓缩于这一头一尾3个摄政王，再加中段王莽）这么一个葫芦的历史显示出因果轮回与玄秘。

《穆天子传·卷四》里穆天子西行，“八骏”主车御手是殷人后裔造父。飞廉死后，周朝把嬴姓的飞廉余族，强迫西迁到千里之外的“郱圛”（今甘肃甘谷县西南），实际发配边疆。飞廉除了儿子恶来，还有小儿子叫季胜。季胜的儿子叫孟增，周成王把“皋狼”（今山西吕梁市离石区西北）这个地方赐给了孟增，于是孟增号“宅皋狼”。孟增生了衡父，而造父就是衡父之子（飞廉—季胜—孟增—衡父—造父）。秦的祖先飞廉、恶来其实就是商人。《秦本纪》里记载秦的先祖是女脩，女脩也是吞鸟蛋生大业繁衍秦人（与商起源传说完全一样）。“殷契，母曰简狄，有娀氏之女，为帝喾次妃。三人行浴，见玄鸟（燕子）堕其卵，简狄取吞之，因孕生契。”满族起源也惊人的一致。《清太祖武皇帝实录》载：“满洲原起于长白山之东北布库里山下，一泊名布尔里湖。初，天降三仙女，浴于泊。长名恩古伦，次名正古伦，三名佛古伦。浴毕上岸。有神鹊衔一朱果，置佛古伦衣上，色甚鲜妍。佛古伦爱之，不忍释手，遂衔口中。甫着衣，其果入腹中，即感而成孕。告二姊曰：‘吾觉腹重，不能同升，奈何？’二姊曰：‘吾等曾服丹药，谅无死理。此乃天意，俟尔身轻，上升未晚。’遂别去。”后佛古伦生下一个男孩，姓爱新觉罗，名布库里雍顺，成为满人始祖。商族极可能属上古东北古老民族，肃慎部落之一。《史记·殷本纪》载：“契长而佐禹治水有功，帝舜乃命契曰：‘百姓不亲，五品不训，汝为司徒而敬敷五教，五政在宽。’封于商，赐姓子氏。”肃慎与中原的来往也是在这一时期。《竹书纪年》载：“帝舜二十五年，息慎（按：即肃慎）氏来朝，贡弓矢。”《史记·五帝本纪》亦载：“虞舜，方五千里，至于荒服。……北山戎、发、息慎、东长、鸟夷，四海之内咸戴帝舜之功。”商族与东北少数民族肃慎属于同一个族属，大约在舜时期，与中原接触，并从肃慎系独立出来。商族与肃慎及肃慎的后裔民族（真番、挹娄、勿吉、黑水靺鞨、女真、满族）都属于讲（古）通古斯—满语的同源民族。

中华“文明”三个千年，第一个是周建立封建诸侯制度（贾政，字“存周”），从公元前 1000 年左右到公元元年左右的汉武帝大一统截止，其间产生了《易经》《尚书》《诗经》；第二个千年从秦始皇到唐朝末年的乱世，诸侯王已消失，只有中央集权搞农业，产生了大一统儒家与道家及引进佛学本土化的禅宗；第三个千年从宋朝到新中国，这段历史在尝试各种变法的资本主义与修正的过程中，产生了理学与心学。统治阶级一派“陆王心学”要自由、平等、独立以吻合资本主义自由交换、平等定价的要求，统治阶级另外一派的“理学”认为应加强思想控制、行为限制、政策调整等维持农业经济统治（朱熹主政漳州主要干的就是摊丁入亩）。农业经济政权朝代的命根是农业税，唐朝末年杨炎、宋朝王安石、明朝张居正干的就是资本主义改革，把农业税摊丁入亩，把实物税货币化，加上国家资本主义调节市场措施。明末心学失败，意味着资本主义改革受挫（传到日本反倒成功）。明末清初甲申之难，意味着资本主义彻底被复辟，真正完成复辟修正的是雍正“摊丁入母”与理学强化。甲申后，清王朝就是反社会文明进步潮流的复辟与反动。当年《红楼梦》作者在这个大历史节点与趋势上尚未看清，因此既明确轮回又语焉不详。轮回只能解释过去，不能展望未来。人性不变，历史总会重演，但历史会螺旋进步。作者在前面的关键部分，多次提示《阴符经》，包括曹雪芹的取名，应该也是作者想通过《阴符经》、曹洞宗解释大历史轮回规律，也想为时代贡献新的《美芹十论》（详见结语）。

廿壹

《葬花吟》的赏析与升华：唐伯虎与西乡隆盛

◆
◆
◇

《红楼梦》中，宝玉为香菱葬过“并蒂花”，与黛玉葬过“凤仙、石榴”。黛玉也葬过两次花，第一次是“桃花”，悲戚花阴鸟惊飞；第二次与宝玉同葬“凤仙、石榴”。《红楼梦》第一绝唱《葬花吟》主要是葬“凤仙、石榴”。葬花的日子是四月二十六日“芒种节”。关于这一天，除了黛玉葬花，书里还提到了两件事：“遮天大王的圣诞”及宝玉哭倒山坡。

《红楼梦》中的时间点很有意思：甲申三月十五日，李自成兵临北京城下的时间是崇祯十七年（1664）三月十五日兵临北京城下（“三月十五日葫芦庙炸供”）；十九日李自成进城，崇祯自缢（“十九日乃黄道之期”）；1644年五月初三日，多尔衮侵占北京（薛蟠生日）。书中多次提到“四月二十六日”，是屠城扬州之日及永历覆灭之日，是“芒（亡）种节”，是“遮天大王的圣诞”。

第29回书中，又通过张道士对贾母说：“前日四月二十六日，我这里做遮天大王的圣诞，人也来的少，东西也很干净，我说请哥儿来逛逛，怎么说不在家？”宝玉四月二十六日不在家，第27回书中说的他将“锦重重的落了一地”的“凤仙、石榴等各色落花”“兜了起来”准备掩埋，但在听了黛玉吟出的这首《葬花吟》后，不由感痛自己“逃大造，出尘网，使可解释这段悲伤”而倒在那山坡上痛哭，“心碎肠断”。“斯处斯园斯花斯柳，又不知当属谁姓矣！”“大造”“尘网”的本意是宝玉逃过一场劫难罗网，就是冯紫英说的不幸中的大幸，其第一要紧事，就是宝钗在遮天“滴翠亭”没扑着“玉蝴蝶”。

《葬花吟》中，“花飞花落花满天，红消香断有谁怜”的开头，“手把花锄出绣闺，忍踏落花来复出”，与当年扬州城血尸遍地的惨烈何其相似；以“桃李明年能再发，明年闺中知有谁？明年花发虽可啄，却不道人去梁空巢也倾”亦可用于形容扬州人绝城空的惨况；以“一年三百六十日，风刀霜剑严相逼，明媚鲜妍能几时，一朝漂泊难寻觅”写出当时清王朝疯狂杀戮镇压，汉人逃难求生，生死难寻的悲凉；以“独倚花锄泪暗洒，洒上空枝见血痕”表达扬州沦陷、国破家亡、同胞被杀的血泪；而“天尽头，何处有香丘？未若锦囊收艳骨，一抔净土掩风流。质本洁来还洁去，强于污淖陷渠沟”，还表示出作者们宁死不屈的骨气。还有“尔今死去侬收葬，未卜侬身何日丧？”感怀自身归宿的茫然无奈。

同样的葬花情怀也出现在归庄、王夫之的诗作里。王夫之的落花诗有《正落花诗》10 首、《续落花诗》30 首、《广落花诗》30 首、《寄咏落花》10 首、《落花诗体》10 首、《补落花诗》9 首，共 99 首。顾炎武复社学友、江南战友归庄在昆山起兵抗清，事败亡命隐居，卖书画为生，终身拒不仕清。他的《落花诗十二章》把落花隐喻抗清志士：“以磊落崎□之才，为婀娜旖旎之词，兴会所至，犹带英雄本色。”正如他本人自序中说：“落花之咏，昔称二宋，至成、弘之际，沈石田先生有落花诗三十首，同时吕太常、文待诏、徐迪功、唐解元皆有和作，率以十计。然诸公皆生盛时，推击风雅，鼓吹休明，落花虽复衰残之景，题咏多做秾丽之辞，即有感叹，不过风尘之况，憔悴之色而已。我生不辰，遭值多故。客非荆土，常动华实蔽野之思；身在江南，仍有大树飘零之感。以至风木痛绝，华粤悲深，阶下芝兰，亦无遗种。一片初飞，有时溅泪；千林如扫，无限伤怀！是以摹写风情，刻画容态，前人诣极，嗣响为难；至于情感所寄，亦非诸公所有。无心学步，敢曰齐驱；借景抒情，情尽则止。”

葬花第一人并不是林黛玉，而是明代的唐寅。《唐伯虎轶事》：“唐子畏居桃花庵，轩前庭半亩，多种牡丹花。开时，邀文徵仲、祝枝山赋诗浮白其下，弥潮浃夕，有时大叫痛哭。至花落，遣小伻一一细拾，盛以锦囊，葬于药栏东畔，作落花诗送之。”唐伯虎所作的 30 首《落花诗》，从文学上被吸收到黛玉的《葬花吟》。唐伯虎《落花诗》：多少好花空落尽，不曾遇着赏花人。（花榭花飞飞满天，红消香断有谁怜？）唐伯虎《花下酌酒歌》：今日花开又一枝，明日来看知是谁？明年今日花开否，今日明年谁得知？（桃花明年能再发，明年闺中知有谁？明年花发虽可啄，却不道人去楼空巢亦倾。）唐伯虎《一年歌》：一年三百六十日，春夏秋冬各九十。冬寒夏热最难当，寒则如刀热如炙。春三秋九号温和，天气温和风雨多。一年细算良辰少，况又难逢美景何？（一年三百六十日，风刀霜剑严相逼。明媚鲜妍能几时，一朝漂泊难寻觅。）唐伯虎《花下酌酒歌》：花前人是去年身，今年人比去年老。唐伯虎《落花诗》之十一：绿杨影里苍苔上，为惜残红手自拈。（手把花锄出绣帘，忍踏落花来复去。）唐伯虎《落花诗》之十三：红颜春树今非昨，青草空埋土一丘。（未若锦囊收艳骨，一抔净土掩风流。）唐伯虎《落花诗》之三十：衰老形骸无昔日，凋零草木有荣时。（桃李明年能再发，明年闺中知有谁？）其他在黛玉的《桃花行》也有很多体现。

唐伯虎、仇英、沈周、归庄都写过大量葬花诗，董小宛也葬过花，写过诗，但主要是桃花牡丹等。《红楼梦》突出的是“凤仙、石榴”。石榴是红花、红果、红珠。凤仙花是指甲花，花头、翅、尾、足俱翘然如凤状，故又名金凤花，有粉红、大红、紫色、粉紫等多种“红”色。唐伯虎、董小宛等主要感伤的是个人青春才华的陨落；而王夫之、归庄感叹的是大明陨落，抗清才俊凋零；《红楼梦》既感慨唐寅一类的个人际遇，也感慨王、庄一类的爱国感伤，还包含了更深的极度“凄美”的文明之叹与反思。正如归庄所说唐伯虎的葬花诗“即有感叹，不过风尘之况，憔悴之色而已”。归庄王夫之“无心学步，敢曰齐驱”，“至于情感所寄，亦非诸公所有”，此感是升华的“大树飘零，风木痛绝，华粤悲深，阶下芝兰，亦无遗种。一片初飞，有时溅泪；千林如扫，无限伤怀”。

红楼梦《葬花吟》与归庄、王夫之、唐伯虎与人的作品相近，也很容易让读者联想到日本凄美文化风俗“樱花祭”。从思想文明进一步思索，唐伯虎与“樱花祭”代表人物西乡隆盛，正是东西文明分叉的标志人物。资本主义经济必然要求自由、倡导消费，意大利文艺复兴涌现了一批如唐伯虎的画家、艺术家，但他们的思想主题除了欲望，更强调“人文主义”，而明末以唐伯虎为代表的文人、艺术家却流向“纵欲主义”。

西欧新教改革宗师加尔文的“适度节制”（sobriety），是在禁欲和纵欲之间的妥协。加尔文主义的传播，都是朝着更虔敬修行的方向。清教徒代表约翰·诺克斯（John Knox）则将道德生活定义为自我否定的方式，将对欲望的压制看作是清教徒与上帝之间的契约。清教与道德自律带来了英国、德国与美国的资本主义大发展。英国革命的领袖克伦威尔是标准的清教徒，死后被复辟势力割下的头颅成为剑桥“虎嗅余香”的美。与当时法国、西班牙、俄罗斯王室盛行的奢靡之风迥异，德国革新的领导层更加以自律著称。几代普鲁士统治者都近乎自虐地过着清教徒式的节俭生活。由于节俭悭吝，威廉一世被称为“乞丐国王”，普鲁士的外交使臣以寒酸“驰名”欧洲。他的后继者腓特烈大帝，就如勾践卧薪尝胆一般坚韧与刻苦。当时欧洲其他各国贪污腐败成风，只有普鲁士的官员保持军事化的清廉。在腓特烈逝世 20 年后，拿破仑在耶拿大败普军，来到腓特烈墓前，拿破仑对手下的将领们说：“要是他还活着，我们今天就不可能站在这里了。”当代德国哲学家尼采终生保持着清教徒的本色，“犹如石雕一般纯朴”。

回到东方，比新教哲学早100年的“心学”，在本土种下的跳蚤，在日本却结出了龙种。济慈（Keats）的名言“美即是真，真即是美”。中日对比，就是唐伯虎葬花一类似雅实假的道德堕落，与西乡隆盛如樱花祭一般的自律、自我牺牲的“美感”。中日对比，中英德对比，明清时期中国差在上层精英的“美感”；骑士精神，武士精神与明末才子官僚的差别也是来自自律的“美感”。王国维先生开创了“红学”，《红楼梦评论》的主题就是用叔本华哲学阐述“悲剧”之“解脱”，也突出“美”。可惜老先生身在东京，没有发现“唐伯虎葬花”之美与西乡隆盛“樱花祭”之凄美的人文主义道德与自律的差距。鲁迅在仙台学医时，曾专程绕道去拜祭朱舜水。后来他弃笔从文，初心仍是和方以智、黄宗羲、顾炎武、朱舜水们一样的，立志为中华治病的“医者仁心”。他以非常冷峻尖刻的笔刀，挨个解剖各个阶层的病例样本，上至显贵下至平民，既解剖反革命，也解剖革命者，刀刀见血，毫不留情。他是狂人，敢对这么多人群下刀；面对沉疴已久的中华病体，面对讳疾忌医者，他只能当个“恶人”了。看病当然就是要剖解其“丑”，因此他才能说得出“红肿之处，艳若桃花；溃烂之时，美如乳酪”。可惜，鲁迅只看不医，并没有系统地开出药方或手术之法。

阳明心学尤其泰州学派的不足是可左可右又很“狂”。无善无恶心之体，有善有恶意之动；知善知恶是良知，为善去恶是格物。四句教心法体系主观空间太大，他还活着时，弟子就已对四句教的理解产生分歧，导致了心学分裂为左派和右派。左派认为，既然心是无善无恶的，由心发出的意也是无善无恶的，那我何必去为善去恶，按良知做，凡念头就正确。右派认为，心无善无恶，意却有善恶，所以必须为善去恶，忽略了良知的力量，修正成了理学。王阳明是经过诸多磨难和生死考验后才悟的道，创建心学，更多是境界而非学问。阳明门下后来弟子，有悟性的太少，有自律，有无我觉悟的几乎没有。

阳明心学传入日本，《红楼梦》作者精英之一朱舜水（1600—1682）是第一关键人物。朱舜水是王阳明老乡，余姚人，心学的传人，与黄宗羲、顾炎武等人是战友（郑成功北伐第二舰队的监军）。朱舜水本名“朱之瑜”，舜水就是姚江，但姚江已特指王阳明。在心学基础上，朱舜水与另一余姚同乡黄宗羲一样更重视强调百科式的“实学”。朱舜水与当时幕府第一权臣德川光国的至交与合作既开创了“水户学”（光国是第一藩水户藩主），也开创了《大日本史》，传播“尊王一统”思想。朱舜水还仿照余姚及松江学宫，亲自为日本设计监造开创了第一个“学宫”。心学为日本的明治精神注入了灵魂，一时脱胎换骨，豪杰辈出。到明治维新前，不论社会上或幕府内部，能叫得上名的阳明学信徒不下百人。明治维新“前三杰”吉田松阴、坂本龙马、高杉晋作；“后三杰”大久保利通、木户孝允、西乡隆盛，全都信奉王阳明，尤其是西乡隆盛。和各国资产阶级革命一样，所谓的明治“维新”也是靠人命堆出来的。明治维新“前三杰”吉田松阴 29 岁被幕府斩首；高杉晋作 28 岁死；坂本龙马 31 岁遇刺身亡，都太年轻了。后三杰没有一人活过 50 岁。在追随者的注目下，西乡隆盛悲壮地结束了生命。大久保利通 49 岁被刺客斩杀。六杰中居然有 4 人死于非命。特别是西乡隆盛如樱花般自杀殉节，既殉君王，也殉战友，更殉转型大时代。

电影《最后的武士》的原型西乡隆盛（1828—1877），是明治维新的两场内战的关键人物，具有浓厚的忠孝仁义封建道德观念，平生最信服阳明心学。他两次被流放荒岛，每次都带上阳明典籍。西乡隆盛主张学习阳明心学：“自得于心”，以利用“较量格斗”，也就是知行合一，“不然的话，空读圣贤之书，如同观人剑术，无丝毫自得于心”。最能体现西乡隆盛人生准则的四个字是“敬天爱人”。多年以后，这四个字，被他家乡鹿儿岛的后辈稻盛和夫在商业中发挥到极致。西乡隆盛一生言行一致，身体力行，是知行合一的典范。最有名的三句话："不图名，不求利，不怕死，天下没有做不成的事"（与名言"世上无难事，只怕有心人"同出于王阳明）；"修心炼胆，全从阳明学而来"；"男儿立志出乡关，学不成名誓不还。埋骨何须桑梓地，人生无处不青山"。大久保利通（1830—1878）与西乡隆盛年轻时代就是好友，同在吉田松阴门下学习，他也精通阳明学和禅学。西乡隆盛与大久保利通作为战友共同完成了"倒幕运动"。西乡作为新政府陆海军负责人，1868年指挥了在京都之南的鸟羽、伏见之战，打败了3倍于己的幕府军，促使庆喜幕府投降，"江户无血开城"。随后，西乡又率军转战各地，征讨幕藩残余势力，取得节节胜利。西乡的个人品德，在日本一直被人们推崇。他的一首广为流传的言志诗写道："几经辛酸志始坚，丈夫玉碎耻瓦全。一家遗事人知否？不为儿孙买美田。"在倒幕胜利后，"东方俾斯麦"大久保利通主要负责制度改革及"殖产兴业"，在改革需要牺牲武士阶层利益时，西乡与大久保利通等人产生了矛盾。西乡很同情下级武士们在明治维新后的悲惨遭遇："临生死之境，使之如私物，事定之后，即行抛弃，影响德义。"1873年，他因与大久保利通政见不同辞职回到鹿儿岛，被旧士族推为首领，发动反维新政府的武装叛乱，史称"西南战争"。9月24日兵败，破腹自杀于鹿儿岛城山。（未尽全力，尽了道义）明治天皇得到了他的死讯，沉默了良久："朕不记得有下过杀死他的命令吧？"手下报告是自杀，明治天皇长叹一声，过了好一会儿，才说了一句："他有功。"胜利是功，失败更是功。花是樱花，士是武士，上野公园的樱花雨，年年春春，飘落在西乡铜像上。

另一部反映明治维新大转型社会成本与悲剧的电影《北之零年》，讲淡路城的武士阶层在"废藩置县"改革后，移民开垦北海道期间的艰辛、牺牲与被抛弃之苦。在《最后的武士》中扮演西乡隆盛的渡边谦这次演了一位忠诚能干但"识时务"、抛弃武士及妻女的成功"新官员"。其中唯一的武士二代死于北海道的艰苦困乏，临死前的心愿是看淡路家乡的樱花，于是“渡边谦”的女儿拿出自己珍藏的和服，剪成布花条挂在漫天风雪的枯树枝上。所有武士及家人们用极度悲剧的“假”樱花葬为这个阶层的过去和未来送别。

明朝由于“官绅不纳粮”，为官员阶层人为制造了“为儿孙买美田”的税收优势，必然形成权贵资本，这也是复社公子们浪迹秦淮的本钱。典型的案例是阳明弟子徐阶，进北京时是贾雨村一样的穷书生，退休回家，占有松江一半耕地，成为贾府，靠的就是官商一体的并购杠杆（不排除托名代管免税，类似资产管理）。明朝中期是向“近代社会”转型的关键时期，虽然中国比日本与欧洲转型开始更早，更有千年积累的雄厚基础，然而，社会的奢靡与堕落，摧毁了自律的“美感”，也扼杀了“人文主义精神”，晚明也就不可能完成向近代社会的转型。顾炎武描述的官员们挖空心思贪污索贿，知识分子也利用才气赚取丑陋之财，平民百姓则只有以互欺、互骗、互害谋利。国家所有人，都在痛骂利益集团的攫取，同时每个人也都在想尽方法瓜分到一份利益。顾炎武称“近年以来，人品各异志，所习者无非悖理乱常，所为者靡不欺上罔法”，“今日人情有三反，曰：弥谦弥伪，弥亲弥泛，弥奢弥吝”，“机诈之变日深，而廉耻道尽，其不至于率兽食人而人相食者几希矣”，“嗟乎！今之牧守，其能不徇于私而计民之便者，吾未见其人矣”。“君臣上下怀利以相接，无官不赂遗，无守不盗窃”。“利欲世界”的奢靡并不代表真正富有，而只是社会腐败，失去活力与能力。这种纵欲风气主要流行于南、北两京及江浙一带，就是复社公子们及东林党前辈的聚集区。

任何社会变革都会面临牺牲和转型成本。我们介绍明治维新，不能简单理解为“一新就成”“一维就成”，应当多介绍日本阳明学精英的殉难，也要讲清明治维新的牺牲与巨大的转型成本。转型成本对各国都一样必须承受，包括英国的资本主义改革也是历经了300年风雨，付出了无数生命。明中后期纵欲消费需求类作品广泛流行于秦淮，秦淮又助推了腐败艺术。顾炎武所说的士大夫“无耻”，是为“国耻”。黛玉葬花的凄美葬的也是华夏之美。她既亡于“风刀霜剑”，也亡于“梁间燕子”，“鸟自无言花自羞”是为“半为怜春半恼春”。

100多年后，英国诗人济慈写出类似意境的《夜莺颂》，听莺歌置身瑰丽幻境，纵美酒醉卧花丛。200年后，泰戈尔《飞鸟集》中名篇《生如夏花》，“般若波罗蜜，一声一声，生如夏花之绚烂，死如秋叶之静美，还在乎拥有什么”。黄花岗烈士的生命如花，死得灿烂，前赴后继，大清轰然倒塌。《红楼梦》推波助澜的五四运动，发于北大红楼，火烧赵家楼，以致学生游行集会发传单的方式都让人想起当年复社组织的学生运动，包括张溥组织的火烧府衙、傅山组织的进京游行、方以智等组织的南京公揭运动，等等。在五四分裂后，“生如夏花，死于秋叶”的是李大钊、瞿秋白、恽代英、肖楚女们。是共产党人一次次地把自己投身于革命牺牲的大熔炉，终于炼出了中华之药。中华文明太需要“揾东海之泽，洗天下之垢”，太需要“重洗仙颜”。1949年，甲申300年，唐末1000年，华夏之花终定于“红香圃”。“樱花红陌上，杨柳绿池边；燕子声声里，相思又一年。”周恩来作为革命家、政治家，他的樱花诗如此之美，却被忽视了。毛泽东写下“残阳如血”“战地黄花分外香”，意境如此壮美。

附记　日本《红楼梦》:《源氏物语》

一衣带水的日本对于中国是什么？戴季陶说:“中国强日本则为妾，中国弱日本则为贼。”换个角度，从文化上看日本更像是中华的“盲肠”，发作一下疼得要命，如果割了，菌群系统又没了备份。明末乱世，朱舜水和西乡隆盛们为中华母国保留了一部分火种，包括许多被乾隆禁毁的科技图书。往前到另一个千年节点唐末，907年朱温夺唐称帝，开启五代十国乱世。王夫之说:“朱温师之以歼清流、移唐祚；流波曼衍，小人以之乱国是而祸延宗社。”被“歼”的“清流”宗社，既有文化也有科技，就是华夏文明。宋代欧阳修再看到日制的“唐刀”，感慨国学失传，日本再现。他专门写了首诗《日本刀歌》：

徐福行时书未焚，逸书百篇今尚存。

令严不许传中国，举世无人识古文。

先王大典藏夷貊，苍波浩荡无通津。

令人感激坐流涕，锈涩短刀何足云。

欧阳修第一次将徐福东渡与秦始皇焚书联系起来，认为徐福赍书东渡，使日本保存了中国因焚书失佚的《尚书》百篇。《周易》《阴符》等“姬子”书被后世误解，主要是相关佐证资料典册遗失，孔子们看到的只是一部分。典册遗失确与秦始皇焚书坑儒有关，更是由于春秋战国与秦末汉初的天下大乱。南宋崖山之战后，意大利文艺复兴，好像宋代填词作画的士大夫移民欧洲了。明末大乱，欧洲开始启蒙运动，也好像方以智、黄宗羲、宋应星们去了英法。这其中难道没有类似朱舜水东渡日本的因果？

唐末宋初，日本还出了一本“汉才和魂”的《源氏物语》，采用了散文和韵文相结合的方式，并穿插诗词歌赋，意境优美。白居易悼念大唐盛世的《长恨歌》几乎贯穿于整个小说潜藏的“哀”，无常与宿命成为源氏三代人的爱情基调。54 个章节描绘了宫廷生活的唯美与阴谋（《红楼梦》108 的一半）。换个角度也可以把《源氏物语》看成是中央集权时代大唐盛世的晚霞，它也是唐代“传奇”与“诗歌”的合订本。唐玄宗晚年寂寞，经常听“传奇”解闷。元稹回忆白居易自己也“于新昌宅说‘一枝花话’，自寅至巳（8 小时），犹未毕词也”（“一枝花话”是《李娃传》传奇）。《源氏物语》出世，日本也同步进入天皇虚设、藩镇并起的时代。500 年乱世，还出现了类似欧洲中世纪天主教骑士团的佛教“僧兵”集团，宗教与诸侯混战不休，直到织田信长、丰臣秀吉与德川家康。女作者“紫式部”，既然也不可考，主流认为她生于

978年，巧了，这一年七夕，唐后主李煜被毒死，才情出众的小周后语焉不详。不妨把小周后当作杨贵妃流落日本传说的来源。她如果回忆南唐“家亡血史”的红楼一梦，应该就是这个格调。主角光源氏也叫光华，就是光之源的意思。“煜”就是火+日，是白天加夜晚的光之源，所以李煜字“重光”。李煜自降身份为“江南国主”“上将军”，和源氏从皇子降籍为将军一样。源氏三代就是南唐三代。南唐自认大唐正宗传人，如果今人向往大唐优雅精美的气象，惆怅南唐缠绵悱恻的格调，不妨细读《源氏物语》。

《源氏物语》被称为日本《红楼梦》，从时序上其实应该反过来，先有《源氏物语》，后有《红楼梦》。不排除明末才子才女直接学习借鉴发扬了《源氏物语》。源氏是英姿非凡的二皇子，很像宝二爷，拈花惹草，不受伦理约束，敏感自怜，还容易落泪。作者在书中一再表白“作者女辈之流，不敢侈谈天下大事”，实际还是“知世相”，处处“天下大事”，只是与《红楼梦》一样多采用侧面描写和暗喻的手法，而且更不隐晦。《源氏物语》也大量运用植物喻人，有树木如“帚木”“杨桐”“松风”“柏木”，也有各种花如“末摘花”“薄命花”“夕颜”“藤花”“紫草”“兰草”。54章中有25章的章名取自花木植物。桐壶、藤壶、紫姬三位女主人公容貌相似，名字也都与“紫色”相关（紫色的花：藤、桐，紫草：紫姬），对应于《红楼梦》中的三玉。紫草现在就叫“紫式部”，也可以叫她“绛珠”。

遣唐使学习了多年，《源氏物语》发展出了从中国的草书转化出来的文字“假名”（字型很像吴人陆机的《平复帖》），用假名来书写《源氏物语》，假名也很快成为了日本书法的新基础。《源氏物语》与“假名”在各个方面为日本文化奠基，类似后文所述《莎士比亚》对英文与英国文化的作用。

廿贰

《红楼梦》与《周易》的对比分析

◆
◆
◇

鲁迅说,《红楼梦》是中国许多人所知道,至少,是知道这名目的书。“谁是作者和续者姑且勿论,单是命意,就因读者的眼光而有种种:经学家看见《易》,道学家看见淫,才子看见缠绵,革命家看见排满,流言家看见宫闱秘事……在我的眼下的宝玉,却看见他看见许多死亡;证成多所爱者,当大苦恼,因为世上,不幸人多。惟憎人者,幸灾乐祸,于一生中,得小欢喜,少有挂碍。然而憎人却不过是爱人者的败亡的逃路,与宝玉之终于出家,同一小器。但在作《红楼梦》时的思想,大约也只能如此;即使出于续作,想来未必与作者本意大相悬殊”。(一九二七年一月十四日,鲁迅记于厦门。)

鲁迅一代,主要的历史使命是打倒旧学,引进西学。他们对《易》本身不会太专研。鲁迅的小说场景“咸亨酒店”,“咸”就出于《易经》下篇首卦,“亨”也是易经字。“咸亨酒店”和贾府一样是个死亡的炼丹炉。鲁迅对《红楼梦》的悲剧性看法类似王国维,说《红楼梦》“悲凉之雾,遍被华林”。鲁迅还给悲剧下了定义:“悲剧是将有价值的东西毁灭给人看。”读过鲁迅作品的人都知道他是如何把少年闰土、祥林嫂母子、农民阿Q以及孔乙己等写成彻底悲剧的。可惜,鲁迅有《红楼梦》作者近似的思想情怀以及悲剧风格,却停留于批判，并没有深入真正的《易经》。鲁迅的红楼评论几乎面面俱到，红学家们广泛研究了“道学家看见淫，才子看见缠绵，革命家看见排满，流言家看见宫闱秘事”，就缺乏“经学家看见《易》”。不是简单提下阴阳，更不是故弄玄虚，而是结合易理哲学。方以智、黄宗羲、王夫之、顾炎武、朱舜水，包括王阳明，他们的学识思想都是以《易》为底，不通易理，如何真正理解心学，理解思想启蒙，理解《红楼梦》。

《周易》的作者，也有三种意见：一，司马迁《史记》：“昔西伯拘羑里，演《周易》。”二，朱熹《周易本义》云：“经则伏羲之画，文王周公之辞也。”三，众人之作。与《红楼梦》《莎士比亚》类似，应该还是产业革命转型期与革命阶段对其他思想作品的总结提升，是千年节点伟大时代的伟大作品。《周易》作者不是一个人，而是以文王及周公为主的集体创作。比如《吕氏春秋》，可以说倾一国之力。《吕氏春秋》不是吕不韦写的，但却是他想展示的思想。《周易》基于夏商的《连山》《归藏》，集成了《尚书》中历代先贤的故事思想，总结了商周革命时代的丰富实践。由周文王发起，由周公旦等周朝顶层精英提炼定稿（文王改卦序定格局，周公补后事完善）。文王多子，长子伯邑考，次子发，三子管叔鲜，四子旦，另外有蔡叔度、康侯封等，其中周公旦最“多才多艺，能歌鬼神”，而且是周朝枢纽人物，经验经历与思想体会吻合《周易》的博大精深，晚年还政成王后有大约 3 年时间可以总结回顾写作（最后四卦“中孚”“小过”“既济”“未济”非常吻合他的人生总结，甚至“济”卦运用的过河狐狸比喻与诗经中描写周公的《狼跋》用的狼场景都是一样的）。周公旦《冬官・弓人》：“弓人为弓，取六材必以其时，六材既聚，巧者和之。”他就是那位“多才多艺”的“六材既聚，巧者和之”的“巧者”。

伏羲创造八卦是为了观天象定历法，指导农时；大禹用八卦，对标天极测定地中是为了划分九州，是为夏易《连山》；商人演八卦，比对龟壳纹路，寻求天帝启示，是为商易《归藏》；周人演八卦，初为学习商文明典册，后为造反革命，终为历史总结，才是《周易》。《石头记》到《情僧录》到《风月宝鉴》到《红楼梦》不是一样的演变过程吗？孔子对《周易》的改造，与乾隆、和珅、高鹗对《红楼梦》的删改，都是在编小姑娘的辫子而已。对《周易》孔子改编版的解读，至少有儒家、道家、法家、兵家，至少有“象数”派与“义理”派；对《红楼梦》乾隆改编版的解读也会分出许多派，但是最终应该回到他的本源与作者的初心。

《周易》终稿的创作目的，和《吕氏春秋》《孔子春秋》《资治通鉴》一样，是为了教育后代统治阶级继承人“君子”，都是编教材。“爻”是卦的基本单元，“学”“教”两字甲骨文的含义，分别是“双手举‘爻’以教膝下之子”和“单手持‘爻’以示人”。学“爻”就是学《易》。在夏商朝时期，卦就是教材。夏学《连山》，商学《归藏》。三《易》的特殊性是只教“君子”即王子，“大人”等官僚阶层也没资格学。《莎士比亚》《红楼梦》与《西游记》《牡丹亭》等的时代特征是面向大众国民，以塑造新时代新国人为宗旨。

荀子说：善《易》者不占。《周易》本身就不是算命书（几个版本的《易》，只有《商易》是占卜）。卦名与卦辞都是内容，同时为了竹简时代排序节约字数，在没有阿拉伯数字时，以卦排序，并暗合天象历法。正如《莎士比亚》可以掺杂一堆喜剧闹剧，《红楼梦》把自己包装成情爱或家族故事，《周易》能逃过“焚书坑儒”一劫，恰恰因为秦始皇禁令是“秦史及医药、卜筮、种树的书可以除外。”《周易》被当作了筮书。2000 年后，乾隆的“焚书坑儒”规模更大，手段更残酷。《红楼梦》能逃过文字狱，能逃过《四库全书》，恰恰也是因为她的表象是鲁迅认为的“人情”小说。深通易经而且了解秦始皇焚书坑儒历史的作者们，用心良苦，呕心沥血。

在商、秦、清三大暴政时代，周文王早期“演”周易的目的与《红楼梦》作者的另一个目的也一样：革命造反。可以类比刘邦、项羽“楚虽三户而亡秦”，类比韩有张良行刺于博浪沙，一椎激起千层浪。张良行刺失败后，对老人毕恭毕敬获得的秘笈就是《阴符经》，从此走上姜太公式的革命道路。《史记》记载“文王拘而演周易”之前，文王之父季历励精图治，对周边戎狄部落发动系列战争，势力不断扩张。商王文丁为了遏制周族势力，以封赏“西伯”为名，将季历软禁殷都，后以“莫须有”的罪名杀害。季历死后，姬昌继位，是为西伯昌。他继续励精图治，结果也被商纣王以封“三公”为名软禁羑里七年，不出意外会和父亲一个命运结局，历史上就不会有97岁的周文王了。文王在7年里类似司马懿式的隐忍，干了两件事，一是学习商朝文化商易《归藏》；二是纣王烹了他的长子伯邑考，还让他喝了肉汤。最后被放回西周，迅速与姜太公结盟，成了勾践、范蠡的老师。可以明确，一个老人，父亲被杀，长子被烹，他自己被软禁，7年里可能会学学算命，但更多的是想什么？当然是革命复仇的办法，包括如果自己死在羑里的政治遗言。当然这些真正动机要被掩盖，这就是“文王拘而演周易”的本来面目。用商朝的典籍文化，假装学习算命占卜，实际隐藏革命抱负与策略。他也成功骗过了商纣王。实际上伯邑考被烹，类似《圣经》的长子献祭，才是信任关键。（详见后文莎士比亚）

《周易》六十四卦，一卦一主题。这个写作特征，与《红楼梦》一回一个主题故事是一样的。在《蒙》《需》《讼》《师》《比》《同人》《谦》《豫》《蛊》《临》《观》《噬嗑》《贲》《剥》《复》《无妄》《颐》《咸》《恒》《遁》《明夷》《家人》《蹇》《困》《井》《鼎》《震》《艮》《渐》《归妹》《旅》《兑》《涣》《节》等卦表现得最为明显。《周易》写得简短不是隐晦，是为了节约用字，只要把古史与古字搞清楚，《易经》故事真相一目了然。《红楼梦》刚好相反，字都看得懂，然而看似婆婆妈妈的详尽故事，越细致越“清晰”越有重要隐晦。文字狱压力下，《红楼梦》各回只能以男女生活故事隐喻记载了明末清初的历史事件与几乎所有重要人物。但是《易经》创作思路结构，为理解《红楼梦》提供了最相似的比对钥匙。与莎士比亚以及《西游记》汤显祖《四梦》等不同的是,《周易》《红楼梦》都能够用“九连环”的方式把各个独立的故事篇章用哲学串起来，形成一个整体。（详见后文结语及莎士比亚）

《周易》与《红楼梦》另一个完全相似的显著特点是善用比喻，常常一语双关,《红楼梦》为回避文字狱更加隐晦、隐喻。鲁迅咸亨酒店的“咸卦”是《周易》下篇开篇之卦，却是类似《肉蒲团》的男女性爱过程描写（详见下文）。实际作者是以男女关系开篇，明确周并商就是男娶女，下篇讲的“夫妻之道”就是商周博弈融合之道。这个“大”比喻，被《红楼梦》用“木石之盟”“金玉良缘”完全继承（李贽通过周易，也完全一致地推导出“情”的伦理哲学，详见前文，泰州学派）。“情可情，非常情”，是为了“道可道，非常道”。

《红楼梦》中出现的各种药物花草的比喻也来自《周易》传统，包括曹雪芹的“芹”,“枯杨生华”的杨,“燃藜”的“藜”，等等，都直接可以在《周易》找到出处（后文详述）。《红楼梦》中动物隐喻相对较少，但也有虎兕猫狗等,《周易》创作于商代渔猎向农业革命转型阶段，息息相关的动物隐喻出现更多，如代表天地格局的“乾龙坤马”，表示国家管理者的“即鹿无虞”，表示朝政的“有它（蛇）不燕”，表示国家命运的“丧羊丧牛”，表示先进文明传播的“鸿渐”，等等。以总结性的《中孚》为例来观察全卦：

（卦辞）中孚，豚鱼，吉。利涉大川，利贞。

（爻辞）初九：虞，吉。有它不燕。

九二：鸣鹤在阴，其子和之。我有好爵，吾与尔靡之。

六三：得敌，或鼓或罢，或泣或歌。

六四：月几望，马匹亡，无咎。

九五：有孚挛如，无咎。

上九：翰音登于天，贞凶。

“中孚，豚鱼，吉。”其中的“豚鱼”是以用豚鱼皮制作的铠甲来比喻诚信之人自有天佑。“虞，吉。有它不燕”。“虞”是指管理山林湖泽资源的“虞人”，是国家的管理者（渔猎时代的总理）。“有它不燕”本义为有蛇的地方就不会有燕子，寓意为如果朝廷有阴险小人，国王就别想能够“燕处而昭若”（《老子》），国家就不会安定团结、祥和繁荣。“鸣鹤在阴，其子和之”，作者以“鹤”自喻，而以幼鹤“子”喻手下的诸侯百官。鹤立鸡群但上下和之。“我有好爵，吾与尔靡之”是“丰其蔀”的敬上爱下之德。“得敌，或鼓或罢，或泣或歌。”是对敌人的奖惩分明。“月几望，马匹亡，无咎。”以月望时分的光明和放马南山的和平来比喻国泰民安。“翰音登于天，贞凶。”对应周朝“凤鸣岐山”而兴起的典故，“凤鸣”得太高来比喻周公摄政高处不胜寒。

《周易》另一个比喻手法是以“卦”的风雷雨泽、山云日月等的组合图案，以要素构图揭示每一卦全篇的主题要义。这个方法被《推背图》发扬光大，《红楼梦》中的每个人物的判词，图 + 配诗，就是这种比喻模式。更加类似的构图比喻哲学是炼金术“塔罗牌”（后文详述）。以《周易》开篇之卦“乾坤”为例，“乾卦”直接点明全部上篇的革命要义。“乾”字在甲骨文中没有，完全为周文王特地创造。《连山易》《归藏易》中《乾》卦不在开篇，也不叫“乾”，叫“键”。“键”字本义是安装在车轴两端，管住车轮不脱离轴的铁棍，引申为关键等义。“键”字不能表达《周易》作者的志向，只能另取一个名。参升商落，才是“乾”之造字本义。，左为西方七宿象形；右为东方七宿象形。

西方七宿包括：奎、娄、胃、昴、毕、参、觜。参宿七星，参是象形的写法。东方七宿包括：角、亢、氐、房、心、尾、箕。心星，即心宿二，古代称之为火或商星。它是一颗红巨星。参宿一和心宿二的赤经相差约180度，同一地方的人们不能在同一时间看到它们，因此“参商不相见”。《左传》上载：“昔高辛氏有二子，伯曰阏伯，季曰实沈，居于旷林，不相能也。日寻干戈，以相征讨。后帝不臧，迁阏伯于商丘，主辰。商人是因，故辰为商星。

迁实沈于大夏，主参。”乾造字，专用于《易》第一卦，用的正是参升商落、以周代商之意。（《红楼梦》中直接引用“参商”，讲宝钗来到贾府，开始“参商”，详见结语。）

“乾”卦高举革命大旗，屯、履、豫卦“宜建侯”“履帝位”“建侯行师”这类语言，已经明显表达非臣之心。坤、蹇、解卦中“东北丧朋、西南得朋”，讲的是要联合谁围攻谁。地理上东北就是商，西南各族为同盟包括羌、蛮、蜀、髳、微等。孔子在《论语》中“泰伯可谓至德也矣。三以天下让，民无得而称焉”的故事，实际上与“至德”“三让”无关。真相就是“天下有其二”的策略：老大奔吴联合东夷；老二去荆楚联络苗蛮；老三娶商人贵族之女太任继位。太伯、仲雍去南方“采药”，采出了“东夷之乱”。商族显贵太任家抬高了季历的地位，也稳住了商对周的信任与支持。《诗经·大雅·大明》因此歌颂此次联姻：“挚仲氏任，自彼殷商，来嫁于周，曰嫔于京。乃及王季，维德之行。太任有身，生此文王”。螺旋的历史是未来的镜子。但是从孔子开始，刻意用“微言大义”的春秋笔法掩盖历史真相，把雄才大略虚构成仁义道德，后世的文人儒生如果不具备辨析的逻辑能力，只能变成“百无一用是书生”。这也是《风月宝鉴》搬出“姬子”，要“重洗仙颜”的一个宗旨。

“年”是农业社会的时间标志，体现着农人的生活节律。《尔雅·释天》有“夏曰岁，商曰祀，周曰年，唐虞曰载”，也就是说“年”这一称谓是在周朝之后才被广泛使用。周文王选的“年”，与商、夏都不同，是“冬至”。因此可以推断，特别重视冬至节日，“冬至大过年”的汉人群体如客家人，基本是周人之后。冬至过年与“乾卦”息息相关。汉武帝太初元年正式确定以夏历正月为岁首，此后年节也就固定了下来。

《红楼梦》中经常过的节日如元宵、端午等也都来自《乾》卦寓意的天象。宝玉祭祀陈子龙的“龙节”“龙抬头”就是“见龙在田”。农历二月初二晚上，苍龙星宿开始从东方露头，角宿代表龙角，开始从东方地平线上显现，大约一个钟头后，亢宿，即龙的咽喉，升至地平线以上，接近子夜时分，氐宿，即龙爪也出现了。这就是"龙抬头"的过程。《乾》卦爻辞中的"潜龙""见龙在田""或跃在渊""飞龙在天""亢龙"等均指东方苍龙七星宿傍晚时分出现在空中不同的位置时的天象图。"'潜龙'谓冬季、'见龙在田'谓春分、'飞龙在天'谓夏至、'群龙无首'谓秋分。""潜龙勿用"，指冬至至春分之间，龙星隐而不见。所以《礼记·月令》要求此时"孟冬之月，坏城郭、戒门闾、修键闭、慎管钥、固封疆、备边竟、完要塞、谨关梁、塞徯径"。正月十五玩龙灯的民俗，源于春祭，十五前后正是角星宿在傍晚时分开始露头，龙头模拟的是龙星宿的角宿、亢宿，龙灯模拟月亮。五月初五赛龙舟，此时龙星宿在傍晚时分已全部出现在天空，其中心、尾、箕三宿位于银河系中，仿佛龙行河中，龙舟正是此时的龙形写照。"亢龙，有悔"指的就是端午。日影最短，到达一端，就是端午，也就是夏至要到了。"或跃在渊"是秋分之龙从地平线处跳跃上天之义。

乾天之象启示革命之兆。革命之要却在"坤"地。毛主席说过，中国的问题是农民的问题，农民的问题是土地的问题。中国历史上，改朝换代或重大变革，均提出土地问题。商周革命是"井田制"，春秋战国变法又打破井田制，鼓励土地开垦，保护私有地权。秦汉到隋唐都在兼并与均田中动荡。宋、元、明开始量地造册，为清代实现资产税打基础。《坤》卦安居乐业的主题就是适宜的土地，目标是"井田制"的"直、方、大"。"君子有攸往，先迷后得主"指的是周族从"泥"河山沟重回"周原"沃土。"或从王事，无成有终"是能够回归故土的条件，投降商王，为商王办事（打击西戎以及搜捕祭祀人口），等等。周朝的农业规划非常详细具体。《周礼》中每七人之家分地一百五十亩，其中耕地一百亩，休耕五十亩。这块地与邻地间有宽二尺的水渠，称为遂，遂边修四尺宽的小路，称为径；每十块地之间有四尺宽的水渠，称为沟，沟的岸上有宽六尺的道路，称为畛；每一百块田之间，有六尺宽的水渠，称为洫，洫的岸上有宽八尺的道路，称为途；每一千块田之间，有十六尺宽的水渠，称为浍；浍的岸上有宽十六尺的道路，称为道；每一万块田地之间有宽三十二尺的水渠，称为川；川的岸上有宽三十二尺的道路，称为路。

后世望文生义，把乾卦说成龙，而把坤卦说成是马。实际上东方七宿的象形字“龙”与“马”非常相似，“马高八尺为龙”“帝乘马曰龙”，龙马都是指东方七宿。龙马精神就是东方七宿“乾”的精神，就是“自强不息，厚德载物”的小周崛起之道。中华是“龙”文化，我们都是“龙的传人”，这个龙是商周革命后融合的结果，就是《周易》下篇的结果。学者们盲目照搬西方源自印第安的浅薄原始的“图腾说”，误以为中华龙真的是一种动物图腾，实在是过于贬低了中华文明的出身。东方七宿的“龙”星与中华“龙”标识是两回事。中华龙不是动物，而是西周开国时代，在周公天才调和下，东西南北各民族融合过程中融合形成的东青龙、南朱雀、西白虎、北玄武的四合一的星象集合体，代表整个的“天”，天下就是我土，天子就是我王，龙的传人就是各族融合的传人，就是新的国民。这才是“溥天之下，莫非王土；率土之滨，莫非王臣”。周把天下各族都当家人，合并的大商是“妻”，融合的各小族是“子”。周君子“厚德载物”载的更多更重，因此要更加“自强不息”，君子从此称“天子”。商代是方国联盟制，商王为“方国之长”。周代封建“家天下”成为一家，天子由“诸侯之长而为诸侯之君”。周公把《尚书》中尧舜禹绝学及周文王遗训“中”“众”的范围扩大；用《周易》作详细政策与策略讲解;《诗经》言志:“陟彼北山，言采其杞；偕偕士子，朝夕从事；王事靡盬（gǔ），忧我父母。”“溥天之下，莫非王土；率土之滨，莫非王臣”“四牡彭彭，王事傍傍；嘉我未老，鲜我方将；旅力方刚，经营四方。”“中华龙”就是体现《周易》《尚书》《诗经》文明精神的“标识”与“旗帜”。

周在西看龙，商在北看朱雀（玄鸟），夷人在东看虎，苗蛮在南看玄武（龟蛇）。东方七宿“龙”“马”的头 + 北方七宿玄武龟蛇的身与甲 + 西方七宿白虎的爪，共同构成龙标识。这个标识既表象又抽象，哪里有这样的物种。商人崇拜玄鸟，就是南方七宿形状的“朱雀”，被演变为凤凰，龙凤呈祥就是商周合并。“龙生九子”就是不能统一融合进新标识的各部落代表，也不抛弃不落下。螭吻（chī wěn）喜欢远望。蒲牢（pǔ láo）爱吼叫，也爱好音乐。赑屃（bì xì）样子像龟，善于背重物，喜欢文字，爱扬名，因此让它驮碑。狴犴（bì àn）像老虎，用来威吓罪犯。饕餮（tāo tiè）贪吃，装饰在食器上。金猊（ní）像狮子，喜烟火。椒图像螺蚌。睚眦（yá zì）性情凶残好斗。蚣蝮（bá xià）最喜欢水。这些都是各个融合民族的显著特征。比如金猊像狮子，喜火，应该是来自西方中东的部落（比如古波斯），这就解释了为何中华本土没有狮子，却有大量狮子守门，因为他们的早期职业是卫队。饕餮贪吃，指的是善于烹饪的部落（比如伊尹）。椒图像螺蚌，指的是海边部落（三星堆就有大量海贝）。蒲牢（pǔ láo）爱吼叫，会唱歌，不就是草原民族的特征吗？周成为中华融合之首，因此新的标识被命名为商周革命纪念的“龙”。

蔡元培研究《红楼梦》引用的“索隐法”或“索隐主义”（Figurism）有时也被汉译为“符象论、形象派、尊经派”等，是 17 世纪末和 18 世纪初一个奇特的思想体系。探索幽隐，就是发掘被表面故事所掩盖的“本事”。索隐法的渊源可以上溯到利玛窦（Matteo Ricci，1552—1610）。利氏在《天主实义》中就多次指出天主教与《周易》所含法则之间的联系。利玛窦认为宋代理学家误解了中国的经典著作，因此未来理解儒学必须追本溯源，也就是说要依据原始经典。利玛窦的学生汤若望与方以智交好，利玛窦、汤若望的继承人白晋、傅圣泽等将索隐神学发挥到极致。白晋 1703 年写出《天学本义》，自序提到《易经》说：“秦始皇焚书，大《易》失传，天学尽失。”

文王演易用的蓍草，类似草本筷子，这种草河南很多，特点是一丛多根，长得基本一致（表示每根筹无差别）。揲蓍占法的程序设计，主观愿望是与天象历法“阴符”（暗合），与历法所象征的天道规律“阴符”。“阴符”思路就是《红楼梦》女娲补天石数字的源头，现代看有点刻意凑数。包括《红楼梦》的三类人物：十二钗、十二官、十二儿；结构的108回，等等。这些都不是随意写的，都要凑数“阴符”。《系辞》说：“《乾》之策二百一十有六，《坤》之策百四十有四，凡三百六十，当期之日。”《乾》《坤》二卦用蓍草演算后的总合为三百六十根，与一年三百六十天的数目相当。

《周易》中的常用字，“贞观”之治的“贞”，贞字的本义为立杆测影、察时定节。在甲骨文贞字上半部像冬至、夏至二至日的日照方向，下半部像其影像，是观测者所得的日影，以此影可推测时令、节气，故贞字的本义应为测日影以察时定节。由于太阳的运行规律从不改变，所以贞字被引申为正确、坚定不移等义。立杆测影需要有人来主持、实施、观察、判断，故贞字又有了主持、判断等。“贞观”之治就是大观园“观”的理想局面。

《周易》64卦的组合特征，是孔颖达总结的“二二相耦，非覆即变”，其实就是“阴阳四象”。“二二相耦”是每两卦为一组起，如《乾》《坤》为一组；《屯》《蒙》为一组；《需》《讼》为一组，等等，六十四卦共形三十二组卦。“非覆即变”是说每组两卦或“覆”或“变”。“覆”是颠倒。譬如《屯》卦和《蒙》卦是一组，《蒙》卦象是《屯》卦的倒象。《乾》《坤》《颐》《大过》《坎》《离》《中孚》《小过》这八卦的卦象颠倒过来后没有变化，作者于是将其爻的属性相反的两卦排列在一起，形成《乾》与《坤》、《颐》与《大过》、《坎》与《离》、《中孚》与《小过》四组，这就是“变”，阴阳的属性完全相反就是变。“二二相耦，非覆即变”不仅吻合阴阳对立统一，而且使阅读、记忆和使用更简洁方便。非覆即变的组合规律，这个特征也被《红楼梦》《莎士比亚》《塔罗牌》完全继承。（详见后文莎士比亚篇及结语篇）

《周易》不仅创作手法启迪了《红楼梦》，同样处在产业革命与朝代革命的思想也启迪了《红楼梦》的作者群。王阳明、方以智、王夫之，黄宗羲、顾炎武都是以“易学”为底（结语篇姬子部分阐述）。除了前文分析的乾坤，本篇再剖析几篇卦，供读者比对。

《需》：有孚，光亨，贞吉，利涉大川。

上六：入于穴，有不速之客三人来，敬之终吉。

九五：需于酒食，贞吉。

六肆：需于血，出自穴。

九三：需于泥，致寇至。

九二：需于沙，小有言，终吉。

初九：需于郊，利用恒，无咎。

《需》以渔业税为例，讲国家征税政策要合理。本爻的“需于沙”，及后面的两爻“需于泥”“需于血（洫）”是指收税的地区不一样，政策效果也不同。“需于沙”，会“小有言”。“需于泥，致寇至”，“需于血，出自穴”。“需于泥，致寇至”，讲的是周族从周原迁居狄族的区豳（今陕西省旬邑一带），附近有一条河古代就叫“泥水”，“泥”指这条河。周族迁居到泥水附近求生存，正是“需于泥”。“致寇至”指的是与原来生活在附近的犬戎等部落发生激烈冲突。这个冲突一直延续到周幽王“烽火戏诸侯”的时代，西周亡于犬戎。最终解决犬戎问题的是500年后秦穆公灭西戎，拓地千里。（可见“寇”的强大）“洫”为井田制成与成之间的水道，也泛指田间水沟。因其对土地的功用和形状像血管。“洫，十里为成，成间广八尺，深八尺，渭之洫”。“穴”指商周时期的主要居室，“地窝子”，掘地而成，上盖草棚。“入于穴”就是税收入库。“不速之客”是对外来求财者的比喻。“三人”喻其多，“三人”为“众”。从《周礼》看，周朝的财政管理非常严格规范细致，但过于死板。遇到意外怎么办？为王者必须考虑周全，留有余地。

《红楼梦》的背景就是明朝收税导致的东林党与阉党恶斗以及对西北泥沙区域收税激发流寇。流寇与清王朝都是“不速之客”，刘姥姥也是“不速之客”，刚好三类。刘姥姥讲故事提到的“雪中进来院子取材的女公子”还是代表清王朝的“不速之客”。对比《需》卦是不是更能理解猫狗打架与攘外安内，更明白接济刘姥姥“留余庆”的深刻含义。明朝，税收第一大来源是盐税，等同人口税，主要在农民身上盘剥。酒税、茶税可看作偏向对富户征收，东林党激烈反对，魏忠贤用东厂镇压。除了人头税，粮食、布匹、草料同样是来自农民，农业税的比例远远超过 90%。在支出方面，国家财政除了养活了上百万的军队，与别的朝代不同，嘉靖、隆庆、万历时中央财政支出的 80% 是用来养活近百万人的朱家子孙（朱元璋规定他的子孙不能参加劳动，只消耗公粮），没有任何富余，当然没有任何余力应付“不速之客”。汉、唐、宋用盐、铁、茶当经济武器，对付关外游牧民族（必需品原理，控制长城就能控制贸易定价权。长城主要是贸易战防线）；清王朝反而利用“东北三宝”人参、鹿茸、貂皮当经济武器，掏空大明（奢侈品原理，与清末鸦片同理，主要针对统治阶层）。《金瓶梅》中反映出有头有脸的人都穿戴貂皮。在明朝中后期，人参、鹿茸壮阳，貂皮摆阔。这三样成了上流社会时尚。在《红楼梦》中也有反映，比如以贾家之富贵，人参也是特供品。明实际亡于经济失败。

《泰》卦：泰，小往大来，吉，亨。

上六：城复于隍。勿用，师，自邑告命，贞吝。

六五：帝乙归妹，以祉元吉。

六四：翩翩不富，以其邻不戒以孚。

九三：无平不陂，无往不复，艰贞无咎。勿恤其孚，于食有福。

九二：包荒用冯，河不遐遗，朋亡得尚，于中行。初九：拔茅茹，以其汇。征，吉。

《泰》卦是以国泰民安为主题的卦。“三阳开泰”被后世误读为“三羊开泰”，实际应当读作“三阳开，泰”。“三阳”指的是三个阳爻的阳气。“三阳开，泰”所记的是一年中最重要、最热闹、最喜庆的春节所在的正月。这个月就叫作“泰”。大年初一，就是进入“泰”月的第一天。《泰》代表的正月是阴阳趋于平衡的时候。这之后，将是阳气越来越充足的二月《大壮》卦、三月《夬》卦、四月《乾》卦，阳气越来越充足，人们得以播种，万物得以生长。《乾》“小往大来”。正是对从这个时段起阴阳爻所代表的阴阳二气变化趋势的表述。拔茅茹，要将牵绊在一起的杂草一并拔去。“茹”指的是相互牵绊的杂草。“汇”是聚集。以“茅”比喻商，以“茹”比喻曾经支持商族的那些淮夷之人。因为紧接着的是以上伐下的“征”。《无妄》卦就是没有妄想、没有期望，不要指望他们来真心归顺，正如毛主席说的“扫帚不到，灰尘照例不会自己跑掉”。“包荒用冯，河不遐遗。朋亡得尚，于中行。”“包”是包容。“荒”指边民。《尚书禹贡》载，王都以外的地方由近而远地被分为甸、侯、绥、要、荒五服，越远纳税越少，荒最远。“用冯”。上古以贝壳为货币，五个小贝壳连成一串称为一“朋”，也称为一“冯”。因为“河不遐遗”，“朋亡得尚，于中行”。失去的只是钱财（朋亡），得到的是尊崇（得尚）和由此而产生的行为的规范（于中行）。“包荒用冯”只是手段，“于中行”才是目的。“以其邻”“不戒以孚”。比喻由于商族的叛乱，周族不得不发动征讨，战后也不得不保持大量军队，仅监管成周的军队就有八师兵力，所以不富（可以类比明朝与倭寇及满人的关系）。“小畜”就是驯服小人之意，以监管商族顽固不化的贵族遗民为主题，这种监管所需的开支巨大。“帝”是商王的专称和通称。而“甲”“乙”“丙”“丁”就是1、2、3、4。女孩子出嫁称为“归”，而“妹”是小女的通称。“归妹”还是比喻的周帝两族关系。与前面《屯》卦“匪寇婚媾”，《小畜》卦中的“夫妻反目”一样，都是以婚姻关系比喻商周之间的关系。而且“帝乙”的“乙”字也不是指帝辛他爹（没有归妹的历史事件。

实际商是不与外族通婚的民族，有点像犹太人。姬昌母亲不是商公主，而是商的近的联盟“姒”），此处“帝乙归妹”是说“商王（叛乱平息后）第二次归顺周族”。“其君之袂”应当是指的帝辛的儿子武庚，而“其娣之袂”指的是帝辛的同父异母的哥哥微子（宋国创始人）。《大畜》卦就是“大人之畜”，《大畜》卦以培训国家人才为主题。“帝乙归妹”能够“以祉，元吉”，正是因为有微子启这个商族领袖与周勾结。毛泽东对殷商末期历史的评价：“当时微子是里通外国。为什么纣王灭了呢？主要是微子反对他，还有箕子反对他，比干反对他。”微子、帝辛是同父母兄弟，但因生微子时，其母是妃不是后，因而是庶子；而生帝辛时，其母已是后，故辛为嫡子。微子不甘失败，“微子启、胶鬲与周盟”，颠覆帝辛政权。“周武王伐纣克殷，微子乃持其祭器造于军门，肉袒面缚，左牵牛，右把茅，膝行而前以告”。明末的历史，不也满篇的“微子，箕子，比干”。这才给了摄政王周公和多尔衮“纳约自牖”，打开“后门”“冯冤”，“东风裁剪”的机会。

“微子，箕子，比干”的反叛，周公的“裁剪”，商纣王与崇祯会同样发出“朕非亡国之君，臣乃亡国之臣”的感叹。商族与古罗马帝国极为相似，不仅奢侈好酒，而且商周之变时代，商本身正面临王公议政民主与嫡子继承集权的改革，商纣王因此被众多贵族反对。同样处在原始民主奴隶制向集权转型的古罗马贵族刺杀英雄凯撒是一样的时代逻辑，因为害怕凯撒称王专制。凯撒也可以感慨“凯撒非该死之王，元老院皆乱臣贼子”。恺撒死后，其甥孙及养子屋大维击败安东尼开创罗马帝国并成为第一位帝国皇帝。实际上屋大维只是变相的实际皇帝，类似周公摄政。“义子继承制”并没有完全完成改革，罗马走向更长的争权动乱。古罗马的历史并不会违背人类共同的产业与制度规律，而且各个阶段既与中华相似又都晚了 500~1000 年。盲目地美化崇拜奴隶制罗马，和儒学后世借古讽今、托古借旗没有区别。

《否》卦：

（卦辞）：否之匪人，不利君子。贞：大往小来。

（爻辞）：上九：倾否，先否后喜。

九五：休否，大人吉。其亡其亡，系于苞桑。

九四：有命，无咎。畴离，祉。

六三：包羞。

六二：包承，小人吉，大人否亨。

初六：拔茅茹，以其汇。贞吉，亨。

（否）：否之匪人，不利君子。贞：大往小来。

“承”是奉承的意思。“羞”这个字的古文是双手持羊，以会“进献”之意，向人进贡有耻辱、惭愧之义。包容阿谀奉承的行为，将会蒙受耻辱。“黄鹂鸟”，就是“离”，比喻那些花言巧语的“小人”。古代黄帝及尧舜治天下，靠的是“垂衣裳”，而衣裳的原料就是“苞”和“桑”。“苞”是制鞋的席草，而“桑”是制衣原料蚕的食物。在《周礼》中，对什么人在什么季节应穿着什么样式和颜色的服装都做了非常详细的规定，历朝历代也大都有类似的规定。“垂衣裳”实际上是说建立一整套完整的社会制度。这卦的思想是“制度反腐”（与《蛊》卦的用“誉”反腐呼应，用誉对应用利益，成功的案例就是周英王室的爵位制度）。

特别剖析《泰》《否》，是因为《红楼梦》四大案之一，葫芦案代表的南京福王政权灭亡的“冯冤”。向多铎献南京城的钱谦益们，舍弃都城逃跑的阮大铖们，不就是花言巧语的小人“黄鹂鸟”吗？今日之祸是否也源于李成梁们养寇自重，对努尔哈赤“包荒用冯，河不遐遗”。给地、给权、给钱买人参貂皮。但是“朋亡”却不仅没有“得尚，于中行”，养的却是白眼狼。另外两个白眼狼是“喀喇沁”蒙古与朝鲜。万历为了救朝鲜打丰臣秀吉，耗费了国力。朝军却在萨尔浒之战按国王密旨按兵不动。喀喇沁获得了边关互市的特区之利，反身成了“蒙古八旗”，入关第一帮凶。这段历史是否可以解释百思不得其解的“冯冤”。“冯冤”，就是费了很多“冯”，花钱买寇的“冤大头”。

“翩翩不富”“包羞包承”“包荒用冯”“帝乙归妹”“纳约自牖”原来都可以借鉴到明末清初。

再来看《观卦》，理解“大观园”的贞观之治本意。

观：盥而不荐，有孚颙若。

初六，童观，小人无咎，君子吝。

六二，闚观，利女贞。

六三，观我生，进退。

六四，观国之光，利用宾于王。

九五，观我生，君子无咎。

上九，观其生，君子无咎。

观的要点是全面而深入地考察，既要格局大还要明察秋毫。“觀”从“雚”，从“见”。雚为一种水鸟，以小鱼为食。雚能在飞翔中看见水底之鱼，明察潜隐（站得高，看得细，看得深，看得准）。“观”字的本义为如雚鸟一般审视。“廌”是传说中的解廌，俗称独角兽，能判断疑难案件，当法律公正时生于朝廷，以其独角触有罪之人。“颙”为大头。实际上是指赤子小孩的头（婴幼儿头大身小）。老子说的“譬如赤子”，颙字在此应取“赤子”般纯洁之义。“有孚颙若”：将诚信（孚）赤子般纯洁的人（颙）选拔（若）出来，以备国家将来之需。“童观”就是儿童的眼光单纯、幼稚肤浅。“闚观”就是门缝看，就是《红楼梦》的“管窥蠡测”。《牧誓》是武王发起对商王总攻时的动员令，指责商纣王的罪之一是女人妲己干预国政，说：“王曰：‘古人有言曰：牝鸡无晨；牝鸡之晨，惟家之索。今商王受惟妇言是用，昏弃厥肆祀弗答，昏弃厥遗王父母弟不迪，乃惟四方之多罪逋逃，是崇是长，是信是使，是以为大夫卿士。'""闚观"有利于女人，就是此意。当然是旧时代观点。实际商朝还有著名的女将军妇好带一万人出征的历史记载，妲己参政在商并不为过。男尊女卑从周代开始。"观我生进退"从分析家族的进退入手。"生"与"姓"字通用。这就是《红楼梦》从"贾府"及四府入手"观"，以小家观大国，所以叫"大观园"。"观国之光"的"光"指才能出众的贤德之人。"宾"是古代谋士称为宾客。"周公吐哺，天下归心"。伯禽代周公要去鲁国，临行，周公告诫了一番。周公说，我文王之子，武王之弟，成王之叔父。然我一沐三捉发，一饭三吐哺，起以待士，犹恐失天下之贤人。"我生君子"，指的是作者所在的周族中的各时期的领袖，包括后稷、公刘、古公、文王、武王等。观其生君子，无咎。观察和学习其他家族英明领袖的治国方略和得失，包括夏族的尧、舜、禹、成汤等，克服"闚观"和"童观"（尚书即此意）。到了《红楼梦》时代，"观其生君子"就要包括西方"真真国"了。

《周易》中的《丰》卦，讲的是执政者避免自私自利，为更多人服务。如果对应《红楼梦》最大格局的第七回，王熙凤、贾琏白天亲热时守门的丫鬟"丰儿"及平儿的"大铜盆""青铜鼎"，寓意会更清晰。

丰，亨。王假之，勿忧，宜日中。

（爻辞）上六：丰其屋，蔀其家，闚其户，阒其无人，三岁不觌，凶。

六五：来章，有庆誉，吉。

九四：丰其蔀，日中见斗。遇，其夷主，吉。

九三：丰其沛，日中见沫。折其右肱，无咎。

六二：丰其蔀，日中见斗。往得疑疾，有孚发若，吉。

初九：遇，其配主。虽旬，无咎。往有尚。

《归妹》卦后接《丰》卦。"丰"本义为豆形器皿所盛的物品丰满，引申为满、大、多、富饶、兴盛等义。本卦的重点是"丰"谁。自私自利"丰其屋，蔀其家，闚其户，阒其无人，三岁不觌，凶"。周易的指引是"丰其蔀"

是指部属，“丰其沛”指百姓。贾府败亡，执政者王熙凤责任重大，她没有按照秦可卿“人之将死其言也善”搞经济办学校，反而搞死了学校主持贾瑞。没有为部属众人谋福利，除了哄着贾母，就是一心为自己盘算。个人害了卿卿性命，贾府呼喇喇大厦倾。

《红楼梦》第7回最奇怪的情节就是“送宫花”时，“贾琏戏熙凤”。这一段少儿不宜，成人也莫名其妙。解谜钥匙有三：一是《红楼梦》的整体结构；二是本回的逐鹿天下格局；三是专门出场的丫鬟“丰儿”，都需要用《周易》时代文化来解读。甲骨文“丰”，上面像一器物盛有玉形，下面是“豆”（古代盛器），故“丰”本是盛有贵重物品的礼器。《说文》:“豊，行礼之器也。”“丰儿”就是礼器，用于“封儿”，这就是作者专门写“大铜盆”的原因（不是正常用木盆），礼器为青铜鼎，故意说成大铜盆。王熙凤、贾琏大白天周礼造人，他们的孩子也是得天花的巧儿，联系到得天花的“薛宝钗”康熙。结合贾瑞、王熙凤的环节，如果王熙凤是孝庄，贾琏是洪承畴，那么，这个连环套真是太“密”太“敏”了。康熙千古一帝，但也是无父、无母、无兄弟的林黛玉。

“丰”对应下文中的李贵，“第三本诗经”，“呦呦鹿鸣，食野之萍”李贵错说成“荷叶浮萍”，暗示第7回主要人物的命运如“荷叶浮萍”。另外就是《诗经·郑风》的“丰”篇:“子之丰兮，俟我乎巷兮，悔予不送兮。子之昌兮，俟我乎堂兮，悔予不将兮。衣锦褧衣，裳锦褧裳。叔兮伯兮，驾予与行。裳锦褧裳，衣锦褧衣。叔兮伯兮，驾予与归”。这首周代古诗就是用男女聘礼之器说国之重器“宝玉”，用男女和合表示政权交接。郑国是商人遗民主要地区，感慨的是失国之情。这也是《红楼梦》的笔法。《易经》中有大量的男女之情的描述，特别是“咸”卦以下后半部分。“咸”卦本身从摸手摸脚、搂腰亲脸等一气呵成，简直是“十八摸”。

咸卦经文：

咸：亨，利贞。取女，吉。

初六：咸其拇。

六二：咸其腓，凶。居吉。

九三：咸其股，执其随，往吝。

九四：贞吉，悔亡。憧憧往来，朋从尔思。

九五：咸其脢，无悔。

上六：咸其辅颊舌。

如果说《红楼梦》诲淫诲盗，那么《易经》老祖宗有过之而无不及。实际上《周易》下篇主要讲周对兼并后的大商如何治理，就如男娶女如何相处，可见孔子没完全看懂易经。《红楼梦》作者群都是易学大家，他们正是用易学的结构写《红楼梦》。前文所述，方以智更是三代易学世家，他祖父为他取名“方以智”，就是来自易理“蓍圆而神，卦方以智，藏密同患，变易不易”。“蓍”草占卜，圆则上上，方则智力需藏以密。方孔照《名儿以智、其义》：“大儿方以智，天下藏于密。二儿方其义，所以用干直。两儿年此名，根本在学《易》”。

《节》卦明确提出的“苦节不可”的鲜明观点，恰恰吻合贾宝玉关于守节的评论。与理学死守教条、害人害己完全不一样，《节》的“节”，既有节约节俭的含义，也有气节、节操的寓意。作者赞成人性化的“甘节，吉，往有尚”“安节，亨”，反对“苦节”，而且明确指出“苦节，贞凶，悔亡”。礼教曲解儒学古贤，“饿死事小，失节事大”，表现在崇祯、史可法、郑成功等优秀分子都在对待有用之人时苛刻寡恩，不知、不肯、不能变通。《红楼梦》中记载的王夫人逼死金钏儿、晴雯；福王政权苛求方以智等北臣殉国；因为一个绣春囊就抄检大观园；史可法不肯认高杰之子当干儿子；郑成功要杀了与乳母偷情的郑经，逼反了施琅，等等，都直接导致了政权的大分裂。而贾宝玉认贾芸得到“海棠”“小阳春”则是正面对比。

节卦辞：节，亨。苦节不可，贞。

（爻辞）：上六：苦节，贞凶，悔亡。

九五：甘节，吉，往有尚。

六四：安节，亨。

六三：不节若，则嗟若，无咎。

九二：不出门庭，凶。

初九：不出户庭，无咎。

《红楼梦》中贾宝玉感叹的奇怪的“杨树”，除了原文中对清王朝文化不足的讽刺，更深的含义是《周易》的“杨”寓意的两大民族融合关系。

大过卦辞：大过，栋桡。利有攸往，亨。

（爻辞）：上六：过涉灭顶，凶，无咎。

九五：枯杨生华，老妇得其士夫，无咎无誉。

九四：栋隆，吉。有它，吝。

九三：栋桡，凶。

九二：枯杨生稊，老夫得其女妻，无不利。

初六：藉用白茅，无咎。

“枯杨生华，老妇得其士夫，无咎无誉”“枯杨生稊，老夫得其女妻，无不利”的杨树是类比商、周融合，也可以类比明、清融合。这两句爻辞表面上大致相同，都是指强者与弱者的结合，但二者又有显著的区别。其区别以哪家文明为主。“栋桡”指的是栋梁弯曲，当然“过涉灭顶，凶”，如何“栋隆，吉”呢，首先不能“有它”，指的是阴险离间的毒蛇小人，明清之际可以类比为文字狱告密的吴之荣等人，也包括鼓励吴的鳌拜等人，也包括大兴文字狱曲解中华的乾隆等人，他们都是明清不能正能量融合的罪人。“枯杨生稊”是生命的延续，“老夫得其女妻”是家庭成员的补充。“枯杨生华”则是生命完结后的再生，“老妇得其士夫”是从一个家庭过渡到另一个家庭。《说文》：“华，荣也。”本义为花，引申为开花、光彩、年轻、华丽、鲜美等义。中国历史上，汉武帝也重用匈奴王子金日磾作为托孤之人。唐朝的李家就有鲜卑血统，长孙无忌等要员也是鲜卑族，唐玄宗时代哥舒翰、安禄山都是蛮夷人。南宋管理海外贸易的泉州主官以阿拉伯人为主。元朝初期汉人如张洪范、丘处机都乐于为新朝廷效力，忽必烈也接受建议当了儒教教主。如果清朝政权能行仁政，利用强权推进文明升级，不就是“老妇得其士夫”“枯杨生稊”吗？关键在于政策导向。《周易》中，作者往往以家庭中男女之间的主导和被主导的关系来比喻商、周两族领导与被领导的关系，往往是辩证的。如关于中孚桓其德（坚定地中孚诚信），《周易》就反常地说女子吉，君子凶。对照崇祯皇帝，被理学熏陶得过于教条，不能以帝王之术驾驭群臣，反而被群臣卖了，“辩证法”不就是《周易》的哲学本意吗？因此，周易认为商周融合是好事，如果以周为主导，是“无不利”（周代表先进农业文明）；如果以商为主导“无咎无誉”。明清融合偏偏是个怪胎，政权是商—秦—清一脉的暴政，文明却选了中华文明最落后的“理学礼教”。产业革命时代，自己操刀阉割了纺织业与矿业两大新兴产业，自己烧了历代积累的科技图书资料。大明这个“老妇得其（年轻的清王朝）士夫”“枯杨生华”了，生的却是残花败柳。与“贞观之治”对比，“康乾盛世”只是回光返照。

除了“杨”，后续几卦连续运用植物讲解商周融合博弈。如《夬》讲的是周公平定奄国分裂。“苋陆夬夬，中行无咎”用了奄国土产“苋菜”。奄国后来封给周公为“鲁国”。伯禽后代鲁僖公建泮水学宫，采的是泮水边的“芹”，也启发了《红楼梦》作者取名“曹雪芹”。《姤》卦讲周公与平叛之后的商合并融合，特别指东夷奄国地区的治理。用“以杞包瓜，含章”描述怀孕，就是融合后的新生国家与新生民族。“杞”即枸杞树。“以杞包瓜”的意思是“以枸杞包围瓜田”。枸杞为带刺的小灌木，以枸杞包围瓜田是为了防盗及动物的侵扰。《萃》卦讲的是融合中萃取商人忠诚的人才（不是指周人）。《说文》："萃，艸儿。""萃，按：草聚儿。"《集韵·太韵》："萃，草盛儿。"萃字从草，从卒。《玉篇·衣部》："卒，众也。"萃字的本义为草丛生貌，引申为类、群、聚集等义，这里用聚集之义，还是"芹菜"一类的草。

武庚、奄国、淮夷的叛乱后，周公为了维持"以商制商"的分封，把弟弟康叔封到原来商王统治的中心地区，以朝歌为都，建立卫国。"卫国"康叔封地面积最大，且统有八师兵力。在《周易》中承担"虎履"的重任，分给他殷民七族：陶氏、施氏、繁氏、锜氏、樊氏、饥氏、终葵氏。周公子伯禽建鲁国，都曲阜，奄在其内；奄殷遗民徐氏、条氏、萧氏、索氏、长勺氏、尾勺氏共六族，分给鲁公。原武庚封地的殷遗民，除了大部给了康叔，余皆分给了微子，都睢阳，建立宋国，后称商丘，并接续殷商的祭祀，安抚东方的淮夷。周公先后给康叔亲拟了三篇文告，即主张明德慎罚的《康诰》、戒除饮酒风习的《酒诰》、提倡安民保民的《梓材》，作为那里的宪法条例、施政纲领。其中特别强调周人饮酒严惩，商人饮酒只劝说（仍然是商周有别的辩证政策，既是怀柔，严于律己宽以待人，也是此消彼长的一阴一阳帝王术。）这些在《周易》《蛊》卦讲腐败误国时都有明确体现。周公要求的入乡随俗、宽以待人，与清朝的剃发令、文字狱美丑立现。

春秋时期，鲁国就已不若齐、晋之强，不及秦、楚之大，就剩下《周易》《周礼》"经礼三百，曲礼三千"。从中华文明而言，原来的东夷及殷商叛乱集中区鲁国，正是因为《周易》总结的男女融合之道，辩证的国策，反而成为礼仪之邦，还造就了孔孟，成为万世师表。"泮水之芹"成为后世读书人的向往怀念。这不正是中华古文明这个老树蕴含的生命力吗？后人曲解"管窥蠡测"，因此方以智的父亲在朱熹的根据地武夷山题词要"重洗仙颜"，方以智要"揾东海之泽、洗天下之垢"。欲解红楼，先通周易。《红楼梦》作者期望将《周易》的思想和"姬子"的其他思想智慧，融合到"通灵宝玉""补天石"中，更加详细的思想融合在后文《结语》中补充阐述。

廿叁

莎士比亚与《红楼梦》：炼金术、塔罗牌、好莱坞

◆
◆
◇

毛泽东对《红楼梦》终身喜爱，显然不能简单地从文学或历史角度理解。另一位革命导师马克思终身喜爱莎士比亚，而且在其思想巨著中数百次引用。也许比对解读同样神秘的莎士比亚，可以帮助解析《红楼梦》。从全球资本主义拐点角度，莎士比亚比《三国》《水浒》《西游记》和汤显祖“四梦”等稍晚，比《红楼梦》稍早。如果把具有资本主义转型特征的明代小说特别是泰州学派系列作品，统一用一个作者挂名，也是可以是“莎士比亚”全集——反正这些作者们也不愿意暴露身份，更不介意有位“莎士比亚”愿意贡献名字。《红楼梦》则在一部非常具备整体性、融合性的作品中，把明代小说与思想做了集成，这是比莎士比亚的37部独立作品更高一筹的。比《红楼梦》稍晚，西欧又出现了“塔罗牌”。《红楼梦》与“塔罗牌”都是《易经》式的九连环哲学串联结构，东西方文明显示了交互演变的现象。从转型时代集体创作的系列思想性巨著角度分析，是打开“莎士比亚”与《红楼梦》谜团的同一把钥匙。

伦敦建得最好的大街是摄政王大街，最好的公园是摄政王公园。我本人正是在伦敦多次逛街后，意识到中英摄政王的对比，进而对比了英王室与周王室治理天下理念、方式的一致性，反向理解了摄政王周公修订的《周易》。全球只有英国与我国的周朝有贡献大、地位高、后人怀念的摄政王（英国还制定有专门的摄政法）。简单说，英王的小岛和周王的小周一样，既要解决战胜大商或神圣罗马，获胜后还要考虑如何治理更大的天下。

摄政王是高危职业，我国几千年历史上只有四人，《红楼梦》把周公、王莽、多尔衮都关注了一遍（载沣在后，载沣在辛亥革命后辞去了摄政王，和平交出权力，成全了革命。“张勋复辟”和立“伪满洲国”，载沣不仅拒绝参与，还指责儿子溥仪，此举受到周总理的肯定）。因为制度与人性，帝王内心痛恨架空自己的权臣，摄政的权臣们基本都成为权力的牺牲品。诸葛亮鞠躬尽瘁病逝五丈原，蜀汉官吏百姓上书要求给他立庙，刘禅却以不合古制为借口，不肯“顺应民意”。直到蜀汉灭亡的那一年（公元 263 年），刘禅才下诏给诸葛亮立庙。霍光死后，汉宣帝把霍光家族灭族；唐高宗嫌舅舅长孙无忌擅权而赐死他；万历在张居正死后就抄了他的家，张的几个儿子或被逼死或被充军，80 多岁的老母被吓死。相比权相，摄政王更非平庸之辈，然而，只有周公善终而且万世师表。即使周公自己在《周易》后四卦中也对自己摄政进行了反思，自认“中孚”但“小过”，有“既济”的成绩，也有“未济”的不足，过河狐狸的尾巴“濡”水的形象就是《诗经》的“狼跋”之窘迫。

前文所述，《红楼梦》是明代资本主义革新思想文学的集大成者。莎士比亚系列作品也产生于英国资本主义转型的前后节点——前面是亨利八世新教改革与托马斯·克伦威尔“都铎政府革命”改良时期，后面是奥利弗·克伦威尔资本主义革命时期，中间是伊丽莎白平衡新教左右派时期，打压左派清教徒，维护右派圣公会。两个克伦威尔分别与张居正变法以及多尔衮摄政大约同时。

英国的新教革命与中国明末清初的资本主义转型有很多类似与关联。思想理论上，新教类似于心学，要求摆脱教皇、主教们的“礼教”压迫，平等地自求心中上帝“良知”。政治改革上，与徐阶、张居正同时代，亨利八世搞改革时，也有一位类似张居正的权臣托马斯·克伦威尔（1485—1540）。克伦威尔“都铎政府革命”基本上和张居正变法一样，“尊主权，信赏罚，课吏治，行一令”。克伦威尔主持与草拟的《至尊法案》系列法令，使英国成为了摆脱教皇控制的新型君主制国家（类似张居正“尊主权”）。同时，克伦威尔推动了英语《圣经》（丁道尔译）的合法出版，将阅读《圣经》的权力从懂得拉丁文的教士手中移交给了普通民众，促进了新教在英国落地生根（类似心学泰州学派发动民众自求“良知”）。此后，克伦威尔还主持解散了修道院，将修道院的土地拍卖，一方面充实了亨利八世的国库，另一方面，培植和加强了新兴资产阶级的经济实力（可以不恰当地类比张居正关闭“书院”）。克伦威尔“都铎政府革命”对国家机构进行了大刀阔斧的官僚制度化改造（张居正叫“课吏治”“行一令”），同时成立了六个平行的税收机构，建立了近代化的税收制度与财政体制（功效类似张居正的“一条鞭法”）。东西方人性一样，权臣、改革家几乎个个遭人恨。和王世贞写《一捧雪》批判张居正迫害何心隐类似，到了1960年，罗伯特·鲍特还在创作戏剧《公正的人》，托马斯·克伦威尔在剧中迫害死托马斯·莫尔。该剧被改编为电影，获得了6项奥斯卡奖（实际上莫尔是被王后家族害死，克伦威尔后来设计除掉了王后）。直到2009年，女作家希拉里·曼特尔《狼厅》才以时代变革的视角，重新讲述克伦威尔的故事。书中的克伦威尔不再只是脸谱化的奸臣，他野心勃勃、不择手段，但博学、宽容、精明。与传统贵族出身不同，他出身平民商人，是自我教育、自我塑造崛起的新一代“士大夫”（STAFF）。在那个时代，克伦威尔“变法”重塑了英国，并使之走向崛起。

“莎士比亚”产生前的这一剧烈变革时期，英国还出了两位托马斯。一位是亨利八世时代的空想社会主义者托马斯·莫尔（Thomas More，1478—1535），他实际上是坚定的柏拉图人文主义者，《乌托邦》很像是《理想国》的续篇。莫尔赞扬岛国的贤明，实际上是批判欧洲王朝的君主专制。莫尔生于资本主义原始积累时代，他那对圈地运动“羊吃人”的详细描写成了马克思《资本论》的生动素材。1523 年莫尔被选为下议院议长，1529 年又成为英国大法官，这是仅次于英王的第一号要人。但是莫尔笃信天主教，与国王亨利以及亨利离婚再娶的安妮·博林王后矛盾无法调和。莫尔拒绝宣誓《至尊法案》而被关进伦敦塔。新王后安妮·博林的父亲、哥哥和叔叔组成的陪审团一致裁决莫尔“有罪”而将其处死。作为思想家，他和李贽一样，是大变革时代的牺牲品。

另一位同时代的托马斯·埃利奥特（Thomas Elyot，1490—1546），写了《统治者之书》（*The Book Named the Gouernour*）。和黄宗羲、朱舜水们一样，他专注于培养“新英国人”的人文主义精英教育。新时代要培养新的有强烈的爱国精神的专业“统治者”。他强调读李维的著作，并把公元 2 世纪的罗马皇帝亚历山大·塞维鲁描绘成“骑士的楷模，法官的榜样，君主的镜子，所有即将成为统治者的人的完美偶像”。“只要统治者富于道德，把他的学识和智慧用于公共事业，并为了这种事业的长治久安和不断发展而不懈努力，那里肯定就会国民富足”。每个统治者都不断完善自我，把国家利益放在首位，英国就可以成为与古罗马媲美的“公共福利”国家。和《周易》及孔子的“君子”思路一样，《统治者之书》指出，英国绅士子弟、未来的统治者必须从出生开始培养其执政能力与品德，为此他详细制定了 7 岁起的“绅士”培育计划。最终英国培养出了一个“新绅士”群体，这些“君子”+“大人”成为英国争霸的资本（仅仅伊顿公学在一战中就牺牲了四分之一的校友）。比《统治者之书》更进一步，莎士比亚作品的写作目的和明代小说及《红楼梦》一样，是要更大范围地面向大众、教育培养新国民。

在莎士比亚作品之后，《红楼梦》之前，多尔衮革了明朝资本主义的命，同期的奥利弗·克伦威尔却革了英国封建主义的命。奥利弗·克伦威尔是托马斯·克伦威尔的血缘后代。他的家庭以及他本人都是彻底的清教徒（新教左派，与右派“圣公会”的教义差不多，区别是是否保留原天主教的“礼制”），他赶上了300年英国资本主义转型最剧烈的时期。1626年克伦威尔开始从政，成了一名议员，此时欧洲大陆的30年宗教战争正如火如荼。1628年，《三个火枪手》中的白金汉公爵遇刺，国内矛盾更加尖锐，英国也就无暇配合法国红衣大主教黎塞留直接参加30年宗教战争。但英国国内的内斗与欧洲大陆是同一个主题。1638年苏格兰因宗教“礼制”爆发起义。为了征税募钱镇压起义，英国的“崇祯”查理一世召集议会加税，奥利弗·克伦威尔等议会中的新教左派（类似东林党）公开反对。英国国王没有魏忠贤，英国东林党却有军队，1642年8月，英国内战爆发。克伦威尔组织了一支由60名剑桥自耕农志愿者组成的骑兵团，后来成了赫赫有名的“铁骑军”。马斯顿荒原一役，克伦威尔打出了军威。不久“铁骑”扩编为“新模范”军（全部是新教徒），他成了统帅。与1644甲申年差不多时间，1645年6月14日，克伦威尔率“新模范军”大败王军，君主制度被推翻，英国宣布为共和国。1648年，国王查理一世上了断头台。欧洲大陆的30年战争也于同一年结束，资本主义新教最终战胜了封建集权主义天主教。1650年，东方的多尔衮“一剂而亡”了；英国的克伦威尔当年兼并了苏格兰，声威达到了顶点。1653年，克伦威尔驱散议会，自任“护国公”（类似摄政王）。1657年6月26日，为了巩固政权并维护人数少的清教徒，类似后来的拿破仑和袁世凯，克伦威尔登上了国王的宝座。1658年9月3日奥利弗·克伦威尔去世，享年59岁。1660年，查理二世复辟继位，像福临对待多尔衮一样，他也将克伦威尔开馆鞭尸。克伦威尔的头颅被多次买卖，最后被葬在了剑桥的苏塞克斯学院（Sussex）地下。和多尔衮指挥江南、大同屠杀有一比，在爱尔兰起义（1641—1652）的12年期间，55万以上的爱尔兰人被克伦威尔杀害，30万人被贩卖做奴隶。人口从约150万人遽降到60万人。即使在今天的爱尔兰，

“克伦威尔”一词仍代表仇恨，爱尔兰人骂人的话 mallacht Chromail ort，如克伦威尔，意指恶有恶报。

除了文学作品，东西方的思想家也不会放过喜闻乐见的娱乐游戏。说到寓教于乐，东方有围棋和麻将，西方有塔罗牌与扑克牌。“尧造围棋，以教子丹朱。舜以子商均愚，故作围棋以教之。”围棋就是尧舜教孩子伏羲八卦的玩具。方形格状棋盘，黑白二色圆子，纵横 19 线 361 个点，9 圆点星位，中央星位称“天元”，就是模拟河图洛书与天极地中。笔者曾专门写过两篇论文阐述围棋与麻将中的易经思想，《论清华麻将在控股型公司治理中的应用》《论格局策略协同》，有兴趣的读者可以在网上查阅。

要了解西方的启蒙运动与科学革命，必须了解他的发动者“炼金术”“赫尔墨斯”“喀巴拉”，以及他们的通俗表达形式《莎士比亚》与塔罗牌。

魔法在《莎士比亚》中是频频出现的一条主线。它可以描述为“一种使用想象的心力技术”，通过心力去改变外在物质形态和操纵他人心理状态。虽然现代科学认为魔法是迷信，但是魔法却以炼金术的形式成为西方科学的老祖宗。在古代场景中，能工巧匠很像是会魔法，他们居然能将石头变成铜铁金银，真是“奇技淫巧”。刘安能把黄豆 + 卤水变成“豆腐”，自然就是“仙人”了，而且鸡犬升天。西方炼金术实际上很可能是源自东方的“炼丹术”，目的都是“修仙”。只不过西欧缺少东方的有机动植物种类，更多的是运用无机矿物当原料。炼金术采集各种矿物，经过各种工序，希望炼制出“哲人之石”，这颗魔法石，据传可以治愈百病、延年益寿、点石成金，同时最重要的是可以使人成为“神”，其实就是成仙（似乎在说通灵宝玉吧）。炼金术士通过不断地修炼转化成开悟者，换一个说法，就是“格物致知”。在《灵宝无量度人上品妙经》中，神仙与魔王竟就是相互融溶的。既有青、赤、黄、白、黑五帝，也有青、赤、黄、白、黑五大魔王。称“五帝大魔，万神之宗。飞行鼓从，总领鬼兵”。

伴随着启蒙运动与科学革命，公开化的炼金术秘修在塔罗牌这个大众传播工具上迎来升级与普及。1910年，炼金术秘修会“蔷薇十字”的另一分支“金色曙光”的成员爱德华·伟特等人将塔罗牌、占星术、卡巴拉密教与炼金术再一次集成，出版“莱特维特”塔罗牌，并专门写了解释，塔罗牌很快成为全球发行量最大的纸牌。它由22张图画牌（大阿尔洛）与56张数字牌（小阿尔洛）组合而成，78张牌都有独特的图案和意义。占卜以大阿尔洛为主，小阿尔洛为辅。其牌面有别于扑克的红心、黑桃，分为金币、剑、杯、棒四组。借用了水、火、土、风四个元素，而四大元素的各种组合有无限的可能，同理，在大小阿尔洛四组牌搭配的占卜中就有无数的可能，加上每一张塔罗牌都分为正、逆位，即使是同一张含义也可能截然不同。塔罗牌没有固定结果，而是要求人从占卜起不断审视自己，通过牌面的含义来分析内心深处真正的渴望，指导人在迷茫时向内心发掘悟性与启示。

哲学版塔罗牌的主要完成者亚瑟·爱德华·伟特（1857—1942）是神秘学作家，出过很多炼金术、蔷薇十字主题的图书。和周文王改编易经一样，伟特研究塔罗的意义是哲学与教育。他在 Pictorial Key to the Tarot 一书中提到：I hate profanum vulgus of divinatory devices（我讨厌占卜工具）。1909年，他邀请会员女画家史密斯共同创作塔罗牌。他提供思想理念，史密斯进行绘画表现，经历多轮的修正和改良（《红楼梦》可是十年增删5次）。他们终于创作出了一副本身充满灵性与美感，既能在艺术上吸引人，又能通过图像清晰准确表达神秘学理念的塔罗牌（《红楼梦》也充满灵性与美感）。他们自身“讨厌占卜”，但是非常乐于看到世界各地的人们乐此不疲地拿他占卜，广泛传播。

近现代的塔罗牌的创作演变完全可以协助我们揭示《莎士比亚》《易经》《红楼梦》的集体创作本意理念方法与过程。《易经》产生于竹简时代，只能尽最大可能言简意赅，字数越少越好。如果把64卦记载的历史故事与比喻故事详细描述，就是农业革命时代的《红楼梦》《莎士比亚》。如果莎士比亚的作者们再用十年删改，也能将所有的莎士比亚独立故事串成一部《英伦梦》或《炼石记》、《术士录》。因为同样的写作手法如凝视游光等都是典型的“蔷薇十字”哲学，一僧一道就变成《麦克白》中的三个女巫（可以对应上李尔王的三个公主）+《暴风雨》中的国王岛主术士普洛斯比罗。一堆真真假假的双胞胎男女也可以提炼出英伦“7公子”与“7钗”（西方秘教更重视七星的7）。药物的描述双方差不多。政变战争等内容莎士比亚不用太隐晦，这是他们的幸福。莎士比亚或者牛津公爵的上百首14行诗歌也能如《葬花吟》点缀进去。当然，400年来，“莎”学也在孜孜不倦地考证那个小镇镇长家族曾经的“烈火烹油”，也要建个故居收门票，也有一派叫“索隐派”皓首穷经地挖掘伊丽莎白秘事。他们都想把莎士比亚开馆验尸，但是慑于恐吓的墓志铭，又没人敢。

摘录一些塔罗牌中的哲理名言，读者可以比对一下《莎士比亚》中的名言警句：

愚人：生命不是一场赛跑，而是一次旅行。比赛在乎终点，而旅行在乎沿途的风景。只是，旅行一旦开始，自己选择的道路，就算跪着也要将它走完。（解：愚人，作为塔罗中的0号牌——或者说无号牌，在整副塔罗大牌中充当了“愚人之旅”的主角。所谓愚人之旅，就是以愚人为主角，对其余21张大牌的经历和学习，每多经历一张牌，也就多了一份认知和经验。如同生命历程。）

魔术师：不要等待机会，而应创造机会。

女祭司：要比别人聪明，但不要告诉人家你比他更聪明。（解：女祭司是智慧的代言。但聪慧带着谦卑与内敛。这句名言出自苏格拉底，不在智慧中夹杂傲慢，不在谦卑中缺乏智慧，这点恐怕女祭司做得最好了。）

皇后：懂得生活的人会合理利用已有的资源而把生活过得有滋有味。

皇帝：伟人之所以伟大，是因为他与别人共处逆境时，别人失去了信心，但他却下决心实现了自己的目标。

教皇：信仰来源于信念，所谓的信念就是自己认为可以去相信的一种看法。虽然兴趣是最好的老师，但是一个信念者所开发出来的力量，会大于99个只有兴趣者。

恋人：和：恶语难消，忍过事堪；和睦相处，万事谐通。中心为“和”。

战车：征服畏惧、建立自信最快最确实的方法，就是去做你害怕的事，直到你获得成功的经验。

VIII. 力量：所谓方圆之道，即为没事不惹事，来事不怕事。

隐士：当你走到顶峰的时候，你的敌人便是自己，战胜自己才是此时最后的目标。

命运之轮：随缘，不是得过且过、因循苟且，而是尽人事知天命。

正义：实事求是，精益求精，差之毫厘，失之千里。

XII. 吊人：丢卒保车，没有牺牲，没有胜利。

死神：世上没有绝望的处境，只有对处境绝望的人。

节制：修身养性，志存高远；举止留心，内方外圆。

恶魔：你没有背叛任何人，你背叛的是你自己。（解：任何诱惑，只有自己接受才会陷入其中，从接受诱惑的那一刻起，在你对不起其他任何人之前，你先背叛了自己。）

塔：有的人在逆境中崩溃，有的人在逆境中创造奇迹。（解：逆境有时是一个契机，庸人视逆境为灾难，智者视逆境为机会，一个展示自己、突破自己的机会。）

星星：一个人最大的破产是绝望，最大的资产是希望。

月亮：行动是治愈恐惧的良药，而犹豫、拖延将不断滋养恐惧。（解：当一个人陷入迷宫走不出来时，内心将充满恐惧，如果他一直逗留原地，那么他将永远被困其中直到死亡，而如果他开始行动，那么至少他满足了脱出迷宫的首个条件。）

太阳：经受过严寒的人才懂得太阳的温暖；饱尝人生艰辛的人，才懂得生命的可贵。（解：雪中送炭的道理、身在福中不知福的道理就在于此。）

审判：成功的信念在人脑中的作用犹如闹钟，会在你需要时将你唤醒。（解：每个人都渴望成功，这源自我们内在的声音。我们经常会听到来自内心深处的声音，提醒我们该怎样、要如何。只不过，有的时候自己惰性、欲望的一面掩盖了这一个声音，让我们置若罔闻。）

世界：再长的路，一步一步也能走完；再短的路，不迈开双脚永远也不能抵达。（解：愚人之旅的道路究竟长吗？其实想要去走，即使十万八千里都能走完。而不想去走的人，即便一步之遥都永远走不到。）

我国比较文学的开创者林纾，本是旧文人。1897 年，他在丧妻之痛中，刚好洋务派王寿昌请他共同翻译《茶花女》。精通外文的王寿昌口述，林纾下笔，每到缠绵凄恻之处，掷笔而哭。不懂外文的林纾“以华人之典料，写欧人之性情”。就这样，第一部中国人翻译的西洋小说《巴黎茶花女遗事》诞生了。国内立刻掀起“茶花女”热潮。时人评价其为“西方的《红楼梦》”。他们的外国小说翻译，同样是服务于洋务运动。王寿昌本人是严复在马尾船政学堂的同学，留学归来正在主持学堂。洋务派的经验启发了革命党，以致孙中山本人都要亲自与宋教仁联手翻译更多外国革命小说。“红楼为白话之圣，并足为教科之书。”“红楼亦不止为一人手笔，作者均博极群书之人。总之，非读破万卷，不能为古文，亦并不能为白话。”林纾《致蔡元培函》的判断其实同样适用于莎士比亚作品。

泰晤士河畔的莎士比亚“环球剧院”，从名字来看在伊丽莎白一世时代也算胸怀天下了。所在的河南岸郊区都是妓女云集的下层城区（三层隐蔽区主要便于妓女看戏 + 工作），也许可以类比八大胡同旁边的天桥。与秦淮河畔的江南贡院、夫子庙、王谢堂不是一个格调。我本人参观的第一印象和主要印象，都感到是一座“东方建筑”，与正常印象中以石材为主的西式公共建筑完全不搭界。土木砖混结构，圆形三层碉楼，东方式样歇山顶，立柱舞台等，更像一座福建客家人的“围屋”。现代有英国学者研究了剧院的剖面切面几何图的比例，结论是完全吻合“蔷薇十字”学秘密知识社信仰的“灵性数字”。按炼金术思想，剧院空间 + 演员 + 观众 = “炼丹炉”，即融合变化升华转变的“大熔炉”，类似“贾府”。“莎士比亚”的历史作用之一是奠定英语文学地位，特别是英语成为书面文字（以前使用拉丁文，包括所谓莎士比亚在家乡小镇上的几年学，主要也是学拉丁文法）。莎士比亚为英语创造了至少 1700 个很多有中国成语特征的全新词汇，其后的英语字典也大量吸收了中国词汇。四大悲剧、四大喜剧、大量历史剧、大量 14 行诗歌等风格混杂的各类作品，完全可能是从东方得到整体启蒙，系列引进并本土化。多年后，鲁迅也大量借鉴了俄罗斯等西方小说版本，创作本土化作品。谁会因此贬低《狂人日记》《呐喊》的文学地位？

莎士比亚在英国和曹雪芹在中国一样有多个版本。主要有三个说法：一是斯特拉特福小镇的莎士比亚；二是培根或伊丽莎白情人牛津伯爵（野史说二人都是伊丽莎白女王的私生子，莎士比亚中的母子恋情启发了弗洛伊德）；三是其他剧作家合著。第一版的威廉·莎士比亚在 1616 年 4 月 23 日去世。为了纪念他，联合国教科文组织大会决议每年 4 月 23 日为世界图书和版权日。十分有趣，这位莎士比亚的版权本身很有争议，而且他本人去世时，遗嘱细致到一张床的分配，居然完全没提他的作品，包括版权。

在埃文河畔斯特拉特福出生长大的莎士比亚，父亲职业是做皮手套，后来成为中产，据说当过 2000 人小镇的镇长。因此莎士比亚 7 岁时能到小镇文法学校念了 6 年书。因父亲破产，1577 年，从学校退学，帮家里谋生。18 岁时，与 26 岁的农家女安妮·海瑟薇相恋，因其怀孕而结婚，两人生了三个孩子：苏珊娜、双胞胎哈姆雷特（死于 11 岁）和朱迪思（与喜剧中的多个双胞胎及名剧《哈姆雷特》对得上，但是大文豪的女儿都是文盲，完全不合理）。他于 16 世纪末到 17 世纪初的 20 多年期间在伦敦当演员、剧作家（当年都是低贱职业），参与创办“环球剧院”（伊丽莎白一世死后，詹姆士一世上台，天恩突降，改名为国王剧团，显示这个环球剧院与政权更替有关系）。1613 年左右，莎士比亚以成功人士姿态退休回到故乡，3 年后逝世。墓志铭很怪异，就是恐吓后人别开馆验尸。（Blest be the man that spares these stones；And curst be he that moves my bones.）

这个版本的莎士比亚仅仅 6 年的小学教育经历，就算是天才，与莎士比亚名剧中大量专业的法律知识、科学知识（据统计，剧本里描写过 200 多种植物和 130 多种动物）、宫廷知识、战争知识，以及常出现的意大利城市知识等等，完全无法匹配，确实更吻合培根的律师、科学家、哲学家的知识结构。弗朗西斯·培根（1561—1626）完全是高富帅，父亲为伊丽莎白掌国家大印，是 Lord Keeper of the Seal。培根在剑桥学习两年，之后学习法律并当上了大法官。人生的最后 5 年，他用来写作和研究科学（培根认为雪可以取代盐做防腐剂，他死于实验时感染风寒）。1926 年妮娜·费多罗夫娜在巴黎发表《打开潘多拉的盒子》，她用培根密码破译莎士比亚轰动世界。她的结论是莎士比亚是培根的秘密自传，涉及英国王室的许多秘密。

培根在自己的手稿里使用一种复杂的双重文字暗号传达信息，这种暗号需要三把钥匙来解读。培根在书中提供了三把“钥匙”（密码本），没有钥匙和这些知识的人完全无法理解培根的信息。隐秘主义对于智者是宝库，它的大门永远对愚人关闭。例如，詹姆斯·布朗的《化学史》，是中世纪炼金术的暗号，由三圈排列的文字构成。解读方法如下：外圈的文字按顺时针抽出第一个字母，拼成单词“SVLPHVR”（硫磺）。中圈的文字按同上方法，拼成单词“FIXVM”（固定）。内圈的 6 个单词分为左右 2 组，左边一组按顺时针、右边一组按逆时针各自抽出第一个字母，分别拼成单词“EST”（是）和“SOL”（太阳）。所以这三圈文字连起来就是“Sulphur Fixum Est Sol”——被固定的硫磺就是太阳（黄金），这是一句炼金术的方程式。上面这句话选自培根编纂的《学问的进步》。

牛津伯爵爱德华·德维尔（Edward de Vere），除了知识丰富与培根类似，而且周游意大利等列国，也曾带军队出征，同时他还是著名抒情诗人。他还赞助“牛津人”剧团和宫内剧团以及作家 J. 黎里和 E. 斯宾塞等人。早年写的剧本据说无一保留下来。巧合的是，牛津的文学创作停止之时正好莎士比亚作品开始问世，牛津伯爵与培根共同参与创作的推测非常合逻辑。

莎士比亚全集，如果放在大历史角度看，通过他的历史地位，完全可以推断他的作者。莎士比亚的主要历史作用有三。一是确立英语文法（1755 年 Samuel Johnson 编写了第一本《英语大词典》，英语拼法才规范）；二是引领世界文学特别是欧洲文学的现实主义美学风格，歌德、雨果、巴尔扎克、普希金等等，可以说都是莎士比亚的至少半个学生；三是思想性吻合了资本主义转型的需要，特别是社会变革、人性揭示与人文主义等，这才是马克思、恩格斯热爱并引用的原因。这样伟大的历史作用，正如马克思评价他是世界文学的“宙斯”，广博的知识，多样的形式与创作风格，深刻的人性探索与哲学思想，和《红楼梦》一样，真正的作者只能是英国转型时代的一群精英集体创作。莎士比亚，无论有无此人，只是托名，当然威廉·莎士比亚完全可能是创作集体的成员之一，他的作用更多是类似于编剧与导演，侧重于把思想性“巨作”转化为大众性“剧作”，并在剧院组织演出。思想性的原创，特别是格局很大的《查理二世》《亨利四世》《亨利五世》《麦克白》《哈姆雷特》《暴风雨》等应该来自培根、牛津伯爵、埃塞克斯等人。双胞胎较多的《十二夜》《皆大欢喜》等喜剧，威廉也很适合贡献。这两类作品几乎就不可能出自一人之手。有意思的是，莎士比亚剧中的男女爱情也和《红楼梦》一样多次采用三角、四角关系结构，真真假假对称，也一样明显把女性描述得更优秀一些。

需要作者隐名的不是四角、三角男女喜剧，而是充满了暗杀权斗的历史剧。这点和《红楼梦》异曲同工。《哈姆雷特》的"叔嫂"杀兄，王子复仇而死，心爱的女人也因政治斗争自杀，这不就是《红楼梦》描述的"孝庄—多尔衮—福临—董鄂妃"结构的丹麦版吗？《麦克白》里杀死表哥夺位的麦克白夫妇的罪孽心理与元文宗夫妇也完全可以类比。和《风月宝鉴》中的骷髅一样，剧中也有一个真人版道具"人头骷髅"用于人性分析与社会矛盾揭示。现在伦敦莎士比亚剧社的道具骷髅来自波兰作曲家柴可夫斯基的死后参演的遗愿，是真的人头。王子最后平静地死于好友怀中，他的内心归于平静也是典型的东方哲学，就是王阳明与李贽临终的"心无所念"，就是曹洞宗的思想"平"，就是黛玉缠缠绵绵、轰轰烈烈、还泪而亡后的"心平意静"。

1591—1592 年，埃塞克斯统帅法国英军（亨利五世打败法国，开始兼任法王）对天主教徒作战。1596 年他率领军队洗劫西班牙加的斯港（Cádiz）。1599 年他任英王驻爱尔兰代表，但被爱尔兰叛乱打败，1600 年 6 月被撤职。1601 年 2 月，心怀不满的埃塞克斯伯爵率军进入伦敦叛乱，被平定处死，年仅 34 岁。培根作为好友和导师多方营救未果。埃塞克斯叛乱前夜，正是带着一群同谋来到"环球剧院"，看的就是《查理二世》。是不是很有《红楼梦》各种看戏、点戏的味道？更特别的是，在日常演出中，莎士比亚不敢演最后一幕：查理退位，亨利四世政变成功，最后查理被害死。不敢演是因为伊丽莎白的政治敏感。但是，当夜，他们却演了这一幕。政变失败后，环球剧院被查，奇怪的是没有"主角""莎士比亚"入狱的记录。恐怕只有查无此人才能向女王汇报吧。类似所谓曹雪芹，如果真有这个人，恐怕也被乾隆杀了。

在近代以前的欧洲，大众聚集的地方主要有两处：教堂和剧院。剧院因而被各国政治势力关注，这和汤显祖排演“四梦”是一个道理。当时英国的宗教斗争十分剧烈反复，“环球剧院”是一个政治舞台，而且是秘密反对伊丽莎白的势力控制。这就能解释为何伊丽莎白一死，她杀死的苏格兰天主教女王玛丽的儿子詹姆士一上台，就把“环球剧院”收编为“国王剧院”，那个威廉·莎士比亚也因此发了财，金盆洗手，衣锦还乡。

如果再举个现代的案例，就是美国霸权的三大支柱之一“好莱坞”。好莱坞的九大电影公司高度垄断寡头化，这么多年来，格局就没有大变过。华纳兄弟（Warner Bros）、新线（New Line Cinema）、米高梅（Metro-Goldwyn-Maye）、派拉蒙（Paramount Pictures）、索尼（SPE）影视梦工厂（DreamWorks）二十世纪福克斯（20th Century Fox）、环球（Universal Studios）、华特迪士尼（Walt Disney Pictures）。九大公司在美国又称为“BIG SIX”（迪妮收购了福克斯；索尼收购了米高梅；梦工厂曾是派拉蒙的子公司，现在是环球的子公司），确实都是私人公司，但这些公司的 CEO 或老板都是资深民主党，或资深共和党，出品的电影必须政治正确。好莱坞的功能是“软实力”，以大众娱乐方式，看似不刻意宣传，渗透式表现美国政府意志（当然现在也越来越“假”，爱看的人越来越少）。

五角大楼—好莱坞同盟已经上百年，好莱坞极其善于发动娱乐性的战争宣传。1927 年他们合作完成获得第一届奥斯卡最佳影片奖的《翼》。二战期间，罗斯福政府就将好莱坞列为“军事工业”。二战后国防部参与制作《钢铁侠》《X 战警》《变形金刚》和《侏罗纪公园 III》《拯救大兵瑞恩》《黑鹰坠落》等影片在心理上操控美国人（尤其年轻人），让他们崇尚军国主义。著名的《壮志凌云》，五角大楼不仅支援飞机拍摄，还派出了专业飞行员，与汤姆克鲁斯演对手戏的飞行员就是美军太平洋司令威拉德海军上将。中情局也这么干，经常合作拍摄扭曲历史的影片。国防部、中情局和好莱坞合谋给美国人洗脑。“9·11”后，小布什曾派手下专门召集好莱坞巨头们，商议电影业如何配合政府，比如多拍英语和阿拉伯语的战争纪录片等。《逃离德黑兰》《猎杀本·拉登》《独裁者》等影片，既把穆斯林世界拍成封闭、独裁、宗教狂热、危机四伏，还要鼓吹美国英雄拯救世界。美国政府并不隐晦地利用好莱坞文化洗脑，将不同族裔、不同国家、不同社会，整合为“美国人”或者“美国标准人”。因此好莱坞就是美国的“战略资产”，外人不能碰。外资索尼及三星收购米高梅，是唯一一例。2014 年一群高度组织化的黑客入侵索尼影视娱乐，电脑全部瘫痪，合同泄露，未来的计划表泄露。当时已经制作完成但还没上映的几部大片全部泄露，几年折腾，陷入财务危机。万达集团曾以 35 亿美元收购美国独立制片公司“传奇娱乐”（Legendary）（还不是九大，只是边缘小山头），落地并不顺利，结果只是再次证明：这世界上真的有有钱也搞不定的事。好莱坞的作用如此之大，自然越来越政治化与垄断化。

中国连续剧《长安十二时辰》一度很火，他的创意显然来自 2001 年上映的好莱坞连续剧《24 小时》。《24 小时》故事集中在两个角色：当选第一位黑人总统的参议员 David Palme 和不屈不挠阻止刺客的反恐探员 Jack Bauer。Palmer 总统温和而坚定，有教养，有着动人的男中音。奥巴马的积极支持者 Haysbert 扮演 Palmer，他说“如果公众对角色的关注扩展到人物的内心精神和智慧，他们就可能逐渐产生这样的观念——或许一个黑人也可以成为美国总统”。奥巴马成为具有历史意义的黑人总统，而好莱坞却像德国神棍剧院一样“未卜先知”了。

通过好莱坞，我们就能够理解莎士比亚的政治性，以及用主流价值观重塑“新英国人”的抱负（和周公、吴承恩、汤显祖、《红楼梦》作者们一个心思）。历史很有趣，莎士比亚的剧院原名叫“张伯伦剧院”。

《六韬·龙韬·王翼》说：“术士二人，主为谲诈，依托鬼神，以惑众心。”多么精辟。姬子姜太公不信占卜，不信鬼神，他重视的是“众”的人心向背，得人心者得天下。因此他才基于人性，为了人心与“势”装神弄鬼地各种表演“阴谋修德”。泰州学派系列作品—莎士比亚—红楼梦—好莱坞，他们共同的祖师爷都是姜太公等“姬子”。姬子们“阴谋修德”之后，必然是武王伐商时“血流漂杵”。《诗·大雅·大明》中，姜子牙形象突变为在朝歌率敢死队冲杀的“维师尚父，时维鹰扬”。“阴谋修德”的“莎士比亚”们为“血流漂杵”的政变战争及克伦威尔的革命战争也做了充分的剧本准备，《红楼梦》不是一样吗？五四运动之前，“红楼热”不断升温。和莎士比亚一样，这股社会变革前夜的思潮必然不会遗忘了戏剧界。先是陈子芳编创昆曲《黛玉葬花》，以《红楼梦》第27回“埋香冢黛玉泣残红”为题材，全剧只有三个人，场面冷清，没有得到观众的认可。1916年，在各界的鼓励鼓动下，梅兰芳的《黛玉葬花》诞生，在吉祥戏院首演，虽然如鲁迅先生说：“缓缓的《天女散花》，扭扭的《黛玉葬花》……雅是雅了，但多数人看不懂……”但还是引起轰动，当时足以与《贵妃醉酒》媲美。梅兰芳改用第23回“西厢记妙词通戏语，牡丹亭艳曲警芳心”的故事，增加了一些穿插，全剧共分六场。剧本由齐如山编大纲，李释戡写唱词，上场人物除黛玉、宝玉之外，还有茗烟、紫鹃、袭人等。梅兰芳演唱的《枉凝眉》已经足以令人陶醉，他还前所未有地编创了独具一格的花锄舞。梅版林黛玉手执花锄边舞边唱，优雅别致，大大提升了舞台效果。之后，梅兰芳又编创了《千金一笑》《俊袭人》两出红楼戏，都产生了广泛的明星效应与社会效果。

从历史转折点角度看，《查理二世》《亨利四世》《亨利五世》三部曲，在英国历史上，可以认为是亨利八世启动300年新教与资本主义转型的前篇。类似于《红楼梦》关注的商周、安史等千年节点（英国历史没那么长）。《查理二世》故事类似商周革命，骑士时代结束，现实主义政治开篇。查理本人的形象与商纣王十分类似。作者还特别用了一个塔罗牌式场景总结：井上两个木桶，此上彼下，就是易经开篇“乾卦”的天象“西方参星上，东方商星下”。

亨利四世与亨利五世父子之间，创造了两个特别人物亨利五世代父福斯塔夫，亨利四世理想中的儿子诺森伯兰伯爵的儿子霍茨波，这也是与《红楼梦》真假宝玉类似阴阳四象结构。亨利四世如果是周文王，亨利五世就是周武王，他不仅击败了英勇无敌的叛军领袖霍茨波，成为真正的王子与王，还贬斥了“玩友”福斯塔夫。而且剧中特别先在酒馆嬉闹的不正经游戏中，让王子“假戏”要赶走福斯塔夫，最后真的登基后“真做”，这不就是《红楼梦》的真真假假吗？《李尔王》虚构的三个公主继承人也居然和《红楼梦》的“三春”结构几乎一样。如果读者觉得不像，那么可看日本著名导演黑泽明将《李尔王》改编成经典电影的《乱》，影片给出东方画面与人名的解读。“乱”，取名也绝了。福斯塔夫是历史剧《亨利四世》和喜剧《温莎的风流娘儿们》中的小人物，说谎吹牛，寻欢作乐，荒淫无耻，胆小怕死，完全是“骑士精神”的反面，形象类似于“猪八戒”。亨利五世对他的决裂成长为圣王，类似于孙悟空打死自己的心魔“假美猴王”，终于得道成佛。不仅大量观众读者对这个角色印象深刻，马克思对他的兴趣也十分浓厚，多次引用。英国的资本主义转型起始于亨利八世，莎士比亚只能回顾有限的历史长度，因此花了大量文字描述查理、亨利。和《红楼梦》一样，用文学阐述新一版的历史，目的是为了指导现实。

莎士比亚最后作品《暴风雨》象征着神秘主义正向过去决裂，走向人文主义与科学精神。炼金术即将转型为近代化学、物理学，炼丹炉即将变成瓦特的锅炉学。这些科学基础中国都不缺，满清政府限制纺织，禁止开矿等新兴产业，才是中国不能产生科学革命的经济基础。李约瑟之问的主要答案就是：科技产生于产业，依赖于产业，服务于产业。大明晚期，工业积累导致方以智、黄宗羲、王夫之、孙元化等知识分子同时也是科学家，宋应星的主业也是官员（他哥还是广州太守殉国），朱舜水能在日本复制松江书院，至少也是建筑学家与工程师。欧洲火炮是铜的，孙元化引入红衣大炮后，与本土技术结合，创造了铁芯铜体技术，是当时世界造炮的最高水平。现代钢铁技术，是以中国古代而不是欧洲的钢铁技术为原理、基础和思路发展而来的。知识分子大规模热爱科学（实学的一部分）在其他朝代并没有此现象。清王朝放弃了工业，乾隆禁毁了大量对小农经济“没用”的科技资料。这就是中国主动放弃工业革命与科学革命的悲剧事实。

梁启超拜师康有为，康问：“你在读什么书？”梁答：“晚生有空在看《红楼梦》。”康又问：“《红楼梦》里的一些建筑，从建筑园林学角度来看，对我们今天的建筑有什么指导意义？”梁启超答不出来，回去后再看《红楼梦》的建筑，才发现作者就是一位绝顶出色的园林建筑专家，书中对大观园等建筑的描写令人叹为观止。

科学与工业成果当然会有部分进行国际转移，这也是西欧在明末清初之后突然工业与科技加速的重要原因。从 16 世纪中叶到 17 世纪后期的一个半世纪里，科学革命就主要发生在这段时间里。西方的“科学已从少数热心之士的秘密副业，发展为也许可恰当地称为现代文明的支配力量的东西。”此时，知识界出了两位领袖，笛卡尔和培根，他们指出了科学的潜力，并在上流社会中把科学提高到可与文学相比的地位。牛顿时代，英文中没有“科学家”一词，牛顿叫“自然哲学家”。直到 19 世纪，科学才成了现代文明的支配力量。最初，科学从矿山和工场得到的东西，比矿山和工场从科学得到的东西多得多。甚至在 18 世纪后期和 19 世纪初叶，在工业革命的早期阶段也是如此。到 19 世纪末，科学开始改造旧工业，甚至创造出完全崭新的工业。当今的世界科技创新内生增长已经成为大国崛起之本，美国增长的 80% 来自科技创新。独立的科技创新业，或者叫“研发经济”不仅从一二三产业中独立，而且越来越成为领先的领头产业。

总之，西方的莎士比亚，东方的《红楼梦》，都是大时代的产物。就文学而言文学，就作者而言作者，就某个家族而言家族，把最大、最重要的时代背景忽略，永远找不到伟大作品的真谛，反而容易陷入婆婆妈妈、蝇营狗苟、鸡零狗碎，一地鸡毛。另外两点，一是认识到东西方人性的一致性，产业与思想规律的一致性，就能进行东西方比对。二是不要低估古代东西方文明的有效交流，简单地说，宋末元初与文艺复兴，明末清初与启蒙运动，都显示出同步性、关联性。不排除早些时候的明代小说戏剧启发了莎士比亚，也不排除晚些时候的《红楼梦》借鉴了莎士比亚。甚至更远的甲骨文时代，《易经》中记载的“丧羊于易，无悔。丧牛于易，凶”与《圣经》记载的该隐杀弟就很像是同一个故事。印度《摩诃婆罗多》记载的主要历史，与《圣经》中的五王与四王之战，与《尚书·夏书·五子之歌》记载的太康失国，“夏后帝启崩，子帝太康立。帝太康失国，昆弟五人，须于洛汭，作五子之歌”，故事、格局、情节也高度雷同。要么东西方上古同源（也许四条河的伊甸园就是三星堆所在的“四川”），要么过程中交流广泛，至少东西方人性一致，因此“太阳底下无新事”。

结论至少是，东西方人类，分别以《易经》与《圣经》为中心发生发展的文明，无论始终，都有高度的相似性与关联性。2000 年后的人们，看《李尔王》与黑泽明电影《乱》时，能想到是同一个故事吗？《李尔王》与《乱》的主题都是国家最高权力继承问题，解决不好，必然“乱”，三分更会导致三方乱战，始作俑者李尔王必然是悲剧结局（对比燕铁木尔对元末三位继承人的冷静冷酷）。周公的宗法制改革，古代亚述铁烈平改革、凯撒屋大维改革的焦点就是继承人的产生规则。“周公”铁烈平确立了嫡长子继承制，凯撒屋大维建立了“义子”继承制（凯撒被刺杀的原因就是抛弃元老院选举）。明末，如果太子失踪，福王是按规则第一顺位继承人，以儒学标榜的东林党因为私心推出潞王，要废长立贤。真太子来了，福王、阮大铖、马士英又耍赖。“乱”了大规则，三春互斗内乱，各春内部争权内乱。三春事业付东流。当年乱了规矩的福王、潞王、史可法、马士英、江北四镇全部惨死。

廿肆

《红楼梦》是五四运动的先声

◆
◆
◇

《红楼梦》作者群基本的反思：一是赞美群芳，翻案当时及历史正统儒学的“女人祸水论”，倡导男女平等；二是褒多贬少王熙凤和平儿，翻案当时及历史正统儒学的“阉党祸国论”，冲破意识形态话语权专制；三是在历史上第一次明确提出“儒学害国”“礼教杀人”，倡导心学与新学。方以智诗：北窗草木盛，壁立如深山。四顾虽无人，可歌不可言。短歌四五字，上下尝千年！终古北窗下，一片心谁传？《红楼梦》200多年后，伟大的五四运动发起于北大“红楼”，再举自由、民主与新学、科学大旗。

1902年，梁启超在《论小说与群治之关系》中，以《红楼梦》四力为例，提出了“今日欲改良群治，必自小说界革命始，欲新民，必自新小说始”。“小说界革命”影响深远，鲁迅等许多人投身于小说创作。1904年王国维先生在东京出版《红楼梦评论》开创“红学”研究。1906年，孙中山与宋教仁准备共同翻译国外革命小说，研究的参照就是《红楼梦》。在五四之前的几年里，1915年汪精卫发表《红楼梦新评》；王梦阮、沈瓶庵1916年出版《红楼梦索隐》；蔡元培1917年出版《石头记索隐》。以上种种，通过挖掘再现《红楼梦》作者群的先进思想与革命精神，有力地推动五四运动发起，至少起到推波助澜的作用。五四青年的声影仿佛当年复社重生。

《红楼梦》在200年前，已经发现了是需要自由平等的“人”，完成了五四运动的三大发现（人的发现、妇女的发现、儿童的发现），《红楼梦》寄希望于宝玉、小红、晴雯等年轻人的反抗，寄希望于巧儿、板儿、二丫头们的觉醒。1915年李大钊发表《青春》，以太阳喷发般的热情呼喊“青年之自觉”，中国要成为拥有灵魂活力的“少年中国”（梁启超语）、“青春中国”。最需要的是《红楼梦》和五四新文化，要对封建理学来一次革命。从五四的角度，再回到《红楼梦》，作者们首先是否定科举和《四书》《五经》。甄宝玉之父甄应嘉就是“真应假”。甄宝玉与贾宝玉有着相同的外貌和相似的性情，贾雨村将二人评为“正邪两赋”。甄宝玉娶李绮为妻，中举重振家业，他娶的李绮，就是“礼仪、理义”。宝玉不喜读科举考试的《四书》《五经》等书，却不是他真的不读书。宝玉、黛玉很爱读倡导自由平等的《西厢记》等，摒弃无用之读书，需经世致用，这正是顾炎武、黄宗羲、王夫之、方以智等一代宗师的新学思想。有“用”无用，不以科举为准，而以经世致用、真才实学为标准。黄宗羲：“泰州（学派）崛起田间，不事诗书，一布衣何得闻斯道卓尔？”予曰：“惟不事诗书一布衣，此所以得闻斯道也。”就是这个意思。倡导新学首先就要打破理学的思想压制。资本主义的自由交易与平等交换，都呼唤《西厢记》《牡丹亭》为代表的反礼教书。阳明弟子汤显祖说“师言性，我言情”，汤显祖戏剧作品《还魂记（牡丹亭）》《紫钗记》《南柯记》和《邯郸记》合称“玉茗堂四梦””，可视为《红楼梦》的先声（《四梦》中两个讲书生与小姐及妓女的情梦，两个讲书生的官梦，都被继承到《红楼梦》，结合大时代家事、国事、天下事升级为大梦。吴承恩与汤显祖同为阳明泰州学派门人，《西游记》讲的是补天“石”悟空“成圣”的案例教材，《石头记》也可以看成悟空这块石头的另一种命运和另一种活法，但主题在大时代背景下从个人成圣升级到社会转型。汤显祖代表作《牡丹亭》中杜丽娘小姐被理学父亲请来理学老师当家教，怕小姐思春不让她去后花园，结果偷偷去了，反而思春如花而死，又未经明媒正娶甚至未恋爱与书生柳梦梅梦中直接上床，反而复活了。这就是东方《罗密欧与朱丽叶》(“梁祝”也是)。《西厢记》《牡丹亭》就是反礼教、争自由的呐喊(比五四运动早 300 年)。《红楼梦》中通过屡屡出现的《西厢记》《牡丹亭》不断讴歌自由。在第 21 回，宝玉通过读《庄子》《胠箧》以及进行评论充分阐述了“民主平等”思想。庄子原文：

故绝圣弃知，大盗乃止，擿玉毁珠，小盗不起；焚符破玺，而民朴鄙；掊斗折衡，而民不争；殚残天下之圣法，而民始可与论议。擢乱六律，铄绝竽瑟，塞瞽旷之耳，而天下始人含其聪矣；灭文章，散五采，胶离朱之目，而天下始人含其明矣，毁绝钩绳而弃规矩，攦工倕之指，而天下始人有其巧矣。

宝玉借此不禁提笔续曰：“彼钗，玉，花，麝者，皆张其罗而穴其隧，所以迷眩缠陷天下者也。”真是：若为民主故，钗黛皆可抛。

1915 年，陈独秀从日本回到上海，筹备《新青年》。陈独秀发表了创刊词《敬告青年》：自由的而非奴隶的；进步的而非保守的；进取的而非退隐的；世界的而非锁国的；实利的而非虚文的；科学的而非想象的。《新青年》宣传倡导“德先生”和“赛先生”，批判儒教，“打倒孔家店”，因而成为新文化运动的中心。“自由，进步，开放，进取，实学，科学”与《红楼梦》作者群一脉相传。《新青年》的撰稿人包括陈独秀、胡适、鲁迅、刘半农、周作人、李大钊等，他们都成为新文化运动(也可以叫中华文明复兴运动)的主将。1917 年 1 月，蔡元培就任北京大学校长，聘请陈独秀任北大文科长。《新青年》迁到北京。1918 年 11 月 27 日，陈独秀和李大钊合办《每周评论》杂志。毛泽东当时在北大图书馆当管理员，常去旁听陈独秀、李大钊等人讲马克思主义，从此走上社会主义革命与建设的道路(被历史证明是中华文明复兴的唯一正确道路)。

作为五四运动发源地的校长，蔡元培是“五四运动”后台的指导者、动员者。同时作为革命党高级元老，蔡元培加入红学研究的行列。1915 年蔡元培在法国将《石头记索隐》基本定稿。蔡元培的关注点是反清革命，同期在法国的战友汪精卫则从反礼教、争自由平等角度论述家庭“改良”。老革命党对北洋政府不满，立志不做官的“老革命”以文化革命与革新的面目又杀回来了。《石头记索隐》自 1917 年初至 1930 年已出至第十版，影响巨大，蔡元培被视为索隐派红学的集大成者。蔡元培考证《红楼梦》始于 1898 年（正在清朝翰林院任职），当年日记记述：“前曾刺康熙朝士轶事，疏证《石头记》，十得四、五，近又有所闻，杂志左方，以资引证。”此后十余年，他又陆续查阅多种书籍考证（当时社会正处在排满反清民族主义革命氛围）。蔡元培视《红楼梦》为政治小说，其考证目的出于民族革命思想。《石头记索隐》开篇明义：“《石头记》者，清康熙朝政治小说也。”“作者持民族主义甚挚，书中本事在吊明之亡，揭清之失，而尤于汉族名士仕清者寓痛惜之意。”“《石头记》之为政治小说决非牵强附会！”（世上当然没有纯社会世情小说，它必然与政治联系。）蔡元培不仅研究《红楼梦》反清（必然涉及复社），作为校长，他还鼓励指导学生建立各种各样的“社”：傅斯年和罗家伦组织了新潮社（今天红楼纪念馆仍有专题介绍），许德珩组织了国民社，而毛泽东在北大参加过新闻研究会。从历史角度，这也可以看作复社传统的延续。

正如复社在大转型时期的分裂，在又一次大转型时期，他们也很快分裂。“五·四”新文化运动的大本营《新青年》作者群与编辑分化为两派：一派是以陈独秀、李大钊为中心的革命派，该派有张国焘、邓中夏、罗章龙、谭平山、刘仁静、高君宇等北大学生，毛泽东加入这一阵营；另一派是蔡元培、胡适、周作人等为中心的温和改良派，还有傅斯年、顾颉刚、毛子水、俞平伯、罗家伦等人。这一分化，导致了整个中国未来政治力量的巨大变革重组。陈独秀、李大钊两年后创建了一个新的革命党中国共产党；孙中山也带领老革命党转型为新的国民党。十分讽刺的是，当年的光复会革命领袖，力主兼容并包的蔡元培，在国民党清党及四一二反革命屠杀中，立刻褪去革命之“红”，成为开历史倒车的组织者、策划者、领导者。与之呼应，崇奉美国西学的胡适 1921 年发表《红楼梦考证》，抛出“曹寅家世说”“雪芹自传说”等“大胆假设”，红楼不再“红”。

胡适的《红楼梦考证》以考证出曹寅家“曹雪芹”而成为红学权威，是在完全撇开全书的思想性、文化性、时代特征和背景的基础上得出的结论，其好友俞平伯就评价其是把生动的《红楼梦》当文物作考古。结论既缺乏足够科学根据，也不合逻辑。胡适学识于洋，主张全盘西化，他的立场专长都不在中华古文明百科全书《红楼梦》，理论来自实践，学术服务于政治，也许这正是蔡元培退出革命后希望看到的吧。胡适自己承认，其《红楼梦考证》所据是一本偶然获得的《四松堂集》(参见《红楼梦考证》的跋文)。胡适提出蔡元培的“政治小说”索隐完全是牵强附会。为了推翻蔡的观点，胡适四处寻找《四松堂集》而不得，恰在此时，蔡元培托人找到此书，送上门来，只能呵呵了。鲁迅对胡适靠一本来历存疑的孤本作“小心求证”的“科学”研究方法，曾深刻批评:“往往恃孤本秘籍，为惊人之具，此实足以炫耀人目，甚为学子所珍赏。……我法稍不同，凡所泛览，皆通行之本，易得之书，故遂孑然于学林之外，《中国小说史略》而非断代，即尝见贬于人。”近期有人说又发现了一部孤本《吴梅村红楼梦》，因此言之凿凿作者是吴梅村。从逻辑上分析，即使吴本为真，吴当然可以篡改原版抄本，美化自己。鲁迅说得对，如此做考据，完全是数学与统计学的学盲。

孙中山本人高度评价和支持五四学生运动，而且大受鼓舞与启发。当年的 8 月，孙中山委派胡汉民、廖仲恺等人在上海创办《建设》杂志，大力宣传新的民主革命理论；10 月，中华革命党即改组为中国国民党。一年后，孙中山回到广州，重举护法旗帜；同时开始与苏俄接触。1921 年 12 月，孙中山在桂林会见共产国际代表马林，讨论新的革命党和革命武装建设。1922年，孙中山提出联俄、联共、扶助农工三大政策。1923年1月，孙中山与苏联代表越飞发表《孙文越飞宣言》，奠定了联俄政策。1924年1月，在广州召开了中国国民党第一次全国代表大会，通过党纲、党章，重新解释了三民主义，同时创办黄埔军校，训练新型的革命武装干部。从另一个角度，可以理解为旧式洪门等反清复明组织已经完成历史使命，需要转型升级。也可以认为《红楼梦》的思想性也完成了历史使命。新一代"革命党人"，对于什么是"革命"，什么是"革命"的目标和方式，都有了新的理解。他们不再追求以"好人"道德与个人英雄主义或精英主义感染国人，而是清醒地认识到，"革命"是结合了政党、军队、群众、意识形态等诸多力量的"实力斗争"。群众型政党和群众运动登上了历史舞台，"我们要改造社会，我们要宣传民众，训练民众，指挥他们去打倒军阀，夺取政权才好！""现在最要紧是，整顿革命党，向农工平民宣传革命党的主义，把他们吸引而组织到革命的旗帜下面"。

五四之后，孙中山走向联俄、联共、扶助农工。原来的革命同志陈炯明与蔡元培、汪精卫们走向何方？革命党高层陈炯明本人私德优秀，章太炎誉陈"清操绝于时人，十广中弥不可得"。孙中山也夸过陈炯明"不好女色，不要舒服，吃苦俭朴，我也不如"。1933年陈炯明去世时，香港《工商日报》评价就是："国民党死了一个敌人，中国死了一个好人。"在反清革命与五四运动之后，对于中国向何处去，陈炯明与孙中山的主要分歧是陈主张"联省自治"与幻想避免内战反对北伐，陈提出效仿美国联邦分权体制（陈本人治粤也很有成效），但孙中山和中国共产党都认为"联省自治"实质仍会导致军阀割据。这个"联省自治"思想最早出自顾炎武的地方分权思想。前文已述，可以认为是资本主义的政治后果之一，也被欧洲和奥斯曼的大分裂所验证。鲁迅的老师章太炎是革命党的第一思想家，"太炎"即为表示追慕顾炎武。

章本人也持分省自治论。中国革命既要实现工业化还要保持多民族版图统一，陈炯明的道路以及顾炎武的分权思想显然已经落后。与“好人”陈炯明呼应，1922 年 4 月 13 日，蔡元培领衔、胡适主稿的《我们的政治主张》刊登在《努力周报》第二期上，提出“好政府”“好人政府”，要求“南北必须和平议和、军阀必须裁兵、国家必须裁官、选举制度必须改革、财政必须公开”。“好人政府”三大纲领是宪政、公开、有计划，施政核心照搬美国早期政体（可以参考汉密尔顿与杰斐逊之争），也有些类似于柏拉图的“哲人治国”、孔子的“圣人治国”等乌托邦思想，与孙中山三大政策恰如勇士与小孩。蔡元培、胡适否定回避“血流漂杵”的革命，幻想靠儒学好人，靠圣人的春秋大义就能实现社会改良，实际上是对五四运动自身的否定与倒退，又退回到了 200 多年前《红楼梦》就研究过的课题，刘向时代的好人王莽如何？还是应该学习“姬子”，商周革命可不是儒学表述的圣人高举义旗天下响应，而是正如《周易》的记载，充满了惨烈的牺牲博弈。即使革命成功，后续的社会改造，《周易》也用了一半篇章，写满了兵变平叛。再看欧洲，莎士比亚揭示的 300 年英伦同样是充满了你死我活。即使胡适崇拜的美国，开国之初主张“联省自治”的杰斐逊虽然在选举中赢了更强调中央集权的汉密尔顿，但最终美国各届政府包括杰斐逊本人实际执行的仍是汉密尔顿的“美国学派”路线，强调联邦政府的作用，包括统一内部市场，对外关税壁垒，政府集资内部改善基础设施，政府出资公共教育与科技研发等，二百多年没有变。美国资本主义工业革命发展的大考“南北战争”也是“殷鉴不远”。林肯政府尊重南方各邦分省自立的权利了吗？

宣称“三十年不谈政治”的胡适，此次宣告要以自由主义精神治国，建构“好人政府”，积极奔走在吴佩孚、段祺瑞之间，自告奋勇地促成王宠惠的北方“好人内阁”。在南方，1922 年 6 月 3 日，蔡元培、胡适等还联名“江电”，致电孙中山和广州非常国会，呼吁孙下野（孙中山在护法运动中曾承诺，只要徐世昌下台，他亦同时下野）。孙中山拒绝后，“好人”陈炯明在1922年6月15日深夜，召集粤军高级将领开会，决定发动军事政变，武力驱逐孙中山下台。1922年6月16日，陈军围攻总统府，孙流亡。多年后，汪精卫指出：“当5月间，陈炯明免职之后怀怨望，犹不敢为乱，及得蔡电，始藉辞发难，6月10日炮击观音山之变。”1922年9月，吴佩孚支持“好人”王宠惠组阁成立好人政府（《我们的政治主张》签字人之一），然而直奉战争让北方好人政府仅仅存在了3个月。

蔡、胡当年发出“江电”成为南北格局转换的一个重要标志事件。1922年5月，第一次直奉战争结束，奉系张作霖败退关外，直系军阀控制北京政府。吴佩孚想出一石二鸟之计，一石是请前总统黎元洪复职，借此赶走南北二鸟徐世昌及孙中山。黎元洪只是过渡，然后选举曹锟为“名正言顺”的大总统，建立一个由直系军阀控制的全国统一的政府。黎元洪、徐世昌寄人篱下，只能按照剧本走。孙中山则拒绝下野，发起北伐战争，与直系武装斗争统一南北。吴佩孚对孙中山北伐极为惊恐，发动各界抵制北伐。蔡元培、胡适等“好人”们甘为驱驰。1912年，光复会核心人物上海督军陶成章因公开反对孙中山“独裁”，被陈其美、蒋介石刺杀，此后蔡元培即基本上脱离了以孙中山为首的革命党阵营，转而与文化界的改良主义者如胡适等为伍，并因此而成为北京各种改良主义者推崇和利用的招牌（“江电”虽由蔡领衔，但幕后策划者却是胡适等人）。当年与蔡元培共同创建光复会的老战友章太炎这次站在孙中山一边，致电蔡元培，驳斥“江电”。对于蔡元培的辩解，章太炎于6月14日回电，对蔡提出更加尖锐的批评：“足下前为革命党人物，身处柏林，未尝为革命尽分毫义务，自是以来，国安则归为官吏，国危则去之欧洲……要之足下一生，尽是外国人旁观中国之见，视北京为首都，谓之神圣不可侵犯；视南人为土匪，谓之无事而弄兵戈。彼欧洲人素于中国无与，言此亦自无妨，而足下以中国之人民，作欧美之论调，以后转籍他国，似较相宜，不须株守山阴旧籍。”站在欧美立场，用欧美眼光、欧美学术标准看中国的大是大非，这段深刻揭批更适合胡适（把欧洲换成美国即可）。蔡元培后来果然如章太炎所说再赴欧洲。1923 年 1 月，蔡向总统曹锟提出辞职，南下上海。7 月蔡再度赴欧洲从事学术研究。因为章太炎拒绝被拉拢赴任，北大校长暂缺两年之久。蔡元培先生这样的“人世楷模”，主要因为他个人本身修养的胸襟、气度、包容、宽厚，还是“好人”。作为学者与校长“好人”难得，但在大是大非的革命转型年代，“好人”也没法做到底做彻底。政治家、政党、政府的“好”与坏，还是要看他为人民大众选择了什么方向，执行什么政策，是否能为国民办成“好事”。

《红楼梦》的第一主题是民族大义。对民族危亡关头，知识精英的选择与表现，红楼作者并没有停留在“节”的个人层面，而是放在国家民族命运层面评判。如果回应蔡元培、胡适、陈炯明的“好人”论，就是“私德好人”如果于国家民族无用或者不利，岂能叫“好人”。第 36 回，宝玉和袭人的对话：

人谁不死，只要死的好。那些个须眉浊物，只知道文死谏，武死战，这二死是大丈夫的死名死节。竟何如不死的好！必定有昏君他方谏，他只顾邀名，猛拚一死，将来弃君于何地！必定有刀兵他方战，猛拚一死，他只顾图汗马之名，猛拚一死，将来弃国于何地！所以这皆非正死。”袭人道：“忠臣良将，出于不得已他才死。”宝玉道：“那武将不过是仗血气之勇，疏谋少略，他自己无能，送了性命，这难道也是不得已么！那文官更不可比武官了，他念两句书汗在心里，若朝廷少有瑕疵，他就胡弹乱劝，只顾他邀忠烈之名，浊气一涌，即时拚死，这难道也是不得已！还要知道，那朝廷是受命于天，他不圣不仁，那天地断不把这万几重任与他了。可知那些死的都是沽名，并不知大义。

这段石破天惊的对话从君与国的视角反思亡国文武之私心，见解远高于蔡元培、胡适的“好人政府”。贾宝玉讽刺“国贼禄鬼之流”“沽名钓誉之徒”，仿佛是崇祯那句经典名言：臣乃亡国之臣。而且是它的细化与升级，在历史上第一次升级到了对儒学、理学假仁假义、假德假忠的批判。史可法们自以为是，积极操弄新君废立，又要结党内斗，却毫无办法控制手下军人。清军来了，毫无办法，毫无章法，一天就破城，扬州被屠杀的十万百姓与自己组织起来奋力抵抗也杀敌无数的江阴、嘉定比起来，是不是更加悲哀？同样，日寇屠杀南京同胞，负责守城的唐生智应负何责？陆秀夫、文天祥、史可法殉国牺牲令人无比敬仰，然而无能有负于天下百姓君国，只是小忠非大忠大勇。那个时代，作者用矫枉过正过激的语言呼唤新思想新的有用才学，能真正为国谋划、为君办成事，才是真才，才是真忠（因此方以智研究科学；黄宗羲研究三权分立，也研究科学；顾炎武研究地理学、组织学、金融学等等，可以对比一些民国闲情逸致的“大师”们）。

1925 年 10 月 10 日，孙中山早期革命的老根据地美洲洪门组织在香港改组为中国致公党，推举陈炯明为总理，唐继尧为副总理（陈炯明被黄埔军击败后，逃到香港）。再往后，在北伐胜利前夜，蒋介石们突然发动“四一二”政变。“四一二”政变不仅屠杀了大批共产党党员，同时还屠杀清洗了大量国民党党员。章太炎就说蒋介石执行的三民主义是“卖国主义、党治主义与民不聊生主义。”随着汪精卫武汉政府的叛变，蒋、汪、蔡们基本毁掉了孙中山领导的国民党转型升级成果。

这一段五四运动后续的孙、陈、蔡的分裂历史，可以说明无论五四运动本身，还是革命党（洪门）及革命队伍本身，都出现了未来道路的大分裂；可以间接说明蔡、胡红学之争（更像一唱一和）的原因。“四一二”反革命政变的当年，胡适又意外得到一个孤本，这部《脂砚斋重评石头记》只剩了（1–8、13–16、25–28 回）16 回。胡适与戚序本、程甲本、程乙本进行了比对校勘，写出《考证红楼梦的新材料》（考证版本源流）。这一次曹家扩容，胡适先生考证出脂砚斋是曹雪芹的亲族。五四后到1927年底，胡适终于完成系统的《〈红楼梦〉考证》，构建起胡适"红学"。胡适红学把一部"反清"的民族主义作品，曲解为一个清王朝奴才的家事。荒谬的是，如此用心专研，胡适本人却非常看不起《红楼梦》，他称自己写了"几万字的考证，差不多没有一句赞颂《红楼梦》文学价值的话"，"在那一个浅陋而人人自命风流才士的背景里（指曹雪芹），《红楼梦》的见解与文学技术当然都不会高明到哪儿去"。"我向来感觉，《红楼梦》比不上《儒林外史》；在文学技术上，《红楼梦》比不上《海上花》，也比不上《老残游记》。"（本书在此只讲清历史与逻辑，无意详细辩驳伪学）

五四运动前的1915年，孙中山的重要助手汪精卫也加入红学研究。从汪精卫的名字就可以看出与顾炎武、王夫之"精卫诗"的关联。从个人看在做汉奸之前，他也是一个"好人"，他1905年7月参加兴中会，1907年开始随孙中山游走南洋各地。在孙中山身边工作的时候曾提出"六不主义"："不做官、不做议员、不嫖、不赌、不纳妾、不吸鸦片"。辛亥革命前他谋刺摄政王"不惜少年头"，辛亥革命胜利后，兑现了"不做官、不做议员"的诺言，1912年与新婚妻子陈璧君赴法国留学。1913年"二次革命"时被孙中山急召回国。革命失败后再次亡命法国（其长女汪文惺出生在法国。在法国期间汪精卫与蔡元培为伴，他们都住在巴黎南二三百里的蒙达尔城，共同搞"教育救国"。1914年6月，汪精卫、蔡元培等人在法国出版《学风》杂志。1915年2月发起了"世界编译社"，旨在促进中国人良心、智识与能力之增进。"传布正当之人道，绍介真理之科学"，推广留法俭学，传布社会改良。1916年，蔡元培、汪精卫与法国国会议员穆岱等人，共同发起了"华法教育会"，蔡任中方会长，汪任中方副会长。创办《旅欧杂志》，以"交换旅欧同人之智识，传布西方文化于国内"。1916年底，蔡元培被邀请任北京大学校长，随即就邀请汪精卫到北大负责文科。汪精卫没有应邀前来，而是奉孙中山之召担任了广东省教育会会长和广东军政府最高顾问。北大文科长的位置归了陈独秀。

1915 年汪精卫署名季新发表《红楼梦新评》，从“家庭”及男女之情这个角度去解读《红楼梦》，被称为红学“家庭感化说”（汪开篇即说：此书是中国之家庭小说；蔡元培开篇则说是政治小说）。他的新关注点是用“民权”打破专制。他的这篇文章实际是从中国社会的细胞“家庭”与社会关系的基础男女夫妻之情入手（类似李贽），深刻抨击了“礼”对自由平等的束缚。

“中国儒者尝言先王之所以治天下，无一不出于礼。此言诚然。非惟中国如此，凡世界一切专制政体之国，莫不如此也。礼为专制政体之辅翼，舍此则专制政体失其凭依。夫专制之组织，已足逼人为不孝不慈不友不悌之人；而礼教之维系，更是强人为假慈假孝假友假悌之人。今读《红楼梦》，见其父子叔侄兄弟姊妹之间，姑媳妯娌之间，宗族戚串之间，纷纷然相倾相轧，相攘相窃，加膝堕渊之态，袗臂夺食之技，极残忍，极阴鸷，极诡谲，极愁惨；鬼谷之捭阖，不足喻其险，孙、吴之兵法，不足拟其诈，战国之合纵连横，不足比其乱，使人伤心惨目，掩卷而不欲观，“吾尤不得不叹礼教之维系能强人为假孝假慈假友假悌之人，更如是其甚也。综观诸人，无一孝者，无一不假孝者。所谓根本者何？去专制，重人权而已矣”。

但是与坚定地组织革命重建不同，他提出用“感化”改良的方式改造旧家庭。汪精卫说“中国之国家组织全是专制的，故中国之家庭组织亦全是专制的，其所演各种现象无非专制之流毒。……可惜雪芹虽知此制度之流毒，却未知改良之方法，以为天下之家庭于是如此，遂起了厌世之心，故全书以逃禅为归宿”，“此书描摹中国之家庭，穷形尽相，足与二十四史方驾，而其吐糟粕，涵精华，微言大义，孤怀识，则非寻常史家所及。此本书之特色也”。“欲救其失，当使人人知有自由之观念，尤当知有平等之观念，知自重其爱情，尤当知重他人之爱情”，“中国之国家组织向来是专制的，若无民权与之相形，岂不以为天下古今之国家终是如此。然则受家庭组织之流毒而不知悟，又何足怪？余今批此书，欲以科学的真理为鹄，将中国家庭种种症结一一指出，庶不负曹雪芹作此书之苦心。”“《红楼梦》一书，叙人婚姻事，不祥者为多，盖明专制结婚之必无良果也。”“但是变更家庭组织，与变更国家组织，办法大大不同。因为家庭组织亦是专制的，然其元素却是由情意相结。既以情意相结，还得以情意去感化他。故我对于变更家庭组织之方法，以感化为第一义。”“昔时法国革命，小说家福禄特尔鼓吹之力居多。将来中国家庭组织改良，安知不是起足于此呢？我们能将曹雪芹推到同福禄特尔一样，也不枉了他做这一本好书给我们看了。”

比较可贵的是，除了抨击专制弘扬民权，汪精卫还通过对贾宝玉“不专情”，实为“滥情”，不是“真情”的批判，抨击了一夫多妻，“若一夫多妻之制，直视女子如饮食之物”。倡导法制的男女平等，他明确提出“我既重我之爱情，又重人之爱情，缘于自由，归于平等，庶几人我两无遗憾。八大八小，十二围碟，样样不同，各有适口充肠之美，下箸既频，又欲辨其味，大嚼之后，便已弃其余，直不视为人类，又何爱情之有？”

与汪精卫视角类似，复社公子中黄宗羲最明确反对君主专制，反对“家天下”（阳明学徒，不重朱子学派纲常）。黄宗羲是刘蕺山门下，是心性学最后的传人。其理念已由阳明的“致良知”发展为“慎独”（刘蕺山提出的）。他是“能守住心学阵地最后一块阵脚的人”，“心性学最后的殿军”。与《传习录》的“良知”学相呼应，黄宗羲在《明夷待访录》一书创建了一套批判专制、解放人性、提倡民主的启蒙主义政治哲学。黄宗羲政治哲学继承和发展了王阳明的“良知”学。他在本体论上扬弃了王阳明的“良知”本体论，提出了动态的“心无本体，工夫所至即其本体”的命题；在知行关系上，黄宗羲特别强调“行”，指出“圣人教人只是一个行”，并在解说“致良知”说时提出“致字即是行字”“必以力行为功夫”，将“致良知”导向“行良知”，即“良知的实践”。启蒙时代的任务是高扬人的主体性，摆脱政治专制与思想专制，彻底解放人性，进入民主政治。毫无疑问，阳明“良知”与黄宗羲的“民主”启蒙思想对走向仁政爱民、民主民享的政治改革有借鉴作用。顾炎武与王夫之并不反对心学，反对的是“阳明末流”。特别是“行”，王夫之认为知必须依赖于行，只有行才能使人们获得成功；行可以取得知的效果，而能知未必能行，知而不行，即无实效。由此，王夫之得出“行可兼知，而知不可兼行”的结论，认为在知与行的关系中，行是主要方面，行是两者统一的基础。实际上《西游记》中的那块石头，明明可以一个跟头飞到西天，为何偏偏要历经九九八十一难？因为阳明强调心学是“事上磨炼”的境界，而不是书中论道的学问。顾炎武认为：“王（阳明）学流背离孔门为学宗旨，不习六艺，不综当代之务，而专心于内，已非儒学之正宗。”从民国时代回看，多位“大师”，不顾民族存亡，不行“工业革命”之道，“谈经误国”。可见顾炎武贬斥心学后人背离祖师为禅学并非没有道理。

清末民初直到新中国建立，几乎所有的政党领袖、社会意见领袖都关注研究了《红楼梦》，这也更加验证了《红楼梦》的政治性、思想性与现实性。革命党另外一位要人章太炎也清晰发现了《红楼梦》在历史关头的现实性，章太炎以名字告知天下，他也追慕学习顾炎武。他曾经做过一个有趣的类比，将红楼人物类比到清末民初的人物（《一份有趣的名单》，记载了章太炎对于晚清时政的评议）。其中，慈禧/贾母，光绪/宝玉，康有为/林黛玉，紫鹃/梁启超，袭人/荣禄、张之洞，谭嗣同/晴雯，李鸿章/探春，赵姨娘/刘坤一，等等。而章自比为焦大（可能表示闹过革命而且善于批判式评论吧）。作为光复会早期战友，章太炎表达的正是蔡元培的红楼索隐本意。

汪精卫红学对“家”与“情”的专注，一旦失去革命性，自然就是胡兰成对红楼公子“富贵气”的向往，自然就是张爱玲不厌其烦地所谓悲剧式“红玫瑰白玫瑰”。警幻说道：“尘世中多少富贵之家，那些绿窗风月，绣阁烟霞，皆被那些淫污纨绔与流荡女子玷辱了。更可恨者，自古来多少轻薄浪子，皆以‘好色不淫’为解，又以‘情而不淫’作案，此皆饰非掩丑之语耳。”

和《红楼梦》一样，张爱玲的小说往往也是以女性世界为核心，她用细腻的文笔写出了这些女子的悲欢离合，喜怒哀怨，繁华落尽，世事无常。她的作品有“强烈的残酷”和“无奈的苍凉”。张爱玲曾说过：“中国文学里弥漫着大的悲哀。只有在物质的细节上，它得到欢悦……细节往往是和美畅快，引人入胜的，而主题永远悲观。”其实若论对《红楼梦》悲剧的把握，她还完全达不到王国维先生的哲学与时代转型高度。王国维早就认识到，“《红楼梦》，哲学的也！宇宙的也！文学的也！”“书中壮美之部分，较多于优美之部分”。即使王国维投湖自尽，像李贽一样，以死把自己打造成彻底的时代悲剧，后人还是几乎忘了他对《红楼梦》悲剧哲学的深刻研究，只记得《人间词话》激励奋斗的美学三境界。因为转型时代需要的是转型升级的斗争昂扬之美，而不是为旧时代殉葬的怀旧之美。

中华文明的伟大表现之一，就是在任何千年变革关头，都有一批真才实学、真心实意、真抓实干的仁人志士前赴后继。不仅毛泽东重视《红楼梦》，陈独秀、李大钊等早期共产党人同样重视学习《红楼梦》。正如汪精卫研究《红楼梦》倡导的男女平等，李大钊自己真正做到了，毛泽东在中华人民共和国成立后做到了（对比今日印度，更能明白平等自由的“解放”含义与不朽）。李大钊夫人赵纫兰是比自己年长 5 岁多的农村小脚妇女，客人们常把她错认为保姆，甚至觉得李大钊应该有一位现代知识女性做伴侣，但李大钊坚守与夫人的平等感情。闲暇时他还教她读书认字，目标正是使得她能够“读懂红楼梦”。（1912 年，章太炎发表续弦夫人条件也是“什么严格的条件都没有，只要能读读《红楼梦》就够了。”）

五四运动“总司令”陈独秀对《红楼梦》的评价前后迥异。1917 年《新青年》同人胡适和钱玄同就为《红楼梦》发生了激烈争论。陈独秀在《三答钱玄同》一文中说："中国小说有两大毛病：第一是描写淫态过于显露；第二是过贪冗长。《金瓶梅》《红楼梦》细细说那饮食、衣服、装饰，实在讨厌。这也是'名山著述的思想'的余毒。"陈独秀在给胡适的信中说，"《红楼梦》全脱胎于《金瓶梅》，而文章清健自然远不及也。乃以其描写淫态而弃之耶，则《水浒传》《红楼梦》又焉能免"。陈独秀对《红楼梦》的贬低可能源于他认定《红楼梦》是贵族文学，与五四新文化运动精神不符。1921 年 5 月，上海亚东图书馆出版《红楼梦》，陈独秀作序。在序中写道："看《石头记》便可以看出作者善述故事和善写人情两种本领都有。但是他那种善述故事的本领，不但不能得读者人人之欢迎，并且还有人觉得琐屑可厌……《石头记》虽然有许多琐屑可厌的地方，这不是因为作者没本领，乃是因为历史与小说未曾分工的缘故。这种琐屑可厌，不但《石头记》如此，他脱胎底《水浒传》《金瓶梅》，也都犯了同样的毛病。"序言的最后，陈独秀更是呼吁必须对《红楼梦》删削压缩。"我尝以为如有名手将《石头记》琐屑的故事尽量删削，单留下善写人情的部分，可以算是中国近代语的文学作品中的代表作。"到了晚年，历经斗争与苦难的陈独秀终于认识了《红楼梦》。他高度评价了《红楼梦》说："《红楼梦》中所描写的末期封建社会，可以说淋漓尽致，入骨传神，使人们不必读史，就一眼看到清初社会一幅全图。人物之多，入画入神，结构之紧，合情合理，真是旷世奇品，千古奇文。"陈独秀早期对《红楼梦》的认知失误，正显示了这本巨著的博大精深，也验证了五四文化主将们过于偏重引进西学，相对并不认真研修《易经》《中医学》等国学的精粹，无法真正读懂，至少他们完全看不出《红楼梦》中大量的"假药""假方"，也不会意识到"假作真时"的特别提示。

◎结语：推测《红楼梦》80 回后故事及作者的野心

《红楼梦》80回之后的文字遗失，令人痛惜。高鹗之流的主子应该就是始作俑者。好在作者在前15回，特别是前7回已经留下了“木灰”伏笔。

从前80回，可以归纳出作者的笔法：

以儿女之情、家族兴衰为主线，借元末明初句容郡王家族兴亡故事为底本，揭示明末清初的巨变，集中于南明与大清两家的20年是非。

以20年是非，透过元明清三代历史，回顾中华兴亡史，特别是对应商周革命、安史之乱两个千年节点，通过《风月宝鉴》，意图揭示“闷葫芦”里的太极周期律。思想来自商周，故事借鉴安史。因此，书中不断出现《长生殿》、杨贵妃有关场景。包括秦可卿房里的《海棠春睡图》典故也来自杨贵妃，甚至专门强调了两次。

用“九连环”的方式，把孤立的一时一事一人进行连结，通过多个篇章可分可合、有节奏地连贯串通，供读者在各自游戏解环中，自然领悟其字字血泪。《红楼梦》是可以独立分段读的故事，从故事上类似《水浒传》《聊斋志异》结构。正是靠“九连环”，108回才浑然一体，这种结构非常类似《易经》与《塔罗牌》的串联揭示哲学的方法。清华另外一位哲学大师金岳霖对哲学系的学生说：“其实你们学哲学根本就不必读哲学的书，去读一些小说就可以了。”学生问：“读什么小说？”金说：“我看《红楼梦》和《金瓶梅》就很不错，里面有很多哲学。”

书中用佛学“三生石”“三分身”与“因缘轮回”，前后比照呼应。一人三生，一人三身，一身三人，等等。因此前15回故事与后15回故事必然形成循环轮回。之所以是15，一是前15回故事波澜壮阔，第16回后“婆婆妈妈”；二是作者强调的“姬子”以8卦为准，河图、洛书以15为“中”，“洛书”数字各线之和都是“15”，因此周公以夏至圭表日影15寸确定“地中”修建成周（不是儒家想当然的日中无影），成周长八宽七15里。

《红楼梦》作者深通易理五行，以阴阳对称写人写史，正副十二钗，又十二钗（多种4与12），就是阴阳+变=三生万物。第5回的判词和图画，显然是借鉴了《推背图》的人、事、时结构。破解判词是了解结局的基础。用易经推导太极，就可以打开“闷葫芦”，将里面的甘露、金丹倒出来，而不用费力地从“石”中破“玉”。

前15回除了“冷子兴与贾雨村总论”及“太虚幻境总论”，很简略但完整地讲述了四家故事：甄士隐家，林黛玉家，秦可卿家及贾瑞贾代儒家。其他如贾雨村和娇杏家，宝钗家，李嬷嬷李贵家，璜奶奶家，王熙凤和贾琏巧儿家，刘姥姥家等作为兴衰的关键变量已经出场，但并无完整结局。甄、林、秦、瑞四家代表了荣宁二府的结局。秦家全死（没散），甄家全散（没死）；林家长辈全死留下孤女，瑞家孩子死了留下孤老，标准的阴阳四象。四家族结构也是为了与明、清、大顺、大西四个皇权兴亡保持一致。推测荣府如甄家老死子散，宁府如瑞家老孤子死；薛府如林家老死留孤女；史湘云家是暗笔，就没有别的人，要的是一个历史的“史”字，独立留存。薛宝钗如果是康熙，将如同林黛玉无父、无母、无兄弟。贾琏、王熙凤、贾蓉、贾蔷、贾芸等结局是都死了。死有正反阴阳，贾芸作为“种树”的必然会和林小红重如泰山。宝玉、贾兰、贾环、元春、惜春离散。开篇甄士隐出家就是宝玉的结局——在“智通寺”熬粥的愚聋老僧。顺治十八年（1661）被严禁的“白莲”“闻香”“邪教”就是英莲香菱的未来。对应板儿、青儿与巧儿的结构，宝玉作为玉玺，出家是出“贾家”，最后进了“薛家”。正常情况下贾宝玉没有当和尚的可能性，除非有了另一个甄宝玉来替代他的玉玺功能。相信作者在前面专门留下了金陵爱叫“姐姐妹妹”的甄宝玉伏笔，他会出场替代贾宝玉，这个姐姐是薛宝钗，妹妹是史湘云。贾宝玉摆脱了那块石头之后，出家前遇上的不是袭人、史湘云、薛宝琴之类，而是村姑纺织的“二丫头”（所以作者第15回馒头庵安排了“此卿大有意趣”宝玉怅然若失的情节，而且抱个弟弟）。“后面又是一座荒村野店，有一美人在那里纺绩。其判曰：势败休云贵，家亡莫论亲。偶因济村妇，巧得遇恩人。”纺绩的美人有两位：二丫头与巧儿。“诗后又画一盆茂兰，旁有一位凤冠霞帔的美人。”作者批判的就是科举，倡导从科举走向实学，贾兰不可能科举复兴贾家。对应李荃与李纨，李士淳与李纨，李因笃等与贾兰，贾兰应当遁迹深山办学校，或如仙人无影踪。

林家、瑞家老少呼应，林黛玉还泪而亡与贾瑞还精而死，也是阴阳对仗的“风月宝鉴”，是平行的故事空间。在20年大是大非及明清两家“密”“敏”历史中，比对了福临与睿王多尔衮的博弈。第11回秦可卿“身上肉全瘦干了”是明的将死；贾瑞生龙活虎对凤姐起淫心是暗的将死。秦可卿未死，贾瑞先死。第12回王熙凤毒设相思局，第一幕“点兵派将，设下圈套”，就是两侧高墙两头关门打狗的吕后杀韩信场景。年底腊月，满身喷粪就是睿亲王的死期与死态，为他送银子的贾赦、贾政合起来就是“摄政王”。睿亲王一死，就是贾琏送黛玉回去，指的是福临在洪承畴等的帮助下回到权力中心亲政。书中描述睿王奔波得病的症状就是多尔衮被大同姜镶及朝中反对势力搞得精疲力竭的写照，甚至“百般请医”也是反话。

绛珠仙子在天上和林黛玉在地上的处境一样。绛珠仙子身处“灵河”却栖身石块（无水无土）；黛玉身在繁华却孤苦无依（无父无母）。绛珠与黛玉在复杂的风霜刀剑环境中容身，“一年三百六十日，风刀霜剑严相逼”。脂砚斋批：细思绛珠二字，岂非血泪乎。“绛”通红，“珠”通泪。宝玉在天上是赤霞宫的神瑛侍者，日日以甘露灌溉（不是灵河水），使之得以延续性命修成。

绛珠草没有留在灵河修炼，而是游离在离恨天外，是因为她内心中缠绵情愫。吃“蜜青果”，喝“灌愁水”。“密青果”即“密情”，“灌愁水”即是无法得到的情愁，“意难平”，就是曹洞宗的“怨”。因此下界还泪，痛快地爱伤一场。“天上掉下个林妹妹”，黛玉泪尽必死，心意已平，回归灵河。木石本无缘，却在西方灵河三生石畔一露定情缘；辗转千载，历经愁海离恨天，终得见；空有情却无缘，多情种流尽这七世的情缘，回到“平”。“好知青冢骷髅骨，就是红楼掩面人。”

佛道两家都有“灵河”，《红楼梦》作者思想是三教同归。因此既有跛足道人，也有癞头和尚，总是一起出现。《红楼梦》第5回中，警幻仙姑称“吾居离恨天之上，灌愁海之中，乃放春山遣香洞太虚幻境警幻仙姑是也”。离恨天是道教的说法，也叫太清天。太清，即“天道”，太虚，空寂的意思。所谓“太虚幻境”，意指这一切最终都将归于“太清”，即泯灭在茫茫渺渺之中。黛玉的任性纵情与贾瑞的贪心纵欲，在修炼上都是歧途。茫茫大士、渺渺真人说要“下世度脱几个”，是要接几个往西方极乐之意。佛教讲西方极乐世界，坐标对应的大概是幼发拉底河、尼罗河。

《楞严经》曰：纵有多智，禅定现前。如不断淫，必落魔道。

佛教“三生”源于因果轮回：“前生”“今生”“来生”。“西方灵河岸上三生石畔”的绛珠草是林黛玉的前身，神瑛侍者是贾宝玉的前身。黛玉、宝玉的今生情缘由前生约定，今生情痴，来生还得轮回。“三生石”也是佛、道都有。在道家语境，石可三变，正是炼丹的好材料（鸡血石）。中国境内比较有名的“三生石”至少有三块。一是杭州西湖灵隐寺飞来峰三生石，从西方灵鹫飞来。二是曲阜九仙山三生石，“缘池仙翁”掌管人间男女缘分，是有情人相遇的地方。三是江西三清山三生石，传说是大禹、涂山氏恩爱的地方，大禹和涂山氏的儿子“启”就是从涂山化石蹦出来的。

《红楼梦》里的三生石位于“西方灵河岸上”，显然只是象征。“西方灵河”

的重点在“西”和“河”。就像“曹溪水”一样，苏东坡的诗“竹中一滴曹溪水，涨起西江十八滩”(《红楼梦》作者很喜欢引用苏东坡诗文)。上善若水，雪、冰、云，不就是水的“三身三生”？赣江和秦淮河就是灵河。这条灵河岸上的“三生石”，就是“石头城”南京。灵河边的草，是不是“芹溪”？“芹溪”“脂砚斋”里是秦淮才子佳人。

如果站在句容郡王“玉”家的角度，他们的三生石除了秦淮还有两块：一是赤峰祖地的“红石”，赤峰玉，特别是会变身的鸡血石很著名；二是“玉”姓的来源，“玉里伯里山”，其实就是乌拉尔山南麓。乌拉尔河在山下也西向入里海，就叫“西方灵河”吧。

开篇即有的“葫芦庙”的葫芦，放在国破家亡语境，就是“胡虏”(贾雨村判的葫芦案首先是拿南京城献胡虏)。放在道家语境却是“悬壶济世”的灵丹甘露之所。甄士隐跟随跛足癞头而去，此葫芦是太极葫芦，也是太虚仙境的“闷葫芦”。在道家风水妙用中，葫芦具有“福禄”的谐音象征，是居家必备的开运吉祥物，并且它的枝茎称蔓带，谐音“万代”，所以葫芦是“福禄万代”的象征。民间有“厝内一粒瓠，家内才会富”的说法。葫芦外形嘴小肚大，能将好的气场收纳己有，也可将坏的气场吸收殆尽。在风水中可以化解流年煞气，化解室内外一切邪气。很多神仙、神医都腰悬葫芦，如铁拐李、济公等。葫芦的曲线形状和太极阴阳分界线相近(二圆＋边际连接曲线)，葫芦形似太极，近乎阴阳，混元一体。骊山老母(炼石的女娲)向李荃传授《阴符经》(贾敬的“阴骘文”)，用的就是葫芦。因此，贾雨村判葫芦案，预示着《红楼梦》故事是太极转换的结构。甄士隐家、林黛玉家、秦可卿家及贾瑞贾代儒家“四小”家族，是葫芦的小圆，“贾王薛史”四大家族是大圆。铁槛寺与挨着的馒头庵也是一大一小、一阴一阳的“葫芦”格局。葫芦作为一种植物，之所以神奇，就是因为它的形状。方以智住在南京城“大葫芦底”的天界寺与秦淮，琉璃寺又是雨花台“小葫芦”的壶口。方的“所以”“∴”

哲学实际就是三螺旋升级。从螺旋角度，葫芦可以看成是最简单的螺旋体，是两层螺旋，再多几层就是“螺”了。

朱元璋修高高的铁门槛，期望子孙福禄万代，最后却都进了馒头庵，老福王还被李自成煮了“福禄汤”。中华五千年文明历史上记载的第一锅“福禄汤”，是商纣王煮了周文王的长子伯邑考。周文王演《周易》来自夏商的《归藏》《连山》，但是他有意把乾卦放到第一，“乾”是他造的新字，代表“西参上、东商落”的天象，东方七宿的商星坠落，西方白虎参星上升，是革命之象。第 5 回开头说“宝玉黛玉二人的亲密友爱，也较别人不同，日则同行同坐，夜则同止同息，真是言和意顺，略无参商。不想如今忽然来了一个薛宝钗”，意味着薛家来到大观园是“参商”之始。“周”的甲骨文就是“用”+“口”，就是提供祭祀的人口。“潜龙勿用”的用，“用”的本义是用人肉祭祀，潜龙就是东方龙星潜于地平线的孟冬腊月，是做腊肉的季节，也是高举猎猎军旗（勿的本意），捕杀祭祀人口的季节。周人与主要的祭祀材料“姜人”，为了摆脱被“用”的命运，周文王与姜人首领姜尚结盟，革命成功。周姜政权推行“仁”政，就是不拿活人祭祀（周公的《周礼》将孟冬腊月规定为关门闭户巡边）。所以甄士隐住在“仁清”巷。这个太极葫芦里闷的货太多了。贾代儒他们儒家实在是“假”。周瑞家仁政发自周公摄政王，了结于大清摄政王多尔衮、睿王“贾瑞”，这不就是一个太极两圆葫芦吗（满人与商人同源）。因此，《红楼梦》描写的 20 年主要人物，都是被“用”的人肉祭品，几乎没有活人（秦钟，意味着来自秦人的周文明终结了），“冷”得可怕。刘姥姥（留余庆）、冷子兴（一局棋）代表的“汉留”与跛足道人、癞头和尚、空空道人是天杀、人杀时代的唯一活门。

作者在前篇安排了死门与活门。活门除了空门，就是周、汉、唐的代表周瑞、冷子兴家，刘姥姥“反清复明”家，李嬷嬷李贵家。死门集中体现在第 7 回“送宫花贾琏戏熙凤　宴宁府宝玉会秦钟”。宫花的典故是皇帝选妃落选了就送“宫花”。第7回中明清之际皇权天下的主要争夺者悉数出场。12宫花，送给了三春（南明三个皇帝），王熙凤贾琏家及黛玉（福临），王熙凤转送了2枝给秦可卿秦钟家（李自成、张献忠），薛宝钗因为“从来不爱这些花儿粉儿”，反而没有，作者又一次采用了阴阳四象笔法。得到“宫花“的都是皇帝，但都死了；没得到宫花的香菱、李纨、贾兰、巧儿都没死，也当不上皇帝。甚至写了迎春与探春“围棋”，博弈占势占地盘（福王与唐王）。为了强化读者理解，作者在第8回“比通灵金莺微露意　探宝钗黛玉半含酸”中，专门描述了宝玉与宝钗的玉玺之字以及黛玉给宝玉戴上冠冕。“黛玉用手整理，轻轻拢住束发冠，将笠沿掖在抹额之上，将那一颗核桃大的绛绒簪缨扶起，颤巍巍露于笠外。整理已毕，端相了端相”。最终活着得天下的是不爱花的“冷香丸”（4花4水4配，12钱12两，3个12）“康熙”薛宝钗。“十二花容色最新，不知谁是惜花人。相逢若问何名氏，家住江南姓本秦。”明清之际，在江南活跃的李成栋、金声桓、李定国、孙可望，左良玉江北四镇何腾蛟的部队主力，都来自秦人李自成、张献忠余部。元明之际，“家住江南姓本秦”也指世代住在江南的句容郡王家族，本来自西方大秦。

如前文《周易》部分所述，第7回最奇怪的情节就是“送宫花”时，“贾琏戏熙凤”。解谜钥匙有三，一是《红楼梦》的整体结构；二是本回的逐鹿天下格局；三是专门出场的丫鬟“丰儿”。“丰儿”就是礼器，用于“封儿”，“大铜盆”不是正常用木盆，礼器为青铜鼎。王熙凤、贾琏大白天周礼造人，他们的孩子也是得天花的巧儿，联系到得天花的“薛宝钗”康熙。结合贾瑞、王熙凤的环节，如果王熙凤是孝庄，贾琏是洪承畴，那么，这个连环套真是太“密”太“敏”了。康熙千古一帝，但也是无父、无母、无兄弟的林黛玉。“丰”对应下文中的李贵，“第三本诗经”，“呦呦鹿鸣，食野之苹”。李贵错说成“荷叶浮萍”，暗示第7回主要人物的命运如“荷叶浮萍”。

贾政们取笑的李贵是厚道忠仆，平息顽童闹学堂事件中显示了他的能力。其母李嬷嬷是宝玉奶妈，看似啰唆，实际忠诚（原是俗人，比赖嬷嬷更可亲），所以“寄言世俗休轻鄙”。宝玉在薛姨妈家吃酒，表面上看李嬷嬷阻止宝玉喝酒讨人嫌，后文却是宝玉口里的“好妈妈”。在学堂里，贾瑞收取贿银，薛蟠乱搞龙阳。在第9回，李贵出色地平息“书房之乱”。李贵安稳住宝玉，批评了贾瑞，有“礼”有节有力，压制了“东胡同里璜大奶奶的侄儿”（胡氏的儿子）“金荣”。寓意很明显，能收拾这个乱局的，在元明清之际，只有燕铁木尔吻合。可惜李贵在后28回的重要情节遗失，因此实在想不出在明清之际他是指谁。面对时代转型的课题，如果贾宝玉最终遁入空门只是一种逃避解脱，而不是解决问题完成使命（蔡元培、胡适们躲到欧洲、美国，梁启超躲到清华，王国维躲进湖底，等等，都是解脱不是解决），那么李贵与小红、贾芸、刘姥姥、冷子兴、二丫头等人完全有另一种道路：革命。乾隆五十二年（1787），台湾“天地会”起义，人数达数十万，是台湾历史上规模最大的起义，后被福康安镇压。起义领袖林爽文、李同会不会就是林小红和李贵呢？程甲本刊印于1791年，4年的时间足够补充新故事。

李贵说的“第三本诗经”，书中看似说错了好笑，可按照作者的阴阳笔法看一点也不好笑，而是可敬。这个“第三本诗经”体现了作者真正的野心。它就是贾敬的“阴骘文”和秦可卿房里的《燃藜图》，以及对联“世事洞明皆学问，人情练达即文章”，也就是贾探春理政大观园的“姬子”。

商周之际为中华文明贡献的典册主要是《易经》与《诗经》，还有一份被清朝统治者认为是伪书的《阴符经》（包括《六韬》）。作者回顾中华文明，清晰地找到了三个千年节点：公元前1000年左右的商周革命姬子时代（重新阐述《易经》，补充《阴符经》）；公元0年左右的汉代刘向、刘歆父子（用阴阳五行阐述历史）；公元1000年前后唐末宋初，选了李荃（主要阐述《阴符经》）。刘向、刘歆生活时代是赵飞燕姐妹与董贤断袖，李荃生活时代是杨贵妃与安史之乱，这可和秦可卿房间内的摆设呼应。

《燃藜图》的传说都和《阴符经》有关。一是太乙之精烧拐杖当蜡烛向刘向传授“五行”及“洪范”，“洪范九筹”为大禹所制，治国安邦类似《摩西十诫》；二是骊山老母燃藜向李荃传授《阴符经》，也用了葫芦。太乙，就是“太极”或“太一”，又是宝钗给宝玉解释的“腊”，是道家宇宙原本。

商周参商时，纣王的叔父箕子传授给周武王“洪范九筹”，史称“箕子明夷”（黄宗羲治国思想代表作《明夷》的来历）。《尚书·洪范》成了周族的临时国策，直到周公制礼作乐为止。箕子言：“我闻在昔，鲧陻洪水，汩陈其五行。帝乃震怒，不畀洪范九畴，彝伦攸斁。鲧则殛死，禹乃嗣兴。天乃锡禹洪范九畴，彝伦攸叙。初一曰五行，次二曰敬用五事，次三曰农用八政，次四曰协用五纪，次五曰建用皇极，次六曰义用三德，次七曰明用稽疑，次八曰念用庶征，次九曰向用五福，威用六极。”武王听后，十分钦佩，想重用箕子。但箕子“商其沦丧，我罔为臣仆（不愿仕周）”。《史记》记载，箕子带着商代的礼仪和制度到了朝鲜为国君，并得到周的承认，史称“箕子朝鲜”。箕子路过商都殷感慨亡国，怨恨纣王人很聪明但不与贤人“好”，殷都已破，长满了麦子。这就是著名的《麦秀歌》：

麦秀渐渐兮，禾黍油油；

彼狡童兮，不与我好兮。

纣王的儿子武庚叛乱失败后，也向东北逃到燕地，周公派弟弟召公追杀到燕，建燕国。武庚余部商人和箕子一样逃回民族发源地东北。商是满族与朝鲜等东北民族的祖先，以玄鸟为图腾，所以宝玉感叹的“杏子阴”在花落后，“鸟”占高枝。黛玉哭花，千鸟惊飞。“摄政王”周公、王莽到多尔衮是一个“葫芦”，一头一尾加上中间的葫芦腰。

王莽“摄政王”时代研究阴阳五行，总结各朝各代历史上最著名的学者是汉室宗亲刘向父子。刘向是汉代的方以智，学问渊博，曾奉诏整理五经秘书。《楚辞》《山海经》《战国策》都是刘向、刘歆编订成书。刘向夜观星象，常常通宵达旦，又集合上古以至秦汉符瑞灾异之记，推衍行事，撰成《洪范五行传》，以五行灾异论证政治周期律。《说苑》《新序》《列女传》是类似野史轶事的文学故事，是魏晋小说的先声，明清小说的先河。

刘向、刘歆父子在儒学独尊后，重新研究整理诸子百家，特别是管仲实学与玄学，他们的研究成果也可以叫“第三本诗经”。刘向说:《管子》务富国安民，道约言要，可以晓合经义(第7回秦钟“贫寠”的典故就出自管仲“匡贫寠”的治国之道)。人类经济学始祖是管仲，注重宏观调控；司马迁的《平准书》和《货殖列传》偏重于自由经济，涵盖了大部分的亚当·斯密的价值规律和自由放任等。亚当·斯密的学说是否来自司马迁，国外长期争论。刘向《洪范五行传》论灾异与政权兴亡间的关系。“天命所授者博，非独一姓”，“自古及今未有不亡之国”，历代兴衰是五行顺序相生相克。王莽在死到临头时还说:“天生德于予，汉兵有如予何！”就是王莽认为自己以土德继汉火德，是五行必然。绿林军拥立刘玄，年号叫“更始”，黄巾军高喊“苍天已死，黄天当立，岁在甲子，天下大吉”，都是这一思想的天命观。

刘向父子之后是魏晋玄学，玄学家王弼等还是围绕《易经》进行研究。唐朝“安史之乱”之前是我国大一统农业集权的顶峰，其后产生的资本主义萌芽不断动摇中央集权基础。整个唐代，除了写诗与禅宗产生，能为总结历史周期律贡献思想智慧的只有李荃。

《红楼梦》中《海棠春睡图》的典故，就是李荃生活的时代。唐明皇登沉香亭，召太真妃，于时卯醉未醒，命高力士使侍儿扶掖而至。妃子醉颜残妆，鬓乱钗横，不能再拜。明皇笑曰:“岂妃子醉，直海棠睡未足耳！”这是“海棠春睡”的由来。苏东坡据此写了《海棠》诗:“东风袅袅泛崇光，香雾空蒙月转廊。只恐夜深花睡去，故烧高烛照红妆。”唐伯虎根据典故，画了一幅《海棠美人图》。《六如居士全集》有《题海棠美人》诗云:“褪尽东风满面妆，可怜蝶粉与蜂狂。自今意思谁能说，一片春心付海棠。”

“哪里有个叔叔往侄儿媳妇房里睡觉的礼呢？”宝玉是秦可卿的叔叔辈，李隆基睡儿媳杨贵妃，影射的是贾珍。“唐伯虎画的《海棠春睡图》，两边有宋学士秦太虚写的一副对联云：‘嫩寒锁梦因春冷，芳气袭人是酒香。’”秦观没写过这一副对联，作者借用他的名字“太虚”幻境“秦”可卿。（第11回，宝玉看望秦可卿再次强调图、对联、太虚幻境）对联的作用是解释“秦氏卧房，便有一股细细的甜香。宝玉此时便觉眼饧骨软，连说：“好香！”此“芳气袭人”的“甜香”是“酒香”，是腐败纵欲，导致贵妃醉酒，“海棠春睡”。商纣王的酒池肉林，汉皇飞燕断袖，唐玄宗醉舞霓裳，复社公子醉卧秦淮。国破家亡于“酒色”腐败。第5回“太虚幻境”，宝玉的幻境之旅，梦的开始与惊醒，都是秦可卿在房外让丫鬟们“好生看着猫儿狗儿打架”，小猫小狗是为了对应“大虎大兕”，猫狗内斗，硕鼠与外贼乘虚而入，这就是“造衅开端始在宁”，宁之“不宁”，就是“猫”东林党与“狗”阉党之斗。崇祯帝外“防虏”乏力，内“弭寇”又无方。杨嗣昌提出了著名的“安内方可攘外”，内斗之下内外都难以收拾。《传》曰：“谨备于其外，患生于其内。”正圣人所以深致意而庸人以为不足虑也。

李荃，号达观子，唐陇西人，被李林甫排挤，得道骊山老母传授《阴符经》。在盛唐学者中，以独特的入世观点著书立说、警戒世人的只有李荃一人而已。李荃也像方以智一样，由仕入道，坎坷异常，体世深刻，洞察时事，思辨敏锐，尤其是以“人定胜天”的天道观著称于世，下开中唐柳宗元、刘禹锡天论观的先河。李荃将人才分为“通才”和“偏才”两种（贾雨村两赋论的源头），称“英不能果敢，雄不能智谋”者为“偏才”；“能柔能刚，能翕能张，能英而有勇，能雄而有谋，圆而能转，环而无端，智周乎万物，而道济于天下”者为“通才”（通灵宝玉治百病）。

“神者，妙而不测也。”妙玉的师傅的原型就是李荃。李嬷嬷、李贵、李纨“三李”是李荃的三身。李纨、李荃，一个是细丝织束，一个是细竹编笼，丝竹笼中玉，束下兰。

李荃的导师骊山老母，就是贾母史太君的原型。骊山老母就是女娲（宝玉就是她的石头），就是传道刘向的太乙精。骊山下阿房宫的史，就是贾母。李荃得道故事如下：李荃“因入秦，至骊山下，逢一老母，髽髻当顶，余发倒垂，弊衣扶仗路旁，见遗火烧树，自语曰：火生於木，祸发必克。荃惊而问之，曰：此是《黄帝阴符》上文”。“遗火烧树”才是“燃藜”。张友士为秦可卿看病称“水亏木旺”。水没了，木还能旺？这个病就是“火生于木，祸发必克”，是《阴符经》论证的无贼之相杀之一，木生火，火却将木烧成了灰烬。按五行论，只有“清”水灭火旺木。

《史记·秦始皇本纪》:“申侯言于孝王曰：昔我先，骊山之女，为胥轩妻。生中潏，以亲故归周，保西垂。西垂以其故和睦。”骊山老母，传说为华胥氏所生，伏羲与女娲是其兄弟姐妹，在道教女仙中，地位崇高，传说居于骊山。为天地正气智慧的化身，在重要的历史转折点会化成不同角色入世指导，为人指点迷津、传授秘籍法要、救苦救难（警幻仙子，秦可卿）。商周时代的弟子是主管人间福、禄、寿的三霄娘娘；唐代是樊梨花、白素贞，李荃和李白（铁杵磨成针的大妈）。《华清史话》记述：唐玄宗与杨玉环七月七日在长生殿“在天愿为比翼鸟，在地愿作连理枝”盟誓后，在骊山老母殿亲手栽下一棵皂荚树。她在《西游记》里幻出个莫家庄（贾府），自己扮寡妇妈妈，观音、文殊、普贤化作三个美女，调戏唐僧，迷倒八戒。这个故事就是另一版《石头记》“太虚幻境”的原型，贾宝玉就是痴迷的猪，警幻仙子就是骊山老母。骊山老母殿的对联：“补天地创人寰慈心大德昭永世，传阴符制八宝道德文章济信民。”《阴符经》就是“补天地”的女娲石“宝玉”。“洪门”天地会的宗旨就是“补天地”。

《阴符经》的原作者是姜子牙。他与文王阴谋灭商。文王将要点刻在镜子上就是“风月宝鉴”，刻在各种礼器上，如同刻在石头上的《石头记》（详见《六韬》《阴符经》对比阅读）。文王座右铭的第一要点是“敬”，就是贾敬的来历。据有人考证，《西游记》也源于匡山一块隋唐“西游”石刻（匡山在方以智老家桐城大别山）。

《六韬》第一篇描述文王与钓鱼的姜子牙，讲的就是“情”“观”“天下”，就是《红楼梦》秦可卿“情”开篇的由来。“孽海情天”“厚地高天，勘叹古今情不尽”。太公曰：“钓有三权；禄等以权，死等以权，官等以权。夫钓以求得也，其情深，可以观大矣。”（大观园，秦）文王曰：“愿闻其情。”太公曰：“源深而水流，水流而鱼生之，情也。根深而木长，木长而实生之，情也。君子情同而亲合，亲合而事生之，情也。言语应对者，情之饰也；言至情者，事之极也。今臣言至情不讳，君其恶之乎？”文王曰：“惟仁人能受至谏，不恶至情，何为其然！”太公曰：“缗微饵明，小鱼食之；缗调饵香，中鱼食之；缗隆重饵丰，大鱼食之。夫鱼食其饵，乃牵于缗；人食其禄，乃服于君。故以饵取鱼，鱼可杀；以禄取人，人可竭；以家取国，国可拔；以国取天下，天下可毕。呜呼！曼曼绵绵，其聚必散；嘿嘿昧昧，其光必远。微哉！圣人之德，诱乎独见。乐哉！圣人之虑，各归其次，而树敛焉。”文王曰：“树敛若何而天下归之？”太公曰：“天下非一人之天下，乃天下之天下也。同天下之利者，则得天下；擅天下之利者，则失天下（此句为顾炎武“天下论”的出处，也是清朝认定伪书的原因）。天有时，地有财，能与人共之者，仁也。仁之所在，天下归之。免人之死，解人之难，救人之患，济人之急者，德也。德之所在，天下归之。与人同忧、同乐、同好、同恶者，义也；义之所在，天下赴之。凡人恶死而乐生，好德而归利，能生利者，道也。道之所在，天下归之。”

文王曰：“敢问三宝。”太公曰：“大农，大工，大商，谓之三宝。农一其乡则谷足，工一其乡则器足，商一其乡则货足。三宝各安其处，民乃不虑。无乱其乡，无乱其族。臣无富于君，都无大于国。六守长，则君昌；三宝完，则国安。”刘姥姥、巧儿二丫头、冷子兴，是为“三宝”。

《上贤》就是贾宝玉“忠臣论”的出处：太公曰：“王人者上贤，下不肖，取诚信，去诈伪，禁暴乱，止奢侈。故王人者有六贼七害。”文王曰：“愿闻其道。”太公曰，“夫六贼者：一曰，臣有大作宫室池榭，游观倡乐者，伤王之德；二曰，民有不事农桑，任气游侠，犯历法禁，不从吏教者，伤王之化；三曰，臣有结朋党，蔽贤智，障主明者，伤王之权；四曰，士有抗志高节，以为气势，外交诸侯，不重其主者，伤王之威；五曰，臣有轻爵位，贱有司，羞为上犯难者，伤功臣之劳；六曰，强宗侵夺，陵侮贫弱者，伤庶人之业。七害者：一曰，无智略权谋，而以重赏尊爵之故，强勇轻战，侥幸于外，王者慎勿使为将；二曰，有名无实，出入异言，掩善扬恶，进退为巧，王者慎勿与谋；三曰，朴其身躬，恶其衣服，语无为以求名，言无欲以求利，此伪人也，王者慎勿近；四曰，奇其冠带伟其衣服，博闻辩辞虚论高议，以为容美，穷居静处而诽时俗，此奸人也，王者慎勿宠；五曰，谗佞苟得以求官爵，果敢轻死以贪禄秩，不图大事得利而动，以高谈虚论说于人主，王者慎勿使；六曰，为雕文刻镂，技巧华饰，而伤农事，王者必禁之；七曰，伪方异伎，巫蛊左道，不祥之言，幻惑良民，王者必止之”。

《发启》:“取天下者，若逐野兽，而天下皆有分肉之心。”这块肉就是《红楼梦》的“鹿肉”。天下非一人之天下，天下人之天下也。取天下者，若逐野鹿，而天下共分其肉。

“贾敬”来自武王刻座右铭。师尚父西面道书之言曰：敬胜怠者强，怠胜敬者亡。义胜欲者从，欲胜义者凶。凡事不强则枉，不敬则不正。枉者灭废，敬者万世。黄帝居人上，惴惴若临深渊。舜居人上，兢兢如履薄冰。禹居人上，栗栗如不满日。敬胜怠则吉，义胜欲则昌。日慎一日，寿终无殃。王闻书之言，惕若恐惧，退而为戒书于席之四端，为铭焉于机，为铭焉于鉴，为铭焉于盥盘，为铭焉于楹，为铭焉于杖，为铭焉于带，为铭焉于履屦，为铭焉于觞豆，为铭焉于牖，为铭焉于剑，为铭焉于弓，为铭焉于矛，为铭焉于席。前左端之铭曰：安乐必敬。鉴之铭曰：见尔前，虑尔后（贾瑞《风月宝鉴》的正反面）。

“谁言作者痴”：太公曰：知与众同者，非人师也。大知似狂。不痴不狂，其名不彰；不狂不痴，不能成事。“一场幽梦同谁近，千古情人独我痴”。

“贾密”贾敏：将谋欲密，士卒欲一，攻敌欲疾。

贾雨村天性“正邪两赋”论来自：天性者，天赋之性，即真如之性，所谓真心，不识不知，顺帝之则，而人得以为人者是也；人心者，气质之性，即知识之性，所谓机心，见景生情，随风扬波，而人因之有生有死者是也。天性者，天机，即是天道；人心者，人机，即是人道。守天机者存，顺人机者亡。惟大圣人观天道，执天行，中立不倚，寂然不动，感而遂通，修真性而化气性，守天道而定人心，不使有一毫客气杂於方寸之内也。性有巧拙，可以伏藏。人秉阴阳之气以成形，具良知良能以为性，性无不善，而气有清浊。秉气清者为巧，秉气浊者为拙。性巧者多机谋，性拙者多贪痴。巧性拙性皆系气质之性，人心主事，非本来之天性。修真之道，采先天，化后天，而一切巧拙之性，皆伏藏而不用。

明清之变，“地陷东南”。如商周之变，就是《阴符经》的天杀、人杀格局：天发杀机，移星易宿；地发杀机，龙蛇起陆；人发杀机，天地反覆；天人合发。筌曰：大荒大乱，兵水旱蝗，是天杀机也。虞舜陶甄，夏禹拯骸，殷系夏台，周国麦里，汉祖亭长，魏武乞丏，俱非工者之位，乘天杀之机也，起陆而帝。君子在野，小人在位，权臣擅威，百姓思乱，人杀机也。成汤放桀，周武代纣，须籍斩嬴婴，魏废刘协，是乘人杀之机也。覆贵为贱，反贱为贵，有若天地反覆。（《红楼梦》结局）

《红楼梦》的太虚警幻取材于骊山老母在《西游记》中的表演。体现的思想也来自《阴符经》：沉水入火，自取灭亡。“人之悭贪恩爱，如水渊也；

酒色财气，如火坑也。一切常人，不穷天地造化之道，不究圣功性命之学，自暴自弃，以假为真，以苦为乐，沉于水渊而不知，入于火坑而不晓，自取灭亡，将谁咎乎？筌曰：人皆有圣，人不贵圣，人之愚。既睹其圣，又察其愚，复睹其圣。故《书》曰：专用聪明，则事不成。专用晦昧，则事皆悖。一明一晦，众之所载。伊尹酒保，太公屠牛，管仲作革，百里奚卖粥，当衰乱之时，人皆谓之不神，及乎逢成汤、遭文王、遇齐桓、值秦穆，道济生灵，功格宇宙，人皆谓之至神。”所以王熙凤“聪明”反害了卿卿性命。

“宝玉”刻字的第一个典故也是来自姜子牙“阴谋修德”。“阴谋修德”就是以不正当的手段达到让人相信你正当的结果。他与周文王相会之前，派人到处传谣，说他钓到了一条大鲤鱼，鱼腹中有兵书《玉铃篇》。又说他钓到了一块玉璞，上刻“周受命，吕佐昌，德合于今，昌来提”。姜子牙是搞“阴谋”的绝顶高手。在与文王的著名对话中，他不仅提出了调动天下人壮大我方的策略，还细致提出了离间分化瓦解商朝内部的“十二策”。

《六韬文伐》：文王问太公曰：“文伐之法奈何？”太公曰：“凡文伐有十二节。十二节备，乃成武事。所谓上察天，下察地，征已见，乃伐之。

“一曰因其所喜，以顺其志，彼将生骄，必有奸事；苟能因之，必能去之。

“二曰亲其所爱，以分其威，一人两心，其中必衰；廷无忠臣，社稷必危。

“三曰阴赂左右，得情甚深；身内情外，国将生害。

“四曰辅其淫乐，以广其志，厚赂珠玉，娱以美人；卑辞委听，顺命而合，彼将不争，奸节乃定。

“五曰严其忠臣而薄其赂；稽留其使勿听其事，亟为置代；遗以诚事亲而信之。其君将复合之。苟能严之，国乃可谋。

“六曰收其内，间其外；才臣外相，敌国内侵，国鲜不亡。

“七曰欲锢其心，必厚赂之；收其左右忠爱，阴示以利，令之轻业，而蓄积空虚。

“八曰赂以重宝，因与之谋，谋而利之。利之必信，是谓重亲。重亲之积，必为我用。有国而外，其地大败。

“九曰尊之以名，无难其身；示以大势，从之必信。致其大尊，先为之荣；微饰圣人，国乃大偷。

“十曰下之必信，以得其情，承意应事，如与同生。既以得之，乃微收之。时及将至，若天丧之。

“十一曰塞之以道：人臣无不重贵与富恶死与咎；阴示大尊而微输重宝，收其豪杰。内积甚厚，而外为乏。阴纳智士使图其计，纳勇士使高其气；富贵甚足而常有繁滋。徒党已具，是谓塞之。有国而塞，安能有国。

“十二曰养其乱臣以迷之，进美女淫声以惑之，遗良犬马以劳之，时与大势以诱之。上察而与天下图之。”

《红楼梦》作者的野心绝不止记录元明清更替的历史，他们是要在兴衰的历史节点，总结几千年文明，上承姬子，下接刘向、李荃，为中华贡献时代版的《易经》《阴符经》，就是《石头记》，就是《红楼梦》。《红楼梦》第1回，石头转世投胎时，甲戌眉批：“昔子房后谒黄石公，惟见一石。子房当时恨不能随此石去。余亦恨不能随此石去也。聊供阅者一笑。”通灵成仙的“黄石头”以老人之身现于世间，被称为“黄石公”。黄石公三试张良后，授与《太公兵法》，就是“姬子学”。老人临别时有言：“十三年后，在济北谷城山下，黄石公即我矣。”张良凭借此学助汉高祖夺得天下，信守诺言于十三年后，在济北谷城山下“谒黄石公，惟见一石”，取而葆祠之。正如《易经》看似是算卦与修身（周人并不迷信，甚至抵制占卜算卦），实际是总结商周革命及商周合并及过去千年三皇五帝。同时结合农业革命，以八卦讲历史讲格局，以男女讲策略讲协同，是我国第一奇书。本是周室秘笈，王子们（君子）代代相传，大人们（贵族）是学不到的。只有“王室图书馆长”老子看到了，孔子在鲁王（周公后人）那儿看到了，因为缺乏真正的当政的体会，都没完全看明白。周室之乱，典册流散，王子朝奔楚，文献散落民间，造成百家争鸣；法家看到了其中的权术，楚人屈原喜欢神话故事，楚人庄子更多学习了《阴符经》，鬼谷子、苏秦、张良、诸葛亮所学，都是《阴符经》《六韬》（刘姥姥说的谋事在人成事在天，就来自诸葛亮）。孙子、吴起、司马穰苴都是阐述《六韬》而已。唐朝以前，中华各家都源自“姬子”的《易经》《阴符经》《六韬》。大观园的取名就是《易经》的“观”卦，与《阴符经》的第一句：“观天之道，执天之行，尽矣。”观卦形象与临卦完全相反，彼此是“综卦”。临是由上往下看，观是由下往上看，彼此都在监视，所以临与观交互作用。《序卦传》说：“物大然后可观，故受之以观。”“观”是展示与仰观的意思。这一卦所阐释的，是说要将道义展示于众人之前，众人必然也对自己瞻仰的道理（天上一轮才捧出，人间万姓仰头看）。“九五”在尊位，被四个阴爻瞻仰；“九五”也以中正的德性，展示于天下，所以命名为“观”。临者，大也。《象》曰：大观在上，故称“大观”。

唐朝缺乏新生本土思想，但是从唐开始，基督教的亚述教会景教传教士阿罗本来华，吸收犹太教、基督教等教的摩尼教也来了。明清朝帮会或多或少受摩尼教影响，例如以明教为外衣的“天地会”（书中妙玉部分提到的“摩尼院”暗示她与秘密组织的关系）。最重要的是，与李荃同期，佛教终于在华生根，形成了禅宗。《红楼梦》作者在书中大量体现了曹洞宗的思想，道人、和尚合一的架构，正是他的野心：在三教同源的体系下，追本溯源，将“姬子”“阳明心学”与曹溪合一。曹雪芹的曹，芹溪的溪，都是“曹溪之禅”。六祖因与北宗神秀纷争，而入今广东韶关曹溪山宝林寺，曹溪惠能大师门下是青原行思禅师。宗脉系惠能—青原行思—石头希迁—药山惟严—云岩昙晟—洞山良价—曹山本寂。曹山以前叫荷玉山、梅山，唐末本寂以六祖所居之曹溪而改名曹山，取“洞”山“曹”山合而为曹洞。本寂基本思路是遵循“宝镜三昧”（风月宝鉴）。倡导“三种堕”手法，即“一者披毛戴角”，为“类堕”；“二者不断声色”，为“随堕”；“三者不受食”，为“尊贵堕”。“须向声色有出身之路”，明白“声不是声，色不是色”，一切皆虚妄不实。如此，“便得法喜禅悦之食”，不至于落入“尊贵堕”（红楼富贵“堕”）。“无为有处有还无”是道家有无；“假作真时真亦假”是《金刚经》的如梦如幻如泡影。

西方哲学也有一派与《阴符经》的神秘主义有许多类似，就是基于旧约索隐的“喀巴拉”。我在读《红楼梦》时，时常会想到诺斯替、喀巴拉，姑且做一种假设，方以智、王夫之们的西学恐怕包含与《阴符经》更接近的摩尼教或者喀巴拉思想。一是“木石”“光”与喀巴拉“生命之树”及喀巴拉组织“共济会”的“石工”思想及“溢出之光”的对应；亚当本是阴阳合体，七天被分为阴阳二体。吃了树上果后获得了智慧，也意识到了世间万物最基本的二元对立法则（男女有别）。喀巴拉努力去重构这棵智慧的生命之树，再尝慧果，获得永生。二是喀巴拉大量使用象征意义，使用“言语”“文字”和“数”形成的“三位一体”的暗号表达，典型如莎士比亚与培根，在《红楼梦》中都能找到影子。三是贾府的缺乏生机，非常类似炼金术的“熔炉”升华，林黛玉、薛宝钗、史湘云、薛宝琴、妙玉等代表性变量都是“异乡人”“异乡游光”。贾府就是一处受灵魂的蒙蔽所致的“无明”囚笼。四是作者极为冷酷的“凝视”笔法，有些类似于鲁迅，但更冷。“凝视”与“恋物癖”直接相关，宝玉的“胭脂控”就是代表。凝视者通过凝视把自己和凝视对象区分开来。这样，凝视者建构起自己的身份，一僧一道。五是全篇九连环结构如同炼金术士的76张塔罗牌，既是一套也可分离组合，都是用语言或图画或符号通过冥想形成多种暗示，不同提问不同答案，或者说只有暗示，永无答案。最后一点，也是最重要的，喀巴拉思想指导的共济会发起了“启蒙运动”与科学革命，至今仍众说纷纭；而《红楼梦》中，汉留、洪门、天地会呼之欲出。众所周知，洪门骨干对孙中山领导的三民主义革命贡献非常大。总之，只要人性不变，任何思想都有其合理范围与历史特征。

回到混合升级版的“药地大智”方以智。他主持的庐陵青原山（今属吉安）净居寺成为曹洞宗中心。觉浪是曹洞宗青原一脉三十六世法嗣，方以智是三十七世法嗣。本身已经身负奇才名满天下的方以智皈于觉浪，原本只是为了逃避出仕清朝，六年后觉浪禅师在南京天界寺逝世后，方以智自然继承了衣钵。净居寺山门上“青原山”三字是文天祥所题，天王殿前两株古柏主干和树顶多已枯朽，却倔强地屹立天地，构成了绝妙的双木林。王阳明在贵州龙场悟道，悟的就是“玩易窝”的《易经》，出山第一站就是净居寺所在的吉安（前文提到的宋应星也是在此完成了《天工开物》），王阳明出山第一仗就是在吉安指挥“三打白骨精”，破宁王之乱，胜利后受委屈躲到庐山看水帘瀑布。在江西吉安、赣州转战81寨，阳明才悟出“破山中贼易，破心中贼难”，青原山也是王阳明找到“良知”的地方。青原山净居寺内的阳明书院，是最早的阳明书院，王阳明在此开坛讲学，此后每年春秋两季，王阳明在青原山讲会，学者云集，因此被誉为“东南邹鲁、西江杏坛”。心学泰州学派对《红楼梦》影响很深，在第2回贾雨村讲甄宝玉被打时就叫喊“姐姐妹妹”“便果觉不疼了”，这个故事也暗喻阳明弟子李贽（情论，女子论），李贽在狱中用剃刀自杀，血流两日才死，问他疼不？他说“不疼”，因为心中无念。方以智与觉浪在南京天界寺的野心就是以曹宗结合姬子与阳明学，还有各种科学、西学，考察历史与时事，开出治国利民的良药，这个庙确实是一座炼补天石的大熔炉。为秦可卿看病的张友士的原型就是觉浪（本姓张），友士是指觉浪在天界寺广纳明遗士人，使寺庙成为士人避祸的集中地。觉浪的家乡是福建莆田，就是“火烧南少林”的地方。觉浪本人与方以智一样必然与“洪门”“天地会”有重要渊源。觉浪之死：“顺治己亥，归天界。巡各堂寮舍。开示谆谆。回室索笔，书偈曰：万象指头明卓异，纵擒不换机何利。无端拶断破蒲鞋，番然直入千峰去。掷笔而逝。”

江南遗民界的精神领袖觉浪、方以智都是绝世天资，觉浪自谓自己智略都是从生死急难中迫出来，由“怨怒不平”过渡到“和而不流”，得造化之妙密（方也相同）。觉浪、方以智以《易经》阐述《庄子》“尽大地是一戏场”，不就是“白茫茫大地真干净”“你方唱罢我登场”的“红楼大戏”吗？他们认为“天地”只是“人”的戏台与道场，如果是革命戏，方的原话是“尽大地都是血”，这个思想与“莎士比亚”也是完全一致的。红楼大梦就是庄子小梦，觉浪大梦先觉而道盛，大智觉梦欲药地。觉浪有一封给方以智的信：“而吾宗正丁此时，如不能于无门处开出不测之门，无毒处拈出不传之毒，则又何足使此能向上主盟别展逆流手眼乎。”觉浪之学的特别处是“逆流手眼，兴观群怨”：“此怨字，发人情后天之密，非到怨处，不足以兴，不足以观，不足以群。到群，又不能不怨，不怨，则不能归根复命于绝后重苏，亦不能使贞下起元，为可兴可观也。”方以智说：“师曰儒门有一怨字。如大舜如怨如慕。太甲之自怨自艾与诗之可以怨等。乃禅家所谓疑情。必欲求其故而不得也。本初曰。大疑大悟小疑小悟。不疑不悟。疑又岂易言哉。今而后余于学道求己有入门矣。”这段对话可以看成是《红楼梦》的指引。方以智在青原山有一副《枯木寒石图》传世，一木一石，应该是“木石之盟”的写照。

方以智在青原山净居寺给冒辟疆的开示诗《示襄藏蕴侍者》（神瑛？）：

石头引汝吸西江，日用吾谐何处藏。（《庄子》“激西江之水”。庞蕴禅诗，说《石头记》写日常，藏大义）

看破漉篱还可卖，超宗亦不数襄阳。

十年劈出血肝肠，今日新硎何处藏。（明亡纪事，字字血，声声泪。《庄子》新硎，新磨的刀）

正显罩篱神变化，一双赤手舞风霜。（罩篱留物沥水。一双手指曹洞宗双手舞身求中成三法门）

冒辟疆《再用前韵答友人》？

求曹独苦怅哀鸿，忍见离群自昔同。（方以智求学曹洞宗的孤苦）

最不可忘惟夙夜，从来难画是飘风。

石能言语终须白，血化精魂叫亦红。（直指人心）

我自与君联旧好，肯随蓬梗逐西东。（曹溪情僧方以智与脂砚斋雪芹联手）

至此，“曹雪芹”可以揭开面纱了。“曹雪芹”代表的作者群基本可以分为南北两个组合。南组合以方以智与冒辟疆为中心，吸收了董小宛等秦淮才女。北组合以顾炎武为核心，吸收了梁清标、傅山、李因笃。南北组合的交集吸收了王夫之、黄宗羲、李士淳等人参与后期补充。南组合负责初稿《石头记》与第二稿《情僧录》，以反思南明亡国史为主题与主要内容。南组合并负责统稿整理，统稿人最可能是冒辟疆。北组合负责加入南组合不熟悉的清廷内部斗争与“雀金裘”故事，合并构成完整的明末清初历史记录《风月宝鉴》。宝鉴的“风月”既包括秦淮风月也包括清朝叔嫂风月。最终提炼升级成为《红楼梦》的哲学思想来自方、顾、黄、王四大家。作者之间的交流通过汉留和洪门的网络完成，各种的评语也是交流的一种形式。因为需要洪门票号、镖局、码头等网络传抄传递，最终的《红楼梦》在传抄过程中自然成为洪门的组织文件，在统一统稿人冒辟疆去世后自然演变出多个版本。如果简化一下《红楼梦》最重要作者群，“曹雪芹”= 方以智 + 冒辟疆 + 顾炎武。

“曹雪芹”的取名非常用心良苦，是“字字血泪”的顶级重点。理解其含义的关键首先是“曹”字，千万不能直接设定成作者的“姓”。曹本义为“救济粮”“粮草”“饲料”，转义为“吃粮之人”、“庶人”或“众人”。除了用于姓氏与古代国名以及曹洞宗等名字，曹的含义就是“等”“辈”。尔曹（你等，你辈）；吾曹（我等，我辈）。《诗·大雅·公刘》：“既登乃依，乃造其曹。”《管子·法法》：“民轻生则暴人兴、曹党起而乱贼作矣。”《左传·昭公十二年》：“周原伯绞虐其舆臣，使曹逃。”《国语·周语下》：“且民所曹好，鲜其不济也。”这些古文中，“曹，群也”，“众人”之意。曹就是众人，非常明确的集体创作，表达集体状态与抱负。再结合“芹”的苏东坡、辛弃疾、鲁王伯禽等三个境界，“曹雪芹”有三层含义：

1.“雪底芹芽”，如苏东坡境界的明末才子与才女们。

2.“曹党起而乱贼作矣”，汉留、洪门、天地会这些“曹党”，要雪仇雪耻，就是“同志们”。“靖康耻，犹未雪”，辛弃疾、陆放翁恨“何时灭”。如今，再添大耻，“曹党”也要拿出《美芹十论》，而且阴谋修德，冷子结网。

3.思想性升级的“曹雪芹”融合了姬子、曹洞宗、西学等，要炼出一味补天大药“通灵宝玉”，治愈中华，终能再兴。

仅仅从文学角度不能看懂《红楼梦》，仅仅从元明清历史角度看不透《红楼梦》。从《周易》结构，加上阳明心学、曹洞宗佛学、阴符道学的精粹版佛儒道三合一，再结合西学，在中华第三个千年的历史大转型节点时刻，《红楼梦》作者要为中华开出“风月宝鉴”“通灵宝玉”的“药地大智”。如果将她分解，就是顾炎武、黄宗羲、朱舜水、王夫之的思想，如果顾、黄、朱、王写的是《六韬》《阴符经》《周礼》《尚书》，那么本书主要作者原创的野心是写出新时代的《周易》《诗经》。“宝钗”“黛玉”“妙玉”三合一就是“曹雪芹”。太虚幻境“正册”头一页上画的是两株枯木，木上悬着一围玉带；地下又有一堆雪，雪中一股金簪。也有四句诗道：可叹停机德，堪怜咏絮才。玉带林中挂，金簪雪里埋。“正册头一页”开宗明义。“两株枯木悬玉带”，就是净居寺弃官出家的方以智。“停机德”借用乐羊子妻规劝丈夫学业不可半途而废，指的是一直胸怀大志的方以智对复社诸友流连秦淮的劝诫，也是对自己“十年生死两茫茫”的鞭策勉励。“咏絮才”是宝钗“裁剪均匀”“好风借力”“待时飞”“直上青云”的惊人之论。“金簪雪里埋”，不过是另外一种“钗于奁内待时飞”，此“雪”是曹洞宗的雪，澄澈空明，对应三生三身，如红楼女儿的“水”，上善若水；如鸟落冰山的冰，冰清玉洁，虽“冷”，子亦“可兴”。在野的“水芹”，既如苏东坡的清高气节，又如李荃仙在江湖的

“达观”，亦如“先天下之忧而忧”。既然有“停机德”，就不会半途而废。

《诗经·鲁颂·泮水》：

思乐泮水，薄采其芹。
鲁侯戾止，言观其旂。
其旂茷茷，鸾声哕哕。
无小无大，从公于迈。
思乐泮水，薄采其藻。
鲁侯戾止，其马蹻蹻。
其马蹻蹻，其音昭昭。
载色载笑，匪怒伊教。
思乐泮水，薄采其茆。
鲁侯戾止，在泮饮酒。
既饮旨酒，永锡难老。
顺彼长道，屈此群丑。
穆穆鲁侯，敬明其德。
敬慎威仪，维民之则。
允文允武，昭假烈祖。
靡有不孝，自求伊祜。
明明鲁侯，克明其德。
既作泮宫，淮夷攸服。
矫矫虎臣，在泮献馘。
淑如皋陶，在泮献囚。
济济多士，克广德心。
桓桓于征，狄彼东南。
烝烝皇皇，不吴不扬。

不告于訩，在泮献功。

角弓其觩。束矢其搜。

戎车孔博。徒御无斁。

既克淮夷，孔淑不逆。

式固尔犹，淮夷卒获。

翩彼飞鸮，集于泮林。

食我桑葚，怀我好音。

憬彼淮夷，来献其琛。

元龟象齿，大赂南金。

此“芹”生于“泮水”（鲁国都之源），君采其芹，出征东夷，灭虏寇，宣教化。（周公之子伯禽受封于杀夷之地鲁，扫荡叛乱，传播先进文明，使该“夷”地反而成为孔孟之乡。他的后人鲁僖公取法伯禽治国，特别建了“泮水”学宫，成为春秋仁政样板。效果是在与北面霸权齐国的博弈中扳回一局。）

齐之霸道与鲁之王道的博弈类比，鲁僖公“泮水采芹”的成就激励启发了后世辛弃疾等人。此“芹”也是辛弃疾《美芹十论》的抗金复国之良策“野人美芹”：臣窃谓恢复自有定谋，非符离小胜负之可惩，而朝廷公卿过虑，不言兵之可惜也。古人言“不以小挫而沮吾大计”，正以此耳。一介丑虏尚劳宵旰，此正天下之士献谋效命之秋。臣虽至愚至陋，何能有知，徒以忠愤所激，不能自已，以为今日虏人实有弊之可乘，而朝廷上策惟预备乃为无患。故罄竭精恳，不自忖量，撰成御戎十论，名曰美芹：其三言虏人之弊，其七言朝廷之所当行。先审其势，次察其情，复观其衅，则敌人之虚实吾既详之矣；然后以其七说次第而用之，虏故在吾目中。惟陛下留乙夜之神，沈先物之机，志在必行，无惑群议，庶乎“雪耻酬百王，除凶报千古”之烈无逊于唐太宗。典冠举衣以复韩侯，虽越职之罪难逃；野人美芹而献于君，亦爱主之诚可取。惟陛下赦其狂僭而怜其愚忠，斧锧余生，实不胜万幸万幸之至。

臣闻今之论天下者皆曰："南北有定势，吴楚之脆弱不足以争衡于中原。"臣之说曰："古今有常理，夷狄之腥秽不可以久安于华夏。"古人云："谋及卿士，谋及庶人。"又曰："作屋道边，三年不成。"盖谋贵众、断贵独，惟陛下深察之。(《美芹十论》借用《六韬》文章结构，大量引用李荃《阴符经》之论，并对应冷子兴的"运筹谋划者"。审势第一、察情第二、观衅第三、自治第四、守淮第五、屯田第六、致勇第七、防微第八、久任第九、详战第十。)

"曹雪芹"，就是以方以智、王夫之、顾炎武、冒辟疆为主的原复社精英，潜心励志，既退而结网，阴谋布子，以待天时与东风；又去伪存真，扬弃贯通，以"一双赤手""罩篱神变舞风霜"，挖心沥胆，为后人留下"美芹""大梦"。"芹"的第一层境界是苏东坡；第二层境界是辛弃疾；第三层境界是周公之子鲁王伯禽及其后人鲁僖公。

《周易》既不是周文王原创，也不是他一人完成。在《周易》之前，就有《归藏》《连山》，文王主要是利用在商都被软禁的时间学习《商易》，探索革命之道（改了卦序）。可以说《周易》前三十卦主要讲商周革命，主要出自周文王。后三十卦主要讲革命后，小周如何治理大商封建天下，以男女讲两族融合。最后四卦像是周公的人生小结领悟。后三十卦中的内容不少是文王之后的事件，因此，如"曹雪芹"十年五次批阅删改一样，《周易》主要由周公删改。《红楼梦》也不是一两个人完全写成（曹寅孙子之说者，对中华古文明认识过于肤浅，不足与语），而是类似"莎士比亚""智慧女神社"的一批精英。

《红楼梦》到80回，刚好讲完明清代玉，如商周革命，天下发展到了清。后半部的主要内容参考《周易》的结构，讲的应是汉文明如何与清王朝政权相处与博弈。"代化"化夷是一个思路，薛宝钗代表的康熙曾有打通《易经》与《圣经》的野心，"燃藜"不就是摩西在西奈圣山第一次遇到上帝时的场景吗？既有燃藜，还有变仗，摩西因此"得道"，薛宝琴、薛蝌代表了这一